dtv
Reihe Hanser

Henke ist einer von jenen, die jede Wagnis-Wette eingehen. Sein Freund Kosken behauptet, Henke würde sich niemals trauen, am Boogie-Marathon teilzunehmen, wo er doch nicht mal tanzen kann. Und Henke fragt sofort das nächstbeste Mädchen, ob es mitmacht. Einen Schock bekommt er erst, als sie ja sagt. Von da an üben sie täglich stundenlang für den Wettbewerb. Dass sie am Ende nicht gewinnen, ist schade, aber Henke hat da schon ganz andere Probleme: Er ist schwer in Elin verliebt, sein verschollener Vater taucht auf, und der Tod seiner Schwester, den er nie richtig verwunden hat, wird schmerzhaft wieder Thema. Dummerweise ist Elin noch mit Emil zusammen und überhaupt geht sie auf den naturwissenschaftlichen Zweig. Kosken behauptet, das geht garantiert schief, und leider behält er damit recht. Tanzen, sich verlieben und dann auch noch ein Buch schreiben – fast ein bisschen viel auf einmal. Aber wegen all dieser Dinge rettet er sich und Elin aus einer gefährlichen Situation.

Mats Wahl, geboren 1945 auf der Insel Gotland, lebt in Stockholm und ist Dozent für Pädagogik und Psychologie an der dortigen Universität. Als Schriftsteller wurde er mit Romanen für Kinder und Jugendliche bekannt. Er hat bereits zahlreiche bedeutende Auszeichnungen erhalten, unter anderem den Deutschen Jugendliteraturpreis.

Mats Wahl

Schwedisch für Idioten

Roman

Aus dem Schwedischen von
Angelika Kutsch

Deutscher Taschenbuch Verlag

Mats Wahl in der *Reihe Hanser* bei dtv:

»Därvarns Reise« (dtv 62013)
»Emma und Daniel« (dtv 62096)
»So schön, dass es wehtut« (dtv 62102)
»Emmas Reise« (dtv 62132)
»Der Unsichtbare« (dtv 62164)
»Kaltes Schweigen« (dtv 62244)
»Kill« (dtv 62277)

Der Text auf Seite 308 f. ist Aksel Sandemoses
»En flykting korsar sitt spar« entnommen. Der Text
auf Seite 391 wurde dem Internet entnommen und
wird Nelson Mandela zugeschrieben.

Das gesamte lieferbare Programm der *Reihe Hanser*
und viele andere Informationen finden Sie unter
www.reihehanser.de

In neuer Rechtschreibung
Februar 2007
Deutscher Taschenbuch Verlag GmbH & Co. KG,
München
© 2003 Mats Wahl
Titel der Originalausgabe: ›Svenska för idioter‹
(Brombergs Bokförlag, Stockholm)
© 2005 der deutschsprachigen Ausgabe: Nagel & Kimche im
Carl Hanser Verlag München Wien
Umschlagbild: Peter-Andreas Hassiepen unter Verwendung
eines Fotos von plainpicture / alt – 6
Gesetzt aus der Stempel Garamond 11/13 pt
Satz: Filmsatz Schröter, München
Druck und Bindung: Druckerei C. H. Beck, Nördlingen
Gedruckt auf säurefreiem, chlorfrei gebleichtem Papier
Printed in Germany
ISBN-13: 978-3-423-62298-1

1

»Du«, sagte Kosken und nahm die Flasche, »kannst du bis zur Landzunge schwimmen?«

»Klar kann ich das.«

»Unter Wasser?«

»Klar kann ich das.«

Er grinste. »Dann mach es.«

»Warum sollte ich?«

»Du sagst doch, dass du es kannst.«

»Warum sollte ich?«

»Du kannst es nicht.«

»Man muss nicht alles beweisen.«

»Man muss beweisen, dass man kein Großmaul ist.«

»Ich nicht.«

»Man muss doch beweisen, dass man kein Dreck ist.«

»Ich nicht.«

»Du kannst es nicht«, seufzte er. »Du kannst nicht zur Landzunge schwimmen. Du bist ein Dreck. Du redest Scheiß.« Kosken wischte sich den Mund ab und setzte die Flasche an die Lippen.

»Du wirst langsam breit«, sagte ich.

»Woher weißt du das?«

»Du wischst dir die Fresse ab, bevor du trinkst.«

Er nahm noch einen Schluck. »Na und?«

»Normalerweise wischt man sich den Mund hinterher ab.«

Er reichte mir die Flasche und fuhr sich mit dem

Handrücken über die Lippen. Er hat immer große Hände gehabt.

»Jetzt zufrieden?«

Ich antwortete nicht. Dragan streckte den Arm aus und schnipste mit zwei Fingern.

»Was willst du?«, fragte ich.

Er legte zwei Finger an die Lippen und blies Luft hindurch.

»Idiot«, sagte ich und reichte ihm ein Päckchen Zigaretten.

»Zeig, dass du es kannst«, wiederholte Kosken.

»Es ist zu weit«, sagte Dragan und pulte eine Zigarette aus dem Päckchen. »Niemand kann so lange unter Wasser schwimmen.«

»Ich kann das«, sagte ich.

»Dann zeig es«, sagte Kosken.

Ich stand auf und zog mir das T-Shirt über den Kopf.

»Es ist zu weit«, sagte Dragan kopfschüttelnd, riss ein Streichholz an und zündete seine Zigarette an. »Es ist viel zu weit.«

Ich wollte meine Schuhe ausziehen, fiel aber um. Da war ein verrotteter Baumstumpf, der zerbrach, als ich mit der Stirn draufkrachte.

»Es sind fünfzig Meter«, sagte Dragan. »Niemand kann fünfzig Meter unter Wasser schwimmen.«

»Du weißt nicht, wovon du redest«, behauptete ich und klaubte mir ein paar Splitter von dem Baumstumpf aus den Haaren. »In Japan gibt es Perlentaucher, die gehen sechzig Meter runter ohne Flasche.«

»Das ist was anderes«, meinte Dragan und reichte mir die Zigarette. »Perlentaucher sind Profis.«

»Zeig uns, dass du kein Angeber bist«, sagte Kosken und streckte die Hand nach der Zigarette aus.

Ich gab sie ihm und schnürte meine Schuhe auf.

»Die stinken ja«, sagte Kosken. »Du solltest sie in die Waschmaschine stecken.«

»Kisse«, sagte Dragan, »habt ihr von Kisse gehört?«

»Zeig's uns jetzt«, sagte Kosken. »Beweis uns, dass du kein Loser bist.« Er zeigte zur Landzunge.

»Das sind fünfzig Meter«, sagte Dragan. »Das schafft keiner, höchstens ein Perlentaucher.«

Jetzt hatte ich den zweiten Schuh ausgezogen.

»Meeensch«, stöhnte Kosken, »kannst du die nicht beim Schwimmen anbehalten?«

Ich begann, meine Hose auszuziehen. Kosken bekam einen Schluckauf. »Hast du dünne Beine«, hickste er und zeigte auf meine Schenkel.

»Ist es etwa besser, fett zu sein?«, sagte Dragan.

»Das Wasser hat mindestens zwanzig Grad«, sagte ich, »die Abkühlung wird guttun.«

»Kriegst du zu Hause nichts zu essen?«, fragte Kosken.

»Ich hab Hunger«, sagte Dragan und sah auf die Uhr.

»Zeig, dass du kein Angeber und verdammter Loser bist«, hickste Kosken und nahm einen Schluck aus der Flasche.

Ich hatte mich aus der Hose geschlängelt und stand auf.

»Echt cooler Sackhalter«, sagte Kosken. »Gehört der deiner Alten?«

Ich bückte mich, riss ein Büschel Moos aus und warf damit nach ihm.

»Das sind Weiberschlüpfer«, schnaubte Kosken zwischen den Hicksern. »Warum trägst du Weiberschlüpfer?« Er hatte Moos im Haar.

»Perlentaucher müsste man sein«, träumte Dragan. »Schwarze Perlen sind die wertvollsten.« Dann versuchte er, Kosken die Flasche wegzunehmen, der sie festhielt, als wäre es ein kostbares Kästchen mit Tausendern drin.

»Du säufst gleich alles aus«, hickste er und drückte sich die Flasche gegen die Brust.

»Vielleicht«, sagte Dragan.

Kosken schaute mich an. »Soll ich?«

»Gib sie ihm.«

»Danke«, sagte Dragan, setzte die Flasche an den Mund und leerte sie.

Kosken sah ihn an, als wollte er anfangen zu weinen. »Warum tust du das, du Mistkerl?«

»Was jammerst du?«, fragte Dragan. »Du wusstest doch, dass ich sie austrinken würde. Tu nicht so überrascht. Stell dir mal vor, man würde eine schwarze Perle finden.«

»Schwein«, knurrte Kosken, nahm die leere Flasche und stand auf. Dann warf er sie so weit in den See hinaus, wie er konnte. Sie blieb dort draußen auf dem Wasser liegen. Es war noch so hell, dass man sie ganz deutlich erkennen konnte.

»Jetzt kommen die Mücken«, sagte Dragan und stand auch auf.

»Schwein«, heulte Kosken und versetzte Dragan einen Schlag gegen die Schulter.

Dragan zog sich ein Stück zurück, und als Kosken

ihn erneut gegen die Schulter schlug, wich er einfach aus und verpasste Kosken eine blitzschnelle Rechte, die ihn auf den Solarplexus traf. Kosken blieb die Luft weg, er krümmte sich und presste die Hände gegen den Magen.

»Zu viele Mücken«, sagte Dragan. »Hauen wir ab?«

Kosken stand vornübergebeugt da, und ich ging ans Wasser.

»Es sind mindestens zweiundzwanzig Grad«, sagte ich und watete hinaus. Die Mücken schienen mich aufs Korn zu nehmen, mein Gesicht war plötzlich voll von ihnen. Ich watete noch ein Stück weiter. Dann tauchte ich.

Ich mochte schon immer gern tauchen. Unter Wasser konnte ich schwimmen, bevor ich richtig schwimmen lernte.

Das Wasser war braungelb und der Grund schlammig. Ich schwamm auf die Landzunge zu, und als ich das Gefühl hatte, meine Lunge würde platzen, tauchte ich auf und legte mich auf den Rücken.

Am Ufer standen Dragan und Kosken unter den Kiefern und bogen sich vor Lachen. Kosken zeigte in eine Richtung.

»Dahin! Dahin solltest du!«

Ich schaute in die Richtung. Ich hatte die Landzunge verfehlt und war in einem Halbkreis geschwommen.

»Zwanzig Meter!«, heulte Kosken. »Höchstens zwanzig Meter! Du würdest es nie bis zur Landzunge schaffen, selbst wenn es um dein Leben ginge.«

Ich hatte Mücken im Gesicht, tauchte wieder unter und schwamm geradewegs auf die beiden zu, und als ich aus dem Wasser stieg, hörte ich das Auto.

In der Bucht, wo es ein bisschen Sandstrand gibt, kam ein weißer Volvo aus dem Wald. Dort badeten immer Familien mit Kindern, die bunte Schwimmflügel an den Oberarmen trugen. Im Wasser liegen Steine, und es gibt Schilf, und wir sind wegen der Mücken nie dort hingegangen. Kosken behauptet, überall wo Schilf wächst, gibt es Mücken.

Der Volvo hielt, und die Vordertüren wurden geöffnet. Das Auto war ungefähr hundertfünfzig Meter entfernt. Ich hatte mich hinter eine Kiefer gesetzt. Kosken und Dragan lagen im Gras.

»Das ist ja Emma Falk«, flüsterte Kosken.

»Wer saß am Steuer?«, fragte Dragan.

»Keine Ahnung«, antwortete Kosken. »Irgend so ein Typ.«

Obwohl es ein Stück entfernt war, konnte man dem Typ ansehen, dass er sich selbst für obercool hielt. Er trug enge Jeans, ein kurzärmeliges kariertes Hemd und einen breiten Gürtel mit einer Schnalle so groß wie eine Radkappe. Viele Haare im Gesicht. So eine Art Schnurrbart, der zu beiden Seiten der Mundwinkel traurig herunterhängt. Koteletten. Cowboyboots.

Emma Falk trug einen kurzen weißen Rock, ihre langen blonden Haare waren offen, und sie war barfuß. Sie lehnte sich gegen die Motorhaube und stemmte die Hände darauf. Der Typ kam auf sie zu und legte einen Arm um sie. Man sah, dass er ein echter Kraftprotz war. Er war zwanzig Zentimeter größer als Emma.

»Jetzt wird geknutscht«, flüsterte Kosken.

Der Typ küsste sie und legte seine Hand, die so groß wie eine Schaufel war, auf Emmas Schenkel. Ihren Rock hatte er schon hochgeschoben, so dass man den Rand ihres Slips sah. Sie trug einen großen Slip. Er leuchtete wie das Weiße der Zielscheibe, wenn man mit Haralds Stutzen am Schießstand war.

»Jetzt wird geknutscht«, wiederholte Kosken.

Ich erschlug eine Mücke in meinem Nacken.

»Reiß dich zusammen«, hickste Kosken, ohne Emma und den Typ aus den Augen zu lassen. »Sitz still.«

»Die verdammten Mücken fressen mich auf«, jammerte ich. »Wirf mir mal meine Jeans zu.«

»Sitz still!«, zischte Kosken. Dann erschlug er eine Mücke auf seinem Unterarm, und der Typ hatte seine Hand in Emmas Unterhose. Dragan reichte mir meine Jeans.

»Warst du nicht im Winter mit Emma zusammen?«, fragte Kosken.

»Ja«, sagte Dragan. Er holte sein Handy hervor und drückte auf die Tasten. Der Klingelton von dort drüben war bis zu uns zu hören.

Emma zuckte zusammen, der Typ wollte sie festhalten und seine Hand nicht aus ihrem Slip nehmen. Sie versuchte, sich zu befreien, was ihr auch gelang. Sie ging zur Autotür, öffnete sie und beugte sich vor.

»Geiler Arsch«, zischte Kosken.

Als sie sich aufrichtete, hielt sie ihr Handy gegen das Ohr gedrückt.

»Hallo, hier ist Dragan«, sagte Dragan.

Emma antwortete etwas, ich weiß nicht, was. Der Typ hatte angefangen, sich die Hose auszuziehen.

»Ich wollte dich was wegen der Schule fragen«, sagte Dragan. »Wann fängt sie an?«

Der Typ zog sich das Hemd aus. Er trug gestreifte Boxershorts in den Farben des Sternenbanners der USA und hatte einen Brustkorb so groß wie Omas Regentonne.

»Um acht!«, sagte Dragan. »Grausam!« Dann sagte er Tschüs und drückte auf »Aus«. Der Typ ging auf Emma zu, und sie legte das Handy auf den Vordersitz des Autos, ohne die Tür zu schließen. Der Typ hatte sie geschnappt, drückte sie an sich und begann, ihr T-Shirt hochzuschieben. Sie trug keinen BH.

»Er hat ihn rausgenommen!«, zischte Kosken. »Er hat ihn in der Hand. Der ist ja groß wie eine Kurbelwelle.«

Dragan drückte wieder auf die Telefontasten. Beim Volvo klingelte es.

Dem Typ war es gelungen, Emma die Unterhose auszuziehen.

Sie wollte nach dem Handy greifen, aber der Typ hielt sie fest. Wir hörten es klingeln.

»Es ist ein Elvis-Song«, flüsterte Kosken. »Den hat meine Schwester auch.«

Schließlich schaffte es Emma, sich aus seiner Umarmung zu winden. Sie war nackt. Dem Typ hing der Penis aus dem Hosenschlitz. Hin und wieder schlug er nach Mücken.

»Boah, was für ein Mädchen«, knurrte Kosken. »Das muss doch ein Scheißgefühl sein, diesen Spatenstiel reingerammt zu kriegen.«

»Schlaghammer«, flüsterte ich, nur um auch etwas zu sagen.

»Hallo«, stöhnte Dragan und presste die Lippen

gegen das Telefon. »Entschuldige, wenn ich schon wieder störe. Ich möchte nur wissen, wann wir morgen Schluss haben.«

Sie sagte etwas.

»So spät!«, zischte Dragan. »Hoffentlich hab ich dich nicht gestört. Bis dann.«

Sie legte das Telefon auf die Motorhaube, und der Typ mit dem Spatenstiel presste ihre Titten. Aber die Mücken wurden zu rabiat, und er musste sie mit einer Hand loslassen, um sich in den Nacken zu schlagen. Er hatte extrem kurz geschnittene Haare.

»Ruf wieder an!«, flüsterte Kosken. »Ruf an, wenn er ihn halb drinnen hat.«

Emma hatte sich auf die Motorhaube gesetzt. Der Typ beugte sich über sie, eine Hand zwischen ihren Beinen.

Es klingelte.

Der Typ hielt sie fest. Sie versuchte, sich nach dem Handy zu strecken, aber er wischte es von der Motorhaube, und es landete im Sand, wo es weiterklingelte. Emma wollte sich befreien.

»Sie ist geiler auf das Telefon als auf den Typ«, zischte Kosken.

Der Typ schlug sich mit einer Hand auf die Schulter.

»Scheiße!«, brüllte er. »Hier gibt's zu viele Mücken!«

Er sprach den Dialekt, den man in Schonen spricht, und stand mit gespreizten Beinen und leicht eingeknickten Knien da und sah aus wie ein Slalomfahrer, der zum ersten Mal eine Abfahrt runterfährt mit der Angst im Nacken, er könnte stürzen. Er hielt seinen Spatenstiel in der Hand und glotzte ihn an, als wäre irgendwas daran nicht in Ordnung. Der Spatenstiel war geschrumpft.

»Ich bin gestochen worden!«, schrie der Typ. »Wir hauen ab!« Und dann ließ er den ehemaligen Schlaghammer los, der ganz schlaff und klein wie ein Cocktailgürkchen war. Er bückte sich und nahm seine Kleidung, die er ins Auto geworfen hatte. Ohne mehr anzuziehen als seine Boots, stieg er ein und setzte sich hinter das Steuer. Emma schlüpfte in ihr T-Shirt und glitt auf den Beifahrersitz. Dann ließ der Typ den Motor an und wollte mit einem Blitzstart davonschießen.

Sand spritzte auf. Er kam nicht vom Fleck.

»Idiot!« Dragan lachte.

»Er sitzt fest«, hickste Kosken und grinste. »So ein Idiot! Verdammter Idiot!«

»Gib mir mein T-Shirt«, bat ich. Ich zog es an und schnürte meine Schuhe zu. Dann saßen wir da und hielten nach dem Typ Ausschau, der im Wäldchen Äste abbrach, die er unter die Räder legte. Als er ungefähr so viele beisammen hatte, wie meine Oma immer brauchte, um am ersten Advent die Außentreppe zu bedecken, fanden die Räder Halt, und er schoss los, dass die Tannennadeln um die Räder aufstoben und Sand spritzte. Man könnte meinen, bei Sturm in einer Wüste gelandet zu sein, es fehlten nur noch ein paar traurige Kamele und eine Pyramide voller Kobras.

»Scheiße, diese Mücken«, jammerte Kosken, als das Auto im Wald verschwunden war. Er erschlug eine Mücke an seiner Stirn und zeigte auf mein Gesicht. »Du bist ganz geschwollen.«

»Ich weiß«, sagte ich, »ich bin allergisch.«

»Gegen Leute, die ficken?«, fragte Dragan.

Ich antwortete nicht. Kosken schlug mir mit der Faust auf die Schulter. »Hatte deine Alte nicht mal was mit dem Typ?«

»Keine Ahnung«, log ich.

»Er arbeitet doch im Möbelladen?«

»Kann sein«, sagte ich.

Dann gingen wir zum Waldweg hinauf, Kosken trat das Moped an, Dragan und ich setzten uns hintendrauf, und Kosken hatte fast den ganzen Weg bis zur Kreuzung einen Schluckauf.

2

Als ich am nächsten Tag zusammen mit Kosken zur Schule kam, stand Emma schon vor der Klassentür 207. Sie trug die Haare zu einem Pferdeschwanz hochgebunden, enge Jeans und eine weiße kurzärmelige Bluse und kaute mit offenem Mund Kaugummi. Am Ende des Korridors war ein Fenster geöffnet. Der Wind trug Wärme herein, die an den Wänden entlangstrich. Es roch nach Scheuermitteln.

»Du siehst ja komisch aus«, sagte sie und warf mir ihren säuerlichen Blick zu, mit dem sie mich schon in der ersten Klasse angeschaut hatte. Da war sie eine Meisterin im Verlieren von Milchzähnen gewesen, zu der Zeit hatte sie die »Lustige Stunde« und Witze der Art am liebsten: »Zwei Fünfjährige unterhalten sich. Sagt der eine: ›Du, meine Eltern haben gestern auf der

Terrasse gepoppt.‹ – ›Oh‹, sagt der andere, ›toll, aber sag mal, was ist eigentlich eine Terrasse?‹«

»Wirklich sehr komisch«, fuhr sie fort. »Bist du krank?«

»Allergische Reaktion«, antwortete ich. »Mückenstiche.«

Sie formte das Kaugummi zu einem dicken Klumpen und steckte es zwischen die Vorderzähne.

»Ja, die Mücken.« Sie nickte seufzend. »Ich bin auch gestochen worden. Du hast dich an der Stirn verletzt.«

»Ich weiß«, sagte ich. »Ich bin beim Rasenmähen über einen Baumstumpf gefallen.«

»Himmel, ich hab vielleicht Mückenstiche!«, jammerte Emma.

»Man sieht sie aber gar nicht«, log Kosken, der weiß, dass man Mädchen niemals sagen darf, wenn etwas mit ihrem Aussehen nicht stimmt.

Emma hatte zwei prächtige Mückenstiche an der Nasenwurzel. Sie hatte versucht, sie mit Schminke zu übertünchen, was ihr aber nicht gelungen war. Jeder wusste, dass man kein Wort über Emmas Mückenstiche verlieren durfte, wenn man keinen Ärger mit ihr haben wollte. So war sie.

»Ich hasse Mücken«, sagte Emma hinter ihrem Kaugummi. »Warum seid ihr nicht drinnen geblieben?«

»Krebsfest«, log Kosken. »Und was hast du draußen getrieben?«

Emma zuckte mit den Schultern, aber Kosken wollte es ihr nicht so leicht machen.

»Haben wir dich gestern nicht in einem weißen Volvo gesehen?«

16

»Kann sein«, sagte Emma, drehte uns den Rücken zu und ging zum Fenster. Sie setzte sich auf die Fensterbank, legte den Kopf zurück und schloss die Augen.

»Ein weißer Volvo«, wiederholte Kosken. »Zusammen mit einem Typ, an dem schon die Motten fressen.«

Sie antwortete nicht.

»Ein Typ mit Schnurrbart. Um die fünfunddreißig.«

Emma schnaubte, ohne die Augen zu öffnen. »Der ist keine fünfunddreißig.«

»Dreiunddreißig«, sagte Kosken.

Emma zog die Augenbrauen bis zum Haaransatz hoch, drehte den Kopf und zischte: »Geht dich das was an?«

»Ich frag ja bloß«, sagte Kosken, »ob ihr heiraten wollt. Er wird wahrscheinlich bald pensioniert? Wenn er stirbt, kriegst du eine Witwenrente. Du hast ausgesorgt, sobald ihr verheiratet seid. Natürlich nur, wenn ihr keine Kinder kriegt. Dann wird das kein Spaß. Kinderkacke auf dem Wohnzimmerteppich und dauernd das Geschrei nachts.«

Emma seufzte und schloss erneut die Augen.

»Dies wird das zehnte Jahr mit euch beiden zusammen. Wenn man Glück gehabt hätte, hätte man neue Klassenkameraden gekriegt, aber das hat man nicht. Jetzt muss ich mich noch weitere drei Jahre mit euch rumärgern.«

»Wir kommen zu deiner Hochzeit«, versprach Kosken, »und werfen mit Reis.«

»Idiot«, fauchte Emma. »Wer hat ein Krebsfest gegeben?«

»Dyberg«, log Kosken.

»Ätzend!«, wimmerte Emma. »Wart ihr in seinem Sommerhaus?«

»Ja«, log ich.

»Ätzend!«, stöhnte Emma. »Als ich dort war, hat jemand aufs Sofa gekotzt.«

»Er hat kein Sofa«, sagte Kosken. »Es gab nur Krebse und was zu trinken, die Tür ließ sich nicht schließen, und so sind die Mücken reingekommen. Als wir gingen, war er bewusstlos.«

»Als ich letztes Jahr dort war, haben wir gegorenen Strömling gegessen«, sagte Emma.

Da näherte sich ein kleines blondes Mädchen mit Zöpfen und hübschen Brüsten. Sie trug einen eng anliegenden Rock und ein dunkelblaues T-Shirt. Ihr Gesicht sah aus, als hätte sie es seit Anfang Juni in die Sonne gehalten.

In der einen Hand trug sie ein Schlüsselbund, das so groß wie ein Tennisball war, und mit der anderen drückte sie sich einige Bücher gegen die Brust. Sie reichte mir bis zum Kinn. Zwischen ihren beiden großen weißen Schneidezähnen war eine kleine Lücke.

»Hallo«, sagte sie, »ihr seid die 1 F, oder?«

»Ja«, sagte ich.

Sie warf einen Blick in den schattigen Teil des Korridors, als glaubte sie, dort verstecke sich eine Gruppe Schüler aus Angst, sie würde sagen, dass »immer« immer mit zwei m geschrieben wurde.

»Mehr seid ihr nicht?«

»Wir sind genug«, behauptete Emma, die von der Fensterbank gerutscht und näher gekommen war, um die Neue zu mustern.

»Dann gehen wir rein«, sagte die, die in der Sonne gelegen hatte. Sie steckte den Schlüssel ins Schloss, drehte ihn herum und hielt die ganze Zeit die Bücher gegen die linke Brust gedrückt. Sie merkte, dass ich sie beobachtete, und lächelte. Dann machte sie einen Schritt beiseite und ließ uns drei den angenehm kühlen Raum betreten.

»Ist das kalt hier«, jammerte Emma und ging auf das Fenster im hinteren Teil des Raumes zu, hob den Stuhl vom Tisch und setzte sich, das Kinn in beide Hände gelegt und die Ellenbogen auf die Tischplatte gestützt. Kosken und ich setzten uns in die gegenüberliegende Ecke ganz hinten. Wenn man saß, konnte man die Braungebrannte kaum noch sehen, die jetzt den Stuhl vom Katheder hob.

»Wollen wir gemeinsam die Stühle von den Tischen nehmen?«, schlug sie vor.

Niemand rührte sich.

Sie ging zu den Tischen vorm Katheder und begann, die Stühle herunterzuheben. Nachdem sie vier Stühle auf den Boden gestellt hatte, wandte sie sich an Emma.

»Es ist netter, wenn ihr hier vorn sitzt.«

»Ich hab immer ganz hinten gesessen«, antwortete Emma.

»Dann ist es Zeit für eine kleine Abwechslung«, sagte die Braungebrannte.

»Das geht nicht«, sagte Emma, »ich bin weitsichtig.«

»Aha«, sagte die Braungebrannte und wandte sich an Kosken und mich. »Aber vielleicht wollt ihr beiden hier vorn sitzen?«

»Wir haben auch Augenfehler«, knurrte Kosken.

»Das glaub ich nicht«, antwortete die Braunge-brannte, verzog den Mund und fuhr fort, Stühle von den Tischen zu heben.

»Es ist aber wahr«, log Kosken.

Sie tat mir leid, und ich stand auf und half ihr mit den Stühlen. Sie, die uns was beibringen sollte, hatte den Kathederstuhl und weitere sieben Stühle auf den Boden gestellt. Ich übernahm die übrigen zehn. Als ich fer-tig war, setzte ich mich wieder, und unsere vollbusige Lehrerin schrieb mit großen, runden Buchstaben ihren Namen an die Tafel.

Johanna Persson.

Dann drehte sie sich um und schien den Abstand zwischen uns mit den Augen abzuschätzen.

»Es wäre schöner, wenn wir nicht so weit voneinan-der entfernt wären.« Sie lispelte ein wenig, als sie das sagte.

Emma wälzte ihr Kaugummi im Mund. Kosken hatte den Oberkörper über den Tisch gelegt, Arme und Hände über dem Kopf.

Johanna Persson zeigte auf mich. »Wie heißt du?«

»Werd Henke genannt.«

»Nachname?«

»Törnkvist.«

Johanna Persson nickte und wandte sich an Emma.

»Emma Falk«, sagte Emma durch ihr Kaugummi, bevor Frau Persson sie fragen konnte.

Sie wandte sich an Kosken. Er sagte nichts.

Es war still.

»Was ist los?«, fragte Kosken nach einer Weile und richtete sich auf.

»Wie heißt du?«, flüsterte Johanna Persson.

»Matti Koskela«, antwortete Kosken.

Sie nickte, als ob sie an etwas gedacht hätte, von dem sie nicht wusste, ob es wichtig oder bedeutungslos war. Dann öffnete sie den Mund und zeigte die Lücke zwischen den Schneidezähnen.

»Und nun seid ihr also in der Oberstufe.«

Emma warf mir einen Blick zu. Niemand sagte etwas. Kosken wimmerte, warf sich wieder über den Tisch und umklammerte die Tischkante mit den Händen, als müsste er sich festhalten, um nicht aus dem Raum geschleudert zu werden, in den Flur hinaus und auf den Schulhof, wo er endlich atmen könnte, ohne dass ihm der Gestank nach Scheuermitteln in die Nase stach.

»Was ist das für ein Gefühl«, sagte Johanna Persson, »jetzt in der Oberstufe zu sein?«

»Wann ist Schluss?«, stöhnte Kosken, die Arme über dem Kopf verschränkt.

»Wir haben doch gerade erst angefangen«, antwortete Frau Persson. »Und wir haben eine Doppelstunde.«

»Ich sterbe«, behauptete Kosken. »Kann nicht mal jemand das Fenster öffnen?«

»Das wird zu kalt«, jammerte Emma.

»Mach das Fenster auf!«, brüllte Kosken.

Aber Emma rührte sich nicht.

»Ihr kennt euch wahrscheinlich schon von früher?«, fragte Johanna Persson und sah uns der Reihe nach an.

»Nein«, log Kosken. »Wir wohnen auf dem Land verteilt, draußen im Wald.«

»Aha.« Ihre Stimme klang erleichtert. »Ich bin also nicht die Einzige, die hier neu ist. Ihr seid nämlich meine erste Klasse. Ich komme direkt von der Lehrerhochschule.«

Niemand sagte etwas, und es war wieder still.

Emma machte eine Kaugummiblase und ließ sie platzen. Es war so still, dass der Knall wie etwas sehr Wichtiges klang. Emma musste lachen.

»Dann sollten wir uns bekannt machen«, schlug Johanna Persson vor.

Kosken stöhnte: »Macht das Fenster auf!«

Frau Persson ging zu dem Fenster neben der Tafel, beugte sich über einen Tisch und versuchte, es zu öffnen, aber es ging nicht. Kosken musterte ihren Hintern, als sie sich vorbeugte. Er grinste und hob eine Augenbraue.

»Wahrscheinlich braucht man einen besonderen Schlüssel«, sagte Emma.

Da kam Dragan. Er sah ziemlich gut aus, gerade richtig groß, hübsche schwarze Haare, neue Jeans und ein weißes T-Shirt, auf dem »Love Me or Leave Me« stand. Er ging auf Johanna Persson zu, reichte ihr die Hand und lächelte sie an, wie er sonst nur Mädchen anlächelte, auf die er es abgesehen hatte. »Dragan.«

»Johanna Persson. Willkommen. Gehörst du auch zur 1 F?«

»Bestimmt«, sagte Dragan und setzte sich zwischen Emma und mich.

»Kennst du die anderen auch nicht?«, fragte Frau Persson.

»Wen kennt man schon?« Dragan lehnte sich mit

gespreizten Beinen auf dem Stuhl zurück und kreuzte die Arme vor der Brust.

»Ich verstehe«, sagte sie. »Wir wollen uns jetzt bekannt machen. Wer fängt an?«

»Ich«, sagte Kosken, ohne den Kopf zu heben. Er lag mit weit ausgestreckten Armen über dem Tisch, drückte die Wange gegen die Tischplatte und sah aus, als würde er schlafen.

»Bitte sehr«, sagte Johanna Persson und setzte sich auf die Kathederecke.

Niemand sagte etwas.

»Was soll das denn?«, fragte Dragan nach einer Weile.

»Doppelstunde in Schwedisch«, antwortete Emma.

Dragan zog einen blauen Plastikkamm aus der Gesäßtasche und kämmte sich.

»Bitte, Matti«, sagte Johanna Persson.

Dragan fing an zu lachen. »Matti, bitte!«, ahmte er sie nach.

»Ich heiß Kosken«, murmelte Kosken.

»Bitte«, wiederholte sie.

Niemand sagte etwas.

»Vielleicht beginnst du damit, dass du dich aufrecht hinsetzt?«, schlug sie vor.

»Was soll ich sagen?«, fragte Kosken.

»Helft ihm.« Johanna Persson sah uns bittend an.

»Wobei?«, fragte Dragan.

»Fragt, was ihr wissen wollt.«

»Ich will nicht die Bohne von dem Schwein wissen«, zischte Emma.

Johanna Persson sah sie bestürzt an. »So kannst du doch nicht über einen neuen Klassenkameraden reden.«

»Kann ich wohl. Ich hab's doch grad gesagt.«

Johanna Persson seufzte. »Fragt, was ihr wissen wollt.«

»Wann warst du zuletzt breit?«, fragte Dragan, holte wieder den Kamm vor und fuhr sich damit einige Male durch die Haare. Seine Schwester war Friseuse, und er hatte immer frisch geschnittene Haare.

»Gestern«, antwortete Kosken.

»Und wie breit warst du auf einer Skala von eins bis zehn?«

»Ungefähr vier.«

»Gut«, sagte Johanna Persson zu Dragan. »Mach weiter.«

Dragan schüttelte den Kopf. »Ich hab alles erfahren, was ich wissen wollte.«

Sie sah etwas gequält aus, nahm sich aber zusammen und richtete ihren Blick auf Emma. »Und du?«

»Ich hab schon alles gesagt. Ich will rein gar nichts über das Schwein da wissen.«

»Wie kannst du etwas wissen, bevor du ihn kennengelernt hast. Vielleicht ist Matti …«

»Kosken!«, brüllte Kosken, ohne den Kopf vom Tisch zu heben.

»Genau, Kosken«, sagte Johanna. »Wie kannst du wissen, dass es sich nicht lohnt, Kosken kennenzulernen.«

»Man sieht es ihm an«, behauptete Emma.

»Wie?«

»Sehen Sie doch selber!«

»Klar seh ich etwas. Er sieht aus wie ein ganz normaler Jugendlicher …«

»Siebzehn«, sagte Kosken. »Ich bin siebzehn, demnächst.«

»Er sieht aus wie siebzehn«, sagte Emma. »Da haben Sie's. Er sieht bescheuert aus.«

Frau Persson wandte sich an mich. Ich fand, Emma war gemein zu ihr. Schließlich wollte sie uns etwas beibringen. Es gab keinen Grund, gemein zu ihr zu sein, auch wenn man nicht begriff, was sie uns beibringen wollte. Ich nahm mir vor, Emma eins beizupulen.

»Was fällt dir ein, wenn ich ›weißer Volvo‹ sage?«, fragte ich Kosken.

»Scharfe Tussi«, antwortete er, ohne den Kopf von der Tischplatte zu heben.

»Und wenn ich ›Mücken‹ sage?«

»Scharfe Tussi am Badestrand.«

»Worauf ist sie scharf?«

»Aufs Telefon«, sagte Kosken. »Ich kenn keine, die so scharf aufs Telefon ist.«

Jetzt begann Johanna Persson, Unrat zu wittern, denn sie drehte sich zu Emma um. »Kennt ihr euch von früher?«

»Ich will diese Idioten nicht kennenlernen, selbst wenn ich dafür bezahlt kriege«, schnaubte Emma, holte das Handy hervor und überprüfte es. Sie schien eine SMS bekommen zu haben und begann, auf die Tasten zu drücken.

»Sie hat einen Liebesbrief von ihrem Liebhaber bekommen, einem Rentner«, erklärte Kosken, ohne den Kopf von der Tischplatte zu heben.

Da wurde die Tür geöffnet, und ein rothaariger Typ stand da und starrte uns an. Er war so groß, dass er fast

25

den Nacken neigen musste, um zur Tür hereinzukommen.

»Ist das die 1 F?«

»Willkommen«, sagte Frau Persson. »Ich heiße Johanna Persson und bin eure Klassenlehrerin. Ich unterrichte euch in Schwedisch und Englisch.«

Sie streckte ihm die Hand hin, und der Lange mit den roten Haaren ging auf sie zu. Er schien doppelt so groß zu sein wie sie, und er hatte mächtige Arme. Er reichte ihr die Hand, ohne die Tür hinter sich zu schließen.

»Gustav Molberg«, sagte er, schüttelte Johanna Perssons Hand und wandte sich zur Klasse um. Dann ließ er sich auf einen Stuhl direkt vorm Katheder sinken.

»Wir haben gerade angefangen, uns bekannt zu machen«, sagte Johanna Persson. »Vielleicht möchtest du den anderen Fragen stellen?«

»Ja«, sagte Gustav Molberg, »möchte einer von euch ein Fahrrad kaufen?«

»Was für ein Fahrrad?«, fragte Dragan.

»Ganz neu, zehn Gänge, steht auf dem Hof, du kannst es dir in der Pause ansehen.«

»Ich seh's mir gern an«, sagte Dragan.

»Vielleicht solltet ihr sagen, wie ihr heißt«, schlug Frau Persson vor.

Wir nannten also unsere Namen. Gustav Molberg hatte sich zu uns umgedreht und kehrte Frau Persson jetzt den Rücken zu. Er streckte seinen langen Arm aus und zeigte auf Kosken.

»Dich kenn ich.«

Kosken richtete sich auf. »Mit wem redest du?«

»Mit dir.«

Kosken sah mich an und dann Dragan. Er nickte in Gustav Molbergs Richtung. »Was ist das da für ein Dreck? Hat die Katze ihn reingeschleppt? Hat er einen Besenstiel im Hintern? Er hat die Tür nicht zugemacht.«

»Ich kenn dich.« Gustav Molberg lächelte.

Frau Persson baute sich zwischen Gustav Molberg und Kosken auf. »Jetzt wollen wir mit dem Kennenlernen fortfahren. Ich glaube, wir machen das so, dass jeder etwas über sich selber schreibt.«

Sie ging zum Katheder, holte liniertes Papier, Bleistifte und Radiergummi und verteilte alles.

»Dich kenn ich«, wiederholte Gustav Molberg, bevor er sich umdrehte und auf sein Blatt schaute. Dragan faltete aus seinem Blatt eine Schwalbe und warf sie in Richtung Tafel. Sie landete auf dem Fußboden hinter dem Katheder.

»Jetzt schreibt ihr etwas über euch selber auf«, sagte Johanna Persson, »etwas Persönliches.«

Kosken drückte seine Wange immer noch gegen die Tischplatte. »Schreiben Sie auch was?«, fragte er.

»Ja«, antwortete sie, »ich auch.«

»Tür zu!«, rief Emma. »Es zieht.«

3

»Schreib's dir auf«, sagte Großmutter immer, wenn ich einkaufen gehen sollte.

Ich hatte mit sechs Jahren lesen gelernt. Gelernt hab ich es in Haralds Illustrierten mit den nackten Weibern.

Das ist gar nicht so seltsam, wie es vielleicht klingen mag. Wenn man einen Karton voller Hefte mit nackten Frauen findet und sechs Jahre alt ist, dann will man wissen, warum sie nackt sind. In diesen Heften und im Fernsehen habe ich lesen gelernt. Mama schaffte es selten, mir die Untertitel der unsynchronisierten ausländischen Filme vorzulesen, und mir passte es nicht, wenn gelacht wurde und ich nicht begriff, worüber.

Als ich zur Schule kam und Frau Petrell begegnete, konnte ich lesen. »P wie in Pimmel«, sagte ich. Frau Petrell rief Mama an und sagte, in ihren zwanzig Berufsjahren sei ihr noch nie passiert, dass ein Erstklässler so mit ihr redete.

Mama musste lachen.

Ich habe Frau Petrell nie gemocht. Sie lutschte Veilchenpastillen und benutzte ein unangenehmes Parfum.

Großmutter gab mir einen Stift und ein Stück von einer Papiertüte. Ich schrieb es auf, wenn ich mehr als vier Sachen einkaufen sollte. Es waren fast immer mehr als vier Sachen, denn Großmutter kaufte nicht häufig ein.

Während ich also vor Johanna Perssons liniertem Blatt saß, dachte ich an all die zerknüllten Papiertüten, die meine Großmutter im Abstellraum verwahrt hatte. Ich pflegte ein Stück abzureißen, und dann saß ich am Küchentisch mit einem Bleistift, der nicht länger als eine Zigarrettenkippe war, er war immer stumpf, und die Buchstaben wurden breit und grau, die Wachstuchdecke war geblümt und braungelb, an den Faltstellen war sie gerissen, und das Gewebe schimmerte hindurch.

28

»Was meinen Sie mit ›persönlich‹?«, wollte Emma wissen.

Frau Persson dachte eine Weile nach, ehe sie antwortete. »Etwas Persönliches ist das, was nur du erlebt haben kannst, etwas, das niemand anderes erzählen könnte«, antwortete sie dann.

Emma seufzte und legte den Stift weg. »Ich versteh nicht, was Sie meinen.«

»Etwas, das nur du allein erlebt hast«, versuchte Johanna Persson zu verdeutlichen.

Emma schüttelte wortlos den Kopf, nahm ihr Handy vor und drückte eine SMS ein.

In der Siebten, als sie eine Abtreibung hatte machen lassen, sprach unsere Lehrerin mit uns, bevor Emma in die Schule zurückkam. Frau Alfgren sagte, dass es für Emma gar zu persönlich sein könnte, von der Abtreibung zu reden, deshalb sollten wir sie lieber nicht fragen. Und wir sollten sie auch nicht nach ihrem neun Jahre älteren Bruder fragen, das wäre gar zu persönlich.

»Ich hab kein Papier«, jammerte Dragan.

Frau Persson zeigte auf die Schwalbe hinterm Katheder.

»Kann ich nicht ein neues Blatt haben?«, bat Dragan.

»Warum?«, fragte Johanna Persson.

»Das da ist zerknüllt.«

»Und wer hat es zerknüllt?«

Dragan seufzte wieder und holte den Kamm hervor. »Dann schreib ich eben nichts.«

»Du sollst nicht meinetwegen schreiben«, behauptete sie.

Dragan schnaubte. »Kann ich von einer Katze erzählen?«

»Erzähl, was du willst«, sagte sie.

»Geben Sie mir bitte ein Blatt Papier.«

»Bitte.« Frau Persson zeigte auf den Stapel auf dem Katheder, und Dragan stand auf und holte sich ein Blatt.

Emma schickte ihre SMS ab, der Rothaarige beugte sich über sein Papier, Johanna Persson ging zum Fenster.

»Was sollen wir machen?«, fragte Kosken. Die Haare standen ihm zu Berge, und er sah verschlafen aus.

»Erzähl davon, wie du besoffen warst«, schlug Dragan vor, der angefangen hatte zu schreiben, und während er schrieb, stampfte er einen Takt. Sein rechter Fuß bewegte sich die ganze Zeit.

Großmutter ging nicht gern aus. Deswegen musste ich für sie einkaufen. Sie rief Mama an und bat, mich zu ihr zu schicken. Großmutter knipste immer das Licht aus, wenn sie ein Zimmer verließ, und wenn sie gebacken hatte, trocknete sie hinterher die Wischlappen im auskühlenden Backofen. Sie trug das ganze Jahr hindurch karierte Hausschuhe mit hohem Schaft, und sie hatte ein runzliges Gesicht. Auf dem Fensterbrett zwischen den Geranien lag immer eine Bibel. Großmutter hatte Mama ständig in den Ohren gelegen, dass sie den Kiosk schließen sollte. Als Harald anfing, Illustrierte mit nackten Frauen zu verkaufen, begann sie ernsthaft zu drängen, dass wir den Kiosk schließen sollten. Sie behauptete, er bringe Schande über die ganze Familie. Die Familie bestand aus Mama, Großmutter und mir.

Harald ist nicht mein richtiger Vater, über ihn hätte es also keine Schande gebracht, soviel ich weiß.

»Woran denkst du?«, fragte Frau Persson. Sie stand neben mir.

»An nichts.«

»Du hast bestimmt was zu erzählen.«

»Nein.«

»Jeder hat etwas zu erzählen.«

»Ich nicht.«

»Doch, versuch es mal. Was hast du gestern gemacht?«

»Nichts.«

Ich konnte ja nicht darüber schreiben, dass wir Koskens Altem einen halben Liter Schnaps geklaut hatten und zum Långasee rausgefahren waren und dass wir dort einen Typ beobachtet hatten, der Emma Falk bumsen wollte.

»Jeder hat etwas zu erzählen«, behauptete Frau Persson. »Oder, Matti?«

Kosken lag über der Tischplatte. »Ich nicht.«

»Auch du«, sagte sie zu ihm.

»Nennen Sie mich Kosken«, bat er.

Emma in ihrer Ecke seufzte und sah unzufrieden aus. »Wollen Sie uns nicht was beibringen? Schließlich sind wir jetzt in der Oberstufe.«

»Schreib was auf«, ermunterte Johanna Persson sie.

»Wie schreibt man ›Waschmaschine‹?«, fragte Dragan.

»Idiot«, knurrte Kosken, ohne die Wange vom Tisch zu heben.

Johanna Persson ging zur Tafel und schrieb mit großen, deutlichen Buchstaben »Waschmaschine« an.

»Hier geht's ja zu wie in der Vorstufe«, fauchte Emma. »Wir sind doch in der Oberstufe.«

»Schreib darüber«, schlug Frau Persson vor. »Schreib, wie es in der Oberstufe zugehen sollte.«

Da wurde die Tür geöffnet, und ein Mädchen mit einem weißen Kopftuch betrat den Raum. Es hielt einen Zettel in der Hand. Draußen im Flur stand jemand, ich konnte nicht erkennen, ob es ein Mann oder eine Frau war. Das Mädchen hielt Johanna Persson den Zettel hin, die ihn nahm und las.

»Willkommen, Saida. Bitte, setz dich.«

Saida setzte sich ans Fenster, ganz vorn neben den Overheadprojektor.

Frau Persson erzählte, woher Saida kam und dass sie noch nicht besonders gut Schwedisch sprach. Sie schrieb Saidas Nachnamen an die Tafel und fragte, ob wir wüssten, wo Saidas Heimatland lag.

»Was geht mich das an?«, fragte der Rothaarige.

»Sie ist deine Klassenkameradin«, antwortete Frau Persson.

»Nur weil sie in dieselbe Klasse geht als ich, ist sie noch lange nicht meine Kameradin.«

»Es heißt ›wie ich‹.«

Der Rothaarige schwieg eine Weile. Währenddessen trommelte er mit Daumen und Zeigefinger auf die Tischplatte. »Was meinen Sie?«

»Es heißt ›wie ich‹«, sagte Johanna Persson. »Sie geht in dieselbe Klasse wie ich.«

Der Rothaarige reckte seine riesigen Arme zur Decke und legte die Hände in den Nacken. »Jedenfalls ist sie nicht meine Kameradin.«

Dann reichte er ihr sein Blatt. Sie überflog es.

»Lesen Sie laut vor«, forderte der Rothaarige sie auf.

Frau Persson zögerte.

»Sie wollten doch, dass wir etwas aufschreiben.« Der Rothaarige lächelte ein schiefes Lächeln.

»Kannst du es nicht selber lesen?« Frau Persson reichte ihm das Blatt zurück.

»Klar«, sagte er und erhob sich. Er schaute über die Klasse, sah jedoch weder Saida noch Emma an. Sein Blick ging von Dragan zu mir und blieb an Kosken hängen.

»Messer«, sagte der Rothaarige. »Wer im Kampf ein Messer benutzt, sticht von unten zu. Nie von oben. Warum? Ein Stich von oben muss vorbereitet werden, indem man das Messer über den Kopf hebt. Die ganze Zeit, während du das Messer hebst, bist du ungeschützt. Deswegen musst du es am Bein oder hinterm Rücken halten, und dann stichst du von unten unter die Rippen. Der Stich ist tödlich, wenn die Klinge das Herz trifft.«

Der Rothaarige beobachtete Dragan, mich und Kosken, dann setzte er sich. Frau Persson sah nicht aus, als hätte ihr gefallen, was sie gehört hatte. Der Rothaarige sah zufrieden aus. Er setzte sich auf den Stuhl und ließ den rechten Arm über die Lehne hängen. Den Körper hatte er Frau Persson zugewandt.

»Wo hast du das denn gelernt?«, fragte sie.

»Bei der Bürgerwehr.«

»Was ist das?«

»Eben die Bürgerwehr.«

»Und da kämpft ihr mit Messern?«

»Da kämpfen wir, um den Feind zu besiegen«, antwortete der Rothaarige. »Wer möchte ein Fahrrad kaufen?«

Niemand antwortete.

»Ich kann auch was erzählen«, sagte Dragan.

»Bitte«, sagte Frau Persson.

»Es handelt von der Katze meiner Schwester. Sie war weiß. Aber dann ist sie in die Waschmaschine geraten. Da waren neue Jeans drin. Als wir sie rausnahmen, war die Mieze drinnen. Halb tot. Und blau. Versteht ihr? Sie war weiß. Vorher. Versteht ihr? Sie war blau geworden. Meine Schwester hatte die Jeans mit dreißig Grad gewaschen, damit sie nicht einlaufen. Deswegen hat die Katze es überlebt. Sie war noch mehrere Tage lang halb tot. Jetzt ist sie verrückt. Liegt immer auf der Hutablage. Wenn man zur Haustür reinkommt, springt sie runter und haut einem die Krallen in den Rücken. Versteht ihr? Blau. Mein Vater sagt, man sollte sie ersäufen. Die kleinen Geschwister heulen. Er traut sich nicht. Gibt Aufruhr in der Familie. Eine Katze bringt man nicht einfach so um. Nicht mal, wenn sie blau ist.«

Er holte den Kamm vor und fuhr sich damit durch die Haare.

»Albern«, schnaubte der Rothaarige. »Niemand überlebt einen Waschgang in der Waschmaschine. Du lügst.«

»Ich lüge nie«, behauptete Dragan.

»Jetzt hast du schon wieder gelogen«, sagte der Rothaarige. Frau Persson biss sich auf die Unterlippe und wandte sich an Emma. »Willst du nichts aufschreiben?«

»Louise ist unterwegs.«

34

»Ist das deine Freundin?«

Emma zuckte mit den Schultern.

»Würdest du bitte das Handy wegstecken?«

»Ich hab sie angerufen und geweckt, das ist doch gut?«

»Das ist gut, aber jetzt leg das Handy weg.«

Emma verdrehte die Augen und steckte es weg. Die ganze Zeit starrte Gustav Kosken an. Nach einer Weile drehte er sich zum Katheder um und begann, an seiner Armbanduhr zu fummeln. Es war ein riesiges Ding, kaum kleiner als ein Hühnerei, und hatte wahrscheinlich hundert Funktionen und außerdem vermutlich ein dünnes Stahlseil, mit dem man jemanden erdrosseln konnte.

»Was haben Sie geschrieben?« Dragan sah Johanna Persson fragend an. »Sie wollten doch auch was schreiben, oder?«

Sie sah unsicher aus. »Ich bin noch nicht dazu gekommen.«

»Worüber wollen Sie schreiben?«, fuhr Dragan fort.

»Etwas über diese Klasse.«

Dragan lachte. »Sie kennen uns doch gar nicht.«

»Ein bisschen kenne ich euch schon.«

Dragan kreuzte die Arme vor der Brust und lächelte sein charmantestes Lächeln. »Was wissen Sie von mir?«

Frau Persson dachte nach, ehe sie antwortete. »Dass du sechzehn oder siebzehn Jahre alt bist, dass deine Eltern vermutlich aus dem ehemaligen Jugoslawien stammen, dass du großen Wert auf dein Aussehen legst, dass du eine Schwester hast, die eine Katze hat, dass du dich für diesen Zweig entschieden hast …«

»Ich hab mich nicht entschieden«, unterbrach Dragan sie.

»Nicht?«

»Ich bin nirgendwo anders reingekommen.«

»Du bist also nicht hier, weil du es selber willst?«

»Tss …« Er sah sich um. »Was glauben Sie? Niemand ist hier, weil er es selber will.«

»Auf welchen Zweig wolltest du denn?«

»Och.« Dragan seufzte, stemmte die Ellenbogen auf die Tischplatte und legte das Kinn in die Hände.

»Wenn du selbst entscheiden dürftest«, beharrte Frau Persson.

Er legte sich wie Kosken über die Tischplatte.

»Außerdem weiß ich noch etwas von dir.«

»Was?«, fragte Dragan, ohne den Kopf zu heben.

»Du bist unzufrieden.«

»Niemand ist zufrieden, in dieser Scheißklasse zu sein«, sagte Emma.

»Warum nicht?«

Emma schüttelte nur den Kopf und holte wieder ihr Telefon hervor. Johanna Persson sah uns an.

»Wollte keiner von euch in diese Klasse gehen?«

Niemand antwortete.

»Dann bin ich also Klassenlehrerin einer Klasse, in die niemand gehen will, ist es so?«

»Was meinen Sie, wie wirkt es denn?«, fragte Emma, während sie eine SMS abschickte.

»Ist nicht bald Schluss?«, fragte Kosken.

»Nein«, sagte Frau Persson. »Wir fangen doch gerade erst an.«

»Womit?«, fragte der rothaarige Gustav.

36

»Mit Schwedisch«, antwortete sie.

»Aufhören«, sagte Dragan.

»Nein«, sagte sie. »Wir fangen an.«

Dragan hatte sich zurückgelehnt und die Arme wieder vor der Brust gekreuzt. »Merken Sie nicht, dass niemand interessiert ist?«

»Dann muss ich dafür sorgen, dass ihr euch interessiert«, sagte Johanna Persson. »Was interessiert euch?«

»Saufen«, sagte Emma. »Die wollen bloß saufen. In zehn Jahren sitzen sie im Park und trinken Selbstgebrannten zum Frühstück.«

»Aber du doch wohl nicht?«, fragte Frau Persson.

»Die«, sagte Dragan, »die hat in zehn Jahren fünf Bälger und lebt von Stütze.«

Emma sah beleidigt aus, blieb jedoch stumm.

»Man muss für seine Zukunft sorgen«, sagte Gustav. »Ich geh zum Militär.«

»Glaub ich nicht«, sagte Kosken, ohne den Kopf zu heben.

»Dich hat niemand gefragt!«, brüllte Gustav.

»Glaub ich trotzdem nicht«, sagte Kosken.

»Was möchtest du werden, Matti?«, fragte Frau Persson.

Er antwortete nicht.

Sie wiederholte die Frage. »Was willst du werden, Kosken?«

Auch jetzt gab er keine Antwort. Sie sah mich an. »Und du?«

Ich zuckte mit den Schultern.

»Der übernimmt den Kiosk«, sagte Dragan.

Ich sagte nichts.

»Habt ihr einen Kiosk?«, fragte Frau Persson.

Die anderen sahen mich an, aber ich schwieg. Sie wandte sich an Dragan. »Und du?«

Er antwortete nicht, und Emma drehte sich zu Saida um.

»Was willst du werden?«

Saida ließ sich Zeit. Und als sie antwortete, konnte man kaum verstehen, was sie sagte. Dragan bat sie, es zu wiederholen.

»Lehrerin«, flüsterte Saida.

Frau Persson nickte. »Wir haben also eine, die Lehrerin werden möchte, und einen, der zum Militär gehen will, und einen, der einen Kiosk führen will …«

Ich unterbrach sie. »Ich will keinen Kiosk führen.«

»Nicht? Was willst du denn tun?«

»Weiß nicht.«

Da wurde die Tür geöffnet, und Allan stand auf der Schwelle. Er lachte und zeigte seine Zähne, kam aber nicht herein.

»Was für ein Haufen! Lauter Versager!« Dann drehte er sich um und ging weg, ohne die Tür zu schließen. Frau Persson ging zur Tür und rief ihm nach: »Gehörst du in die 1 F?«

Aber Allan antwortete nicht, und sie schloss die Tür und stellte sich an den Katheder.

Kosken meldete sich. Das tat er sonst nie. Frau Persson nickte ihm zu.

»Wann ist Schluss?«

Sie sah nicht zur Uhr. Sie sah Kosken an und sagte mit ruhiger, fast drohender Stimme: »Diese Frage will ich nie mehr hören. Und wenn sie doch gestellt wird, werde ich sie nicht beantworten. Kapiert?«

Kosken fiel über der Tischplatte zusammen und wimmerte. Gustav drehte sich um und sah uns an, nur Saida nicht. Er blinzelte vielsagend. Dann streckte er einen Arm aus, formte mit den Fingern eine Pistole und gab einen lautlosen Schuss auf Kosken ab, ohne dass dieser es bemerkte. Als Gustav abdrückte, zuckte die ganze Hand vom Rückstoß. Es sah ziemlich echt aus. Oder genauer gesagt, es sah genauso aus wie im Kino.

»Wir schreiben zusammen ein Buch«, schlug Frau Persson vor. »Es soll von uns handeln, von dieser Klasse, und wir werden uns das ganze Jahr jede Woche eine Stunde lang damit beschäftigen. Eine Stunde reicht nicht aus, um ein Buch zu schreiben, ihr müsst also viel zu Hause arbeiten. Als Erstes müssen wir entscheiden, wie das Buch heißen soll.«

»Das ist keine gute Idee«, behauptete Dragan mit gerunzelter Stirn.

»Es ist eine ausgezeichnete Idee«, beharrte Frau Persson.

»Ist es nicht«, sagte Dragan. »Niemand in dieser Klasse liest Bücher. Keiner schreibt. Daraus wird nichts.«

»Bringen Sie uns lieber was anderes bei«, bat Emma.

»Wie soll das Buch heißen?«, fragte Frau Persson.

Niemand sagte etwas. Kosken wimmerte.

»Wie soll das Buch heißen?«, wiederholte sie.

»Das wird nie was«, sagte Dragan mit seiner tiefen dunklen Stimme. Er schüttelte langsam den Kopf.

Es war still wie im verschneiten Wald, wenn die Sonne auf die verharschte Loipe scheint.

»Wie soll es heißen?«, wiederholte Frau Persson noch einmal und biss sich auf die Unterlippe.

»*Schwedisch für Idioten*«, schlug Emma nach einer Ewigkeit vor.

Frau Persson nahm einen Stift und schrieb es an die Tafel: *Schwedisch für Idioten.*

Alle konnten sie seufzen hören – vermutlich vor Erleichterung –, als sie das Gesicht der Tafel zuwandte. Wir betrachteten, was sie geschrieben hatte. Dragan schüttelte den Kopf.

»Soll das Buch so heißen?«, fragte sie. »*Schwedisch für Idioten?*«

»Ja«, sagten wir im Chor, nur damit sie aufhörte, sich was auszudenken.

4

Wir starrten immer noch an, was sie an die Tafel geschrieben hatte. Niemand sagte etwas. Da wurde die Tür aufgerissen, und Allan kam hereingeschossen.

»Hi, ihr Knalltüten!«, rief er und setzte sich neben Emma.

»Ich heiße Johanna Persson«, sagte unsere Lehrerin. »Wie heißt du?«

»Balla Allan«, sagte Allan, zog sich den Schirm seiner Kappe in die Stirn, lehnte sich zurück und legte ein Bein auf die Tischplatte.

»Es gibt etwas, das ich niemals hören möchte«, sagte sie. »Das habe ich deinen Klassenkameraden vor einer Weile erzählt.«

»Was?«, fragte Allan.

»Ich möchte nicht, dass du mich jemals fragst, wie spät es ist oder wann der Unterricht zu Ende ist. Kapiert?«

Allan sah erst mich und dann Dragan an. Mit den Augen fragte er: »Ist die total bekloppt?« Aber niemand beantwortete seine stumme Frage.

»Es gibt noch etwas, das ich nicht erleben möchte«, fuhr sie fort, »weißt du, was das ist?«

»Mir doch egal«, sagte Allan.

»Ich möchte nicht, dass du dich benimmst, als würdest du in die Achte gehen.«

»Mir doch egal«, wiederholte Allan.

»Wir wollen zusammen ein Buch schreiben«, sagte Johanna Persson.

Allan stand auf, und sein Stuhl fiel um. Ehe wir wussten, was geschah, war er schon wieder draußen, und man konnte ihn gegen die Türen treten hören, während er rasch den Korridor entlangging.

»Wie soll das Buch also beginnen?«, fragte Frau Persson.

Niemand sagte etwas.

Da holte sie einige Blätter vom Katheder und verteilte sie. Dann ging sie zu Kosken, der immer noch mit dem Kopf auf der Tischplatte lag, ohne sein Blatt angerührt zu haben.

»Würdest du das bitte lesen?«

»Nein«, sagte Kosken.

»Lies«, forderte sie ihn auf.

»Warum?«

»Weil diese Erzählung von einem handelt, der Koskela heißt.«

Kosken richtete sich auf. »Wirklich?«

»Lies.«

Kosken nahm das Blatt und starrte darauf.

»Es sind neunzehn Zeilen«, sagte sie. »Wenn du neun liest, lese ich den Rest.«

Kosken sah ihr in die Augen, als wollte er herausfinden, was mit ihr los war. Dann begann er zu lesen. Er las langsam, und bei etwa jedem dritten Wort geriet er ins Stocken.

»Gott ist, wie jedermann weiß, allmächtig, allwissend und weitsichtig in seiner Weisheit. Also hat er einstmals Tausende von Hektar Wald auf Sandmo nah der Stadt Joensuu abbrennen lassen. Ihren Gewohnheiten treu, ergriffen die Menschen die Initiative, um Gott an seiner Absicht zu hindern, aber unerschütterlich brannte er ein großes Gebiet ab, von dem er meinte, dass es für zukünftige Zwecke benötigt wurde.«

Als Kosken bei dem letzten Wort ankam, seufzte er und schaute auf. Johanna Persson nickte und las dort weiter, wo er aufgehört hatte.

»Der Erste, der die Umsichtigkeit des Allmächtigen erkannte, war ein Oberst. Er war Stabschef bei einer Armee und fand das abgebrannte Gebiet außerordentlich gut geeignet als Militärstandort. Finnlands Winterkrieg war zu Ende, bis dahin der beste aller Kriege, denn beide Gegner waren als Sieger daraus hervorgegangen. Der Sieg der Finnen war jedoch insofern kleiner, als sie Gebiete an ihre Gegner abtreten und sich hinter neue Grenzen zurückziehen mussten.«

»Das handelt ja gar nicht von jemandem, der Koskela heißt«, beklagte sich Kosken.

»Doch«, sagte sie, »das kommt noch. Was meint ihr, wovon diese Erzählung handeln wird?«

»Krieg«, sagte Gustav, »das ist eine Geschichte vom Krieg.«

»Warum glaubst du das?«, fragte sie und drehte sich zu Gustav um.

»Der Oberst«, sagte Gustav, »wenn es einen Oberst gibt, der Stabschef ist, dann ist es eine Kriegsgeschichte.«

»Aber sie handelt nicht von einem, der Koskela heißt«, maulte Kosken.

»Doch«, sagte Johanna Persson.

»Ich hasse Krieg«, sagte Emma.

»Gab es Wörter in der Geschichte, die ihr nicht verstanden habt?«

»Ich hab überhaupt nichts verstanden.« Emma seufzte. »Und ich glaube nicht an Gott. Das da ist nichts für mich. Wollten wir nicht ein Buch schreiben?«

»Was bedeutet ›ergriffen die Initiative‹?«, fragte Gustav. Und Frau Persson erklärte es ihm. Danach bat sie uns, mehr Wörter zu nennen, die wir nicht verstanden hatten. Es entstand eine Liste mit acht Wörtern.

Dann erklärte sie uns, was eine gute Erzählung ist. Sie behauptete, jemand habe gesagt, eine gute Erzählung sei wie ein Spiegel, der die Straße entlanggewandert kommt. Das war zu viel für Kosken. Er stöhnte laut. Dann sagte Johanna Persson, eine gute Erzählung sei so, dass man sofort begreift, wovon sie handeln wird, und deswegen wollte sie mit diesen neunzehn Zeilen zeigen, wie man eine Geschichte beginnt.

Aber ich musste plötzlich an Mama denken. Das kam natürlich daher, weil Frau Persson über einen Spiegel gesprochen hatte. Ich merkte, wie mir der Schweiß unter den Achseln ausbrach, und ich konnte kaum still sitzen. Ich versuchte, Frau Persson zuzuhören, konnte mich aber nicht mehr konzentrieren, und plötzlich war ich aufgestanden und auf dem Weg zur Tür.

»Ich muss mal eben nach Hause«, entschuldigte ich mich, als ich die Klasse verließ und die Tür hinter mir schloss. Ich nahm drei Treppenstufen gleichzeitig. Auf dem Schulhof wurde der Schatten des Schulgebäudes vom Sonnenlicht gebrochen, das über den Dachfirst floss und den Asphalt in Wärme ertränkte. Ich ging zu den Fahrradständern, löste die Diebstahlsicherung und fuhr los. Bis nach Hause brauchte ich nicht mehr als fünf Minuten.

Das Rollo war noch nicht hochgezogen, obwohl ich ihr noch im Rausgehen gesagt hatte, sie solle es hochziehen. Sie lag im Bett und rauchte, und der Fernseher lief. Das Programm handelte von einer Art Apparat, mit dem man trainieren und abnehmen konnte. Mama drehte den Kopf zu mir um, als ich zur Tür hereinkam. Ich ging zum Fenster und ließ das Rollo hoch. Sie drückte ihre Kippe im Aschenbecher aus, der auf der Decke über ihrer Brust stand.

»Du wolltest doch aufstehen.« Ich schaltete den Fernseher aus.

»Das wollte ich auch.«

»Warum hast du es dann nicht getan?«

Da drehte sie sich zur Wand. Ich setzte mich ans Fußende. »Mama, du musst aufstehen. Du wolltest doch heute den Kiosk öffnen.«

Sie antwortete nicht.

»Mama, bitte.«

Sie drehte sich um, streckte einen Arm aus und streichelte mir über die Wange. »Du bist so lieb.«

»Ich koch dir Kaffee.«

»Das brauchst du nicht. Müsstest du nicht in der Schule sein?«

»Wir haben eine Freistunde.«

»Aha, eine Freistunde. Wie ist es denn so in der Oberstufe? Ist es anders?« Sie griff nach meinem Handgelenk und sah mich an. Ihre Augen waren schwarz. Das kam von der Medizin.

»Du wolltest doch den Kiosk öffnen«, sagte ich.

Sie seufzte und streichelte meine Hand.

»Ich koch jetzt Kaffee und mach ein Butterbrot.«

»Tu das«, sagte sie. »In deinem Alter muss man essen.«

Ich stellte den Aschenbecher auf den Tisch, auf dem schon Zigaretten, Feuerzeug, ein Glas Wasser und ein Döschen mit Schlaftabletten waren.

»Erinnerst du dich, was du versprochen hast?«

»Nein, was hab ich versprochen?«

»Du hast versprochen, nicht im Bett zu rauchen.«

»Das glaub ich nicht.« Mamas Augen waren sehr schwarz.

»Versprich es trotzdem, meinetwegen. Rauch doch bitte nicht im Bett.«

»Es tut so gut.« Mama tippte mit dem kleinen Finger in eines der braunen Löcher in der Decke, die aussahen wie Einschusslöcher.

»Wenn du weiter im Bett rauchst, kann ich ja gar nicht wagen, zur Elchjagd zu fahren. Kannst du mir mal sagen, wie das gehen soll?«

»Nein, das kann ich nicht.« Sie drehte sich wieder zur Wand um.

»Ich koch jetzt Kaffee, und du stehst auf und gehst unter die Dusche.«

»Es gibt kein warmes Wasser«, jammerte sie zur Wand hin.

»Doch. Ich hol dir ein frisches Handtuch.«

Dann ging ich in die Küche und nahm die Kaffeedose hervor. Es war gerade noch so viel Kaffee da, dass er für zwei Tassen reichen würde, mehr nicht. Ich guckte in die Schale, in der wir das Haushaltsgeld verwahrten. Darin lagen ein Fünfziger und zwei Ein-Kronen-Münzen. Ich bereitete zwei Scheiben Knäckebrot mit Käse vor und legte sie auf einen Teller, der aus Großmutters Hausrat stammte. Der Teller hatte fast dasselbe Blumenmuster wie Mamas Nachthemd. Blumen in einer blassen, fast unsichtbaren Farbe.

»Wir sollten eine Anzeige in die Zeitung setzen!«, rief ich über die Schulter. »Weißt du, was Dragans Vater für sein Haus bekommen hat?«

46

Aber sie antwortete nicht.

Ich goss Wasser auf das Kaffeepulver und holte ein sauberes Handtuch, dann ging ich zu Mama. Sie saß auf der Bettkante.

»Ich werde ein Schild aufhängen«, sagte ich, ließ mich neben sie sinken und nahm ihre Hand.

Mama schüttelte den Kopf. »Die alte Bruchbude? Wer will da schon wohnen?«

»Es ist nicht weit in die Stadt«, sagte ich. »Leute mit kleinen Kindern mögen das Grundstück, die Tannen und den Bach. Es ist hübsch dort. Bei der Kiefer könnten sie eine Spielhütte bauen. Die Lage ist perfekt für eine Familie mit Kindern.«

»Das Dach muss neu gedeckt werden.« Mama stand auf.

»Das ist ein Klacks für einen geschickten Mann«, behauptete ich. »Guter Preis, schnelles Geschäft. Mit dem Geld renovieren wir den Kiosk. Wir streichen ihn neu und bauen ein kleines Überdach, unter dem die Leute geschützt sind, wenn es regnet. Und dann verkaufen wir Würstchen. Die Leute essen gern ein Würstchen auf dem Heimweg von der Arbeit. Viele sind allein und haben keine Lust zu kochen. Bis zur nächsten Würstchenbude sind es fünf Kilometer. Wir öffnen gegen elf und schließen abends um zehn. Und wir wechseln uns ab. Du bist da, wenn ich in der Schule bin, und ich steh abends dort.«

Ich ging in den Keller und holte eine Hartfaserplatte, die ich kürzlich in einem Container beim alten Bahnhofsgebäude gefunden hatte, zusammen mit einer Dose, in der noch ein Rest grüne Farbe gewesen war.

Mit dem Stiel von einem alten Pinsel schrieb ich auf die Platte: »Zu verkaufen«. Und dazu unsere Telefonnummer.

Als ich fertig war, trug ich das Schild nach oben und zeigte es Mama, die gerade aus der Dusche kam. Dann holte ich zwei Nägel, einen Zoll lang, und einen Hammer. Danach schaltete ich das Radio ein und hörte mir die Lokalnachrichten an. Sie redeten gerade über ein Boogie-Woogie-Fest, das am Samstag stattfinden sollte, und Mama blieb stehen und hörte zu.

»Als ich jung war, konnte ich auch Boogie-Woogie«, sagte sie, lobte mein Schild und ging sich anziehen. Als sie zurückkam, hatte sie sogar Rouge auf den Wangen. Sie fragte, ob ich Kaffee wollte, aber ich wollte nicht. Eigentlich mag ich Kaffee, aber wenn ich dieses Gefühl im Bauch habe, weiß ich, dass ich lieber keinen trinken sollte, wenn ich nicht richtige Schmerzen bekommen will.

»Dann öffne ich jetzt den Kiosk«, sagte Mama seufzend, nachdem sie das Brot gegessen, den Kaffee getrunken und sich eine Zigarette angezündet hatte.

»Und ich häng das Schild auf.«

Mama legte den Kopf schief und blies Rauch in meine Richtung. »Aber das Telefon ist doch tot?«, fragte sie.

»Nächste Woche soll es wieder freigeschaltet werden.«

»Das ist noch nicht sicher.« Sie nahm einen Zug von ihrer Zigarette.

»Aber wir kriegen doch am Montag Geld?«

»Das ist auch noch nicht sicher.«

»Ich häng es jedenfalls auf.«

»Muss die Farbe nicht erst trocknen?«

Ich tippte mit dem kleinen Finger darauf. »Es geht schon.« Ich nahm Hammer und Nägel und trug das Schild hinaus zum Fahrrad. Es ließ sich auf dem Gepäckträger befestigen, ohne dass die Schrift verwischt wurde, und dann fuhr ich los zu Großmutters Haus.

5

Wir nannten es immer noch Großmutters Haus, obwohl sie schon vor mehr als einem Jahr gestorben war. Es war ein rotes Holzhaus mit weißen Eckpfosten. Das Grundstück war groß, und an der Grenze zum Wald hin floss ein Bach. Darin hatte ich ein Wasserrad gehabt, als ich klein war. Im April gab es reichlich Wasser, im Juni war er fast ausgetrocknet, und im Juli standen nur hier und da ein paar trübe Pfützen, in denen man Ringelnattern mit gelben Flecken hinterm Kopf fangen konnte. Einmal, ich war etwa zehn, hatte ich mit einem Freund, der Alexander hieß, Material von einer Baustelle geholt. Wir hatten ein Schiff aus Hartfaserplatten gebaut, das eineinhalb Meter lang und siebzig Zentimeter breit war und einen flachen Kiel hatte. Es war April, und wir ließen es zu Wasser. Das Boot trug nur eine Person, wir mussten uns also abwechseln, einer ging nebenher, während der andere paddelte, hinaus aus dem Wald und durch die Wiesen, wo noch keine Lärchen waren. Draußen wurde der Bach breiter bis hinunter zur Betonröhre, über die der Weg führte. Dort musste man sich flach hinlegen, und wenn man auf der anderen Seite wieder herauskam, hatte man einen nassen Rücken und die Knie am Beton aufgeschürft.

Alexander zog weg, als wir in die Sechste gingen. Einmal hat er mir eine Ansichtskarte aus Stockholm geschickt, auf der das Stadthaus abgebildet war. Er schrieb, er sei oben auf dem Turm gewesen. Ich erinnere mich nicht, ob ich ihm geantwortet habe.

Vor dem Haus stand eine Kiefer, an ihrem untersten Ast, sechs Meter über dem Boden, hing ein Seil mit Knoten. Daran waren Alexander und ich hochgeklettert und hatten unsere Zeiten gestoppt.

Jetzt waren die Vorhänge zugezogen, und alles sah etwas verlassen aus. Ich ging zur Rückseite, um nach einem Stock zu suchen, an dem ich das Schild befestigen konnte. Unter den Tannen bei der Mülltonne gab es eine ganze Menge Stöcke, aber ich war noch nicht dort angekommen, da sah ich, dass das Fenster neben der Küchentür eingeschlagen war. Es war ein Sprossenfenster mit vier Scheiben, und die eine untere war kaputt. Jemand hatte sie mit einem Stein eingeschlagen, die Hand durch das Loch gesteckt, den untersten Fensterhaken angehoben und das Fenster nicht mehr hinter sich geschlossen.

Ich hatte keinen Schlüssel dabei. Um hineinzugelangen, musste ich also durchs Fenster steigen. Ich stellte das Schild ab, legte den Hammer auf die Fensterbank, setzte einen Fuß aufs Sims und kletterte hinein.

Es roch wie immer etwas muffig, als ob irgendwo etwas läge und verfaulte. Großmutter hatte geglaubt, der Geruch komme vom Speicher, denn das Dach war

50

nicht richtig dicht. Die Dachpappe hätte längst ausgetauscht werden müssen, und ich hatte versprochen, dafür zu sorgen, wenn Großmutter nur Pappe und Nägel gekauft und mir erlaubt hätte, jemanden um Hilfe zu bitten, denn allein hätte ich es nicht geschafft.

Die Küche sah wie immer aus, nur die Tür zur Vorratskammer stand offen. In der Falle lag eine Maus, ich nahm sie heraus und warf sie aus dem Fenster.

Da knarrte es.

Ich wusste genau, was knarrte. Jemand stand auf der ersten Treppenstufe zum Obergeschoss. Diese Stufe hatte geknarrt, so lange ich denken konnte. Ich nahm den Hammer und ging auf die Wohnzimmertür zu.

Der Mann, der von der anderen Seite kam, hatte graue verfilzte Haare. Er war nicht besonders groß und trug ein rotes Hemd unter einer blauen offenen Jacke. Er war unrasiert und roch nach Tabak. In der Hand hielt er ein Messer, er zog die Lippen zurück wie ein Hund die Lefzen und streckte die Hand mit dem Messer nach mir aus. Ich machte einen Schritt rückwärts, er folgte mir und fuchtelte mit dem Messer herum. Ich stieß gegen die Tür der Vorratskammer, und als ich sie in meinem Rücken spürte, schlug ich zu. Ich zielte nicht, ich wollte ihn mir nur vom Leib halten.

Der Hammer traf ihn überm Ohr, er fiel in meine Richtung und ließ das Messer im Fallen los, es glitt über das gerissene Linoleum zum Schrank unter der Spüle.

Er lag mit dem Gesicht auf dem Boden, seine Lippen waren ein Strich, und er rührte sich nicht. Ich nahm das Messer, das einen Holzschaft hatte, und legte es auf die Spüle. Vielleicht tat er nur so als ob und würde sich im nächsten Augenblick auf das Messer stürzen und mich am Bein treffen, ehe ich noch einmal zuschlagen könnte.

Aber er rührte sich nicht.

Ich tippte ihm mit der Schuhspitze in die Seite, zuerst vorsichtig, dann fester. Nach einer Weile trat ich gegen seinen Arm.

»Hau ab!« Meine Stimme klang rau, und als wäre es nicht meine gewesen, wiederholte ich, was ich gesagt hatte.

»Hau ab!«

Aber er schien nichts zu hören. Ich trat noch einmal gegen seinen Arm, er rührte sich nicht. Ich hockte mich hin, drückte mit einer Hand zwischen seine Schulterblätter gegen den Rücken und schüttelte ihn.

»Hau ab, oder ich erschlag dich!«

Er antwortete nicht. Ich hatte einen ganz trockenen Mund und merkte, dass ich plötzlich heftig und schnell atmete.

»Du Arsch, hau ab!«

Aber er rührte sich nicht. Er hatte ein kräftiges Handgelenk, war klein, aber stämmig. Auf den linken Handrücken war eine Schlange tätowiert. Ich konnte keinen Puls fühlen.

Da richtete ich mich auf, ging zur Spüle und ließ Wasser laufen. Dann öffnete ich die Schranktüren und fand ganz unten eine Plastikschale. Die füllte ich halb mit Wasser und goss es ihm über den Kopf.

Er rührte sich nicht.

»Scheiße, er ist tot«, hörte ich mich selber sagen. Und dann kniete ich mich neben ihn, tastete wieder nach seinem Puls, konnte jedoch absolut nichts fühlen.

»Der Drecksack ist tot«, sagte ich zu mir selber. Ich richtete mich auf, nahm den Hammer, kletterte aus dem Fenster und lief zu meinem Fahrrad. Ich klemmte den Hammer auf den Gepäckträger und strampelte nach Hause.

Es ist wohl kaum möglich, jemanden umzubringen, ohne im Gefängnis zu landen. Vielleicht würde ich mehrere Jahre sitzen müssen? Obwohl es Notwehr gewesen war. Er hatte ein Messer gehabt. Ich hatte Angst bekommen. Er war in Großmutters Haus eingebrochen. Ich würde nicht ins Gefängnis kommen. Aber wenn sie mir nun nicht glaubten? Womöglich dachten sie, ich hätte den Kerl überfallen, um sein Geld zu klauen? Warum sollte ich so etwas machen? Ich hatte noch nie mit der Polizei zu tun. Ich war ein anständiger Junge. Niemand würde mich einsperren. Übrigens brauchte ja niemand zu erfahren, dass ich ihn erschlagen hatte. Ich könnte den Hammer in den Wasserfall werfen oder im Wald vergraben. Ich könnte noch mal ins Haus gehen und das Messer holen, damit sie nicht meine Fingerabdrücke daran fanden. Niemand würde ja wohl glauben, dass ich geschwänzt hatte, um einen Mann in Großmutters Haus zu erschlagen.

Da kam mir ein Polizeiauto entgegen. Hier draußen sieht man selten Polizeiautos. Es war ein Volvo, in dem ein Mann und eine Frau in Uniform saßen. Die Frau saß am Steuer. Sie trug eine Sonnenbrille. Der Mann schaute mir nach.

Ich bog in den Waldweg nach Alminge ein und sauste zwischen den Kiefern dahin, hielt an und stieg ab. Ich hatte angefangen zu zittern und musste mich ins Gras legen. Ich schloss die Augen und versuchte, an etwas anderes als an den Mann auf dem Küchenfußboden zu denken, aber es ging nicht. Ich versuchte, meine Gedanken zu sammeln. Um sie festzuhalten, begann ich, mit mir selber zu reden. »Ich fahr zurück und hol das Messer. Den Hammer werf ich in den Wasserfall.«

Ich blieb eine ganze Weile liegen und starrte hinauf in die Bäume. Ich weiß nicht, wie lange ich dort lag, aber schließlich stand ich auf, stieg aufs Fahrrad und fuhr zurück zu Großmutters Haus.

Genau vor der Pforte traf ich Louise und Bella. Sie kamen aus der entgegengesetzten Richtung und tauchten so schnell in der Kurve auf, dass ich nicht so tun konnte, als hätte ich sie nicht gesehen. Louise hielt an und Bella ebenfalls. Ich wollte nicht zeigen, dass ich in Großmutters Haus wollte, aber es war zu spät.

Louises Stimme klingt immer heiser, als ob sie die ganze Nacht geschrien hätte. »Hallo, Henke! Schwänzt du?«

»Nein, ich will nur ein Schild anbringen.«

»Warum bist du nicht in der Schule?«

»Ich war schon dort.«

Louise wirkte fast interessiert. »Wer geht alles in unsere Klasse?«

Ich erzählte es ihr, sie verdrehte die Augen und sah Bella an.

»Wir warten hier auf dich«, sagte Louise.

»Nicht nötig«, antwortete ich. »Ich muss ein paar Sachen nach Hause bringen, wenn ich das Schild aufgehängt habe.«

»Was für ein Schild?«, fragte Louise.

»Wir wollen das Haus verkaufen.«

Louise warf einen Blick auf Großmutters Haus. »Wer wird das schon kaufen wollen?«

»Weiß ich nicht.«

Dann kurvte ich durch die Pforte, und als ich mich umdrehte, sah ich Bella und Louise auf ihren Fahrrädern verschwinden. Ich versuchte, mir darüber klar zu werden, ob es gut war, den Mann liegen zu lassen, nachdem die beiden mich gesehen hatten, aber ich kam zu dem Schluss, dass es nichts ändern würde. Ich war draußen gewesen und hatte das Schild angebracht, war jedoch nicht im Haus gewesen. Den Mann hatte ich nicht gesehen.

Ich lehnte das Fahrrad gegen eine Tanne und ging zum Fenster. Ich hatte geglaubt, ich würde das Messer greifen können, wenn ich mich danach streckte. Aber es ging nicht. Einen Augenblick zögerte ich, stellte den Fuß aufs Fensterblech und zog mich hinein.

Er hatte neben der Spüle gelegen. Jetzt war er weg. Das Messer lag immer noch dort, wo ich es hingelegt hatte. Ich dachte, der Mann könnte ins Hausinnere gekrochen sein, also ging ich in den Vorraum, und dann durchsuchte ich alle Zimmer. Der Mann war nicht zu sehen, aber ich fand die Messerscheide auf dem Fußboden im Vorraum. Als ich aus dem Obergeschoss wieder nach unten kam, stellte ich fest, dass die Vordertür nicht geschlossen war. Sie hatte ein gewöhnliches Patentschloss. Ich setzte mich auf die Vordertreppe und stützte den Kopf in die Hände.

Nach einer Weile fing ich an zu lachen, ich zitterte am ganzen Körper. Eine Zeit lang saß ich so da, dann

55

ging ich das Schild holen, trug es zur Pforte und nagelte es daran fest.

Ich trat auf die Straße, um zu prüfen, wie es wirkte, wenn ein Auto vorbeifuhr.

Es würde nicht funktionieren. Die Pforte war niedrig, das Schild fiel kaum auf. Ich hätte ein Gestell auf dem Rasen errichten müssen, und das Schild müsste entschieden größer sein. Ich ging hinters Haus und suchte mir Latten für ein Gestell zusammen. Es gab einige viereckige Leisten, die an einem Ende dunkel waren, weil sie in der Erde gesteckt hatten. Großmutter hatte sie dazu benutzt, die Himbeeren mithilfe von Bindfäden zu stützen. Jetzt brauchte ich nur noch eine Platte Sperrholz oder Hartfaser und beschloss, am Abend ein größeres Schild zu basteln.

Dann legte ich den Hammer auf die Spüle und steckte das Messer in die Scheide. In den hölzernen Schaft war ein P geritzt. Ich schob das Messer in die Gesäßtasche, schloss die Haustür hinter mir und radelte zurück zur Schule. Hin und wieder musste ich lachen, die Sonne war warm, und ich hatte Wind von vorn.

6

Ich kam gerade richtig zur großen Pause zurück. Dragan und Kosken saßen an einem Tisch im hintersten Teil des Speisesaals. Auf der Bühne halfen einige Schüler dem Hausmeister, Lautsprecher anzubringen.

»Aha, wieder da?« Kosken grinste.

»Du scheinst Gustav Molberg zu kennen«, sagte ich und ließ mich neben ihm nieder.

Kosken schüttelte den Kopf, als hätte er Mitleid mit den armen Eltern und Verwandten von Gustav.

»So ein Aas«, knurrte er. »Weißt du, dass die eine Nerzfarm besitzen?«

Ein kleines schwarz gekleidetes Mädchen mit einem Ring in einem Nasenflügel kam heran und setzte sich an das Ende unseres Tisches. Gleichzeitig ertönte eine Stimme aus den Lautsprechern: »Eins, zwei, drei, wir proben ...«

»Habt ihr angefangen, ein Buch zu schreiben?«, fragte ich.

Aber bevor Dragan antworten konnte, dröhnte aus beiden Lautsprechern Musik los, und eine Frau in rotem T-Shirt und kurzem Rock und ein Mann in Jeans und blauem T-Shirt betraten die Bühne. Sie begannen zu tanzen. Alle im Speisesaal drehten sich zu ihnen um. Die beiden tanzten gut, es sah cool aus. Dragan lachte und zeigte auf mich.

»So tanzt du wahrscheinlich auch!«

Da verstummte die Musik, und noch ein Mann tauchte auf der Bühne auf. Das Paar hörte auf zu tanzen.

»Hi, Leute!«

Dragan lachte, zeigte auf mich und ahmte ihn nach: »Hi, Leute!«

Der Mann auf der Bühne fuhr fort: »Ihr wisst vermutlich, dass am Wochenende zum ersten Mal der Straßenboogie stattfindet. Es kommen Tänzer aus dem ganzen Land, aus Norwegen und aus Finnland. Die Gewinner in der Amateurklasse bekommen fünftau-

send Kronen. Wir hoffen, dass viele von der Väster-
gårdsschule am Wettkampf teilnehmen werden, und wer
nicht tanzen kann, ist in unseren Boogiekursen herz-
lich willkommen. Sie finden in den Räumen des Frei-
zeitheims in Alhem statt, und zwar von heute Abend an
um sieben Uhr, jeden Abend bis einschließlich Freitag. Die Teilnahme ist kostenlos, die Teilnahmegebühr
am Straßenboogie beträgt hundert Kronen. Die einzige
Bedingung ist, zehn Kilometer in gutem Stil Boogie zu
tanzen. Außer dem Preis für die Gewinner werden mit
der Anmeldenummer fünftausend Kronen ausgelost.
Willkommen, tanzt mit uns Boogie!«

Dann setzte die Musik wieder ein, und das Paar fing
wieder an zu tanzen, es sah richtig hübsch aus.

»Du.« Kosken stieß mich mit dem Ellenbogen an.
»Da du fünfzig Meter unter Wasser schwimmen kannst,
kannst du bestimmt auch zehn Kilometer Boogie tanzen.«

»Klar kann ich das«, behauptete ich.

»Melde dich an«, sagte Dragan.

»Man muss ja nicht alles beweisen«, sagte ich.

»Genau das muss man«, sagte Kosken. »Ich wette
um eine Flasche von meinem Alten, dass du es nicht
schaffst, zehn Kilometer Boogie zu tanzen.«

»Die Wette hast du schon verloren.«

»Warum redest du solchen Scheiß?«, fragte Dragan.
»Du hast ja nicht mal ein Mädchen.«

»Ich tanz zehn Kilometer Boogie«, sagte ich. »Eier-
leicht.«

»Du kannst gar nicht tanzen.« Kosken grinste.

»Ich mach den Kurs mit.«

»Du hast kein Mädchen«, wiederholte Dragan. Und dann lachten die beiden.

Da drehte ich mich zu der Schwarzgekleideten mit dem Ring im Nasenflügel um. Sie saß drei Stühle entfernt, deshalb musste ich mich vorbeugen, damit sie merkte, dass ich mit ihr sprach.

»Du«, sagte ich, »willst du mit mir Boogie tanzen?«

Sie knabberte an einer Mohrrübe, und erst dachte ich, sie wollte nicht antworten. Aber nach einer Weile sah sie mich an. »Kannst du denn Boogie tanzen?«

»Nein.«

»Ich auch nicht.«

»Man kann es ja lernen«, sagte ich.

Sie dachte ungefähr drei Sekunden nach. »Klar. Um sieben Uhr in Alhem.«

»Um sieben in Alhem«, bestätigte ich. Dann drehte ich mich wieder zu Dragan und Kosken um. Keiner der beiden sagte ein Wort. »Habt ihr ein Buch geschrieben?«, fragte ich.

Aber keiner antwortete. Da kam ein großer rothaariger Rüpel auf uns zu. Er machte Riesenschritte mit seinen langen Beinen und ruderte mit den Armen wie jemand, der Butterfly schwimmt.

»Hallo, ihr Arschgeigen«, sagte er, zog einen Stuhl hervor und ließ sich darauf fallen, als wollte er ihn vernichten. »Ich bin Gustavs Bruder, und ich bin der Kassierer eurer Klasse.«

»Prima«, sagte Dragan.

»Ich will von jedem von euch hundert«, fuhr der Typ fort.

»Was, wie, hundert?«, fragte Kosken.

59

»Kronen«, sagte Gustavs großer Bruder.

»Man will so viel«, philosophierte Dragan.

»Klar«, sagte Big Brother und beugte sich über den Tisch zu Dragan. »Letztes Jahr hatten wir einen, der wollte nichts rausrücken. Dem sind die Fahrradreifen zerschnitten worden. Es gibt immer Leute, die wer weiß was tun, um Gesetz und Ordnung aufrechtzuerhalten, falls du verstehst, was ich meine.«

»Willst du mir drohen?«, fragte Dragan.

Big Brother lachte. »Wo denkst du hin, kleiner Freund aus dem großen Land im Süden, ich bedrohe niemanden. Aber nächste Woche will ich von jedem von euch einen Hunderter haben, wer weiß, was sonst passiert.«

»Warum?«, fragte Kosken.

»Für die Taufe«, antwortete Big Brother. »Ihr glaubt doch wohl nicht, dass das Tauffest gratis ist?«

Kosken sah Dragan an, und Dragan seufzte. Wir hatten schon von diesem Fest gehört, auch wenn es geheim sein sollte.

»Also«, sagte Big Brother und stand auf, »dann sind wir uns ja einig.« Als er an dem Mädchen mit der Mohrrübe vorbeikam, blieb er stehen und beugte sich über sie. »Das gilt auch für dich, Pussi, ein Hunderter fürs Tauffest.«

Dann ging er genau so weg, wie er gekommen war, mit wild rudernden Armen wie ein Butterflyschwimmer.

»Was für ein Blödmann!«, schnaubte Dragan.

Da hob das Mädchen, das er Pussi genannt hatte, den Arm und warf ihm eine Mohrrübe nach, die den Butterflyschwimmer im Nacken traf. Er schnellte herum, und sein Blick fiel auf mich. Lächelnd hob er die Mohrrübe auf und kam auf mich zu.

»Ich glaub, du hast was verloren.«

Hinter ihm hatten sich drei andere große Typen aufgebaut. Keiner von denen war unter eins neunzig, und alle hatten Augen, wie man sie bei toten Tieren sieht.

»Ich glaube, du hast was verloren«, wiederholte Big Brother, und dann befahl er mir, den Mund zu öffnen.

Ich dachte nicht daran.

»Das Mädchen hat sie geworfen«, sagte einer der Riesenschweine mit den toten Augen, »das war die da!«

Da öffnete ich aus Versehen den Mund, und Big Brother stopfte mir die Mohrrübe hinein.

»Wenn du mir noch mal in die Quere kommst, besuchst du mich zu Hause und bläst mir einen«, sagte er grinsend. »So was kannst du ja wohl, du kleine Dreckfresse!«

Da näherte sich das Mädchen mit der Mohrrübe von hinten. Sie sprang ihm auf den Rücken und riss ihn an den Haaren. Big Brother brüllte: »Aaauuuaaa! Hör auf!«

Er versuchte, sie abzuschütteln, aber sie klammerte sich fest, eine Hand in seinen roten Haaren. Einer seiner Schweinekumpel begann, an dem Mädchen zu zerren. Ich war aufgestanden und wollte dazwischengehen. Aber ich war kaum auf den Füßen, da kriegte ich eine verpasst und landete mit dem Gesicht in der Hackfleischsoße.

Ein Lehrer kam angelaufen und rief uns zu, wir sollten aufhören. Die Schweinetypen standen dicht beieinander, und Big Brother drohte mit einem Finger, der groß wie eine Banane war: »Das ist dein Tod!«, grölte er. »Dein Tod!«

Er drohte immer noch, als das kleine Mädchen, das auf dem Boden gelandet war, sich wieder aufgerappelt hatte und so tat, als wollte sie sich die Hose abwischen. Dann richtete sie sich auf, ein schneller Tritt, und Big Brother brüllte und krümmte sich vor Schmerzen, die Hände in den Schritt gepresst.

»Sie hat ihn in die Eier getreten!«, grölten seine Kumpel. »Sie hat ihn in die Eier getreten!«

Jetzt hatten sich drei Lehrer zwischen uns und den vier Schweinen aufgebaut. Einer bückte sich und hob etwas auf. Es war das Messer, das ich dem Kerl in Groß-mutters Haus abgenommen hatte. Der Lehrer, ein klei-ner Fettsack, dem sehr viel Bauch über den Gürtel hing, wandte sich an Dragan: »Ist das dein Messer?«

Dragan schüttelte den Kopf.

»Es gehört mir«, sagte ich und streckte die Hand aus.

»Wie heißt du?«, fragte der Dicke.

»Henke.«

»Er geht in die 1F!«, heulte Gustavs Big Brother. »Aber nicht mehr lange. Er ist tot!«

7

Der dicke Lehrer hatte mich am Oberarm gegriffen, wie um mich zur Seite zu ziehen. Kosken gab mir eine Serviette. Der Dicke zerrte an meinem Arm.

»Messer sind in der Schule verboten. Im ganzen Ort

sind Messer verboten. Was fällt dir ein, bewaffnet zur Schule zu kommen!«

»Du bist tot!«, brüllte Big Brother und versuchte, sich an den vier Lehrern vorbeizudrängen, die jetzt zwischen ihm und mir standen. Die ganze Zeit zeigte er auf mein Gesicht. Ich wischte mir mit der Serviette den Mund ab. Die Lippe war geplatzt. Eins der Tiere neben Big Brother grinste, als er sah, dass ich blutete.

»Hast du gehört, was ich sage?«, fuhr der Dicke fort. »Du kommst jetzt mit in mein Büro.« Er hielt mich am Arm gepackt, und ich versuchte, mich zu befreien, aber er hatte mich so fest im Griff, als wäre er Polizist und ich eine Art Verbrecher. Die drei anderen Lehrer hatten eine Mauer zwischen mir und den Tieren mit den toten Augen gebildet. Sie drängten sie zurück und forderten sie auf, sich zu beruhigen.

»Du bist tot!«, brüllte Gustavs großer Bruder und drohte mir mit einem knüppeldicken Finger. »Tot, tot, tot!«

Aus dem Augenwinkel sah ich Johanna Persson. Sie stand ein Stück entfernt mit einer anderen Lehrerin zusammen. Der Dicke zog an mir, und ich folgte ihm. Meine kleine Tanzpartnerin hatte es irgendwie geschafft, hinter die Schweine zu gelangen. Sie hob einen Stuhl über den Kopf und lief damit auf Big Brother zu. Er drehte sich rechtzeitig um und konnte einen Arm hochreißen, so dass ihn der Stuhl nur streifte. Das Mädchen ließ den Stuhl fallen und lief aus dem Speisesaal.

»Komm jetzt«, sagte der Lehrer, dem das Darmpaket in einem Beutel über den Gürtel quoll. »Wir müssen uns mal unterhalten.«

»Würden Sie bitte meinen Arm loslassen?«

Aber er ließ mich erst auf dem Korridor allein gehen.

»Solche Auftritte dulden wir an dieser Schule nicht!«, knurrte der Dicke. Er sah mich an und zeigte mit seinen Wurstfingern auf mich. »Du hast eine Zwiebel an der Wange.«

Ich wischte die Zwiebel und ein paar andere Essensreste weg, dann gingen wir weiter zu seinem Büro. Mir war klar, dass er eine Art Schulleiter war. Er schloss die Tür hinter uns und wies auf einen Stuhl mit Holzsitz. Dann nahm er selber auf der anderen Seite des Schreibtisches auf einem gepolsterten Stuhl mit fünf Rollen Platz. Der Stuhl wimmerte unter seinem Gewicht, und ich dachte an die Treppe in Großmutters Haus und was passiert war, als ich nachsehen wollte, was da geknarrt hatte.

Er hatte einen Ordner aufgeschlagen. »Wie heißt du noch?«

»Henrik Törnkvist.«

»Klasse?«

»1 F.«

Er blätterte in dem Ordner, und als er die richtige Seite gefunden hatte, fuhr er mit dem Finger an den Namen entlang, bis er meinen gefunden hatte.

»Und das am ersten Schultag.« Seine Stimme klang betrübt.

Ich zuckte mit den Schultern.

Er seufzte und nahm das Messer hervor, lehnte sich zurück, zog es aus der Scheide und prüfte die Klinge. »Scharf wie ein Rasiermesser. Was fällt dir ein, so eine Mordwaffe mit in die Schule zu bringen!«

»Ich hatte vergessen, dass ich es noch bei mir habe.«
Er schüttelte den Kopf. »Hältst du mich für blöd?«

»Nein.«

»Dann tisch mir keine Lügenmärchen auf. Wozu wolltest du es benutzen?« Er wedelte mit dem Messer, als wäre er ein feines Fräulein aus vergangener Zeit und das Messer ein Fächer.

»Weiß nicht. Kann ich es bitte wiederhaben?«

Er zog eine Schublade auf und legte das Messer hinein. »Wenn ich erfahre, dass du anderes Mordwerkzeug mit in die Schule bringst, melde ich dich der Polizei.« Er starrte mich an.

Was sollte ich sagen? Über den Tisch hinweg konnte ich seinen Geruch wahrnehmen. Er war so erregt, dass er mächtig schwitzte und beim Sprechen heftig keuchte.

»Solltest du nicht an deine Zukunft denken?«

»Vielleicht.«

»Denk ein wenig an deine Zukunft«, keuchte er. Er hatte die Art Atmung, die manche Übergewichtige sich zulegen, um hin und wieder eine Prise Luft in ihren Speck zu pressen. Dann faltete er seine fleischigen Hände, beugte sich über den Tisch und legte sie auf die Schreibunterlage.

»Was für Zukunftspläne hast du?«

»Keine.«

Er runzelte die Stirn. »Du hast keine Zukunftspläne?«

»Nein.«

Er seufzte. »Komm morgen um Viertel vor zwei zu mir.«

»Warum?«

65

»Um über deine Zukunft zu reden – Henrik.«

»Henke.«

Er starrte mich an. »Ich heiße Sten, mit Nachnamen Bergman, wie der Entdeckungsreisende, der ein Buch geschrieben hat. Das hat mich sehr beeindruckt, als ich in deinem Alter war, vielleicht ein bisschen jünger. Weißt du, wie es hieß?«

»Wie hieß es?«, fragte ich, um interessiert zu wirken.

»Mein Vater war ein Kannibale.«

»Aha.« Ich hoffte, meine Stimme würde höflich klingen.

»Ist das nicht ein phantastischer Titel?«

»Keine Ahnung.«

»Macht er dich nicht neugierig?«

Ich wollte ihn nicht verletzen, deshalb versuchte ich, interessiert auszusehen. »Ich weiß nicht genau.«

Er lehnte sich auf dem Stuhl zurück. »Na ja, du gehörst zu einer anderen Generation. Du hast vermutlich andere Interessen?«

»Ja.«

»Und welche?«

»Ich tanze gern«, log ich.

Sein Gesicht hellte sich auf. »Das freut mich!«

Da klingelte sein Telefon. Bevor er abhob, sagte er: »Morgen, um Viertel vor zwei!«

»Ja«, sagte ich, ging hinaus und schloss die Tür hinter mir, als Bergman das Telefon abhob. Ich ging zur Toilette und wusch mir das Gesicht. Die Unterlippe hatte einen Riss. Es brannte, und die Lippe sah aus wie ein Miniwürstchen.

»Mein Vater ist ein Kannibale«, sagte ich zu mir

selbst im Spiegel, nur um zu fühlen, wie es war, mit einem Riss in der Lippe zu sprechen.

Die schnellen Schritte auf dem Korridor waren nicht zu überhören. Das war Allan. Als er an der Toilettentür vorbeikam, versetzte er ihr einen Tritt, der sie hätte zersplittern können. Ich hörte, wie er mit den Fingerknöcheln über eine andere Tür rappelte, und dann seinen Kommentar im Falsett: »Ich kenn Sie seit drei Jahren, Sten Bergman, und Sie sind der letzte Dreck!«

Und dann wurde die Tür geschlossen.

Vermutlich hatte Allan sich auf Sten Bergmans Besucherstuhl fallen lassen, auf dem ich vor einer Weile gesessen hatte.

8

Nach dem Essen hatten wir einen kleinen mageren wieselartigen Typ. Er zeichnete Vierecke, Kreise und Prozentzeichen an die Tafel, und als er fertig war, hätte man glauben können, er habe das Innenleben eines Verrückten skizziert. Aber es war eine Skizze, die zeigen sollte, wie die Gemeinde funktionierte. Dragan meldete sich und erklärte, er könne kein Prozentrechnen, für ihn waren die Zahlen also sinnlos. Er sagte es mit leiser, freundlicher Stimme, aber das Wiesel reagierte, als ob ihm jemand einen Schlag ins Zwerchfell versetzt hätte. Wie das möglich sei?, wollte er wissen.

Dragan zuckte ratlos mit den Schultern.

»Wie ist das möglich?«, wiederholte das Wiesel. »Du

bist neun Jahre zur Schule gegangen und kannst kein Prozentrechnen. Wozu hast du deine neun Jahre denn benutzt?«

»Weiß ich nicht«, antwortete Dragan.

Das Wiesel schüttelte den Kopf und fragte, ob es noch jemanden gab, der kein Prozentrechnen konnte. Während er den Kopf schüttelte, strich er sich hin und wieder über den Schädel, um die Unordnung zu richten, die unter seinen wenigen Haaren entstanden war – ungefähr sieben –, die er quer über den Kopf gekämmt hatte.

Emma meldete sich, und das Wiesel starrte sie an, als hätte sie gesagt, sie wolle ihn umbringen.

»Ich denk gar nicht daran, mich damit zu befassen«, zischte das Wiesel und richtete seine sieben Härchen. »Darum muss sich euer Mathelehrer kümmern, das ist nicht mein Ding.«

»Das verstehen wir«, sagte Dragan. »Wir sind nicht Ihr Ding. Wie ist das möglich? Man kann nicht wissen.«

Das Wiesel starrte ihn an und wollte vermutlich etwas über die Kommune sagen, als der durchgeknallte Allan hereinkam.

»Hi, ihr Saftärsche!«, grölte er, drehte mit großen Schritten zwei Runden um die Klasse und ließ sich auf einen Stuhl hinter Saida fallen, als ob er nach einem Tausend-Meter-Lauf das Ziel erreicht hätte. Er war rot im Gesicht.

»Louise ist in der Spindhalle«, schnaubte er in Emmas Richtung. »Sie will mit dir reden.«

»Warum?«

»Weiß nicht.« Allan zuckte mit den Schultern. »Aber sie will mit dir reden, hat sie gesagt.«

Emma stand auf, nahm das Telefon und ging zur Tür.

»Halt!«, brüllte das Wiesel und strich seine sieben Härchen glatt.

»Eierschweiß!«, brüllte Allan. Er lachte, stand auf und versetzte Saida einen Schlag auf den Hinterkopf. Sie drehte sich um und richtete ihr Kopftuch.

»Was sagst du?«, fragte sie in gebrochenem Schwedisch. »Was willst du?«

»Eierschweiß!«, brüllte Allan.

»Ruhe!«, rief das Wiesel, während er seine Härchen festhielt. Emma war durch die Tür verschwunden, und Allan lief ihr nach. Wir hörten, wie er draußen im Korridor gegen die Türen der anderen Klassenzimmer trat.

»Ist die Stunde nicht bald zu Ende?«, fragte Kosken.

Das Wiesel sah auf die Armbanduhr. »Wie heißt das Mädchen, das weggegangen ist?«

»Emma Falk«, sagte Kosken. »Ist die Stunde nicht bald zu Ende?«

»Noch achtzehn Minuten«, behauptete das Wiesel und leckte sich über die Lippen. »Jetzt berichtet bitte, was ihr in dieser Stunde gelernt habt.« Er schaute mich an.

»Ich weiß nicht«, gab ich zu.

»Aber irgendwas wirst du doch gelernt haben?«

Ich schüttelte den Kopf.

Saida hob die Hand. Das Wiesel nickte ihr zu.

»Können Eier schwitzen?«, fragte sie.

Das Wiesel starrte sie an. Er schien zu überlegen, ob die Frage den Wunsch ausdrückte, etwas zu lernen, oder ob sie gestellt wurde, um ihn verlegen zu machen.

»Über so was kann man mit denen nicht reden«, meinte Gustav.

Das Wiesel sah ihn dankbar an.

»So was kann man Mädchen aus diesen Ländern nicht erklären. Die dürfen nichts wissen. Die werden im Ungewissen gelassen. Das ist da so üblich.«

Das Wiesel seufzte tief und warf wieder einen Blick auf die Uhr, dann drehte er sich zu Gustav um, als hoffte er, dass es wenigstens einen in der Klasse gab, der über irgendetwas eine Meinung hatte.

»Kannst du mir sagen, was du in dieser Stunde gelernt hast?«

»Ja.« Gustav lehnte sich zurück. »Die Gemeinde wird vom Gemeindevorstand regiert, und dann gibt es noch einen Haufen Ausschüsse.«

»Gut«, sagte das Wiesel. »Kannst du uns noch etwas nennen, was dein Leben beeinflusst?«

»Der Freizeitausschuss«, sagte Gustav. »Die kümmern sich um den Sportplatz und das Freibad. Aber die haben zu wenig Geld.«

»Was meinst du, was sie tun sollten, damit sie mehr Geld zur Verfügung haben?«, fragte das Wiesel.

»Die Bibliothek schließen«, schlug Gustav vor. »Ich leih mir jedenfalls nie Bücher. In dieser Klasse leiht sich niemand Bücher.«

Saida erhob ihre Stimme: »Ich leihe Bücher für mich und meine kleine Schwester. Aber warum beantwortet mir niemand meine Frage?« Sie wandte sich an das Wiesel. »Sie sind Lehrer, Sie können mir antworten, sagen Sie mir, was ist Eierschweiß?«

»Sagen Sie es ihr«, sagte Dragan. »Sie hat ein Recht, es zu erfahren. Sie lebt jetzt in Schweden. Hier kann man über alles reden, und die Frau ist genauso viel wert wie der Mann.«

Das Wiesel strich sich mit der Handfläche über den Schädel. Dabei hielt er die Finger ganz gerade. Auf den Wangen hatte er Rosen, und in den Rosen sah man dünne blaue Äderchen.

»Man schwitzt«, sagte er. »Überall. Auch zwischen den Beinen.«

»Wenn ich laufe, kriege ich also Eierschweiß?«, fragte Saida.

»Das ist nicht ganz richtig.« Das Wiesel sah ungeheuer genervt aus.

»Nur Jungs kriegen das«, klärte Dragan sie auf. »Um ihr Geschlechtsteil. Und wir nennen das Eierschweiß. E wie in ›Eriksson‹, wie ›ever‹. Wie in ›echt‹.«

»Ist das normal?«, fragte Saida.

»Wenn es heiß ist«, antwortete Dragan.

Saida nickte, schlug ihr Heft auf und schrieb etwas hinein. Ich nehme an, sie notierte »Eierschweiß«.

Das Wiesel wandte sich wieder an Gustav. »Und wie geht es auf den Besprechungen der Ausschüsse zu?«

Gustav begann zu berichten, und das Wiesel sah zufrieden aus. Er ging zur Tafel und zog ein rotes Viereck um ein weißes Viereck, das er schon vorher gezeichnet hatte. Für den Rest der Stunde unterhielt er sich mit Gustav, als ob es uns andere gar nicht gäbe.

Kurz vor Schluss kam Emma zusammen mit Louise

zurück. Das Wiesel brauchte einen Augenblick, ehe er sich gefasst hatte. Emma und Louise setzten sich ans Fenster und unterhielten sich, und als die Stunde zu Ende war, wirkte das Wiesel ziemlich erledigt.

In der Pause zeigte Gustav uns das Fahrrad, das er verkaufen wollte, und Dragan drehte ein paar Runden auf dem Hof. In dem Augenblick kam Frau Persson und stellte sich hinter mich. Sie tippte mir auf die Schulter und zeigte zu der Mauer an der Straße. Ich folgte ihr ein Stück. Sie setzte sich auf die Mauer, und ich blieb vor ihr stehen. Sie forderte mich auf, mich auch zu setzen. Als ich saß, beugte sie sich zu mir.

»Was ist im Speisesaal passiert?«

»Ich weiß es nicht.«

»Natürlich weißt du es. Womit hast du nach Gustavs großem Bruder geworfen?«

»Ich hab nichts geworfen.«

Sie verzog den Mund. »Alle haben gesehen, dass du was geworfen hast. Was war es?«

»Ich weiß nicht.«

Sie seufzte laut. »Warum hast du ein Messer mit zur Schule gebracht?«

Ich konnte ihr ja wohl kaum erzählen, dass ich es einem Mann abgenommen hatte, den ich fast erschlagen hatte. Also zuckte ich nur mit den Schultern.

»Warum hast du ein Messer mit zur Schule gebracht?«, wiederholte sie.

»Ich hab nicht dran gedacht, dass ich es bei mir hatte.«

»Und das soll ich dir glauben? Dass du am ersten Schultag eine Hose anziehst, in der zufällig ein scharfes

Messer steckt, und dann gehst du zur Schule, und schon in der ersten Pause des neuen Schuljahres gerätst du in eine Prügelei. Meinst du, das soll ich dir glauben?«

»Glauben Sie, was Sie wollen.«

Sie seufzte wieder. »Das ist wirklich kein guter Start in ein neues Schuljahr, oder?«

»Das stimmt.«

»Versprich mir, dass du nicht noch mal ein Messer mitbringst.«

»Klar.«

»Sicher?«

»Ganz bestimmt.«

»Und wenn die großen Jungen wieder Zoff mit dir anfangen, komm zu mir.«

Ich wusste nicht, ob ich lachen oder ernst bleiben sollte. Ich lachte.

»Worüber lachst du?«

»Nichts.«

»Komm zu mir, wenn diese großen Jungen wieder Zoff mit dir anfangen, versprich mir das.«

»Ich verspreche es«, log ich.

»Gut.« Sie stand auf. Dann gingen wir zusammen zu den Fahrradständern, und sie machte ihr Fahrrad los.

»Wir haben ja die gleiche Marke«, sagte ich.

Sie betrachtete ihr Fahrrad, ein hellblaues mit zehn Gängen, genau wie meins.

»Haben Sie das bei Stenssons gekauft?«, fragte ich.

»Ja, das gab's im Ausverkauf.«

»Ich weiß«, sagte ich. »Ich hab meins auch dort gekauft.«

»Dann tschüs«, sagte sie, stieg auf und fuhr davon.

Ich ging zu Dragan, der Gustav das Fahrrad zurückgegeben hatte.

»Geklaut«, flüsterte er mir im Weggehen ins Ohr.
»Er hat keine Quittung, und er will es billig verkaufen.
Was wollte Frau Persson von dir?«

Ich erzählte von dem Gespräch, und Dragan zuckte
mit den Schultern. Dann klingelte es, und wir hatten
eine blöde Doppelstunde, und dann war die Schule aus.

9

Mama saß in der Küche und rauchte.

»Was ist mit dem Kiosk?«, fragte ich.

»Morgen mach ich auf.«

»Du wolltest heute öffnen.«

»Nerv mich nicht. Wir haben Geld von der Kran-
kenkasse bekommen. Wenn ich den Kiosk aufmache,
muss ich es ihnen mitteilen, oder?«

»Ja.«

»Wenn ich mitteile, dass ich im Kiosk stehe, kriegen
wir kein Geld von denen, und vielleicht dauert es noch
lange, ehe wir genügend Einkünfte vom Kiosk haben.
Was soll ich machen?«

»Du musst ihnen mitteilen, dass du im Kiosk stehst«,
sagte ich. »Sonst kriegst du Ärger, wenn sie dahinter-
kommen.«

Mama brach ein Streichholz in der Mitte durch, und
dann zerbrach sie die Teile in noch kleinere.

»Wie war es in der Schule?«

»Gut.«

»Was ist mit deiner Lippe passiert?«

»Wir hatten Sport. Ich hab einen Ball gegen den Mund gekriegt.«

»Oje«, sagte Mama. »Bälle.«

»Ich fahr zu Großmutters Haus und stelle ein größeres Schild auf.«

»Mach das.«

»Und dann muss ich früh essen, ich geh um sieben tanzen.«

Mama sah mich erstaunt an. »Wirklich? Ich wusste gar nicht, dass du tanzen kannst.«

»Ich will bei dem Boogie-Wetttanzen mitmachen.«

Mama lachte. Ihr Lachen klang meistens freudlos, aber diesmal war es anders. »Wie schön! Das Wetttanzen findet am Wochenende statt, nicht?«

»Genau. Ich will diese Woche jeden Abend trainieren.«

Mama zündete sich eine weitere Zigarette an und zerknüllte die leere Schachtel. »Mit wem tanzt du?«

»Mit einem Mädchen.«

Mama nickte. »Ihr gewinnt bestimmt.« Sie sah fast froh aus.

»Mama«, sagte ich, »ich hab noch nie im Leben mit einem Mädchen getanzt. Ich werde jeden Abend trainieren, aber ich kann wohl kaum einen Wettkampf gewinnen, wenn ich kurz vorher nur ein paar Abende trainiere.«

»Du wirst gewinnen«, behauptete Mama. »Ich hab das im Gefühl.«

»Jetzt fahr ich los, ein größeres Schild aufstellen.«

»Warum willst du an einem Wettkampf teilnehmen, wenn du nicht daran glaubst, dass du gewinnst?«, rief sie mir nach. Aber ich antwortete nicht.

Es war ein schöner Nachmittag, die klare Luft ließ ahnen, dass die Nacht kalt werden würde. Harald hat immer gesagt, ein Jäger merkt die Wetterveränderungen. Die Tiere bewegen sich, wenn es einen Wetterumschwung gibt. Das behauptete er jedenfalls. Er behauptete auch, man würde nie einen Hecht fangen, wenn Gewitter in der Luft liegt. Das stimmte aber nicht, ich hatte selbst einen zwei Kilo schweren Hecht gefangen. In dem Sommer war ich zehn gewesen, und über den Tannenwipfeln am anderen Ufer des Bergsees zuckten Blitze, und als ich nach Hause kam, sagte Harald, ich sei ein kleiner Idiot, der Blitz hätte ja in die Angel einschlagen können. Aber der Hecht war gut. Mama und Harald sagten, er habe gut geschmeckt.

Ich stellte mein Fahrrad an der Pforte ab, nahm das Schild und betrat das Haus durch die Vordertür. Ich hätte natürlich den Schlüssel mitnehmen sollen, damit ich hätte abschließen können, aber es war wohl kaum denkbar, dass er wiederkommen würde nach dem, was ihm das letzte Mal hier passiert war. Gebranntes Kind scheut das Feuer, sagt man nicht so? Aber Harald sagte das nicht. Er sagte: »Gebranntes Kind riecht schlecht.«

Ich hab nie kapiert, was er damit meinte.

Im Keller lehnten zwei Türen an der Wand. Früher hatten sie in ihren Scharnieren im ersten Stock gehangen, aber Großmutter hatte sie schon vor Ewigkeiten in den Keller transportiert, und da standen sie nun nutzlos herum. Ich schleppte beide nach draußen und wollte sie, von den Stangen aus dem Himbeerbeet gestützt, nebeneinander aufstellen. Als ich die Stangen holen ging, fiel mein Blick im Vorbeigehen zufällig auf den Bach.

SCHWEDISCH FÜR IDIOTEN

Erstes Kapitel

Wenn das Schmelzwasser kam wa es Frühling un es wa wie eine Winternacht ohne Sternenhimmel un Geschrei un Schluchzen un dann nichts un es kam nich wie sons unten zwischen den Tannen ein Rindenstückchen oder braune Tannennadeln un nich so was was Leute beim Ausflug verliern. Das Einzige was kam wa ein Gebrüll aus dem alten Wald oberhalb vom Melsee un es ging über das Bremoos wo Harald un ich Rehböcke schossen in dem Herbst als ich elf wa un er hockte mit dem Gewehr aufm Rücksitz un zielte durchs Fenster un ich saß auf eim Kissen hinterm Lenker un fuhr oder wa ich da zwölf. Man hätte taub wern können in dem alten Ford als die Schrotpatronen aufm Rücksitz abbrannten. Der Schuss wa sowieso nix gegen den Schrei bei der Betonröhre un dann mitm Kleid um die Hüften in die Röhre platschen un da drinnen ununterbrochen Schrein un ich dachte nur daran was Harald sagen würde denn er hat ja keine andern Kinder. Zu Hause hatte der von Lundbergs Möbelladen den Spiegel zum Auto geschleppt un ihn in Decken eingewickelt bevor er ihn auf die Ladefläche legte un dann is er los-

gefahrn dass die Schrottkarre in einer Staubwolke wa
damit die Frau nich merkte dass er wegen eim Spiegel
mit Goldrahmen einen Hausbesuch gemacht un auch
noch schnell die Kundin gebumst hatte bevor es in ihr
aufwallte wie in eim Frühlingsgraben ohne Huflattich
un ganz ohne Lerchen oder wenigstens eine einzige
kleine Bachstelze.

Dann holte ich die Farbdose, aber es war nur noch ein
kleiner Rest am Boden drin. Ich wusch die verdreckten
Türen, und dann schrieb ich mit einem Stock ZU VER-
KAUFEN drauf. Dazu unsere Telefonnummer.

Aber die Farbe reichte nicht ganz, und die Drei,
die letzte Ziffer unserer Nummer, war kaum zu erkennen. Ich wusste nicht, wo ich Farbe herkriegen sollte,
aber das Ganze sah doch ziemlich gut aus. Ich fuhr
nach Hause und erzählte Mama, was ich getan hatte,
während wir Spaghetti mit Ketchup aßen.

Dann kam Kosken. Er stellte das Fahrrad an der
Pforte ab, betrat den Garten und setzte sich in unsere
Hollywoodschaukel. Nie klopft er an die Tür. Er sitzt
in der Hollywoodschaukel auf dem Rasen vorm Haus,
schaukelt, und manchmal nimmt er Tannenzapfen und
wirft sie gegen das Fenster. Dann geht Mama gucken
und sagt: »Ich glaub, Kosken ist da.« Als also ein Tannenzapfen auf unserem Fenstersims landete, guckten
wir uns an, und Mama räumte den Tisch ab.

»Ich glaub, Kosken ist da«, sagte sie, als der zweite
Tannenzapfen die Scheibe traf.

»Klar ist er das«, sagte ich, bedankte mich fürs Essen
und ging zu ihm hinaus.

Er hatte sich in die Hollywoodschaukel gelegt, und ich setzte mich ins Gras.

»Aha«, sagte er nach einer Weile. »Du willst heute Abend also tanzen?«

»Ja.«

»Wie heißt sie?«

»Pussi.«

Er schüttelte den Kopf. »Sie heißt Elin.«

»Woher weißt du das?«

»Ich hab Nachforschungen angestellt.«

»Und was hast du herausgefunden?«

»Sie geht auf den naturwissenschaftlichen Zweig.«

»Aha.«

»Ist das alles, was du dazu zu sagen hast?«

»Was soll ich denn noch sagen?«

»Du hast niemanden, mit dem du tanzen kannst.«

»Sie hat versprochen zu kommen.«

Kosken richtete sich auf. »Du, jetzt hör mal genau zu. Wir gehen auf eine Schule, in der sich manche für Naturwissenschaften entschieden haben. Die werden Arzt, Rechtsanwalt oder Chef. Dann gibt's welche, die lernen Gesellschaftskunde, die werden auch hohe Tiere. Die schaffen es. Dann sind da noch die Medien, da gibt's viele Blödmänner, aber sie lernen jedenfalls was. Und dann kommt nichts, und dann kommt immer noch nichts, und dann kommen die Elektriker. Die lernen Plus- und Minuspole und schwarze und rote Kabel. Dann kommt nichts, und dann kommt das Soziale. Dann ist da ein riesiges Loch, und auf der anderen Seite von diesem Loch wüten Kinder und Freizeit. Dann kommt nichts, und dann kommt absolut gar nichts, und dann kommen wir. Wir sind die Idioten der Schule. Wir sind neun Jahre zur Schule gegangen und haben nicht mal das gelernt, was die meisten schon in der Fünften können.« Er holte Luft. »Und jetzt hast du dich mit einem Mädchen von der Natur, das Elin heißt, zum Tanzen verabredet. Kapierst du nicht, wie unmöglich das ist? Mit einem Mädchen von der Natur kann man in keiner Soap tanzen, das musst du doch begreifen, wenn du mal richtig und lange nachdenkst, oder?«

Das tat ich. Ich dachte mal richtig und lange nach.

»Sie kommt«, sagte ich dann.

»Idiot!«, brüllte Kosken. »Idiot! Idiot! Idiot!«

»Sie kommt«, wiederholte ich.

»Nie!«, heulte Kosken. »Nie im Leben, verdammt noch mal, tanzt ein Mädchen von der Natur mit einem wie DIR!«

»Warum nicht?«

Kosken seufzte. »Hast du Bohnen in den Ohren?«

»Warum nicht?«

»Weil so was nur im Kino passiert.«

Ich verstand, was er meinte. Kürzlich hatten wir abends einen Film gesehen, in dem Richard Gere ein reicher Mann ist, der eine Hure aufreißt, und dann heiraten sie.

»So was passiert nicht in der Wirklichkeit«, klärte Kosken mich auf. »Kannst du das nicht endlich in deinen dicken Schädel kriegen.«

»Sie kommt«, sagte ich.

Er stöhnte. »Das ist der Gipfel von Eigensinn, weißt du das? Und außerdem hast du Bohnen in den Ohren.«

»Der Gipfel von Eigensinn«, sagte ich, »ist, wenn

man mit einem Brecheisen zwischen den Beinen über den Atlantik schwimmen will.«

»Nein«, sagte Kosken. »Der Gipfel von Eigensinn ist, wenn man beim Wichsen an Fräulein Tideman denkt, bis es einem kommt.«

Jeder, der Fräulein Tideman kannte, wusste, wen er meinte. Fräulein Tideman war Großmutters Freundin gewesen. Jetzt waren sie beide tot. Fräulein Tideman hatte der Pfingstkirche angehört und einen Dutt im Nacken getragen. Ihr Mund war klein und sah aus, als hätte man ihn mit Stacheldraht zusammengeheftet.

»Halleluja!«, rief Kosken. »Das funktioniert niemals.«

»Wollen wir wetten?«, fragte ich.

»Um eine Buddel von meinem Alten«, sagte Kosken.

10

Es waren ziemlich viele da, mindestens zwanzig Paare. Die meisten waren etwas älter, und einige sahen schon richtig alt aus. Der mit dem blauen T-Shirt und die mit dem roten, die wir morgens in der Schule gesehen hatten, waren auch da.

Und Elin.

Im größten Raum gab es eine kleine Bühne, und Elin saß auf dem Bühnenrand und baumelte mit den Beinen. Kosken blieb an der Tür stehen. Er schien der Einzige ohne Partnerin zu sein.

»Hallo«, sagte ich, hievte mich hinauf und setzte mich neben sie.

Sie nickte mir zu, ohne einen Ton zu sagen.

»Schon lange hier?«, fragte ich, nur um nicht total verblödet zu wirken.

»Viertelstunde.«

»Aha. Wohnst du weit weg? Ich meine, wo wohnst du?«

»Auf der anderen Seite der Stadt.«

»Bist du mit dem Fahrrad?«

Sie schüttelte den Kopf.

»Wie bist du dann hergekommen?«

»Moped.«

Danach schwiegen wir, und ich versuchte, mir was einfallen zu lassen, was ich noch sagen könnte. Aber mir fiel nichts ein, und die ganze Zeit dachte ich an das, was Kosken gesagt hatte, dass ich nicht mit einem Mädchen vom naturwissenschaftlichen Zweig tanzen würde.

Sie sah mich an, lange, ohne etwas zu sagen. Dann platzte sie heraus: »Willst du in der Redaktion der Schülerzeitung mitarbeiten?«

»Redaktion …?«, sagte ich.

Sie lachte. »Ja, in der Redaktion der Schülerzeitung.«

»Ich glaube nicht.«

»Wir sind nur zu dritt. Ich hab versprochen, noch jemanden reinzubringen.«

»Ich glaub, ich hab keine Zeit.«

»Schade. Was machst du?«

»Wie meinst du das?«

»Warum hast du keine Zeit?«

»Wie meinst du das?«

»Was machst du, das dich daran hindert, an einer Schülerzeitung mitzuarbeiten?«

»Elchjagd«, behauptete ich.

»Was?« Sie lächelte.

»Elchjagd«, wiederholte ich.

Sie lachte aus vollem Hals. »Jagst du Elche?«

»Ja.«

»Hast du schon mal einen geschossen?«

»Nein, noch nicht.«

»Ein Glück.«

»Wieso?«

»Ich könnte nicht mit jemandem tanzen, der auf wehrlose Tiere schießt.«

Da klatschte die Frau im roten T-Shirt in die Hände. Es wurde still, und sie begann zu sprechen.

»Ich heiße Eva«, sagte sie, und der Mann im blauen T-Shirt ergänzte: »Und ich heiße Bosse.«

»Einige von euch kenne ich von Frecks, und ich sehe, dass einige vom Västegårds kommen. Ich begrüße euch zum Boogie-Grundkursus.«

Bosse schaltete einen Kassettenrekorder ein, und die beiden begannen zu tanzen.

»Ist das wahr?«, flüsterte Elin.

»Was?«, flüsterte ich.

»Dass du noch kein Tier umgebracht hast.«

»Ja, aber Harald.«

»Wer ist Harald?«

»Mein Stiefvater. Aber er wohnt jetzt in Jämtland. Dort jagen wir Elche.«

»So sieht der Grundschritt aus«, sagte Eva, und Bosse stellte die Musik lauter. »Fasst eure Partner so an.« Eva streckte eine Hand aus und setzte einen Fuß vor.

»Immer mit diesem Fuß, dann so, aufeinander zu

und voneinander weg, aufeinander zu und voneinander weg. Bitte, jetzt ihr.«

Wir waren von der Bühne gesprungen und standen uns gegenüber. Elin streckte eine Hand aus.

»Ist es auch wirklich wahr?«, fragte sie.

»Meinst du den Elch?«

Sie nickte.

»Ganz bestimmt«, sagte ich. Dann nahm ich ihre Hand, und wir begannen, aufeinander zu und voneinander weg zu tanzen. Nachdem wir das eine Weile getan hatten, tanzten Bosse und Eva zwischen die Paare und zeigten uns, wie man sich dreht.

»Ein kleiner Kreisel«, sagte Eva, »so.«

Und Bosse wirbelte sie herum, sie tanzten aufeinander zu und voneinander weg, aufeinander zu und voneinander weg, und alle machten es ihnen nach.

»Ihr seid gut!«, rief Eva und stellte die Musik lauter. »Richtig gut! Es geht schon ganz prima!«

Da bemerkte ich einen rothaarigen, schmächtigen Jungen, der genauso aussah wie Gustav, nur zwei Nummern kleiner. Er tanzte mit einem Mädchen, das einen langen blonden Zopf hatte. Elin merkte, dass ich zu ihnen hinstarrte, und fragte: »Kennst du ihn?«

»Nein, aber er sieht jemandem ähnlich, den ich kenne.«

»Das ist Janne Molberg«, sagte Elin. »Seinem Vater gehört die Nerzfarm in Bräckmo.«

»Aha«, sagte ich. »Kennst du Janne?«

Elin schüttelte den Kopf und sah angeekelt aus. »Tierquäler.«

Ich sagte nichts. Ich meine, das Thema könnte heikel

sein. Es war schon schlimm genug, dass ich verraten hatte, dass ich mit Harald Elche gejagt hatte.

Janne Molberg schien schon mal Boogie getanzt zu haben. Er tanzte fast genauso gut wie Eva und machte Schritte und benutzte Griffe, die Eva und Bosse uns noch nicht gezeigt hatten. Er tanzte näher zu Elin und mir heran, ließ die Hand des Zopfmädchens los und griff hinter ihrem Rücken danach, während er mich grinsend anstarrte. Eva nickte ihm zu, als würden sie sich kennen. Das Zopfmädchen wirkte eingebildet und sah mich nicht an.

Eva bemerkte Kosken, ging zu ihm und redete mit ihm. Nach einer Weile begann sie, mit ihm zu tanzen, er sah verlegen aus und schien Schwierigkeiten zu haben, seine Füße unter Kontrolle zu halten. Aber Eva machte ihm Mut, und als sie stehen blieb, um ihm etwas zu erklären, ließ sie seine Hand nicht los. Wahrscheinlich ahnte sie, dass er sonst wohl verschwinden würde.

Dann zeigte Bosse uns einen neuen Griff, wir tanzten zu einigen weiteren Stücken, dann war es zu Ende.

Als wir hinauskamen, war es dunkel, über uns wölbte sich der Sternenhimmel, und der Vollmond leuchtete apfelsinenfarben über den Tannenwipfeln.

»Du tanzt gut«, sagte Elin. »Hast du schon mal Boogie getanzt?«

»Nein.«

»Du tanzt wirklich gut. Man sollte nicht glauben, dass es das erste Mal war.«

»Du tanzt auch gut«, sagte ich. »Hast du schon mal Boogie getanzt?«

»Auf einem Fest im Sommer. Mein Onkel wollte es

mir beibringen. Er hat den ganzen Abend mit mir getanzt, das war alles.«

Sie war zum Fahrradständer unter den Kiefern gegangen und war nicht mehr zu sehen. Dann startete sie ihr Moped, fuhr an Kosken und mir vorbei und bog hinter einem kleinen Pick-up auf die Landstraße ein. Im Licht ihres Scheinwerfers konnte ich die E-Mail-Adresse der Nerzfarm auf der Klappe vor der Ladefläche lesen.

»Morgen um sieben!«, rief sie. Dann war sie weg.

»Sieh einer an«, sagte ich zu Kosken. »Willst du auch am Boogie-Marathon teilnehmen?«

Er schnaubte, zog eine Schachtel Zigaretten hervor, schüttelte eine heraus und zündete sie mit einem gelben Gasfeuerzeug an.

»Warum ist Gustav auf dich sauer?«

»Ein Missverständnis«, sagte Kosken und blies Rauch in den Abendhimmel.

»Was für ein Missverständnis?«

»Er glaubt, ich hab deren Nerze rausgelassen.«

»Wieso glaubt er das?«

»Im Sommer habe ich Barsche im Träsk geangelt, hab aber nur Kroppzeug gekriegt. Nicke, der nur Fische fängt, die mindestens ein halbes Kilo wiegen, hat gesagt, ich angle zur falschen Zeit. Deshalb hab ich mir Anfang Juli den Wecker auf halb vier gestellt. Ich wollte zur richtigen Zeit draußen sein und einen echten Riesen angeln. Nicke hat einen gekriegt, der wog neunhundert Gramm. Ich hatte im Laubhaufen Würmer gesammelt und hab eine Thermoskanne Kaffee und Butterbrote mitgenommen. Die Sonne war noch nicht überm Wald aufgegangen, als ich durch Bräckmo fuhr. Am Ortsausgang lagen Sachen auf der Straße. Tiere. Ich zählte bis zu einem halben Dutzend. Sie schienen überfahren worden zu sein. Erst dachte ich, es waren Eichhörnchen. Dann bin ich abgestiegen und hab das Fahrrad in den Graben gestellt und bin zu einem der Tiere gegangen. Da kamen der alte Molberg und Gustav in diesem Auto an.«

Kosken zeigte in die Richtung, wo das Auto vor Elin verschwunden war.

»Sie hielten an, stiegen aus, und der Alte sagte: ›Jetzt haben wir dich, Scheißkerl!‹ Ich kapierte nicht, was er meinte. Gustav packte mich und zeigte auf die Nerze. ›Findest du das besser, ist das besser?‹ Da kapierte ich, dass sie glaubten, ich hätte deren blöde Viecher rausgelassen. Ich zeigte auf die Angel und die Dose mit den Würmern. Der Alte begriff, dass ich ihre Lieblinge nicht angerührt hatte, aber Gustav sagte, er wisse ganz genau, was ich treibe, und wenn ich ihm das nächste Mal über den Weg laufe, schlägt er mich zu Brei. Dann stiegen sie wieder in ihren Pick-up und verschwanden.«

»Verstehe«, sagte ich.

»Es hat in der Zeitung gestanden. Über hundert Nerze sind rausgelassen worden.«

»Verstehe. Aber morgen Abend brauchst du jemanden, mit dem du tanzen kannst.«

»Och.« Kosken gab mir die Zigarette.

»Außerdem – ich hab die Flasche gewonnen.«

»Freitag kriegst du sie«, versprach er.

Als ich nach Hause kam, lag Mama wieder im Bett, sie rauchte und sah fern. Sie fragte, wie es gewesen sei und ob ich jetzt Boogie könne. Ich sagte, ich könne es

und dass ich nur noch ein bisschen an meinem Stil fei-
len musste. Dann ging ich ins Bett. Vorm Einschlafen
dachte ich an Elin.

11

Am nächsten Tag gab es ziemlich leckere Frikadellen,
und ich aß drei Portionen. Die ganze Zeit hielt ich Ausschau nach Elin, aber sie war nirgends zu sehen. Kosken
starrte mich an, während ich aß. Er aß nie besonders viel.

»Kriegst du zu Hause nichts zu essen?«

»Nein«, antwortete ich.

»Hast du ihr erzählt, in welche Klasse du gehst?«

»Sie hat mich nicht gefragt.«

Er sah sich um. »Wo ist sie?«

»Keine Ahnung.«

Er lachte. »Sie will dich nicht mehr treffen.«

»Hast du schon jemanden gefunden, mit dem du
tanzen wirst?«

»Ich tanze mit Eva.«

»Okay«, sagte ich. »Jeder nach seinem Geschmack.
Sie könnte deine Mutter sein.«

»Wir wollen ja nicht heiraten.«

»Stimmt«, sagte ich. Dann stand ich auf und holte
mir noch eine Portion.

Um Viertel vor drei sollte ich bei Bergman sein. Ich
hätte es fast vergessen, aber als ich auf dem besten Weg
war, es wirklich zu vergessen, tauchte Johanna Persson
auf. »Du erinnerst dich doch, dass du in zehn Minuten
bei Herrn Bergman sein musst?«

»Klar«, antwortete ich. »Haben Sie geglaubt, ich vergesse so was Wichtiges?«

»Ja«, sagte sie, kehrte mir den Rücken zu und eilte davon.

Und ich ging zu Bergman. Er schien noch dasselbe Hemd wie gestern zu tragen. Die Jalousien waren geschlossen und schräg gestellt, aber das half nicht viel. Im Raum war es heiß wie in der Sauna, die Harald am Fluss gebaut hatte.

Bergman saß zurückgelehnt auf seinem Stuhl und klopfte sich mit der Spitze eines Kugelschreibers gegen einen Zahn, als ich hereinschaute. Der Geruch in seinem Zimmer wallte mir entgegen.

»Darf ich hereinkommen?«

Er winkte mit dem Kugelschreiber, zeigte auf den Stuhl, und ich nahm Platz. Er beobachtete mich.

»Deine Lippe ist geschwollen.«

Ich fuhr mit der Zunge daran entlang und zuckte mit den Schultern.

»Weißt du, woran ich denke?«, fragte er dann.

Das konnte ich natürlich nicht wissen.

»Nein«, sagte ich.

»An ein Sprichwort.«

»Aha?«

Er klopfte mit dem Kugelschreiber gegen den Zahn.

»Wütende Katzen …«, sagte er.

»Ach?«

»Kennst du das nicht?«

»Ich hab mal von einer Katze gehört, die blau wurde«, sagte ich.

Bergman legte den Kugelschreiber weg.

»Wütende Katzen zerfetzen sich gegenseitig das Fell.«

»Ach, klar«, sagte ich, »das hab ich schon mal gehört.«

»Na also«, sagte Bergman. »Und in dem Sprichwort steckt ein Körnchen Wahrheit, oder?«

»Das weiß ich nicht.«

Bergman nickte. »Das ist wahrscheinlich das Problem, dass du es nicht weißt.« Er wartete meine Antwort nicht ab. »Vermutlich weißt du nicht, wo Kamtjatka liegt, oder? Neuguinea würdest du auf der Karte nicht finden, selbst wenn du eine Stunde suchen könntest. Du weißt es nicht, das ist dein Problem. Aber es macht nichts, dass du nichts weißt, denn du gehst zur Schule, und es ist unsere Aufgabe, dir und neunhundertsiebenundzwanzig anderen Schülern beizubringen, was ihr wissen müsst, um einen Platz als produktive und reproduktive Mitglieder dieser Gesellschaft auszufüllen.« Er verstummte und legte den Kopf schräg. »Wenn man mit einem Hundeschlitten durch Kamtjatka fährt, genügt es nicht, dass man Hunde mag. Man muss wissen, wie man im Schnee vorankommt.«

Er beugte sich über den Tisch. »Weißt du, was die Lamuten unter ihren Skiern haben, damit sie nicht rutschen?«

Ich musste gestehen, dass ich es nicht wusste.

»Rentierleder. Schlau, was?«

»Sehr schlau«, sagte ich.

Bergman nahm den Kugelschreiber wieder in die Hand und klopfte erneut gegen seine Zähne, als wollte er eine Melodie spielen.

»Neuguinea«, fuhr er fort, »das ist was ganz Anderes. Paradiesvögel, erstaunlich seltsame Sitten unter den Ureinwohnern – aber das geht ja aus dem Buchtitel hervor, nicht wahr?«

»Ja«, sagte ich, um mich einzuschmeicheln.

»Und all die Vorbereitungen, die Vorträge, die er hielt, um Geld für die Reisen zusammenzukriegen. Er wusste, was er wollte, und er hat es durchgeführt. Ich hab ihn einmal gehört, da war ich sieben Jahre alt. Er stand auf der Bühne in dem alten Kino in unserer Stadt, und ein Gehilfe zeigte Lichtbilder. Wenn Sten Bergman mit einem Zeigestock auf den Boden klopfte, musste das Bild ausgetauscht werden. Er hatte einen kleinen Schnurrbart. Ein bemerkenswerter Mann, der wusste, was er wollte. Er hat etwas erreicht, er hat etwas aus seinem Leben gemacht. Er ging in den Dschungel und kehrte mit ungeheurem Wissen zurück. Sieh deinen Dschungel in der Schule. Geh hinein und suche Wissen. Sei zielbewusst, such dir deinen Weg durchs Gestrüpp, aber vor allem – was brauchst du?«

»Was brauche ich?«

»Das weißt du sicher.«

»Nein.«

»Und wenn du nachdenkst?«

»Nein.«

Er schwieg eine ganze Weile. Dann zeigte er mit dem Kugelschreiber auf mich. »Du brauchst ein Ziel. Man kann nicht einfach so im Dschungel herumirren. Man muss irgendwohin unterwegs sein. Denk an die Lamuten. Die sind auch nicht ziellos rumgefahren. Sie hatten immer ein Ziel. Deswegen ist es ihnen möglich, in unwirtlichem Terrain zu leben. Deswegen konnte ihre

Kultur unter widrigen Umständen überleben. Die Lamuten wussten, was sie wollten. Sie hatten ein Ziel. Man muss immer ein Ziel haben, Henke. Vergiss das nie.«

»Ich werde es nicht vergessen.«

Bergman nickte. »Ausgezeichnet.« Er nickte noch einmal und wiederholte es. »Ausgezeichnet.«

Dann schwieg er. Was sollte ich sagen? Es war heiß im Zimmer. Ich überlegte, ob er eine Frau hatte. Wenn er eine hätte, hätte sie ihm bestimmt gesagt, dass er das Hemd wechseln soll.

»Woran denkst du, Henke?«, fragte er. »An deine Zukunft? Habe ich dich veranlasst, über deinen Platz im Leben nachzudenken?«

»Genau«, sagte ich, »ich denke an meine Zukunft.«

»Und was denkst du über deine Zukunft?«

Ich wusste nicht, was ich sagen sollte.

»Stellt sie sich dir ungewiss dar?«

»Ja«, sagte ich, »ungewiss.«

Bergman lehnte sich zurück. Die knarrende Lehne erlaubte es ihm, halb auf dem Stuhl zu liegen.

»In deinem Alter ist es ganz natürlich, unsicher zu sein. Ich kann mir sogar vorstellen, dass selbst Sten Bergman in deinem Alter unsicher war. Das war …« Er dachte eine Weile nach. »Das war 1912.«

»Was?«, fragte ich verwirrt.

»Als Sten Bergman in deinem Alter war. Weckt die Jahreszahl Gedanken in dir?«

»Welche Jahreszahl?« Ich konnte ihm nur schwer folgen.

»1912.«

»Ich kenne niemanden, der in dem Jahr geboren wurde.«

»Sten Bergman war da schon geboren«, sagte Sten Bergman und runzelte die Stirn.

»Ach ja, klar, aber ihn kannte ich ja nicht.«

»Stimmt«, sagte Bergman. »Stimmt genau. Es war auch das Jahr, in dem unser großer Dichter gestorben ist.«

»Aha.«

»Strindberg.«

»Interessant.«

»Jetzt ruht er unter einem Kreuz mit der Inschrift ›O Crux Ave Spes Unica‹!«

Ich schwieg, was kann man dazu auch sagen? Ich fragte mich, wie lange er noch weitermachen wollte. Inzwischen bereute ich es sehr, dass ich das Messer mit in die Schule genommen hatte.

»Du bist nicht gläubig?«, fragte Bergman.

»Inwiefern?«

»Du glaubst nicht an ein höheres Wesen?«

»Kaum«, sagte ich.

Er nickte. »Heutzutage suchen viele Jugendliche geistlichen Beistand. Aber du gehörst nicht dazu? Du tanzt gern, nicht wahr?«

»Sehr gern«, antwortete ich und ahnte, dass er jetzt eine Weile nicht mehr so komisch reden würde.

»Bist du vielleicht ein Rapper?«

»Ich tanze Boogie.«

»Aha! Nimmst du an dem Boogie-Marathon teil?«

»Ja.«

»Und du hast eine Partnerin?«

»Ja.«

»Sehr schön. Ein Junge in deinem Alter braucht ein Mädchen. Wenn man keine Religion hat, braucht man ein Mädchen. Das hat zu allen Zeiten gegolten.«

»Sicher«, sagte ich, nur um etwas zu sagen.

»Und wie gefällt dir bis jetzt der Unterricht hier bei uns?«

»Gut.« Ich fürchtete, er würde wieder mit Religion anfangen, und wollte das Ganze so schnell wie möglich beenden.

»Hast du schon irgendwas in dieser Schule erlebt, das dich beeindruckt hat?«

Ich wusste nicht, was ich antworten sollte, aber dann fiel mir Johanna Persson ein. »Wir haben eine gute Lehrerin in Schwedisch.«

»Das freut mich. Was macht ihr im Unterricht?«

»Wir schreiben ein Buch.«

»Das ist ja großartig. Wie soll das Buch heißen?«

»*Schwedisch für Idioten.*«

Er sah aus, als meinte er sich verhört zu haben. »Wie bitte?«

»*Schwedisch für Idioten.* So soll das Buch heißen.«

Er beugte sich vor und stemmte beide Ellenbogen auf die Schreibtischplatte. »Ist das nicht ein etwas seltsamer Titel?«

»Nein. So soll das Buch heißen, das wir im Schwedischunterricht schreiben.«

Er begann wieder, mit dem Kugelschreiber gegen seine Zähne zu klopfen. Nach einer Weile legte er den Stift weg.

»Und wovon soll es handeln?«

»Von unserer Klasse.«

Er runzelte bekümmert die Stirn. »Ihr seid also die Idioten?«

»Wer sollte es denn sonst sein?«

SCHWEDISCH FÜR IDIOTEN

Zweites Kapitel

Anni hatte Ellenbogen wie ein Besenstiel un ihr Hals wa wie eine Bierflasche obwohl sie erst sechs wa. Ihre strähnigen Haare standen hinten ab als würde sie Wind von vorn haben un sie hat immer über alles gelacht. Es genügte eine Grimasse un schon verzog sie den Mund un wenn du zwei Grimassen machtest dann lachte sie bis sie Bauchweh kriegte un wenn sie stand beugte sie sich wie eine Gerte aus Salweide un kreuzte die Beine un sagte dass sie sich nass macht wenn du nich aufhörst. Dabei hast du nichts weiter getan als zwei Grimassen geschnitten. Sie mochte Witze wie den wie viele Countrysänger nötig sind um einen Hund zu begraben. Einen der gräbt und vier die singen was für ein feiner Hund es wa. Wenn sie genügend gelacht hatte fragte sie was eigentlich ein Countrysänger is un dann fing Harald an zu singen aber Mama sagte das is kein richtiges Country un Anni fragte was Country is aber niemand konnte ihr eine gute Antwort geben. Als sie noch kleiner wa kam sie nachts gern in mein Bett un ich versuchte sie wegzuschubsen weil mir ihre Haare in die Augen pikten un ich konnte nich schlafen un als sie noch kleiner wa fing sie an zu weinen wenn man sie rauswarf. Sie hatte eine spitze Nase un eine lange Zunge die wa so lang dass sie damit in beide Nasenlöcher kam. Sie is der einzige Mensch den ich kenne der das kann. Manchmal wenn ich frühmorgens angeln wollte hat sie gesagt ich soll sie wecken bevor ich weggehe un manchmal sagte sie dass sie mitwollte aber wenn ich sagte dass sie nur mitdurfte wenn sie selber Würmer sammelt wollte sie nich mehr. Manchmal weckte ich sie aber sie is meistens gleich wieder eingeschlafen so dass wir keinen einzigen Morgen zusammen geangelt haben. Nur einige Abende bei Sonnenuntergang wo wir mickrige Barsche und Plötzen gefangen haben.

Bergman kratzte sich im Nacken. Er musste irgendwas von der Haut abgekratzt haben, denn er hielt seinen Mittelfinger hoch und betrachtete, was unter dem Nagel war.

»Von wem stammt der Vorschlag, ein Buch zu schreiben?«, fragte er, während er immer noch das betrachtete, was unter dem Nagel seines Mittelfingers war.

»Unserer Schwedischlehrerin.«

»Eure Schwedischlehrerin hat das vorgeschlagen?«, fragte Bergman ungläubig.

»Ja.«

Er nickte, etwa zehnmal, und dann schaute er auf die Uhr.

»Komm morgen wieder«, sagte er, »zur selben Zeit.«

»Klar«, sagte ich, »danke.« Und dann ging ich. Ich hatte die Tür noch nicht mal hinter mir geschlossen, da hatte er schon den Telefonhörer abgehoben.

12

»Da ist ein Brief von Harald für dich!«, rief Mama, als ich hereinkam. Sie lag auf dem Bett, war jedoch angezogen, und das Bett sah fast ordentlich aus. »Er liegt auf dem Küchentisch.«

»Hast du ihn gelesen?«

»Ich les doch nicht die Briefe an andere Leute.«

»Woher weißt du dann, dass er von Harald ist?«

»Ich kenn ja seine Klaue.«

Der Brief steckte in einem Kuvert. Ich schlitzte es mit einem Messer auf.

Enarfors, August

Hallo, Junge!
Schade dass du nicht hier bist. Ich hab einen Fischgrund entdeckt, der ist verdammt gut. Die Lachsforelle wird bald geschützt, da muss man absahnen bevor Sense ist. Hab am Wochenende Äsche gefischt mit einem, der in Norwegen Fischrecht hat, hab eine über vier Kilo gekriegt.
Aber jetzt zur Sache. Ich hab wieder eine verdammte Dummheit gemacht und das war im Frühling. Urteil vier Monate und jetzt ist die Verfügung gekommen und ich muss diesen Monat in den Bau und bleib drinnen bis der Weihnachtsmann kommt. Wie du dir denken kannst wird es nichts mit der Elchjagd und niemand ist deswegen trauriger als ich, aber vielleicht klappt es ja im nächsten Jahr.

Grüß Mama von deinem   H

»Was schreibt er?«, rief Mama.

»Nichts Besonderes.«

»O doch. Harald schreibt nicht einfach so aus Spaß.«

»Es geht um die Elchjagd«, sagte ich, ging auf den Hof, nahm mein Fahrrad und fuhr los.

SCHWEDISCH FÜR IDIOTEN

Drittes Kapitel

Harald is bei uns eingezogen da wa ich zwei un das Komische is dass ich mich daran erinnere wie er an meim Bett stand mit der Mütze im Nacken un ner Zigarre inner Hand. Mama sagt dass ich erst einein-halb wa un dass ich mich ga nich erinnern kann un außerdem is sie sicher dass Harald nie Zigarren ge-raucht hat un ganz bestimmt nich als er mich das erste Mal gesehen hat aber ich erinnere mich an die Rauch-wolke an der Decke. Als ich fünf wa hat er mir angeln beigebracht erst wa es gruselig den Wurm auf den Haken zu ziehen aber dann tat ich es un ich tat es weil beim ersten Mal als wir draußen warn ich einen Barsch gefangen habe aber damals mochte ich keinen Fisch essen.

Er hatte kein Jagdrecht aber so manchen Herbst-abend is er mit eim Rehbock im Ford nach Hause ge-kommen un ich war gerade so groß dass ich mit den Füßen anne Pedale kam als er mich das erste Mal fah-ren ließ. Er hatte eine Schrotflinte mit liegenden Hähnen zum Spannen un der eine wa abgegangen sodass also nur der linke Lauf schoss. Inner Dämmerung warn immer viele Tiere unterwegs un unsere Tiefkühlbox wa voller Rehfleisch un natürlich Vögel die er eingefroren hatte um sie an einen Deutschen Manfred zu verkaufen der einmal im Jahr kam der Raubvögel haben wollte un einmal wollte Harald dass ich Schlingen in einer Kiefer anbringen sollte in der ein großer Raubvogel wohnte der sich von Fischen ernährte.

Es wa im Frühling bevor die Jungen kamen un ich kletterte rauf weil ich es gern hatte wenn Harald mich um Hilfe bat er hätte mich bitten können den König zu ermorden un ich hätte es getan denn ich wollte dass er sah dass ich keine Memme bin sondern einer auf den er sich verlassen kann un es war die größte Kiefer un das Nest wa ganz oben.

Wir hatten bei Lennersta einen Bock geschossen un als wir auf die Landstraße einbiegen wollten stand da ein Traktor mit Hänger quer un von hinten kamen Larsson un seine beiden Cousins in zwei Autos. Sie zerrten Harald raus un Larsson zog ihm eins über mit einem Axtschaft es traf Harald am Hals un er kippte um un kriegte kaum Luft er kniete un schnappte nach Luft un Larsson un seine Cousins traten ihn innen Bauch un als er versuchte sich aufzurichten schlugen sie ihn innen Nacken sodass er wieder umfiel un dann nahmen sie den Bock un zerschnitten die Autoreifen un schlugen den Verteiler kaputt un hauten ab. Es wa dunkel un nieselte un ich fragte ihn wie er sich fühlte un er konnte nich antworten weil sein Hals angeschwollen wa un es dauerte drei Tage bis er wieder reden konnte. Aber als der erste Schnee kam warn wir wieder unterwegs un ich wa Treiber un Harald schoss einen Bock mit eim Salongewehr das er irgendwo organisiert hatte. Die Schrotflinte hatten sie ihm abgenommen un er musste eine Woche am Auto arbeiten un es wa das letzte Mal dass wir mit dem Auto jagten.

In dem Jahr wa Anni im Frühling gestorben un Harald un Mama redeten nich mehr miteinander un kurz vor Weihnachten is er abgehauen un dann dauerte es ein halbes Jahr bis Mama erfuhr dass er bei einer Tante in Jämtland wohnte.

Ich hätte diesmal natürlich den Schlüssel mitnehmen sollen, aber ich hatte anderes im Kopf, und deshalb hatte ich ihn vergessen. Es war noch eine ganze Weile hin, ehe der Tanz begann, und ich hatte Hunger. Ich schaltete den Strom ein und setzte mich in Großmutters Schaukelstuhl im Wohnzimmer. Auf der Straße fuhr alle zehn Minuten ein Auto vorbei, es kam von Dalhem und drehte in der Kurve, das Scheinwerferlicht glitt über die Wände hinter mir, und ich bekam Angst.

Ich schaltete das Radio ein und hörte mir ein Programm an, in dem zwei Männer sich darüber unterhielten, was man tun musste, um ein guter Mensch zu sein. Sie schienen der Meinung zu sein, dass alles gut sein könnte, wenn nur die Umstände stimmten, deshalb begriff ich nicht, was mit einem guten Menschen gemeint war.

Ich schaukelte und hörte ihnen zu und fragte mich, wer sich für so ein Gequatsche interessiert, und dann wurde mir klar, dass ich ihnen eine halbe Stunde zugehört hatte, also war ich wohl einer von denen, die sich dafür interessierten.

Großmutter hielt Harald nicht für einen guten Menschen, wegen der Pornozeitschriften und der Jagd. Es ist Diebstahl, dort zu jagen, wo man kein Jagdrecht hat, sagte Großmutter, und ihre Lippen wurden so schmal und grau wie das Garn, mit dem sie Socken stopfte. Sie beharrte darauf, Strümpfe zu stopfen, es war unbegreiflich, warum sie sich so mit denen abmühte. Sie verließ kaum das Haus. Wenn sie außerhalb etwas zu erledigen hatte, rief sie mich an.

Als ich über mich selber nachdachte, wurde ich auch nicht klüger. Mal angenommen, die meisten würden sagen, ich sei ein guter Mensch, als ich bei Großmutter durchs Fenster einstieg, was würden sie sagen, dass ich dem Kerl eins auf den Schädel gegeben hab und er umgefallen ist?

Kosken würde sagen, dass ich richtig gehandelt habe. Der Mann war vielleicht fünfzig. Ich bin sechzehn. Er hat mich bedroht. Ich habe aus Notwehr zugeschlagen. Wenn ein alter Kerl leben darf und ein junger Mann sterben muss, wo ist da der Nutzen? Kosken hätte gefunden, dass ich richtig gehandelt habe.

Großmutter hätte gesagt, dass ich falsch gehandelt habe. Sie sagte immer, man müsse auch noch die andere Backe hinhalten. Sie selbst war boshaft und hat mich geschlagen, als ich noch klein war. Sie hätte gesagt, ich sei ein schlechter Mensch, der den armen Kerl misshandelt hat.

Ich habe geglaubt, der Alte ist tot. Wurde ich ein schlechterer Mensch dadurch, dass ich es glaubte? Das war eine schwierige Frage, erst recht, wenn er nicht tot war, aber ich glaubte es. Wenn ich Kosken erzählt hätte, dass der Alte tot ist, hätte er gesagt, dass ich richtig gehandelt habe. Der Mann war alt. Ich war jung. Besser, der ist tot, als dass er das Messer in mich rammt. Großmutter hätte gesagt, dass ich in die Hölle komme.

Dann stellt sich heraus, dass der Alte nicht tot ist. Werde ich dadurch ein besserer Mensch? Kosken würde sagen, dass ich dadurch nicht besser werde, auch nicht schlechter. Großmutter hätte gesagt, dass ich einen Schutzengel habe, der mich davor bewahrt hat, zum Mörder zu werden.

Wer ist ein guter Mensch?

Ich habe Harald immer gemocht. Zu mir ist er nett gewesen, er hat mir viel beigebracht, hat Witze gemacht. Mit der Jagd und seinen Geschäften hat er uns zu helfen versucht, wenn der Verkauf im Kiosk schlecht lief und wir von Spaghetti und Tomatensoße hätten leben müssen, wenn Harald nicht was anderes mit nach Hause gebracht hätte. Ist er nicht ein guter Mensch, wenn er den Seinen hilft? Es wäre interessant gewesen, die Gelehrten im Radio hätten etwas darüber gesagt, was einen guten Menschen auszeichnet.

Mama hatte Großmutter versprechen müssen, dass ich konfirmiert werden würde, also musste ich, als ich vierzehn war, jeden Sonntag in die Kirche gehen und viel auswendig lernen. Die Pastorin, die inzwischen weggezogen ist, hat etwas gesagt, worüber ich schon damals nachgedacht habe. Mach es wie Gott, sagte sie. Werde ein Mensch.

Wer soll das kapieren? Also wäre es besser, zum Beispiel Harald statt Gott zu sein?

Ich saß in Großmutters Schaukelstuhl und schaukelte, und ich hatte Hunger, aber ich wollte nicht zum Essen nach Hause fahren. Mama würde mich fragen, ob ich jetzt traurig bin, weil aus der Elchjagd nichts wird, und ich müsste sagen, dass ich es nicht bin, denn ich wollte sie nicht traurig machen, indem ich ihr sagte, wie ich mich wirklich fühlte.

13

Als ich zum Freizeitheim kam, war Elin schon da. Genau wie beim letzten Mal saß sie auf der Bühne und ließ die Beine baumeln.

»Du warst heute nicht in der Schule«, sagte ich.

»Nein.«

»Krank?«

»So könnte man es nennen.« Sie sah mich nicht an, sondern beobachtete ein tanzendes Paar. Die Frau trug einen kurzen Rock und weiße Kniestrümpfe und hatte ihre ungeheure Lockenmähne zu einem Pferdeschwanz hochgebunden, der bei jedem Schritt, den sie machte, wippte. Sie summte mit zu der Musik, nach der sie tanzten.

»Wir müssen uns anmelden.« Jetzt sah Elin mich an.

»Genau«, sagte ich.

»Am Eingang liegen Formulare.«

»Das hab ich gar nicht gesehen.«

»Man muss etwas bezahlen.«

Eva und Bosse kamen herein. Bosse stellte den Kassettenrekorder neben Elin auf die Bühne, schaltete ihn ein, begrüßte uns und sagte, er sehe einige neue Gesichter, und am Eingang lägen Anmeldeformulare. Dann fing er an, mit Eva zu tanzen. Er zeigte uns einen neuen Griff, und wir ahmten ihn nach. Ich versuchte, es genau so zu machen, wie sie es uns zeigten, und Eva kam zu mir und sagte, ich tanze gut, ich müsse nur nicht so ausladende Schritte machen, lieber kürzere.

»Sei nicht so ausladend.« Elin kicherte.

Ich spürte, dass ich rot wurde. Dann entdeckte ich Kosken. Eva hatte ihn auch entdeckt und ließ Bosse los. Sie schleppte Kosken in die Kreismitte und zeigte uns noch einen Griff. Kosken war verlegen, blamierte sich aber nicht.

Eva und Bosse zeigten uns einige neue Schritte, man tanzte mit ausgestreckten Armen und Händen zuerst von der einen Seite aufeinander zu, dann von der anderen Seite umeinander herum, und schließlich tanzte man genau aufeinander zu, und der Junge wirbelte das Mädchen herum, und dann machte man alles noch mal von vorn.

Als wir aufeinander zu tanzten, erst von der einen Seite, dann von der anderen, spürte ich ihre Locken mal an meiner Wange, dann an meinem Ohr, und als ich direkt auf sie zu tanzte, hatten wir beide Tempo drauf, und ich spürte ihre eine Brust an meinem Ellenbogen.

Die Bewegung führten wir viele Male aus, und meine Hände wurden so feucht, dass mir ihre Hand entglitt, aber Elin lächelte und nahm meine Hand, und ich tanzte an ihrer einen Seite und an der anderen und dann auf sie zu, und ich spürte ihre beiden Brüste. Mir stockte fast der Atem, dann drehte ich sie, und plötzlich schleuderte ich sie direkt auf Janne Molberg zu.

Bei Beginn der Stunde war er nicht da gewesen. Aber jetzt war er da und tanzte mit demselben Mädchen wie am Abend zuvor. Diesmal trug sie eine weiße dünne Hose, unter der sich ihre Unterhose abzeichnete. Das Mädchen würdigte mich keines Blickes, während Janne mich angrinste.

Elin runzelte grimmig die Stirn. Wir tanzten weiter, aber ich versuchte, ein bisschen Abstand zwischen Janne und uns zu bringen. Ich wollte so weit wie möglich von ihm entfernt sein. Wir gerieten in die Nähe des Ausgangs und tanzten dort fast allein.

Bosse sah uns eine Weile zu. Er nickte und lobte uns, dann nahm er Elin und zeigte, wie ich mit ihr tanzen sollte, damit es noch etwas stilvoller aussah. So drückte er sich aus. Stilvoll. Aber ihr seid gut, sehr gut. Es fehlt nur noch ein wenig Stil.

Am anderen Ende des Saales tanzten Janne Molberg und Kosken und Eva, und als es vorbei war, fand ich, es sei viel zu schnell gegangen.

Elin wollte nicht mehr bleiben und reden. Sobald es zu Ende war, sagte sie Tschüs, ging zu ihrem Moped und fuhr los, und das rote Rücklicht verschwand hinter einer Kurve.

Kosken stand in der Dunkelheit neben mir. Es war so dunkel, dass ich sein Gesicht nicht erkennen konnte, obwohl er ganz nah bei mir stand.

»Warum bringst du kein Mädchen mit?«, fragte ich.

»Gibt's eine bessere Tanzlehrerin als Eva?«

Ich schwieg. Er hatte natürlich recht.

»Hast du ihr schon erzählt, in welche Klasse du gehst?«, fragte er dann.

»Nein.«

»Warum nicht?«

»Sie hat nicht gefragt.«

Kosken lachte. »Sie braucht nicht zu fragen. Sie weiß es.«

»Glaub ich nicht.«

»Klar weiß sie es.«

»Wenn sie es wüsste, würde sie nicht kommen.«

»Vielleicht hat sie einen Grund.«

»Was für einen Grund?«

»Vielleicht ist es wie bei uns?«

»Wie meinst du das?«

»Vielleicht hat sie gewettet.«

»Um was?«

»Dass sie sich traut, mit einem Loser zu tanzen.«

Dann ging er zum Fahrrad, schloss es auf, und ich hörte ihn in der Dunkelheit, weil sein Fahrrad quietschte, aber sehen konnte ich nichts. Ich holte meins und fuhr hinter ihm her.

»Wir müssen uns anmelden«, sagte er, als ich auf gleicher Höhe mit ihm war.

»Du wirst dich doch wohl nicht anmelden? Du hast ja niemanden, mit dem du tanzen kannst.«

»Das krieg ich schon hin.«

»Wie?«

»Du wirst schon sehen.«

»Das schaffst du nie«, sagte ich. »Wir hatten schon

zwei Stunden von fünf. Die, mit der du tanzen willst, muss auch trainieren.«

»Morgen wirst du es sehen«, sagte Kosken.

Wir schwiegen eine Weile.

»Geld«, sagte ich, »wir brauchen Geld für die Anmeldung.«

»Wir verscherbeln ein bisschen Sprit von meinem Alten.«

»Merkt er das denn nicht?«

»Er weiß nicht, wie viel er hat. Wenn wir aus jedem Kanister einen halben Liter nehmen, merkt man es nicht.«

Dann schwiegen wir wieder, und nach einer Weile fragte Kosken, wie sie war.

»Was meinst du damit?«

»Wie es ist, mit ihr zu tanzen.«

»Gut.«

»Hast du sie gedrückt?«

»Ein bisschen.«

Er lachte. »Du glaubst also, das wird was?«

»Nein.«

»O doch, du denkst, wenn ihr den Wettkampf gewinnt, dann vergisst sie, dass du eine Niete bist. Sie verliebt sich in dich, weil du ihr nicht auf die Zehen trittst. So ist es doch?«

»Was weißt du von ihren Zehen?«

»Ich hab gehört, wie sie es gesagt hat.«

Dann verschwand er in der Dunkelheit, und ich war zu Hause. Mama lag im Bett, rauchte und sah fern.

»Du hast ja noch gar nichts gegessen!«, rief sie.

»Ich mach mir ein paar Butterbrote.«

»Wie war's beim Tanzen?«

»Gut.«

»Mit wem tanzt du?«

»Mit einem Mädchen.«

Sie schwieg eine Weile. »Ach nee. Aber wie heißt sie?«

Ich antwortete nicht. Im Fernsehen wurde gelacht.

»Was stand in dem Brief?«, rief sie.

Ich antwortete nicht.

»Was stand in dem Brief?«, wiederholte sie.

Ich hatte mir zwei Butterbrote gemacht. Es gab keinen Belag. Die Milch war alle. Kaffee konnte ich mit meinem Magenkatarrh nicht trinken.

»Aus der Jagd wird nichts«, rief ich.

Sie schaltete den Fernseher aus. »Was sagst du?«

»Er wird eingebuchtet.«

Ich lehnte mich an den Türrahmen und sah sie an, während ich das eine Butterbrot aß.

»Was hat er getan?«

»Sich blamiert. Ich geh jetzt nach oben. Schlaf nicht mit der Zigarette ein. Ich möchte nicht als ein Stück Kohle aufwachen.«

14

Wir nahmen Bestellungen an, und jeder, der etwas haben wollte, musste einen Vorschuss zahlen. Schon im Voraus hatten wir mehr, als wir eigentlich brauchten.

In die Schwedischstunde brachte Johanna Persson Lehrbücher mit. Sie bat uns, das Buch auf Seite drei-

zehn aufzuschlagen, dort sollten wir etwas über Satz-
zeichen lernen. Es war ungefähr die Art Lehrbuch, wie
ich es früher gehabt hatte. Es waren auch dieselben
Aufgaben. Ich hatte ein Gefühl, elf zu sein und wieder
in die Fünfte zu gehen.

Emma seufzte und klappte das Buch zu. Sie lehnte
sich zurück und fingerte am Telefon.

»Wollten wir nicht ein Buch schreiben?«

Frau Persson wurde rot. »Ja, vielleicht.«

»Was, vielleicht?«, fragte Emma. »Wir wollten ein
Buch schreiben. Das war Ihre Idee!«

Frau Persson wurde noch röter. »Es gibt ein Problem.«

»Was für ein Problem?«

Frau Persson räusperte sich. »Wenn wir ein Buch
schreiben wollen, müssen wir uns einen neuen Titel einfallen lassen.«

Emmas Miene verfinsterte sich. »Sie haben gefragt,
wie es heißen soll, ich habe den Titel gefunden. *Schwedisch für Idioten*. Wo ist da das Problem?«

Frau Persson war bis zum Haaransatz rot. Als sie
gerade antworten wollte, wurde die Tür aufgerissen, und
Allan kam hereingeschossen.

»Eierschweiß!«, grüßte er.

»Setz dich und halt's Maul!«, brüllte Emma.

Frau Persson sah aus, als hätte ihr jemand die Hand
in die Unterhose gesteckt.

»Der Titel ist vielleicht doch nicht so glücklich«,
presste sie hervor.

Emma blieb der Mund offen stehen, dann ahmte sie
Frau Persson nach: »Der Titel ist vielleicht doch nicht

so glücklich, was meinen Sie denn verdammt noch mal damit?«

»Es hat ein Problem gegeben mit dem Titel.«

»Was für ein Problem?«, wollte Emma wissen.

»Ja«, hakte Louise nach, »was für ein Problem?«

»Halt du die Schnauze«, grölte Dragan. »Du warst ja nicht mal dabei, als wir das Buch geplant haben.«

»Was für ein Problem?«, wiederholte Emma.

Frau Persson seufzte. »Wenn ihr wollt, können wir ein Buch schreiben. Aber wir müssen uns einen anderen Titel einfallen lassen. Und das ist ja nicht unmöglich.«

»Es ist ganz und gar unmöglich«, sagte Emma. »Sie wollten einen Titel haben. Sie haben einen bekommen. Jetzt wollen Sie ihn ändern. Um was geht es eigentlich?«

»Genau«, sagte Allan. »Um was geht es eigentlich?«

»Sei du bloß still!«, schrie Emma, und Allan sah aus, als hätte er einen Schlag ins Gesicht bekommen.

»Warum?«, fragte Saida. »Warum können wir nicht ein Idiotenbuch schreiben?«

Kosken fing an zu lachen. Saida sah verlegen aus.

»Genau«, sagte Emma, »warum nicht?«

Frau Persson seufzte tief. Sie sah aus, als würde sie jede Minute anfangen zu weinen.

»Der Schulleiter«, sagte sie.

Und dann begannen die Tränen zu fließen. Sie wischte sich mit der Handfläche über die Wange, aber die Tränen flossen weiter.

»Was hat diese Missgeburt denn damit zu tun?«, wollte Emma wissen.

»Das ist kompliziert«, sagte Frau Persson und wischte sich wieder über die Wange.

»Der Titel ist nicht ganz glücklich.« Kosken nickte, als würde er etwas begreifen, was niemand anders verstand.

Da kam Gustav. Er blieb in der Tür stehen und sah zuerst Frau Persson und dann Kosken an.

»War er gemein zu Ihnen?« Fragend sah er abwechselnd zwischen Kosken und Frau Persson hin und her.

»Es war der Schulleiter«, sagte Dragan.

»Ich werde dieses Miststück kastrieren«, sagte Gustav und setzte sich auf seinen Platz. »Am liebsten auf der Stelle.«

»Worum geht's eigentlich, das möchte ich mal wissen!«, stöhnte Emma. »Wir wollten ein Buch schreiben. Jetzt stehen Sie da und heulen. Was ist eigentlich los?«

»Den Scheiß halt ich nicht aus«, knurrte Allan, stand auf, ging zur Tür und verschwand. Wir hörten, wie er gegen die Klassenzimmertüren entlang des Korridors trat, und Gustav stand ebenfalls auf und verließ die Klasse.

»Jetzt müssen Sie uns aber mal aufklären«, sagte Emma.

Frau Persson hatte ein Papiertaschentuch hervorgeholt. Ihre Augen waren inzwischen rot verweint. Sie putzte sich die Nase, dann setzte sie sich auf den Stuhl hinter dem Katheder. Dort hatten wir sie noch nie sitzen sehen.

»Der Schulleiter hat Wind von unserem Projekt gekriegt«, sagte sie. »Er hat mich gefragt, ob meine Klasse ein Buch schreiben wollte, das *Schwedisch für Idioten*

111

heißen soll. Ich bestätigte es ihm, und da fragte er mich, ob ich das für einen angemessenen Titel halte. Ich erklärte ihm, dass es der Titel sei, den die Schüler selbst wünschten. Da sagte er, der Titel könnte missverstanden werden. An dieser Schule gibt es keine Schüler, die man für Idioten hält. Ein Buch, das *Schwedisch für Idioten* heißt, wäre eine Beleidigung der Schüler dieser Schule und der Lehrerschaft. Er wünscht, dass wir das Projekt beenden und mit einem gewöhnlichen Lehrbuch arbeiten.«

»Woher hat er denn von dem Buch erfahren?«, fragte Gustav.

Frau Persson zuckte mit den Schultern. »Das hat er nicht gesagt.«

Emma streckte sich und sah sich um. »Wer hat mit ihm gesprochen?«

»Das spielt keine Rolle«, sagte Frau Persson.

»Klar spielt das eine Rolle!«, jaulte Emma auf. »Wir wollen wissen, wer uns diesen Plan vermiest hat.«

»Reg dich ab«, sagte Kosken. »Du hast doch überhaupt keine Pläne gehabt. Ein Buch hättest du jedenfalls nicht geschrieben.«

»Das kannst du doch nicht wissen!«, kreischte Emma.

»Sollten wir nicht anfangen zu arbeiten?«, sagte Frau Persson.

Emma drehte durch. »Arbeiten? Wir wollten ein Buch schreiben. Jeder sollte etwas Persönliches erzählen. Ich hab schon so lange darüber nachgedacht. Über etwas Persönliches. Und jetzt sitzen wir da mit dem Scheiß!«

Sie nahm ihr Lehrbuch und schleuderte es in Richtung Katheder, wo es zu Boden fiel. Gustav hob es auf und zeigte damit auf mich.

»Du bist ja wohl der Einzige in der Klasse, der einen Schulleiter getroffen hat, oder?«

»Nehm ich mal an.« Ich wurde rot.

»Dann hast du also von unserem Buch erzählt?«

Alle starrten mich an.

»Ist es so?«, bohrte Dragan nach.

Mein Mund war trocken, und mir war unbehaglich zumute.

»Er hat mich gefragt, ob mir irgendwas in der Schule gefällt. Ich hab geantwortet, unsere Schwedischlehrerin. Da wollte er wissen, was wir in Schwedisch machen, und ich hab gesagt, wir schreiben ein Buch.«

»Das *Schwedisch für Idioten* heißen soll«, zischte Emma.

»Ja.«

Emma seufzte und schüttelte den Kopf.

»Das war nicht gut«, flüsterte Saida.

»Idiot«, brüllte Gustav und legte das Lehrbuch auf den Katheder.

»Ich konnte doch nicht ahnen, dass er was dagegen hat, wenn wir ein Buch schreiben«, sagte ich. »Man hätte doch glauben sollen, er freut sich.«

»Ja«, sagte Saida. »Warum hat er sich nicht gefreut?«

Alle sahen Frau Persson an.

Sie schwieg eine Weile, bevor sie antwortete. »Wahrscheinlich ist es so«, begann sie, »dass dies eine Klasse für diejenigen ist, die am wenigsten können. Der Direktor ist der Meinung, der Titel könnte missverstanden werden.«

113

»Klar«, sagte Dragan, »irgendjemand könnte auf die Idee kommen, dass wir echte Idioten sind.«

»Das sind wir ja auch«, sagte Emma. »Guck dir doch Allan an. Was für ein fieses Gefühl, in seine Klasse zu gehen. Man geht in die Idiotenklasse, so ist das nun mal. Aber daran ändert sich auch nichts, wenn wir ein Buch schreiben.«

»Wir können ja ein anderes Buch schreiben«, sagte Dragan. »Soll uns doch egal sein, wie es heißt.«

»Mir ist das nicht egal«, sagte Emma. »Ich hab den Titel erfunden. Niemand darf ändern, was ich erfunden habe.«

»Aber Dragan hat doch recht«, sagte Johanna Persson. »Wir haben ja noch nicht mal angefangen, wir können doch ein Buch mit einem anderen Titel schreiben.«

»Und wie soll das Buch heißen?«, fragte Emma. »Sollen wir vielleicht wieder einen Titel erfinden? Und dann gehen Sie zum Direktor und fragen ihn, ob wir das Buch schreiben dürfen? Sie sind ein verdammtes Weichei, Frau Persson, wissen Sie das? Und eine verdammt schlechte Lehrerin.«

Emma erhob sich und ging zur Tür. Bevor sie die Tür erreichte, stand Louise ebenfalls auf und folgte ihr.

»Verdammt schlecht, genau!«, fauchte sie, als sie an Frau Persson vorbeiging, dann verschwanden sie im Korridor.

»Was wollen wir eigentlich machen?«, fragte Gustav und nahm das Buch, das er vor einer Weile auf den Katheder gelegt hatte.

15

Ich hatte fürs Abendessen eingekauft und Hackfleischsoße gemacht. Dazu hatten Mama und ich Pilsner getrunken. Es nieselte, und ich hatte keine Regenjacke. Als ich beim Freizeitheim ankam, war ich durchnässt. Elin war noch nicht da und Kosken auch nicht. Aber Janne Molberg war da.

»Ich hab gehört, du hast Alkohol verkauft«, sagte er.

»Jedenfalls nicht an dich.«

Er grinste. »So was kommt immer raus.«

»Kümmre du dich um deine Sachen, ich kümmre mich um meine.«

»Klar.« Janne lächelte. »Aber es ist schwer, Geheimnisse zu haben. Wenn man die für sich behalten will, muss man clever vorgehen. Und du bist nicht clever.«

Dann kam seine Freundin, und mit ihr kamen Bosse und Eva. Es roch nach feuchter Kleidung. Wir waren mehr als an den vorhergehenden Abenden, und als Eva den Rekorder einschaltete, kam Elin. Sie trug einen gelben Regenmantel, den sie in Sekundenschnelle auszog.

Wir sollten einen neuen Schritt lernen, der ging so: Man nahm den Arm des Partners und legte ihn ausgestreckt über die eigene Schulter um den Nacken, auf dieselbe Art legte man seinen Arm um die Schulter des Partners, dann tanzte man wie eine Art rotierendes Rad nebeneinander, und dann ließ man die Hand über den Arm des Partners gleiten, und wenn man das tat, war es ein Gefühl, als streichle man den Partner vom Hals den Arm entlang zum Ellenbogen und Unterarm und über den Handrücken, dann erreichte man die Finger, und dann tanzte man weiter wie vorher.

Als ich mit der Hand ihren Arm entlangfuhr, spürte ich die Muskeln in ihrem Oberarm unter dem dünnen Stoff ihres schwarzen T-Shirts, und als ich meine Hand weiter bis zu ihrer Hand gleiten ließ, war es, als wären wir ganz allein im Raum, und ich streichelte sie.

Aber sie merkte anscheinend gar nicht, was ich tat, es schien sie gar nicht zu interessieren, dass meine Hand über ihr T-Shirt den Arm entlangglitt. Einmal berührte ich ihre Brust und kam fast aus dem Gleichgewicht, als ich sie nur ganz kurz mit dem kleinen Finger berührte, sie war so weich und wich meinem kleinen Finger so leicht aus. Ich spürte, dass ich rot wurde, oder wurde ich blass? Und als wir so tanzten, tauchten Janne Molberg und sein Mädchen neben uns auf, er grinste mich an, hielt seine Freundin mit einer Hand um die Taille und ihre Hand über ihrem Kopf, und dann tanzte er mit ihr wie mit einem Kreisel durch den Raum.

»Der konnte schon vorher tanzen«, sagte ich zu Elin. Sie nickte, und ich tanzte weiter mit ihr in der Art, wie wir es gerade gelernt hatten, fuhr mit der Hand über ihren Arm, und Elin schien nichts dagegen zu haben.

Kurz vor Schluss kam Kosken. Er war total durchnässt, und als Eva ihn aufforderte, schüttelte er den Kopf, setzte sich auf den Bühnenrand und ließ die Beine baumeln.

»Will dein Freund am Wettkampf teilnehmen?«, fragte Elin in der Pause zwischen zwei Songs.

»Scheint nicht so. Er hat kein Mädchen.«

Aber das stimmte nicht, genau in dem Augenblick

betrat ein Mädchen den Raum. Sie sah aus wie Eva, war nur fast drei Köpfe kleiner. Sie war höchstens eins sechzig, und Kosken ist gut eins achtzig. Eva ging auf das Mädchen zu und brachte es zu Kosken, der von der Bühne sprang, und dann begann er, mit dem Mädchen zu tanzen. Sie konnte wirklich tanzen. Es sah aus, als würden ihre Füße den Boden kaum berühren, Kosken war klatschnass, und seine Jeans waren schwarz vor Nässe, aber er sah froh aus.

Es waren nur noch zwei Songs, als sie zu tanzen anfingen, und am Ende der Tanzstunde wollten die meisten bezahlen. Wir standen Schlange vor dem Tisch, hinter dem Bosse und Eva saßen. Ich, Elin, Kosken und das kleine Mädchen standen am Ende.

»Anna«, stellte sich die Kleine vor. »Ich bin Evas Schwester.« Und sie reichte uns die Hand, als wäre sie auf einem Fest. Wir begrüßten sie, und Elin sagte, sie tanze wirklich gut.

»Ich hab im Frühling in Motala am Boogie-Marathon teilgenommen«, sagte Anna. »Von dort haben sie die Idee. Aber hier sind die Regeln anders.«

Nachdem wir bezahlt hatten, zog Elin ihren gelben Regenmantel an, während Kosken und ich draußen warteten. Wir standen mit ein paar anderen unter dem Dachvorsprung zusammen, und als Elin kam, legte sie kurz ihre Hand auf meinen Arm.

»Bis bald!« Dann verschwand sie in Dunkelheit und Regen, und gleich darauf hörten wir, wie sie ihr Moped zu starten versuchte.

»Sie kriegt es nicht in Gang«, sagte Kosken nach einer Weile. »Geh ihr helfen, du bist doch so technisch.«

»Wie meinst du denn das?«

»Na, du hast doch so eine gute Technik.« Er lachte.

Der Regen strömte herunter, und im Schein der nackten Glühlampe unter dem Dachvorsprung sah man, dass sich vor der Treppe eine große Pfütze gebildet hatte.

»Hilf ihr«, redete Kosken mir zu.

Ich stieg hinunter ins Wasser. Es reichte mir bis über die Knöchel. Kosken lachte hinter meinem Rücken, und ich tauchte in die Dunkelheit und ging in die Richtung, wo sie vergeblich versuchte, ihr Moped zu starten.

»Springt es nicht an?« Eine selten dämliche Frage, aber was sollte ich sagen?

»Es zickt seit dem Sommer«, antwortete Elin in der Dunkelheit. Es war so schwarz, dass sie nicht zu sehen war.

»Könnte der Vergaser sein«, sagte ich, der von Motoren genauso viel Ahnung hat wie Fünfjährige vom Entstehen des Universums.

»Ich krieg's nicht in Gang«, stöhnte sie.

»Wo wohnst du?«

»Rävmossen.«

»Auf der anderen Seite der Stadt?«

»Ja. Dann muss ich wohl zu Fuß gehen. Meine Mutter ist nicht zu Hause, sonst hätte sie mich abholen können.«

Kosken johlte in der Dunkelheit. Er war zu seinem Fahrrad gegangen. »Ich hau jetzt ab!«

»Hoffentlich hast du eine Schwimmweste!«, grölte ich zurück.

»Klar. Und du schwimmst oben auf dem, was du zwischen den Ohren hast.« Dann verschwand er.

Elin schloss das Moped ab. Ich konnte es nicht sehen, hörte nur das Geräusch.

»Ich kann dich hinbringen«, schlug ich vor. »Wenn du willst.«

»Du wirst klatschnass.«

»Nasser kann ich gar nicht mehr werden.«

»Okay.«

Im Gebäude gingen die Lichter aus, und es wurde noch dunkler, wenn das überhaupt möglich war. Bosse und Eva mussten auf die Treppe herausgekommen sein, denn ich hörte Eva sagen, dass sie ihre Jacke über den Kassettenrekorder breiten wolle, und Bosse sagte, er wolle ihn nehmen, und dann liefen sie über den Hof, und Eva rief Bosse zu, er solle aufpassen, dass er nicht stolpere. Dann wurde eine Autotür geöffnet, und man sah die schwache Innenbeleuchtung des Autos, die Türen wurden zugeschlagen, die Scheinwerfer leuchteten auf, und der Motor startete. Das Auto fuhr davon.

»Ich hätte sie bitten können, mich mitzunehmen«, sagte Elin in der Dunkelheit neben mir.

»Ach ja.«

»Manchmal ist man wirklich wie vernagelt.«

»Ich fahr dich nach Hause.«

»Wo ist dein Fahrrad?«

»Dahinten.« Ich drehte mich um, streckte eine Hand in ihre Richtung aus und nahm ihre Hand. Sie war kalt und nass, und ich spürte den Ärmel ihres Regenmantels an meiner Haut.

»Da«, sagte ich, zeigte in die Dunkelheit und zog sie mit mir. Es waren nur wenige Meter bis zum Fahrrad. Ich fummelte mit dem Schlüssel herum.

»Hat es denn einen Gepäckträger?«, fragte Elin und tastete nach dem Fahrrad. Dabei berührte sie mich am Hintern. Ich sagte, es gebe einen Gepäckträger, sie stieg auf und legte beide Arme um meine Taille.

»Also, dann fahren wir.«

»Klar«, antwortete sie, wechselte den Griff und legte ihre Hände auf meine Hüften, und jedes Mal wenn ich in die Pedale trat, spürte ich den Ärmel ihres Regenmantels an meiner Hüfte.

SCHWEDISCH FÜR IDIOTEN

Viertes Kapitel

An einem Freitagmorgen sind wir losgefahren un ich wa noch nie weiter als bis Dalhem un als wir ankamen wa es dunkel un es goss un ich wa auf dem Rücksitz eingeschlafen unter einer Decke un die roch nach Öl. Harald trug mich in der Decke ins Haus un legte mich auf ein Sofa über dem ein Wandbehang hing auf dem warn Auerhähne un dann bin ich mitten in der Nacht aufgewacht un wusste nich wo ich war. Ich stand auf weil ich Geräusche aus einem anderen Zimmer hörte un da sah ich einen Mann un der wa nich zugedeckt er stützte sich auf die Ellenbogen un gab Laute von sich un da merkte ich dass noch jemand im Bett wa un nach einer Weile stand der andere auf un es wa eine Frau mit langen dunklen Haaren un goldenen Ohrringen un im Licht von der Lampe mit Bergen auf dem Stoffschirm sah sie aus wie eine Hexe.

Ich stand da un sah sie an un die merkten nich dass ich da wa un nach einer Weile ging ich zurück zu meinem Sofa un am nächsten Morgen hatte ich mich nass gemacht.

Da gab es ein Nachbarhaus in dem wohnten drei Mädchen die waren älter als ich zu denen ging ich wenn Harald im Wald wa un die Älteste wollte wissen was ich konnte. Ich sagte dass ich Hundepaddeln kann. Sie wollte wissen was ich weiß un da sagte ich ich weiß wie man bumst. Da kam die Mama mit eim Tuch um den Kopf un gab mir eine Ohrfeige un dann durfte ich nich mehr mit denen spielen. Aber als wir nach Hause fuhren hatten wir einen Viertel Elch im Kofferraum un ich sagte Harald dass ich ihn mit einer Frau im Bett gesehen habe aber er sagte das habe ich geträumt un ich soll meine Träume nich weitererzählen so was kann Pech beim Kartenspielen bringen.

16

Elin wohnte in einem Villenviertel. Bei einem hell erleuchteten Haus sagte sie, ich solle anhalten. Auf dem Rasen vor der Haustür stand eine Laterne, die brannte auch. Neben der Garage lehnte eine Optimistenjolle an der Wand.

»Da wären wir«, sagte ich, als sie vom Gepäckträger stieg. »Jetzt bist du zu Hause.«

»Willst du mit reinkommen?«

Ich schaute zu den erleuchteten Fenstern.

»Man kann mich auswringen und in einem Eimer auffangen.«

»Es ist niemand zu Hause. Wir haben immer Licht an, damit Einbrecher glauben, dass jemand da ist. Mama ist in Stockholm und kommt erst morgen wieder. Ich kann uns einen Tee kochen und dir ein trockenes T-Shirt geben.«

»Deine T-Shirts passen mir ja wohl nicht.«

»Stimmt«, sagte sie. »Kommst du mit rein?«

»Gern.«

Ich schob mein Fahrrad durch die Pforte und schloss es auf dem Gehweg vor der Haustür ab, und Elin öffnete.

Der Geruch in fremden Häusern hat immer etwas Besonderes an sich. Die Leute mögen gleiche Möbel und gleiche Kleidung von Hennes & Mauritz haben, in der Garage können die gleichen Autos stehen, und sie können dasselbe Fabrikat Grillkohle kaufen, wenn sie eine Party in ihrem Garten geben, sie können sogar dieselben Schnapslieder beim Krebsfest singen, aber es riecht nie gleich.

Elin blieb vor der Haustür stehen, schleuderte sich die Schuhe von den Füßen und schlängelte sich aus dem Regenmantel. Ich zog meine Schuhe aus. Sie nahm eine Haarbürste vom Spiegeltischchen, und nachdem sie sich mit ein paar Strichen das Haar gebürstet hatte, reichte sie sie mir.

»Hast du keine Angst vor Schuppen?«

Sie schüttelte den Kopf, und ich fuhr mir auch einige Male durchs Haar. Sie musterte mich, als wollte sie etwas zu meiner Frisur sagen.

»Ich leih dir eines von Mamas T-Shirts«, sagte sie, ging in die Garage und kam in einer Duftwolke nach Öl und Benzin zurück. In der Hand hielt sie ein schwarzes T-Shirt.

»Nimm das, Mama trägt es immer bei der Gartenarbeit.«

Ich zog mich um und warf mein nasses Shirt auf die Matte vor der Haustür, dann ging sie mir voran die Treppe hinauf. Wir kamen in ein Zimmer mit Sesseln und Bücherregalen. Zwischen den Regalen eingebaut stand ein Sofa.

»Das ist mein Wohnzimmer«, sagte sie und ging weiter in ein ziemlich kleines Zimmer mit einem Bett, einem Schreibtisch und einem Stuhl. Auf dem Tisch stand ein Computer, und an der Wand über dem Bett hing ein Plakat, auf dem ein Nerz mit einer Schlinge um den Hals abgebildet war. Es sah aus wie die Hinrichtung eines Zugräubers im Wilden Westen. »Stoppt die Mörder« stand unter dem aufgehängten Nerz. Elin ging sofort zu ihrem eingeschalteten Computer und fingerte auf der Tastatur herum. Sie schien viele E-Mails bekommen zu haben, denn sie blieb eine Weile vor dem Bildschirm stehen und las sie, während ich mich umschaute.

Genau wie in dem Zimmer davor stapelten sich überall Bücher. Nicht nur in einem Regal, das etwa einen Meter breit war und bis zur Decke reichte, sondern auf dem Tisch und auch auf dem Boden.

Auf dem ungemachten Bett stand ein Tablett mit einer Teekanne und einer Tasse, und auf dem Teppich vorm Schreibtisch lag ein hellblaues Unterhöschen. Sie wandte sich zu mir um.

123

»Welchen Tee möchtest du?«

»Ist egal.«

»Du kannst Darjeeling, Lapsang oder chinesischen grünen bekommen.«

»Spielt keine Rolle.«

Sie nickte, nahm das Tablett und trug es hinaus.

»Schade, dass ich dir keine Hose leihen kann«, rief sie, und ich hörte sie in der Küche klappern.

»Macht nichts«, rief ich zurück. »Ich bin bald trocken.«

Auf dem Boden neben dem Bett lag ein aufgeschlagenes Buch. Es war ein englisches Buch. Ich ging zu ihrem Computer, um einen Blick in ihre E-Mails zu werfen, aber sie hatte sie weggeklickt, und als ich mich umdrehte, stand sie in der Tür. Sie hatte die Jeans ausgezogen und trug stattdessen eine schwarze Trainingshose.

»Liest du Bücher auf Englisch?«

»Ich habe ein Jahr in den USA gewohnt.«

Sie legte den Kopf schief. Unter der etwas zu großen ausbeulenden Trainingshose schauten ihre nackten Füße mit blau lackierten Nägeln heraus.

»Schade, dass du nicht mitmachen willst in der Redaktion.«

»Och.«

»Das wäre echt gut gewesen.«

»Warum?«

»Alle Redaktionsmitglieder sind aus meiner Klasse, das ist so einseitig. Aber du hast ja die Elchjagd im Kopf.«

»Wovon soll die Schülerzeitung denn handeln?«

Sie setzte sich aufs Bett und fummelte am Laken herum. »Hast du die vom letzten Jahr gesehen?«

»Nein.«

»Sie steht im Internet und enthält ein Rezept für einen Drink, vierundzwanzig Witze über Blondinen und die Erzählung von jemandem, der nicht genannt werden wollte.«

»Diesmal wollt ihr es irgendwie anders machen?«

Sie nickte. »Es soll eine richtige Zeitung aus Papier werden, die die Leute für vierzig Kronen kaufen sollen.«

»Wer soll sie kaufen?«

»Alle neunhundertdreiunddreißig Schüler und das ganze Personal und noch ein paar mehr. Wir wollen zwölfhundert Exemplare drucken.«

Ich muss ziemlich misstrauisch geguckt haben, denn sie beobachtete mich und nickte heftig.

»Du glaubst nicht, dass wir sie verkaufen können?«

»Wird sicher schwer.«

»Es wird leicht.«

»Warum?«

»Weil die Zeitung etwas bringen wird, was jeder sehen will.«

»Und was?«

»Geheim.«

»Ich verstehe.«

Dann stand sie auf und verschwand in der Küche. Nach einer Weile kam sie mit einem Tablett zurück, auf dem eine Teekanne, zwei henkellose Tassen, ein paar Zwiebäcke und ein Glas Marmelade waren.

»Du willst wohl keinen Zucker?«

»Doch, eigentlich schon«, antwortete ich, als sie das Tablett auf dem Fußboden abgestellt und sich mit gekreuzten Beinen danebengesetzt hatte.

»Ich glaub, wir haben keinen«, sagte sie.

Ich setzte mich auf die andere Seite des Tabletts.

Sie bestrich einen Zwieback mit Marmelade und schenkte mir Tee ein. »Glaubst du, wir haben eine Chance?«, fragte sie, den Mund voller Zwieback.

»Was für eine Chance?«

»Nicht die Letzten zu werden beim Boogie-Marathon.«

»Klar«, sagte ich, »eine gute Chance.« Ich biss von einem Zwieback ab und fragte mit vollem Mund: »Was soll es denn in der Zeitung geben?«

»Etwas, das alle interessiert.«

»Was?«

»Na ja, nicht gerade Elchjagd.«

»Was denn?«

»Das wirst du dir doch denken können.«

»Sag, was es ist.«

»Warum interessiert dich das so sehr? Du willst ja doch nicht in der Redaktion mitarbeiten.«

»Dann ist es also ein Geheimnis?«

»Nein.«

»Was soll also in der Zeitung stehen?«

»Sex.«

Ich nahm mir noch einen Zwieback und bestrich ihn dick mit Marmelade. »Sex, na klar.«

»Hast du schon mal daran gedacht, dass alle an unserer Schule auf die eine oder andere Weise sexuell aktiv sind? Manche bumsen wahrscheinlich jemanden vom anderen Geschlecht, aber das ist nicht das Übliche.«

»Wirklich nicht?«

»Üblicher ist, dass man allein ist und sich selbst streichelt.«

Ich wurde rot und beugte mich über das Tablett, um noch einen Zwieback zu nehmen.

Sie machte mich darauf aufmerksam, dass ich meinen letzten Zwieback noch nicht aufgegessen hatte, und fuhr fort: »Die Leute streicheln sich selber und knutschen, und manche haben auch Sex mit dem anderen Geschlecht. Dann gibt es welche, die wollen Partner ihres eigenen Geschlechts, es gibt welche mit seltsamen Phantasien, die zugucken wollen, wenn es andere treiben, und welche, die wollen, dass andere zuschauen, wenn sie es treiben, manche ziehen gern die Kleidung des anderen Geschlechts an, manche wollen geschlagen werden, oder andere schlagen selber. Manche mögen Lack- oder Gummikleidung, und es gibt welche, die werden scharf, wenn Mädchen Rauchringe machen. Es gibt alle möglichen Arten. Manche treiben es mit ihren Geschwistern, andere werden von ihren Eltern oder Verwandten missbraucht, es gibt welche, die schlafen mit ihren Lehrern oder flirten nur mit ihnen, und es gibt Lehrer, die liegen zu Hause und denken an ihre Schüler, während sie einen Orgasmus kriegen. Es gibt alle Arten. Wir sind tausend, und die Zeitung soll davon handeln, wie es ist.«

»Wie was ist?«

»Schwul oder lesbisch zu sein in der Schule, auf dem Klo zu sitzen und zu wichsen oder im Unterricht einen

Ständer zu kriegen, scharf auf seinen Lehrer zu werden. Alles.«

»Aber …«

»Was?«

»Wie willst du etwas darüber erfahren?«

»Interviews.«

Ich schüttelte den Kopf. »Das ist eine heikle Angelegenheit.«

»Vertrauen«, sagte sie. »Man muss sich Vertrauen verschaffen.«

Ich zeigte auf das Plakat mit dem aufgehängten Nerz. »Was ist das da?«

Elin betrachtete es einen Augenblick lang.

»Molbergs besitzen eine Nerzfarm, das weißt du wohl? Der Jüngste aus dieser Brut von Tierquälern besucht unseren Tanzkurs, und der Älteste ist der, den ich im Speisesaal angesprungen habe.«

»Ach, du bist so eine Nerzretterin?«

»Ich hasse Tierquälerei.« Sie legte den Kopf schräg. »Aber du vielleicht nicht, als Elchjäger.«

Ich nahm noch einen Zwieback, belud ihn mit Marmelade und stopfte ihn mir in den Mund.

»Darf ich dich interviewen?«, fragte sie, während ich schluckte.

»Zu was?«

»Zu Sex.«

Ich wollte gerade sagen, dass das wohl keine so gute Idee sei, da kriegte ich einen Zwiebackkrümel in die falsche Kehle und fing an zu husten. Schließlich musste ich aufstehen und zur Toilette gehen, und die ganze Zeit hustete ich. Draußen zwischen all den Büchern kam ein großer Klumpen Zwieback hoch und landete auf dem Parkett. Mir liefen Tränen übers Gesicht, und Elin stand hinter mir und schlug mir mit der Handfläche zwischen die Schulterblätter.

»Das war wohl keine gute Idee, was?«

»Ich werde drüber nachdenken«, antwortete ich.

»Möchtest du ein Glas Wasser?« Und ohne meine Antwort abzuwarten, verschwand sie in der Küche und kehrte gleich darauf mit einem Glas Wasser zurück, das ich in einem Rutsch austrank.

»Es soll also keine Blondinenwitze in eurer Zeitung geben?«

Sie schüttelte den Kopf. »Wir wollen eine Reportage über sexuelle Belästigungen in der Schule bringen.«

»Ich verstehe.«

»Na, ich weiß nicht.« Sie ging in ihr Zimmer, und ich folgte ihr. Dort setzten wir uns wieder auf den Boden.

Sie streckte sich nach einem Heft und reichte es mir. »Lies das. Es ist erschreckend.«

Ich starrte auf den Umschlag. »Was ist das?«

»Der Bericht eines Instituts über sexuelle Belästigung an Schulen.«

»Prima«, sagte ich und hielt ihr das Heft wieder hin, aber sie nahm es nicht entgegen.

»Prima?«, fauchte sie.

»Interessant, meine ich.«

Sie sah wütend aus. »Willst du ihn nicht lesen?«

»Doch, klar.«

»Na also. Ich leih dir das Heft bis morgen.«

»Bis morgen? Wann soll ich es denn lesen?«

»Ich lese nächtelang«, antwortete sie nach einer Weile.
»Ich lese nicht viel.«

»Warum nicht?«

»Ich komm nicht dazu.«

Sie wirkte etwas fröhlicher. »Ich liebe Bücher. Was liest du so?«

»Nichts Besonderes.«

»Im Augenblick, meine ich.«

»Ehrlich gesagt, ich lese nicht oft. Als ich zwölf war, hab ich mal ein Buch gelesen. Einige Leute fallen ins Meer und werden vom Kapitän eines U-Bootes gerettet. Sie werden seine Gefangenen ...«

»Kapitän Nemo.«

»Genau, Kapitän Nemo. Ich hatte Lungenentzündung und musste mehr als eine Woche im Bett bleiben. Harald ist in die Bibliothek gegangen und hat nach einem Buch für einen Zwölfjährigen gefragt. Da haben sie ihm Kapitän Nemo gegeben. Ich hab es dreimal gelesen, aber nur weil ich Fieber hatte und nicht aufstehen konnte. Ich hab fast nie Fieber.«

»Warum hat er nur ein Buch ausgeliehen? Warum nicht eine ganze Ladung? Als ich im letzten Winter krank war, hab ich zwei Bücher am Tag gelesen.«

»Er wusste nicht, dass man viele Bücher leihen kann.«

Sie lachte. »Was?«

»Er wusste nicht, dass man viele leihen kann. Er glaubte, man könnte nur eins auf einmal ausleihen.«

»Ist das dein Vater?«

»So was wie mein Stiefvater. Er hat mir Jagen beigebracht.«

»Elche?«

»Genau.«

»Ein einziges Buch?«

»Ja.«

»Das ist ja nicht zu fassen. Ich hätte nie geglaubt, dass es Leute gibt, die so ...«

»Was?«

»Schlecht informiert sind.«

»Harald ist nicht schlecht informiert. Er ist nur noch nie in einer Bibliothek gewesen. Als er Kapitän Nemo ausgeliehen hat ...«

»*20 000 Meilen unter dem Meer.*«

»Genau ... da war er zum ersten Mal in einer Bibliothek. Er ist meinetwegen hingegangen. Das ist doch nett.«

Elin sah aus, als würde sie mir nicht glauben. »Wo ist dein richtiger Vater?«

»Er ist abgehauen.«

»Wann?«

»Ich war gerade geboren.«

»Aber er lässt doch mal von sich hören?«

»Nein.«

»Nie?«

»Nein.«

Sie versuchte, Tee nachzuschenken, aber die Kanne war leer, und Elin stand auf.

»Mein Papa ist auch abgehauen, als ich klein war, aber wir haben Kontakt. Bei ihm hab ich gewohnt, als ich in Chicago war!«, rief sie aus der Küche.

»Gibt's da nicht viele Gangster?«

Aber sie antwortete nicht, denn das Telefon klingelte, und ich hörte sie sagen:

»Elin … klatschnass … nein, ich trink grad Tee mit meinem Tanzpartner.« Dann schloss sie die Küchentür, und ich konnte nicht mehr hören, was sie sagte. Ich nahm den letzten Zwieback und kratzte den Rest aus dem Marmeladenglas. Ich hatte gerade alles hinuntergeschluckt, da kam sie mit der Teekanne zurück und stellte sie auf dem Tablett ab.

»Dieses Messer …«

»Ja?«

»Das du im Speisesaal verloren hast.«

»Ja?«

Sie zögerte. »Hattest du das mitgebracht, um … wozu wolltest du es benutzen?«

»Es war ein Versehen. Ich hab ein Schild aufgestellt. Wir wollen das Haus meiner Großmutter verkaufen. Ich hatte vergessen, dass ich es noch in der Tasche hatte.«

»Du bist also kein Messerstecher?«

»Seh ich so aus?«

Sie lachte. »Ja.«

»Wie meinst du das?«

»Jeder kann zum Messerstecher werden, wenn die Umstände entsprechend sind. Deswegen kann jeder wie ein Messerstecher aussehen, oder? Du siehst aus wie alle anderen, vielleicht ein bisschen besser.«

»Findest du?«

»Dir muss doch schon mal jemand gesagt haben, dass du gut aussiehst.«

»Noch nie.«

»Machst du Witze?«

»Nein, wirklich nicht. Das hat mir noch niemand

gesagt. Und ich glaube, du machst Witze, wenn du es sagst.«

»Du siehst verdammt gut aus. Hast du viele Mädchen gehabt?«

»Nein.«

»Wirklich wahr?«

»Wirklich wahr.«

»Aber du wirkst so sicher.«

»Wie meinst du das?«

»Na, zum Beispiel, wie du mich gefragt hast, ob ich zehn Kilometer mit dir tanzen will. Da hätte kein Mädchen Nein gesagt.«

»Du machst Witze.«

»Nein.«

Ich lachte. Sie lachte auch.

»Du bist süß.«

»Hör auf.«

»Warum?«

»So was sagt man nicht zu jemandem, den man nicht kennt, höchstens wenn man stockbesoffen ist.«

»Ich sag das. Ich bin ein Mädchen, das ausspricht, was ihr in den Sinn kommt.«

Sie schenkte uns Tee nach, und ich blies darüber. Der Tee war sehr heiß.

»Das ist Lapsang. Was ist dein Lieblingstee?«

»Ich trink sonst keinen Tee.«

»Ach nein?«

»Ich mag lieber Kaffee.«

»Weißt du, was eine Handvoll Kaffeebohnen auf einer Kaffeeplantage wert ist?«

Ich schüttelte den Kopf.

»Hundertdreißig Kronen. Weißt du, was das beweist?«

»Nein.«

»Dass die Voraussetzungen entscheidend sind. Ob man Messerstecher wird, ob man wertvoll oder wertlos wird. Die Voraussetzungen entscheiden das. Ich glaube an den Wert guter Bedingungen. Darum hasse ich Nerzfarmer. Sie sorgen dafür, dass es den Tieren extrem schlechtgeht, und dann bringen sie sie um. Sie versuchen, sich auf Kosten der Tiere gute Voraussetzungen zu verschaffen. Genau wie die Kaffeeanpflanzer, die den Plantagenarbeitern einen Lohn geben, von dem sie kaum überleben können. Und wir sitzen in Venedig und trinken Kaffee für einhundertdreißig die Tasse.«

»Ich bin noch nie in Venedig gewesen.«

»Ich war mit meinem Vater dort. Er hat mir Thomas Mann vorgelesen, während wir mit einer Gondel unterwegs waren.«

»Lustig«, sagte ich, »ich war in Jämtland.«

SCHWEDISCH FÜR IDIOTEN

Fünftes Kapitel

Nich jeder weiß was ein Shark is aber bevor Mercury Mercury wurde haben sie einen Außenborder gebaut der hieß Shark un hatte 16 PS un den konnte man irre tunen. Koskens Bruder Tobbe hat einen Shark getunt un sich einen Fluga von Hobbex bestellt un als alles zusammengebaut wa hatten sie eine Art Galosche die mit dem Shark hintendran wie ein Rettungshubschrauber eben über der Wasseroberfläche zu fliegen schien un bei Wellengang oder Heckwellen spritzte es un Tobbe trug eine Taucherbrille wenn er zusammen mit Nillo fuhr der einen getunten Johnson hatte der fast genauso schnell fuhr. Wir wan noch klein un standen am Ufer un sahn zu un eines Tages fuhr Tobbe mit so viel Schmackes in Nillos Heckwelle dass das Antriebsteil vom Shark abging un man sah wie der Schlauch zum Benzintank immer länger un dünner wurde so dünn wie ein Nähfaden. Der Shark landete vier Meter tief im schlammigen Grund un Tobbe schwamm mit seiner Taucherbrille rum un rief er kann ihn sehn un Nillo musste so lachen dass er auf einen Stein fuhr un ein Loch in den Rumpf riss.

Sie tauchten un holten den Shark rauf un nahmen ihn auseinander un setzten ihn wieder zusammen un dann machten sie eine Probefahrt un stellten ihn auf eine Karre die man an Nillos Motorrad anhängen kann in die Garage von Koskens Vater.

Als Kosken un ich elf wan wollten wir den Shark ausprobiern un zogen an eim Tag als Tobbe un Nillo in Stockholm wan um sich zu besaufen un zu prügeln un Fußball zu sehn mit der Karre zum See. Wir kriegten die Fluga ins Wasser un rechneten aus dass wir beide zusammen nich mehr wogen als was Tobbe mit sechzehn gewogen hat un wir fuhrn raus aufn See. Wir hatten Taucherbrillen auf un fuhren immer im Kreis un Anni stand am Ufer un schrie sie will auch mit. Aber wir sagten das ist zu gefährlich für sie da konnte sie nämlich noch nich schwimmen un wenn das Antriebsteil sich löste würde sie ertrinken un als das Benzin alle wa un wir mit den Händen an Land paddeln mussten stand sie auffem Felsen un rief nie nie würde sie ertrinken.

Es klingelte wieder, diesmal war es das Handy. Elin grub es aus einem Haufen Papier auf dem Schreibtisch aus und meldete sich mit ihrem Namen und sagte, in Ordnung ... klar ... komm ruhig gleich.

»Das war Emil. Wir wollen ein bisschen lernen.«

Sie stand auf, und ich hielt es für das Signal, dass es Zeit zu gehen war, also bedankte ich mich für den Tee, und sie sagte, dass sie morgen vielleicht nicht zum Tanzen kommen könnte. Wir standen voreinander und nickten und dachten beide an das, was sie gesagt hatte, dass sie morgen vielleicht nicht zum Tanzen kommen könnte, und dann fragte sie nach meiner Telefonnummer, und ich antwortete, dass unser Telefon kaputt sei, und da fragte sie nach meiner Handynummer, und ich sagte, dass ich mein Handy verloren habe, und da sagte sie, na, wir werden sehen, vielleicht würde sie ja doch auftauchen, und ich sagte, ich würde auf jeden Fall hingehen. Vielleicht würde ich etwas lernen, das ich ihr später beibringen könnte, und dann wollte ich das T-Shirt ihrer Mutter ausziehen, aber sie sagte, ich könnte es ihr morgen in der Schule zurückgeben. Dann ging ich hinaus, stieg auf mein Fahrrad, und als ich auf die Straße einbog, begegnete ich einem Jungen auf einem Moped.

Es war Elins Besucher.

Mama sah fern und rief, im Kühlschrank seien noch

kalte Spaghetti, aber ich wollte keine und ging in mein Zimmer.

Als Großmutter starb, bekam ich ihr Telefon, aber da wir abgeschaltet waren, konnte ich nicht telefonieren. Ich hatte Lust, zu Kosken zu fahren, ich war jedoch nicht sicher, ob er da war. Manchmal war er mit Tobbe unterwegs, und ich brauchte mindestens eine Viertelstunde mit dem Fahrrad zu ihm, deswegen blieb ich lieber zu Hause.

Ich zog mich um und hängte das T-Shirt von Elins Mutter an die Schranktür, dann legte ich mich aufs Bett und starrte zur Decke. Über meinem Bett ist ein Riss in der Farbe. Er sieht aus wie Spinnengewebe, ich hab immer zu diesem Gewebe geschaut und mir vorgestellt, dass es Wege durch einen Wald waren, und ich fuhr diese Wege mit meinem vierrädrigen Motorrad entlang, und hin und wieder begegnete ich einem Reh, das ich mit meiner Schrotflinte erlegte.

Nach einer Weile konnte ich nicht mehr liegen. Mama sah irgendein Programm für Schwachsinnige, und ich hörte dauernd Gelächter von dort unten. Dann dachte ich an Elin und wie sie mir gegenübergesessen und mich gefragt hatte, ob sie mich über mein Sexleben interviewen dürfte. Kosken würde es mir nicht glauben. Er würde sich totlachen.

Ich kramte einen Regenmantel hervor, den ich letztes Jahr bei der Jagd geliehen hatte. Er war aus schwerem Gummigewebe und reichte mir bis über die Knie. Die Ärmel waren so lang, dass ich sie zehn Zentimeter aufkrempeln musste, dabei hab ich ziemlich lange Arme.

Dann ging ich wieder nach unten und rief Mama zu, dass ich zu Kosken wollte, und sie sagte was vom Regen, aber ich konnte es nicht richtig verstehen, denn ich hatte die Haustür schon hinter mir zugemacht, und dann war ich auf dem Weg zurück zu Elin.

Es regnete noch genauso heftig wie vorher, und als ich das Haus erreichte, hatte es fast aufgehört. Das Haus war immer noch vollständig erleuchtet. Ich hielt ungefähr hundert Meter entfernt an, schob das Fahrrad in einen Graben und warf es in ein Weidengebüsch. Dann ging ich im Graben entlang zum Haus. Auf der Rückseite war ein kleiner felsiger Abhang. Ich stieg hinauf, von dort konnte ich direkt in Elins Zimmer schauen.

Zunächst sah ich niemanden, aber dann erhob sich jemand vom Bett, und das war Elin. Ihr Oberkörper war nackt. Sie ging zum Fenster und ließ die Jalousien herunter, als ob sie gespürt hätte, dass ich draußen war, um zu sehen, was sie trieb, wenn sie mit Emil lernte.

Ich blieb einen Augenblick sitzen und hoffte, dass sie die Jalousien wieder hochziehen würde oder dass irgendetwas anderes passierte, aber es passierte nichts, es hörte nur auf zu regnen.

Ich stieg vom Felsen herunter und ging ums Haus. Emils Moped stand auf dem Gartenweg, und ich stand in der Dunkelheit und starrte es an. Eine Weile später kehrte ich zu meinem Fahrrad zurück und strampelte nach Hause.

17

Am nächsten Morgen war der Hof mit Wasserpfützen bedeckt. Es war windstill, und die Luft war klar und kühl, man ahnte, dass der Herbst kam.

Im Korridor vor unserem Klassenzimmer traf ich Saida und Allan.

»Es ist niemand da«, sagte Saida.

»Alle scheißen drauf!«, grölte Allan und lief den Korridor entlang. Als er die letzte Tür erreichte, versetzte er ihr einen Stiefeltritt, dass es ein Wunder war, dass sie nicht zerbrach.

»Warum ist niemand hier?«, fragte Saida.

»Die schlafen wohl noch.«

»Aber Frau Persson ... wir haben doch Englisch.«

»Vielleicht hat sie verschlafen.«

Ich öffnete das Fenster am anderen Ende des Korridors und setzte mich aufs Fensterbrett. Saida holte eine Zeitung hervor, lehnte sich gegen die Wand und begann zu lesen.

Da kam Bergman mit seinem dicken Bauch. »Wo sind die anderen?«

»Niemand da«, klärte Saida ihn auf.

Bergman nickte mir zu, schloss die Klassenzimmertür auf und ließ Saida und mich hinein. Er folgte uns und ließ die Tür offen stehen.

»Ihr wisst, was passiert ist?«, fragte er und sah erst Saida, dann mich an.

»Was ist passiert?«, fragte Saida.

»Frau Persson hat einen Unfall gehabt. Sie liegt im

Krankenhaus und wird wohl eine Weile nicht wiederkommen.«

»Ist sie verletzt?«, rief Saida aufgeregt.

»Sie ist mit dem Dalhembus zusammengestoßen, es
geht ihr ziemlich schlecht.«

»Wie schlecht?«, fragte Saida.

»Ein Arm ist gebrochen, und sie hat sich an der Stirn
verletzt.«

»An der Stirn!«, rief Saida. »Das ist gefährlich!«

Bergman nickte. »So kurzfristig bekommen wir keine
Vertretung, ihr müsst euch also allein unterhalten. Habt
ihr eure Bücher schon bekommen?«

»Nein«, sagte Saida, »keine Bücher.«

»Dann solltet ihr euch vielleicht auf Englisch unterhalten«, schlug Bergman vor. »Versucht, euch nach Frau
Perssons Unfall abzufragen, und schreibt dann die Wörter, die ihr nicht wisst, an die Tafel. Ich komme in einer
Viertelstunde wieder und schaue nach, wie weit ihr
seid.« Und dann sah er mich an. »Waren wir nicht verabredet?«

»Vielleicht. Ich weiß es nicht.«

Er starrte mich an, als versuchte er, im Geist seinen
Kalender zu sehen, der aufgeschlagen in seinem Büro
auf dem Schreibtisch lag.

Dann ging er, und Saida und ich saßen da und sahen
uns an.

»Wir müssen ihr Blumen schicken«, sagte Saida.

SCHWEDISCH FÜR IDIOTEN

Sechstes Kapitel

Als Anni inner Betonröhre stecken geblieben wa un vonner Strömung abgetrieben wurde kam die Feuerwehr un der Mann schrie die ganze Zeit un ich traute mich nich hinzugehn un sie fuhren Anni un Mama ins Krankenhaus aber es wa sinnlos. Weiß ja jeder dass man ohne Kapitän Nemo im Wasser stirbt. Mir wa schlecht un ich konnte kaum gehn aber da kam jemand un fragte was ich tun wollte un dann fuhr mich jemand ins Krankenhaus un da wa der Pastor un hatte Mama einen Arm um die Schultern gelegt. Sie wan in einem Zimmer mit grünen Möbeln un Plastikbechern mit Wasser un Anni wa irgendwo anders denn Kapitän Nemo wa ja nich in unserem Graben un wusste nich was in der Betonröhre passiert wa un Anni mit den spitzen Ellenbogen wurde in der Erde versenkt un daneben hatte man einen Erdhaufen gemacht un man wartete bis Mama weggeführt wurde bevor man das Grab zuschaufelte. Un die ganze Zeit während Anni beerdigt wurde wa schönes Wetter un dabei hätte es doch regnen un nur regnen müssen aber das tat es nich un als ich Mama un den Pastor im Krankenhaus verließ dachte ich hierher will ich nie wieder.

Kosken war auch noch gekommen, und eine Weile saßen wir drei da und starrten uns an. Bergman kam nicht, und Kosken und ich gingen weg. Kosken wollte eine Tasse Kaffee in der Cafeteria trinken, und ich kaufte mir ein

Stück Kuchen, von dem ich Kosken die Hälfte abgab, aber eigentlich hätte er das ganze Stück gebraucht.

»Wie war es?«, fragte er, während er an dem dünnen Kaffee nippte.

»Was?«

»Der Transport.«

»Ich hab sie nach Hause gefahren, und sie hat mich zu einer Tasse Tee eingeladen.«

Kosken rief dem Mädchen hinter dem Tresen zu: »Für solchen Kaffee müsste man eigentlich nicht bezahlen, man müsste dafür bezahlt kriegen, dass man ihn trinkt.«

»Wir leben in einem freien Land«, behauptete das Mädchen. »Lass den Kaffee stehen, wenn du ihn nicht magst.«

»Aber ich hab ihn doch bezahlt …«

Das Mädchen drehte ihm den Rücken zu, Kosken seufzte und starrte in die weiße Plastiktasse mit der hellbraunen Flüssigkeit.

»Weißt du, was sie will?«, fragte ich.

»Wie soll ich das wissen?« Kosken rührte den Kaffee mit dem Plastiklöffel um.

»Mich interviewen.«

»Worüber?«

»Über mein Sexleben.«

Kosken schaute auf. »Kriegst du dafür bezahlt?«

»Warum sollte ich?«

»Sag ihr, du lässt dich nur interviewen, wenn du bezahlt kriegst.«

»Dann wird sie doch jemand anders nehmen.«

»Nein, das wird sie nicht, du bist ja ein interessanter Fall.«

Er nahm einen Schluck Kaffee, und ich dachte an mein Sexleben. Man könnte es in sechs Kapitel einteilen genau wie ein Buch.

Und als ob Kosken meine Gedanken gelesen hätte, sagte er: »Warum schreibst du kein Buch darüber – du kannst doch alles, unter Wasser schwimmen, zehn Kilometer tanzen … Schreib ein Buch.«

»Werd ich machen.«

Kosken starrte in seine Kaffeetasse. »Das kannst du nicht.«

»Kann ich wohl.«

»Na ja, jedenfalls bist du ein interessanter Fall.«

Ich biss von meinem Kuchen ab und dachte an mein Sexleben. Das erste Kapitel würde von der Zeit vor dem Sexleben handeln. Der Zeit, als ich noch nichts wusste und nichts begriff. Ich war etwa fünf Jahre alt, als mich jemand zum ersten Mal fragte, ob ich wusste, wie ficken geht. Ich behauptete natürlich, ich wisse es. Es war ein großes Mädchen, es hieß Lola, das mich gefragt hatte. Sie sagte sofort, dass ich lüge und dass ich überhaupt nichts weiß, und dann setzte sie sich auf mich drauf, und ich lag mit heruntergedrückten Schulterblättern im Gras. Lola war damals unsere Nachbarin, und während sie auf meiner Brust saß und mich zu erwürgen versuchte, kaute sie Kaugummi. Ich war fünf, und Lola ging in die Zweite und war riesig. Während sie mich würgte, sah ich in ihr Gesicht. Sie hatte hellblaue Augen und runde rosige Wangen. Sie sah aus, als wollte sie mich jeden Tag bis Weihnachten oder vielleicht auch bis Neujahr würgen.

Ich verlor das Bewusstsein, und Lolas Mama kam

und jagte sie weg. Dann bekam ich ein Glas Saft, und Lolas Mama sagte, dass Lola eigentlich nett sei.

Danach brauchte ich nur einen Zipfel von Lolas blau geblümtem Kleid zu sehen, und ich rannte um mein Leben.

Lolas Mama gehörte zur selben Kirchengemeinde wie Großmutter, und manchmal besuchte sie Großmutter am Sonntag, und dann war Lola dabei. Lola trug immer weiße Kniestrümpfe und stand an der Küchentür, die Hände überm Bauch gefaltet, und wenn ich um den Türrahmen schaute, streckte sie mir die Zunge heraus.

Das zweite Kapitel würde von den Seilen im Sportunterricht handeln. Ich weiß nicht, in welche Klasse ich ging, als ich entdeckte, dass die Seile zwischen den Beinen kitzelten, wenn ich hinaufkletterte. Ich lernte, die Seile zu lieben. Sie waren dick und grau und hatten ganz unten einen Knoten, der war so groß wie ein Kinderkopf. Ich glaube, ich ging in die Dritte, als ich mein Lieblingsseil Lola taufte.

Das dritte Kapitel würde von Johanna Bäck handeln, und während ich da mit meinem Stück Kuchen saß, fiel mir ein, dass sie genauso heißt wie unsere Schwedischlehrerin mit dem Loch in der Stirn und dem gebrochenen Arm.

Aber das bedeutete vielleicht nichts.

Johanna Bäck war die Erste, die mich im Dunkeln berühren wollte. Ich glaube, das war in der Fünften. Sie tastete meinen Körper ab und wollte, dass wir uns ausziehen. In der Sechsten fuhr sie mit den Halbstarken aus Dalhem herum, und ihr Vater prügelte sie jede Nacht windelweich, aber sie machte weiter, als wäre es ihr

144

ganz egal, dass ihr Körper mit blauen Flecken übersät war.

Das vierte Kapitel müsste davon handeln, wie ich anfing zu wichsen. Ich war vielleicht in der Sechsten, denn ich dachte oft an Johanna Bäck, während ich wichste. Ich stellte mir vor, wie sie im größten Auto der Dalhemhalbstarken angefahren kam und in ihren engen Jeans ausstieg und sagte, dass ich mit ihr machen dürfte, was ich wollte. Ich versuchte, mich zu entscheiden, was ich wollte. Aber so weit kam ich nie. Mir kam es, bevor ich mich entschieden hatte.

Im vierten Kapitel müsste ich auch erzählen, wie Kosken und ich unter einer Decke lagen und uns gegenseitig einen runterholten. Das war draußen am Solviksstrand, und keiner von uns beiden hat hinterher ein Wort darüber gesagt. Wir taten so, als hätten wir es nicht getan.

Im fünften Kapitel würde ich von den Mädchen in der Siebten erzählen, die wir küssen wollten. Manchmal fand eine Party bei Anna Winker statt und manchmal bei Jörgen Strat, und Anna Winker bot mir an, mir das Küssen beizubringen. Wir übten einen ganzen Abend und die ganze Nacht. Großmutter war stinksauer, als ich nach Hause kam, denn es war der Tag, an dem Anni in der Betonröhre verschwunden war, und ich wusste nicht, wohin mit mir.

Eines Abends wollte Anna Winker, dass ich mit ihr schlafe, aber ich sagte, das gehe nicht, weil meine Schwester gestorben sei. Sie sagte, das könne sie verstehen, und schlief stattdessen mit Kosken.

Im sechsten Kapitel könnte ich erzählen, wie dann nichts mehr kam. Wie ich gewissermaßen darin hängen

geblieben bin. Wenn ich an ein Mädchen denke, dauert
es nur einen Augenblick, und mir fällt Anni ein, und
dann werde ich so verdammt traurig, dass ich nicht
weiß, wohin mit mir.

»Hallo.« Neben mir stand Elin. »Schläfst du?«

»Ich hab grad über was nachgedacht«, sagte ich.
»Kennst du Kosken?«

»Hallo.« Elin nickte Kosken zu. »Wir haben uns
beim Tanzen gesehen.«

Kosken antwortete mit einem Nicken. Hinter Elin,
fünf Meter entfernt, stand der, der vermutlich Emil war.
Er war größer als ich und trug ein erdbeerfarbenes
kurzärmeliges Tennishemd mit hochgestelltem Kragen
und verwaschene Jeans. Seine Haare standen ihm vom
Kopf ab. Er hielt mit beiden Händen einen Ordner, den
Deckel gegen den Bauch gedrückt, und beobachtete
Elin von hinten. Dabei begegnete er meinem Blick und
lächelte ein fast unmerkliches Lächeln.

»Hast du das T-Shirt meiner Mutter mitgebracht?«

»Ich hab's vergessen. Du kriegst es später oder vielleicht morgen.«

»Gut, heute Abend komme ich wie üblich.«

Kosken sah ihr nach, als sie zusammen mit dem, der
vielleicht Emil war, in Richtung Korridor verschwand.
Kosken hatte seinen Kaffee ausgetrunken, und jetzt war
er damit beschäftigt, die Tasse in kleine weiße Plastikfetzen zu zerlegen.

»Lass dich von ihr interviewen«, schlug er vor. »Sag,
dass du einverstanden bist, wenn du mit ihr schlafen
darfst.«

146

»Äh«, sagte ich.

Kosken sah sauer aus. »Was ist mit dir los? Ich will dir doch nur helfen. Du brauchst ein Mädchen. Sag, dass du dich von ihr interviewen lässt.«

»Ich werde ein Buch schreiben.«

»Und wie soll das heißen?«, fragte Kosken.

»*Das Liebesleben der Idioten.*«

»Gut«, sagte Kosken. »Das wollen bestimmt alle lesen, weil es von dir handelt. Und alle sind wahnsinnig an dir interessiert. Isst du deinen Kuchen nicht auf?«

Ich gab ihm den Rest, und als er ihn runtergeschluckt hatte, kamen Emma und Louise. Emma ließ sich auf den Stuhl neben Kosken sinken und starrte mich an.

»Hast du begriffen, wie das passiert ist?«, fragte sie und beugte sich zu mir vor.

»Was?«

»Frau Perssons Unfall.«

»Unfall!«, heulte Louise. »Das war gar kein Unfall!«

»Es war ein Mordversuch«, ergänzte Emma, »der gegen dich gerichtet war!« Sie zeigte mit ihrem Handy auf mich.

»Mordversuch?« Kosken wischte die Plastikfetzen vom Tisch auf den Boden.

»Ja«, sagte Emma. »Das hab ich von jemandem erfahren, der es weiß. Er war dabei, als sie sich um sie kümmerten, nachdem sie mit dem Bus zusammengestoßen war.«

»Ich weiß, wer das ist.« Koskens Gesicht erhellte sich.

»Wer?«, fauchte Emma.

»Dein Kumpel.«

»Weißt du gar nicht«, fauchte Emma.

»Er fährt einen weißen Volvo und arbeitet im Möbel-laden.«

Emma wurde rot.

»Lasst sie erzählen«, sagte Louise, »passt auf.«

»Erzähl«, bat Kosken.

Emma holte Luft, als wollte sie bis zum Grund der Ostsee tauchen, um dort eine Woche zu bleiben und über ihre Sünden nachzudenken.

»Jemand hat an ihren Bremsen rumgemacht«, flüs-terte sie.

»Sie haben nicht funktioniert!«, zischte Louise.

»Schnauze!«, brüllte Emma.

»Sie haben nicht funktioniert«, wiederholte Louise.

Emma versetzte ihr einen Schlag auf den Arm, Louise sah beleidigt aus und rieb ihren Arm.

»Warum hast du das gemacht?«, jammerte sie.

»Och«, sagte Kosken, »warum sollte jemand an Frau Perssons Bremsen rummachen?«

Emma sah aus, als hätte sie soeben eine Wahnsinns-summe beim Bingo-Spiel gewonnen. »Weil es das fal-sche Fahrrad war.«

»Was?«, sagte Kosken.

»Eigentlich sollten es deine Bremsen sein.« Emma zeigte mit einem Finger auf mein rechtes Auge.

»Warum?«, fragte ich.

»Aha«, sagte Kosken, »ich kapiere. Jetzt kapier ich es. Ich kapier's. Aha.«

»Was?«, fragte ich.

»Ihr habt die gleichen Fahrräder«, sagte Kosken.

Emma schüttelte den Kopf. »Jetzt nicht mehr.«

»Wieso nicht?«, fragte Kosken.

»Nein«, sagte Louise. »Frau Perssons Fahrrad ist ein Schrotthaufen.«

»Aha.« Langsam dämmerte mir, dass ich mich in einer unangenehmen Situation befand.

»Genau«, flüsterte Emma. »Dir wollten sie was antun. Ihr habt die gleichen Fahrräder, und die Idioten haben die Bremsen an Frau Perssons Rad gelöst.«

»Scheiße!«, sagte Kosken. »Batsch in die Seite vom Dalhembus. Wo ist es passiert?«

»Genau«, sagte Emma. »Scheiße.«

Kosken starrte mich an, zerknüllte die Plastikfolie, in der mein Kuchen gewesen war, rollte sie zu einer Kugel und schnipste sie in mein Gesicht. Sie traf mich an der Stirn.

»Den Preis muss man zahlen, wenn man mit Mohrrüben schmeißt«, meinte Kosken. Dann lachte er. »Dabei hast du das ja nicht mal getan.« Er wandte sich zu Emma. »Wo ist es passiert?«

Emma leckte sich über die Lippen. »Frau Persson kam den Hügel runter.« Sie zeigte aus dem Fenster zu dem Hügel hinter den Fahrradständern. In dem Augenblick kam Allan um die Ecke. Er war wie üblich rot vor Erregung.

»Habt ihr das gehört!«, heulte er. »Habt ihr das gehört! Sie haben versucht, einen Lehrer umzubringen. Endlich! Endlich!« Er begann, einen seltsamen Tanz zwischen dem Tresen der Cafeteria und unserem Tisch aufzuführen. »Bald fackeln sie den ganzen Mist ab. Bald sind wir alles los!« Er trat gegen die Wand und hinterließ einen schwarzen Fleck in Höhe seiner Taille. »Den ganzen Scheiß!«, rief er. »Der ganze Scheiß soll brennen!«

»Komm her und setz dich«, sagte Emma.

Allan hielt mitten im Schritt inne und sah uns an. Dann kam er heran und stellte sich neben Louise, die sofort so weit zur Seite rutschte, dass er ihr keine runterhauen konnte, falls er das beabsichtigte.

»Den ganzen Scheiß abfackeln, das sollte man tun«, grölte er. »Brennen, brennen, brennen!«

»Kannst du nicht mal still sein«, bat Emma.

Allan schwieg, bückte sich, hob die Plastikfetzen vom Fußboden auf, warf sie in die Luft und ließ sie sich auf den Kopf rieseln. Er sah aus wie einer dieser Eisbären in einer Schneekugel, wenn man die umdreht und schüttelt, rieselt Schnee in den Pelz des Eisbären.

»Wir müssen ihr Blumen bringen«, sagte Emma, »auch wenn sie eine saumäßig schlechte Lehrerin und Verräterin ist. Wo sind die anderen?« Sie sah Allan an.

»Ich kann sie holen«, sagte er und war im nächsten Moment verschwunden. Als er an der Spindreihe vorbeikam, hörte man seinen Stiefel gegen Blech widerhallen.

18

Allan kam mit Gustav und Saida im Schlepptau zurück. Gustav ging zum Tresen und kaufte sich ein Eis. Er drehte sich um und lehnte sich gleichzeitig gegen den Tresen, als säße er darauf, aber wenn er sich wirklich draufgesetzt hätte, wäre die ganze windige Konstruktion zusammengebrochen. Er biss ein Stück von seinem Wassereis ab und musterte uns kauend.

»Was ist los?«, fragte er.

»Setz dich«, sagte Emma zu Saida, die sich neben sie setzte.

»Was ist los?«, wiederholte Gustav.

»Wir müssen ihr Blumen bringen«, sagte Emma.

»Wem?« Gustav biss noch ein Stück von seinem Eis ab und lutschte hörbar darauf herum.

»Frau Persson«, sagte Emma. »Sie liegt im Krankenhaus.«

»Weiß ich doch«, sagte Gustav und betrachtete das Eis am Stiel, ehe er es auf den Tresen legte.

»Jeder gibt einen Zehner«, sagte Emma. »Dann losen wir aus, wer sie ihr bringt.«

»Was bringt?«, fragte Gustav.

»Die Blumen, du Idiot!«, heulte Emma. »Was denn sonst?«

Gustav zuckte mit den Schultern, grub in seiner Tasche, holte eine Münze heraus und legte sie vor Emma auf den Tisch.

»Ganz echt«, sagte er und wollte gehen.

»Hau nicht ab!«, brüllte Emma. »Wir wollen losen.«

»Tss«, machte Gustav, kehrte aber zum Tresen zurück und blockierte die Ausgabe so, dass zwei Mädchen nicht herankamen. Sie sahen ihn wortlos bittend an, und er rückte gnädig einen halben Meter beiseite.

»Alle geben einen Zehner«, kommandierte Emma, legte einen Schein auf den Tisch und steckte die Münze ein, die Gustav ihr hingelegt hatte.

»Was für Blumen willst du kaufen?«, fragte Allan. »Kauf hundert Tulpen.«

»Mal sehen. Jetzt dreh deine Taschen um.«

»Es ist die falsche Jahreszeit für Tulpen«, erklärte Louise.

Allan tat, was Emma ihm befohlen hatte, und zum Vorschein kamen ein Taschenmesser, eine Ein-Kronen-Münze, ein Schlüsselbund, ein zerknüllter Schein, der wie ein Fünfziger aussah, ein kleiner Engländer, ein Zehner, eine Schachtel Lutschpastillen und ein Päckchen Zigaretten, das so zerknautscht war, dass es unmöglich auch nur eine Zigarette darin gab, die man noch rauchen konnte. Danach zog er aus der Gesäßtasche ein Gasfeuerzeug und einen etwas größeren Engländer. Er breitete alles vor Emma aus, die den Kram bis auf die Zehn-Kronen-Münze angeekelt beiseiteschob.

Wir anderen bezahlten auch und mussten eine Weile auf Saida warten, die wegging, um sich bei jemandem etwas zu leihen. Sie kam mit einem Zwanzig-Kronen-Schein zurück, nahm Allans Zehner, und dann setzten wir uns um den Tisch und warteten darauf, dass Emma die Blumenaktion weiterorganisieren würde.

Und das tat sie. Sie hob sechs der Plastikfetzen auf, die einmal Koskens Kaffeetasse gewesen waren, und wölbte die Hände über dem Häufchen.

»Wer die kleinsten Teile bekommt, muss gehen«, entschied sie.

»Dragan«, sagte Gustav, »der muss auch bezahlen.«

»Klar«, sagte Emma. »Er muss bezahlen. Jetzt nehmt ein Teilchen.«

Gustav ging zum Tisch und wollte einen Zeigefinger unter Emmas Hände stecken, aber das ließ sie nicht zu.

»Zeig auf den Finger, den ich anheben soll.«

Gustav zeigte auf einen Finger, und der Fetzen, den er bekam, war nicht größer als der Schwefelkopf eines Streichholzes. Ich zeigte auf Emmas Mittelfinger und bekam ein Stück so groß wie ein kleiner Fingernagel.

Jeder wählte, und zuletzt war Saida an der Reihe. Ihr Plastikteilchen war genauso groß wie Gustavs.

»Gustav und Saida«, sagte Emma. »Ihr bringt morgen die Blumen ins Krankenhaus.«

Gustav starrte Saida an. »Findest du dort hin?«

Saida schüttelte den Kopf.

»Mist.« Gustav stöhnte. »Dragan muss für mich gehen.«

»Nein«, sagte Emma, »wir haben gelost. Hier, nimm das Geld.«

Alle sahen Gustav an. Er ging zum Tisch, klaubte das Geld mit seinen großen Fingern auf und versuchte, es Saida aufzudrängen. »Nimm du das Geld.«

»Nein«, sagte Saida.

»Nimm es!«, brüllte Gustav.

Saida schüttelte den Kopf.

»Ich will nicht in dies verdammte Krankenhaus gehen!«, brüllte Gustav.

Niemand sagte ein Wort. Er sah uns an, einen nach dem anderen. »Okay, aber ich bleib nicht lange. Und du kaufst die Blumen.« Er zeigte auf Saida, die den Kopf schüttelte.

»Ich kann nicht gehen.«

Emma seufzte. »Und warum nicht?«

»Weil ich nicht mit einem Jungen in die Stadt gehen darf.«

Gustav lachte. Allan machte ein paar Tanzschritte.

153

»Du darfst nicht mit einem Jungen in die Stadt gehen?«, wiederholte Emma.

»Nein, ich darf nicht mit einem Jungen in die Stadt gehen.«

»Eierschweiß!«, grölte Allan. »Eierschweiß!« Dann haute er ab, und als er an den Spinden vorbeikam, versetzte er jedem einen Tritt, dass es krachte.

»Du darfst nicht wegen …« Gustav zeigte auf Saidas Kopftuch.

»In unserer Kultur ist das so«, sagte sie.

»Das ist ja krank«, sagte Gustav. »Habt ihr noch nie was von Feministik gehört?«

Emma lachte. »Du, das heißt nicht Feministik.«

Gustav sah unsicher aus, brüllte aber trotzdem: »Weiß ich doch!«

»Wie heißt es denn?«, fragte Louise.

»Wir sind hier nicht beim Quiz!«, schnauzte Gustav, starrte Louise an, und sie zog sich zurück.

»Nein«, sagte Emma, »aber trotzdem. Es heißt Feminismus.«

»Das weiß ich doch!«, schnauzte Gustav. »Das weiß doch jeder!« Dann sah er sich wütend um.

»Du hast keine Ahnung vom Feminismus«, sagte Emma.

»Hab ich doch!«, brüllte Gustav. »Hab ich doch!«

»Was ist das denn?«, fragte Louise.

Gustav wurde so rot, dass seine Sommersprossen verschwanden. Er zeigte auf Louise. »Du kleine Fotze, nimm dir bloß nichts raus! Ich weiß mehr von Feminismus als irgendjemand anders hier im Raum!«

»Gut«, sagte Emma. »Das wollten wir ja nur hören.«

»Es ist schade«, sagte Saida, »aber ich kann nicht.«

»Du musst Feministin werden«, sagte Gustav. »Nimm den Lappen ab, und benimm dich wie ein normaler Mensch.« Er zeigte auf ihr Kopftuch.

Sie schüttelte den Kopf. »Ich glaub, das geht nicht.«

»Klar geht das«, sagte Gustav. »Es ist doch nur ein Stofffetzen. Sag mir, ich soll ihn dir abnehmen, wenn's nötig ist, falte ich ihn auch zusammen und fresse ihn auf.«

»Du bist ja tatsächlich ein Feminist«, sagte Emma.

»Ich kann nicht«, sagte Saida, »obwohl ich gern möchte.«

»Du«, sagte Gustav, »man kann alles, wenn man will. Du musst nur wollen.« Er machte einen Schritt auf sie zu. »Zum Beispiel wenn man dreißig Kilometer mit vollem Gepäck läuft. Man möchte eine Weile ausruhen, weil einem die Arme eingeschlafen sind, aber man tut es nicht, weil man einen Willen hat. Kapierst du das?«

Saida nickte. »Aber ich kann es nicht tun.«

»Dummes Gerede«, sagte Gustav. »Der Mensch besteht aus Körper und Willen. Alles, was du willst, kannst du. Wenn du es nicht willst, dann behaupte verdammt noch mal nicht, du kannst es nicht. Sag, dass du nicht willst!«

Wir starrten Saida an, als erwarteten wir, dass sie sagen würde, sie wolle das Kopftuch nicht abnehmen.

»Ich kann nicht«, sagte sie. »Aber ich würde gern ins Krankenhaus gehen, ich finde, sie ist eine gute Lehrerin.«

»Sie ist eine sauschlechte Lehrerin«, schnaubte Emma.

Gustav zeigte mit der ganzen Hand auf Emma. »Das kannst du doch nicht wissen!«, brüllte er.

»Weiß ich wohl«, sagte Emma.

»Weißt du nicht!«, brüllte Gustav. »Weißt du, was ich in meinem Spind habe?«

»Meinst du, das interessiert mich?«

»Ja, genau.« Louise grinste. »Was interessiert uns das.«

»Ein Buch«, sagte Gustav, ohne Louise zu beachten. »Weißt du, wie das heißt?«

»Darauf scheiß ich doch«, knurrte Emma.

»*Der unbekannte Soldat*«, sagte Gustav. »Es heißt *Der unbekannte Soldat*. Und das ist das Buch, aus dem Kosken Montag vorgelesen hat.«

Emma verdrehte die Augen. »Wen interessiert das?«

»Frau Persson«, sagte Gustav. »Sie hat nach einem Buch gesucht, in dem der Held Koskela heißt. Weißt du, warum sie das getan hat? Weil das verdammte Buch eine Null wie Kosken interessieren soll, der noch nie freiwillig ein Buch in die Hand genommen hat. Sie hat nach einem Kriegsroman gesucht, weil sie weiß, dass ich zum Militär will.«

»Na und?«, unterbrach Emma ihn.

»Na und!«, brüllte Gustav. »Das bedeutet, dass sie eine Lehrerin ist, die sich um ihre Schüler kümmert, und so eine ist eine gute Lehrerin, und wenn sie mit dem Dalhembus zusammenstößt, muss sie Blumen kriegen.« Dann wandte er sich an Saida. »Und du wirst dich nicht davor drücken. Wir haben ganz demokratisch Lose gezogen, du gehst mit ins Krankenhaus, und wenn ich dich dort hintragen muss.«

Saida sah etwas verwirrt aus und legte eine Hand auf ihr Kopftuch, als müsste sie sich überzeugen, dass es noch da war.

»Hast du das kapiert?«, brüllte Gustav. »Oder soll ich es dir auf den Arsch tätowieren?«

»Ich habe es kapiert«, sagte Saida. »Aber es geht nicht.«

Gustav schluckte und machte einen Schritt auf Saida zu. »Du tust, was man dir sagt, wenn ich mit dir rede.«

»Weil er doch Feminist ist.« Emma bog sich vor Lachen.

Gustav wurde unsicher. Er breitete die Arme aus. »Dann scheißt doch drauf, bleibt auf eurem Hintern sitzen, und zieht den ganzen Tag Lose. Man schafft nichts, wenn man es nicht von ganzem Herzen will.« Dann drehte er sich zu Saida um. »Ich frag dich jetzt zum letzten Mal ...«

»Saida ...«, flüsterte Saida.

»Saida«, sagte Gustav. »Jetzt frag ich dich zum absolut letzten Mal, Saida, kommst du morgen mit ins Krankenhaus?«

»Ja«, antwortete Saida tonlos. Es war kaum zu hören.

»Gut«, sagte Gustav. »So soll das klingen.« Er sah sich um, schien zu überlegen, ob er sich noch etwas in der Cafeteria kaufen sollte, dann ging er mit langen Schritten davon.

19

Nach dem Essen hörte ich weit entfernt eine Sirene. Es war die Feuerwehr oder ein Krankenwagen. Die hört man nicht häufig, und ich kann das Geräusch schwer aushalten. Ich versuchte, nicht darauf zu achten, aber dann ertrug ich es nicht mehr. Wir hatten Mathe, ein Fach, das ich mochte, aber jetzt musste ich gehen.

»Wohin willst du?«, fragte Lundin, als ich aufstand und zur Tür ging.

Ich antwortete nicht und hörte Emma sagen: »Das macht er manchmal. Da ist irgendwas …«

Ich fuhr nach Hause. Mama war auf und saß am Küchentisch und las in einer Illustrierten.

»Du bist aber früh.«

»Wir haben eine Freistunde.«

»Hast du was gegessen?«

»Es gab Suppe.«

»Das ist gut, dann genügt es, wenn wir heute Abend Spaghetti essen?«

»Klar«, sagte ich. »Hast du die Feuerwehr gehört?«

Mama sah erstaunt aus. »Die Feuerwehr? Nö, ich hab nichts gehört.«

Ich ging in mein Zimmer und holte das T-Shirt von Elins Mama. Dann ging ich hinunter, klemmte es auf den Fahrradgepäckträger und fuhr zurück zur Schule.

Es war gerade Pause. Ich fragte ihre Klassenkameraden und fand sie schließlich in einem Raum ganz hinten in Haus C. Dort saßen sie, vier Leute mitten im Raum, und redeten, und Elin machte Notizen in einem

Kollegheft. Da waren der Junge mit dem erdbeerfarbenen Tennishemd, der vermutlich Emil war, und ein kleiner Junge in einer riesigen Hose und ein Mädchen mit Glatze. Emil hatte die Füße auf einen Tisch gelegt. Er trug Sandalen ohne Strümpfe, und seine Füße waren so groß wie die Schaufeln, die sie in der Pizzeria benutzten.

»Ich wollte dir nur das T-Shirt bringen!«, rief ich durch die Türöffnung und warf es ihr zu.

Der Junge, der vermutlich Emil war, fing es mit einer Hand auf.

»Danke!«, rief sie. »Das ist die Redaktion. Willst du wirklich nicht mitmachen?«

»Bis heute Abend!«, rief ich und kehrte zu Haus A zurück.

Der Tag war lang und heiß, und ich hatte Hunger und dachte hauptsächlich an Essen, dabei fielen mir Elins Zwiebäcke mit Marmelade ein.

Endlich war es vorbei.

Zu Hause saß Mama am Küchentisch und putzte Pilze.

»Guck mal, was Margit mir gebracht hat.«

»Lecker«, sagte ich.

»Weißt du, wer hier war?«

»Nein.«

»Das rätst du nie.«

»Wer?«

»Papa.«

»Welcher?«

»Dein Papa, Palle.«

»Palle?«

»Ja, dein Vater.«

Ich begann zu lachen. Manchmal ist das wie ein Kurzschluss. Man lacht ganz ohne Grund.

»Palle Papa, wer zum Teufel ist das denn?«

Mama verzog den Mund. Manchmal sah sie Groß-mutter sehr ähnlich. »Musst du so fluchen?«

Das hatte sie von Großmutter geerbt. Dauernd hieß es, »man soll nicht fluchen«.

»Wer ist das, Palle?«

»Dein Vater.«

Es klang unglaublich.

»Er ist hier gewesen?«

Mama nickte. »Und er kommt wieder.«

»Warum?«

»Er möchte dich kennenlernen.«

»Machst du Witze?«

Mama schüttelte den Kopf. »Er ist Elektriker. Das war er schon damals.«

»Zu welcher Zeit?«

»Bevor du geboren wurdest. Er arbeitet im Einkaufs-zentrum in Dalhem. Da wird ausgebaut.«

»Ich will den Kerl nicht treffen.«

Mama schien nicht recht zu wissen, was sie ant-worten sollte. »So was sagt man doch nicht«, kriegte sie schließlich heraus.

Und während sie das sagte, starrte sie auf einen Pilz und reinigte ihn vorsichtig mit einem Pinsel, den Groß-mutter benutzt hatte, wenn sie Hefewecken einpinselte.

SCHWEDISCH FÜR IDIOTEN

Siebtes Kapitel

Sie kroch zu mir ins Bett weil sie nich zu Mama mochte bei der wa Harald oder wenn er verreist wa Tjalle un meistens hatte sie geträumt dass sie fliegen konnte indem sie mit den Armen wedelte sodass sie keine Angst hatte aber wenn der der sie verfolgt hatte sie einholte konnte sie nich mehr fliegen un was dann passierte erfuhr man nie weil sie aufgewacht wa. Sie wa hellwach un wollte dass ich ihr einen Traum erzähle aber ich wollte nur schlafen un sagte sie soll zurück in ihr Bett gehen aber das tat sie nie. Manchmal rollte sie sich wie ein Kätzchen an meinen Füßen zusammen un manchmal hatte sie solche Angst dass sie zitterte un dann wollte sie dass ich sie festhalte un ich drückte ihren knochigen Körper an mich un es wa in so einer Nacht da wachte ich von einem Traum auf un ich werde nich erzählen was ich mit ihr im Arm geträumt hab. Aber ich sagte zu ihr dass sie verdammt noch mal nich mehr in meim Bett schlafen darf un drohte ihr Prügel an aber inner nächsten Nacht kam sie trotzdem wieder weil Tjalle un Mama im Garten ein Krebsfest feierten. Harald wa zum Angeln bei Verwandten in Jämtland un als er wieder zurückkam hat ihm niemand erzählt dass Tjalle bei uns übernachtet hat denn so viel hatten wir kapiert dass es dann nur noch mehr Ärger un Albträume geben würde.

Abends trug Elin einen blauen Rock mit weißen Punkten, die so groß wie Schneebälle waren, und wenn ich sie drehte, flatterte ihr Rock bis über die Knie hoch. Sie hatte eine enge dunkelblaue Bluse ohne Ärmel an und darunter keinen BH und hatte die Lippen geschminkt, so dass ihr Mund wie eine riesige gespaltene Kirsche wirkte, und wenn sie lachte, sah man einen Fleck vom Lippenstift an einem Zahn im Oberkiefer.

Gustavs kleiner Bruder war nicht da, aber Kosken war da, und er tanzte mit Evas Schwester. Sie trug auch einen Rock, der ihr um die Beine wirbelte, wenn Kosken sie kreiseln ließ. Sie schien bei jedem Schritt, den sie machte, zu knicksen, und ich sah ziemlich häufig zu ihr und Kosken. Aber meistens sah ich Elin geradewegs in die Augen, und sie lachte, als wir versuchten, Bosse und Eva nachzuahmen. Es war der erste Tanzabend, an dem wir echt Spaß miteinander hatten, und meine Hände waren nicht mehr so verschwitzt.

Hinterher gingen wir zu ihrem Moped. Sie hatte jemanden gebeten, es zu reparieren, und ich fragte sie nicht, wer es getan hatte, ich konnte es mir ja denken. Sie fuhr los, und ich fuhr neben ihr her, eine Hand auf ihrer Schulter. Bevor sie startete, fragte sie, ob ich mit zu ihr nach Hause kommen wollte. Das wollte ich gern, und sie sagte, sie habe neuen Zwieback gekauft.

Ihre Mutter stand in der Küche und telefonierte, während sie Blusen bügelte. Sie war groß und schlank, hatte üppige Haare und trug eine Brille mit dicken schwarzen Rändern.

Als wir an ihr vorbeigingen, blieb Elin einen Augenblick stehen und zeigte auf mich. Ich nickte, und Elins

Mutter nickte zurück, ohne dass wir ein Wort wechselten.

Dann kochte Elin Tee, und wir saßen auf dem Fußboden in ihrem Zimmer, und ich überlegte kurz, ob Emil sich auf dem Felsen versteckte und ins Zimmer schaute. Aber wenn es so war, würde er uns nicht sehen können, da wir auf dem Fußboden saßen.

»Glaubst du, wir haben eine Chance?«, fragte Elin genau wie beim letzten Mal, und ich sagte, ich sei ganz sicher. Dann erzählte ich ihr, dass mein Vater gekommen war, um mich kennenzulernen.

Elin hielt ihren Zwieback so schräg, dass ihr ein Klecks Marmelade in den Schoß fiel, ohne dass sie es merkte.

»Er heißt Palle.«

In Elin war etwas Lebendiges, etwas, das ich noch nie bei jemand anders gesehen hatte. Als ich das von meinem Vater sagte, sah ich es sofort, in ihre Augen kam Leben, und es war, als könnte man durch ihre Augen in sie hineinschauen, tief hinein in das, was nicht nur ein Mädchen in Rock und Bluse und mit Pferdeschwanz war, sondern hinein in die richtige Elin. So etwas hatte ich noch nie bei einem anderen gesehen, bei keinem Jungen und bei keinem Mädchen.

»Wie aufregend«, sagte sie.

»Och. Von mir aus kann er seine Finger in die Steckdose stecken.«

Aber Elin blieb ernst und schüttelte den Kopf. »Wann trefft ihr euch?«

»Dir ist Marmelade runtergefallen.«

Ich zeigte auf ihren Rock, sie wischte den Klecks von

einem der schneeballgroßen weißen Punkte ab, steckte die Finger in den Mund und leckte sie einen nach dem anderen ab.

»Wann trefft ihr euch?«

»Hoffentlich lässt er sich nicht mehr blicken, ich will den Scheißkerl nicht sehen.«

Sie runzelte die Stirn. »So was kannst du doch nicht sagen, schließlich ist er dein Vater.« Sie legte den Kopf schief, beugte sich ein wenig zu mir und zeigte mit dem Zwieback auf mich. »Tut es nicht weh?«

»Die Lippe?«

»Ja.«

»Ach was.«

»Sie ist sehr geschwollen.«

»Na und? So eine geschwollene Lippe ist doch nichts gegen das, was unsere Klassenlehrerin gekriegt hat.«

»Was denn?«

»Einen gebrochenen Arm und ein Loch im Kopf.«

Elin schien nicht zu verstehen, wovon ich redete. »Was hat sie gekriegt?«

»Unsere Klassenlehrerin, Frau Persson. Jemand – rate mal, wer – hat ihre Fahrradbremsen gelockert. Sie ist in den Dalhembus geknallt.«

Elin biss sich auf die Unterlippe.

»Eigentlich wollte jemand mein Fahrrad manipulieren«, erklärte ich.

Elin schnappte nach Luft. »Wegen der Mohrrübe?«

Ich nickte, und sie sah unglücklich aus.

»Aber die können doch nicht glauben, dass du es warst.«

»Die glauben, was ihnen in den Kram passt.«

Elin warf sich auf den Fußboden und streckte sich nach dem Handy. Sie wählte eine Nummer und fragte nach Molbergs Telefonnummer.

»Was machst du da?«

»Ich werde ihnen erzählen, wie es gewesen ist.«

»Idiot«, sagte ich und legte meine Hand auf das Handy, so dass die Verbindung unterbrochen wurde.

Sie wurde wütend. »Was machst du da? Hör auf!«

»Idiot!«, wiederholte ich.

»Ich kann doch nicht zulassen, dass sie Leuten schaden, die nichts getan haben.«

»Und was hast du getan?« Ich hielt ihr Telefon immer noch fest. »Hast mit einer Mohrrübe geworfen. Und die Molberg-Brut ist bereit, jemanden zu töten, nur weil du mit einer Mohrrübe geworfen hast. Man muss doch nicht damit rechnen, dass Leute sich rächen, nur weil man mit einer Mohrrübe nach ihnen geworfen hat.«

»Lass das Telefon los«, sagte sie.

»Nein«, sagte ich.

Sie riss das Telefon an sich. »Was hast du denn?« Ihr Gesicht hatte sich verändert. Sie starrte mich an, als hätte ich meine Hand zwischen ihre Beine gesteckt.

»Leg dich nicht mit denen an«, sagte ich.

»Anlegen? Wer legt sich hier an?«

»Die sind …«

»… total bekloppt …«

»Genau …«

»… aber das hab ich schon vorher gewusst.« Sie nahm die Kanne und goss sich Tee ein, so viel, dass er überlief. »Die haben hinter uns hergeschossen, als wir letztes Mal bei den Nerzen waren. Der Alte hat auf uns geschossen. Mit der Schrotflinte.«

Ich seufzte. Sie schien irgendwie begriffsstutzig.

»Ist doch klar, dass sie hinter euch herschießen, wenn ihr deren Nerze freilassen wollt.«

Sie schüttelte den Kopf und schenkte mir Tee ein, so viel, dass er überlief.

Es klopfte an der Tür. »Ich fahr eine Weile zu Astrid!«, rief Elins Mutter, ohne die Tür zu öffnen. »Emil hat angerufen, als du beim Tanzen warst.«

»Danke«, sagte Elin.

»Also tschüs dann!«

Elin antwortete nicht. Sie trank Tee, und ich trank Tee, und dann beluden wir uns jeder einen Zwieback mit viel Marmelade.

»Sie ist in den Bus gefahren?«, fragte Elin.

»Mittenrein ins Blech.«

»Habt ihr sie schon besucht?«

»Einige machen das, morgen.«

»Soll ich dir mal was zeigen?«, fragte sie dann.

»Klar.«

Sie stand auf und ging zum Computer, ich stand auch auf und stellte mich neben sie. Sie tippte auf einige Tasten, und langsam baute sich ein Bild auf. Darauf waren Elin, Emil, der Kleine mit der großen Hose und das kahlköpfige Mädchen. Sie waren splitterfasernackt, standen nebeneinander und guckten direkt in die Kamera.

»Was meinst du?«, fragte sie.

»Was willst du von mir wissen?«

»Wir wollen das Bild in der Zeitung bringen, in der

Mitte. Die Geschlechtsteile werden mit schwarzen Balken abgeklebt. Wenn man die abzieht, sieht man uns ganz nackt. Das ist unser Verkaufstrick. Meinst du, das funktioniert?«

»Vielleicht. Aber Nacktheit ist heutzutage ja nicht mehr so sensationell.«

Sie sah aus, als hätte ich sie dazu gebracht, noch einmal über ihre Idee nachzudenken, und seufzte, als hätte sie jetzt neue Sorgen.

»Martin und ich stehen auf Ziegelsteinen, damit alles in einer Reihe auf derselben Höhe erscheint. Anni und Emil sind so groß.«

»Heißt sie Anni?«, fragte ich.

»Ja.« Und nach einer Weile: »Was ist so Besonderes daran, wenn jemand Anni heißt?«

»Ich hatte eine Schwester, die hieß so.«

Sie klickte das Bild weg und tippte auf die Tasten.

»Hattest? Wo ist sie jetzt?«

»Sie ist ertrunken.«

»Ist das schon lange her?«

»Ich ging in die Siebte.«

»Deine arme Mutter.«

»Ja.«

»Dies ist die Schülerzeitung vom letzten Jahr. Hier ist das Rezept für den Drink, und das sind die Blondinenwitze ... und hier die Erzählung. Liest du Erzählungen?«

»Na ja ...«

»Lies die.«

Ich tat, was sie mir befohlen hatte.

Romantik

Plötzlich wurde ihr bewusst, dass es schon spät war. Sie stürzte ins Bad und suchte verzweifelt nach der Nagelschere. Immer wieder durchwühlte sie ihren eigenen Kulturbeutel, den von ihrer Mama und ihrer Schwester. Dann fiel ihr ein, wo sie die Schere zuletzt gesehen hatte: ganz oben im Badezimmerschrank. Sie tastete das Bord ab und fand sie. Dann stellte sie einen Fuß auf den Badewannenrand und begann zu schneiden. Die harten Nagelsplitter fielen mit einem traurigen Pling auf das weiße Email. Als alle zehn Nägel geschnitten waren, seufzte sie zufrieden und rülpste.

Sie hatte zu viele Wecken gegessen, während sie träge auf ihrem ungemachten Bett gelegen und langsam und voller Genuss die letzten Seiten eines Liebesromans von ihrer Lieblingsautorin verschlungen hatte.

Sie nahm Rasiermesser und Rasierschaum hervor und begann, ihre schlanken und immer noch sonnengebräunten Beine mit dem Schaum einzucremen. Dann rasierte sie sich vorsichtig, und als sie damit fertig war, zog sie ihr Unterhöschen aus, roch daran und warf es mit einem ergebenen Seufzer in den Wäschekorb.

Sie duschte zuerst heiß, dann kalt und dann wieder heiß. Dabei dachte sie bekümmert, dass es wohl eine Zwangshandlung sei, und wahrscheinlich sollte sie in eine Psychotherapie gehen. Sie hatte noch nie heiß duschen können, ohne sofort zu denken, dass sie kalt duschen müsste, um sich und ihre überhitzten Sinne abzukühlen.

Sie wusch sich die Haare, machte sich dann eine Pflegepackung und wickelte sich ein Handtuch um den

Kopf. Danach rasierte sie sich die Achselhöhlen, und nachdem sie sich heftig mit einem gelben Handtuch abgerubbelt hatte, schnupperte sie ängstlich, wie sie unter den Armen roch.

Nervös schaute sie auf die Uhr, die auf dem Regal stand. Sie hätte schon viel früher mit den Vorbereitungen anfangen müssen!

Das Handtuch um die Haare gewickelt, ging sie zum Schrank. Ihre Füße hinterließen feuchte Abdrücke auf dem Parkett. Sie war immer stolz darauf gewesen, dass sie so kleine Füße hatte.

Zuerst entschied sie sich für ein Kleid und dann für ein anderes. Danach ging sie zur Kommode und nahm ihre Unterhosen hervor. Sie sichtete die Häufchen und blieb an einem weißen Tanga hängen, der fast neu war. Sie schnupperte daran und zog ihn langsam an. Ihre Bewegungen waren voller Leichtigkeit, als sie ihre kleinen netten Füße in den Tanga steckte und ihn über ihre glatt rasierten Beine und weiter über ihre schlanken Schenkel streifte und schließlich mit einem zufriedenen Lächeln dort zurechtzupfte, wo er hingehörte. Danach hängte sie das Kleid zurück in den Schrank, das sie erst hatte anziehen wollen, und holte einen schwarzen dünnen Rock und ein dünnes schlottriges T-Shirt aus einem seidenartigen Material hervor, das ihrer Mutter gehörte. Sie waren genau gleich groß, sie und ihre Mutter. Sie kehrte ins Bad zurück und widmete sich ihrem Gesicht, betastete ihre Nase, untersuchte die Poren und studierte sie sorgfältig eine nach der anderen. Danach musterte sie kritisch ihre Augenbrauen, bevor sie daran zu zupfen begann. Sie entschied sich für eine Gesichts-

creme und rieb sich damit ein, dann nahm sie die teure Abdeckcreme von By Terry ihrer Mutter und betupfte vorsichtig einen Pickel am rechten Nasenflügel. Danach war der Indianerpuder an der Reihe, von dem sie reichlich auftrug. Ein bisschen Lippenglanz und dann stand sie vor der Frage: Sollte sie ihre Nägel lackieren oder nicht? Sie kam zu dem Ergebnis, dass sie es nicht mehr schaffen würde, und in dem Moment, als sie das Bad verließ, klingelte es an der Tür. Sie nahm den Duschkopf und spülte die Badewanne aus. Am Badewannenrand klebte ein gekräuseltes Härchen, das entweder von ihren Armhöhlen stammte oder ein Schamhaar war.

Es klingelte wieder.

Dreimal!

Das war er!

Er war es, der drei Minuten später seine Zunge tief in ihren Mund stecken und gegen Morgen mit seinem einigermaßen sauberen Geschlechtsorgan in sie eindringen würde. Er wird nach Kautabak und Schweiß riechen, und auf seiner Unterhose, die schon vor einer Woche in die Wäsche gehört hätte, wird Minnie Maus sein.

»Wie findest du es?«, fragte sie.

»Tja«, sagte ich. »Vielleicht geht es so zu.«

»Wie meinst du das?«

»Vielleicht geht es so zu«, wiederholte ich.

Wir setzten uns wieder, das Tablett zwischen uns, und Elin sah aus, wie sie ausgesehen hatte, bevor sie wegen des Telefons wütend geworden war.

»Ich hab einen Bruder in New York.«

»Einen großen Bruder?«

»Er ist dreiundzwanzig.«

»Wohnt er bei deinem Vater?«

»Er studiert Wirtschaft in Georgetown, und er und seine Freunde haben versucht, eine Bank zu betrügen. Weihnachten kommt er raus.«

»Ich kenn auch einen, der Weihnachten rauskommt«, sagte ich und erzählte von Harald. Das rutschte mir so heraus, ohne dass ich es eigentlich wollte. Eine halbe Stunde später hatte ich ihr von der Wilderei erzählt und dass Harald mich immer hatte dabeihaben wollen und wie wir in der Dezemberdunkelheit im Schnee gestanden hatten, und ich hatte den Kofferraum geöffnet, und er hob den Rehbock hinein, und dann waren wir weggefahren.

»Was für eine Geschichte«, sagte sie, als ich fertig war. »Das ist ja mal ein Stiefvater, der anders ist als andere.«

»Klar«, sagte ich. »Jetzt muss er in den Knast und kommt Weihnachten wieder raus, genau wie dein Bruder.«

Wieder fiel ihr Marmelade in den Schoß, ohne dass sie es merkte.

»Mein Bruder ist ziemlich durchgeknallt. Er hat immer versucht, wie Papa zu werden. Papa mag Leute, die gut für sich selber sorgen können. Er hat kein Verständnis dafür, dass manche nicht so leben wollen wie er. Er weiß alles am besten. Er kann viel, und das ist ja auch gut. Aber er kann Leute nicht ausstehen, die nicht mindestens genauso viel können wie er. Er hat ein eigenes Flugzeug. Irgendwo hat er gelesen, dass man neben Wildgänsen herfliegen kann, wenn man den Motor abstellt. Er ist in einen Gänseflug hinein, und ein Vogel geriet in seinen Propeller. Da musste er auf einem Acker in Idaho notlanden. Eigentlich hätte ich dabei sein sollen, aber an dem Tag hatte ich Fieber und wollte nicht raus. Bei der Landung hat Papa sich einen Finger gebrochen. Weißt du, wie leicht man sich einen Finger brechen kann?«

Ich schüttelte den Kopf.

»Das passiert dauernd«, behauptete sie. »Die Leute brechen sich die Finger, besonders den kleinen Finger, den äußersten. Der ist sehr empfindlich. Mein Papa hat sich den kleinen Finger auf einem Acker in Idaho gebrochen. Das war alles. Über die Notlandung hat er nicht gesprochen. Er redete von den Gänsen, neben denen er mit abgestelltem Motor hergeflogen war. Passiert ist es erst, als er den Motor wieder startete, da kriegte er eine Gans in den Propeller.«

»So was könnte Harald auch fertigbringen«, sagte ich.

Sie nickte.

»Oder du«, sagte ich.

»Was?«

»Du könntest auch so was machen.«

Sie sah erstaunt aus. »Wie kommst du denn darauf?«

Ich zeigte auf das Plakat mit dem aufgehängten Nerz.

»Nerzfarmer ärgern. Mit einer Schrotflinte angeschossen werden. Das ist doch fast so, als ob man den Motor abstellt und neben Gänsen herfliegt.«

Sie schüttelte heftig den Kopf. »Keineswegs«, sagte sie. »Es ist eine Wahnsinnstat. Das andere sind Versuche, ein unmenschliches Verhalten zu beenden.«

»Tja«, sagte ich, »die Molbergs sind vielleicht etwas unmenschlich.«

»Total bescheuert«, stöhnte Elin und verdrehte die Augen.

Da klingelte das Telefon, und sie meldete sich. Während sie redete, zeigte sie auf einen Marmeladenklecks auf dem Tablett.

»Elin ... beim Tanzen ... was ist denn mit dir los ... nein ... nein ... nein ... ja, dann pfeif drauf, ich kann schließlich tanzen, mit wem ich will ...«

Offenbar hatte der andere aufgelegt, denn sie saß da mit dem Hörer in der Hand und sah verdutzt aus.

»Was wird, wenn es regnet?«, fragte ich.

»Dann tanzen wir zehn Kilometer Boogie im Platzregen«, sagte Elin. »Aber besser wäre es, wenn es nicht regnet.« Sie grub mit dem Löffel im Marmeladenglas. »Das war Emil«, sagte sie nach einer Weile. »Er bildet sich ein, ich wäre sein Eigentum.«

»Ist das dein Freund?«

Sie nickte. »Aber das funktioniert nicht, wenn er mich besitzen will. Hast du eine Freundin?«

»Nein.«

»Warum nicht?«

Ich wusste nicht, was ich antworten sollte.

»Warum nicht?«, wiederholte sie.

»Ist das der Anfang des Interviews?«

Sie lachte. »Wie hat dir die Erzählung gefallen?«

»Wer soll die lesen?«

Sie sah mich eine Weile an. »Findest du nicht, dass es wichtig ist?«

»Was?«

»Dass Mädchen sich eine Stunde lang hübsch machen. Jungen riechen nach Kacke, tragen ausgebeulte Jeans, die im letzten halben Jahr bestenfalls in der Nähe einer Waschmaschine gewesen sind. Findest du das nicht wichtig?«

»Na ja ... klar.«

»Was ist klar?«

»Es ist klar, dass ...«

»Was?«

»Dass da ein Unterschied ist.«

Sie steckte sich einen Happen Zwieback mit Marmelade in den Mund und kaute knasternd. »Genau, da ist ein verdammter Unterschied. Weißt du, dass es in diesem Land nur einen einzigen Beruf gibt, in dem Frauen mehr verdienen als Männer?«

»Welchen?«

»Vorschullehrerin. In allen anderen Berufen verdienen Frauen schlechter, obwohl es Gesetze gegen die Diskriminierung der Geschlechter gibt. Und dann kommen Leute und sagen, man soll die Gesetze befolgen. Niemand befolgt die Gesetze, wenn es darum geht, Hebammen genauso gut zu bezahlen wie männliche Computerfachleute – im selben Krankenhaus –, obwohl ihre Ausbildung gleichwertig ist. Wir leben in einer verlogenen Bluff-Gesellschaft. Gesetze gegen die Diskriminierung der Geschlechter – dass ich nicht lache!«

»So hab ich noch gar nicht darüber nachgedacht«, sagte ich.

»Weißt du, wer die Erzählung geschrieben hat?«, fragte sie.

Ich schüttelte den Kopf.

Sie tippte mit dem Daumen auf ihre Brust. »Die hab ich in der Achten geschrieben. Meine Freundin Liliana hat eine Schwester, die war letztes Jahr Redakteurin bei der Zeitung. Sie hat mich gefragt, ob ich nicht etwas für die Schulzeitung schreiben will. Ich hab ihr die Romantikerzählung gegeben. Jetzt würde ich nicht mehr so schreiben, ich hab einen ganz anderen …«

Das Telefon klingelte wieder. Sie hob ab. »Elin … nein, nun hör doch auf … nicht jetzt … nein, sage ich …«

Der andere schien wieder mitten in ihrem Satz aufgelegt zu haben.

»Idiot!«, knurrte sie.

»Schade«, sagte ich.

Sie sah erstaunt aus, als hätte sie nicht damit gerechnet, dass ich etwas sagen würde.

»Das war Emil. Er ist auf dem Weg hierher.«

Ich stand auf. »Dann sollte ich wohl lieber gehen. Vielen Dank für den Tee.«

Sie hatte eine tiefe Falte zwischen den Augenbrauen.

»Du brauchst nicht zu gehen, nur weil Emil kommt.«

»Er ist dein Freund.«

»Das bedeutet aber nicht, dass ich sein Eigentum bin.«

»Ich glaub, ich geh jetzt lieber«, sagte ich, machte ein paar Schritte auf die Tür zu, öffnete sie, und Elin stand hinter mir.

»Tschüs«, sagte ich, ging die Treppe hinunter und raus zu meinem Fahrrad.

Als ich auf die Landstraße einbog, begegnete ich einem Jungen auf einem Moped. Er trug einen schwarzen Helm mit Visier. Aber er war leicht zu erkennen, seine riesigen Füße verrieten ihn.

20

Mama guckte sich eine Wiederholung im Fernsehen an, und ich ging in mein Zimmer. Sie rief mir nach, dass es Spaghetti im Kühlschrank gebe, aber ich antwortete nicht.

Ich streckte mich auf dem Bett aus und dachte über das nach, was Elin in der Achten geschrieben hatte. Ich war noch nie auf die Idee gekommen, dass man über sich selbst schreiben könnte, als wäre man nicht der, der man ist. Man konnte sich selbst mit »er« bezeichnen und wer weiß was erzählen, ohne dass jemand behaupten könnte, dass man gelogen hatte, denn man schrieb ja nicht über sich selber, sondern über »ihn«. Auf die Idee war ich noch nie gekommen.

SCHWEDISCH FÜR IDIOTEN

Achtes Kapitel

Ihr vaterloser Sohn wusste nur eins von seinem Vater nämlich dass er auf eim Festessen das jedes Jahr stattfand von eim Krokodil aufgefressen wurde un der junge Mann der seinn Vater noch nie gesehen hatte hieß Lamut un er war schneller als alle andern. Er rannte schneller als alle andern durch den Dschungel un er schwamm schneller als alle andern den Fluss runter un er konnte tiefer als alle andern tauchen wenn er sich vom Wasserfall runterstürzte.

Wie alle andern lief er wegen der Hitze nackt rum un das fand niemand komisch nur die Entdeckungsreisenden die manchmal kamen un erschlagen un von Frauen aufgegessen wurden die lange Haare und goldene Ohrringe hatten.

Eines Tages war Lamut auf dem Weg zu seinem Morgenbad im Wasserfall da sah er plötzlich ein kleines Mädchen in den Fluss fallen. Das Mädchen kämpfte einige hundert Meter entfernt mit der Strömung un der Fluss trug es in seinen Wirbeln rasch un unbarmherzig aufs Ufer zu wo die größten Krokodile bei guter Gesundheit lebten.

Lamut stürmte durch den Dschungel. Er erreichte das Flussufer un stieß seinen Kampfschrei aus: Idiiiiiiiiottttiii!

Der Ruf sollte die Krokodile erschrecken un das tat er auch denn als Lamut sich innen Fluss stürzte trotteten sie an Land un versteckten sich hinter umgestürzten Bäumen un verfaulenden Stümpfen.

Schnell kraulte Lamut!

Schnell kraulte Lamut!

Schnell kraulte Lamut!

Un er erreichte das kleine Mädchen un nahm ihr Haar zwischen die Zähne un dann schwamm er ans andere Flussufer un warf sie auf ein Bett aus trockenem Laub un stieg prustend aus dem Wasser.

Da sah er dass es gar kein Mädchen sondern eine ungewöhnlich schöne junge Frau wa.

Ich bin Elinna, die Prinzessin!, sagte sie hochmütig un ihre Augen blitzten vor Zorn. Du hast mich geschändet indem du mich berührt hast un zur Strafe wirst du

bei lebendigem Leib gekocht un alle jungen Frauen des
Landes wern die Bouillon probieren un weinen.

Ich musste eingeschlafen sein, während ich darüber
nachdachte, was ich schreiben sollte, denn als ich aufwachte, hatte ich nur ein paar Schnörkel auf das Papier
gekritzelt. Ich zog mich aus, kroch unter die Decke und
dachte eine Weile an Elin, dann schlief ich ein und
wurde erst wieder wach, als Mama mich schüttelte und
sagte: »Henke, aufwachen, du hast verschlafen!«

Ich war nicht der Einzige, der verschlafen hatte. Als
ich in der Schule ankam, waren nur Gustav und Saida
im Klassenzimmer. Allan war auf dem Hof und rauchte,
und von den anderen war nichts zu sehen.

Auf dem Stuhl am Katheder saß ein junger Mann in
Jeans und weißem T-Shirt. Er hatte einen Dreitage-
bart, er war kräftig, und auf seinen derben Unterarmen
wuchsen kleine helle Haare.

»Noch einer«, sagte er und nickte mir zu. »Jetzt sind
wir vier. Bist du Henke?«

»Woher wissen Sie das?«, fragte ich.

»Du kannst ja wohl nicht Dragan sein«, sagte der auf
dem Kathederstuhl.

»Und kaum Emma oder Louise«, sagte Gustav. Seine
Stimme klang, als würde er seinen Humor für unschlag-
bar halten.

»Wo sind die anderen?«, fragte der Neue hinterm
Katheder.

Niemand antwortete.

»Wir gehen nach dem Essen«, sagte Gustav, »zum
Krankenhaus. Saida und ich.«

»Warum?«, fragte der Neue.

»Blumen hinbringen«, sagte Gustav. »Für Frau Persson.«

»Mein Name ist Carsten Bönnemark. Ich werde Frau Persson vertreten. Jetzt wollen wir uns hiermit beschäftigen.« Er hielt das Lehrbuch hoch, das wir von Frau Persson bekommen hatten, als sie unser Buchprojekt gekippt hatte. In dem Augenblick, als er das sagte, kam Emma zur Tür herein.

»Entschuldigung, dass ich zu spät komme«, keuchte sie und lief zu ihrem Platz.

»Du bist wahrscheinlich Emma oder Louise?«, fragte Herr Bönnemark und warf einen Blick auf ein Blatt Papier.

»Emma.«

Herr Bönnemark erhob sich. »Wir wollen die Wortklassen wiederholen.«

Ebenso gut hätte er Emma ein Holzbrett auf den Kopf hauen können. Sie wurde puterrot. »Wir schreiben ein Buch.«

»Glaub ich nicht«, sagte Herr Bönnemark und drehte sich zur Tafel um. »Ein Substantiv ist ein Wort, das zum Beispiel mit ›Scheiß‹ anfängt, Scheißarbeit, Scheißtyp, Scheißauto, Scheißkerl … oder mit ›Teufel‹, Teufelskerl, Teufelsbrut, Teufelsweib …«

»Das haben wir schon in der Fünften gelernt«, sagte Emma. »Wir wollen ein Buch schreiben.«

Herr Bönnemark drehte sich um, warf das Stück Kreide in die Luft, fing es hinterm Rücken auf, steckte es sich in den Mund und holte es aus dem Ohr wieder hervor.

Gustav begann zu lachen. »Was machen Sie da?«

Herr Bönnemark wiederholte es.

»Unglaublich!«, jaulte Gustav. »Habt ihr das gesehen?« Er drehte sich um und zeigte auf mich. »Hast du das gesehen?«

»Ich bin ein Teufelskerl«, sagte Herr Bönnemark und warf die Kreide wieder in die Luft, nahm sie in die Hand, steckte sie in den Mund und holte sie aus Gustavs Ohr wieder hervor.

»Wie machen Sie das?«, fragte Gustav.

»Das kommt daher, weil ich als kleiner Junge ein Teufelskerl war«, antwortete Herr Bönnemark.

»Wir schreiben ein Buch«, sagte Emma.

»Ich hab davon gehört«, sagte Herr Bönnemark.

»Na also«, sagte Emma. »Dann bringen Sie uns bei, wie man ein Buch schreibt.«

Herr Bönnemark schüttelte den Kopf. »Wir lernen jetzt die Wortklassen.«

»Ich nicht«, sagte Emma. »Ich will ein Buch über etwas Persönliches schreiben.«

Herr Bönnemark zog ein Brillenetui aus der Tasche. Alle beobachteten ihn und warteten darauf, dass er es öffnen und ein Kaninchen herausziehen würde, das er dann in Gustavs Ohr stecken würde. Aber er holte nur eine Brille mit runden Gläsern heraus, die er sich aufsetzte, bevor er uns ernsthaft musterte.

»Sind Sie kurzsichtig?«, fragte Gustav.

Herr Bönnemark nickte.

»Ich hab schon angefangen zu schreiben«, sagte Emma.

»Ein Buch schreibt sich nicht so leicht«, sagte Herr

Bönnemark. »Man muss etwas zu erzählen haben, und außerdem muss man wissen, wie man eine Erzählung aufbaut. In eurem Alter hat man außerdem noch nicht viel zu erzählen.«

»Wie alt sind Sie?«, fragte Emma.

»Siebenundzwanzig.«

Emma sah aus, als hätte sie eine Zitronenscheibe unter der Zunge. »Dann sind Sie ja gar nicht viel älter als wir.«

»Nein«, sagte Herr Bönnemark. »Aber um eine Geschichte zu erzählen, die andere interessiert, muss man erzählen können und auch etwas zu erzählen haben. Wenn man noch sehr jung ist, kann man noch nicht richtig einordnen, was man erlebt hat.«

»Sie glauben also, wir haben nichts zu erzählen?«, fragte Emma.

»Vielleicht«, sagte Herr Bönnemark. »Vielleicht ist es besser, mit den Wortklassen anzufangen.«

»Ich scheiß auf Ihre Wortklassen!«, rief Emma. »Ich scheiß drauf. Von denen hab ich schon in der Mittelstufe gehört und schon damals drauf geschissen. Wissen Sie, warum? Weil ich sie nie gebraucht habe.«

»Wenn man Sprachen lernt«, sagte Herr Bönnemark, »muss man ein Substantiv von einem Verb unterscheiden können.«

»Ich will ein Buch schreiben!«, schrie Emma.

Gustav schüttelte den Kopf. »Sie klebt ein bisschen an diesem Buch«, erklärte er Herrn Bönnemark. »Können Sie uns den Trick nicht noch einmal vorführen?«

»Substantive«, sagte Herr Bönnemark. »Wenn man ein Buch schreiben will, füllt man es mit Substantiven.

Welche Substantive möchtest du in deinem Buch benutzen, Emma?«

»Scheißlehrer«, sagte Emma. »Scheißschule.«

»Was hast du gegen uns?«, fragte Herr Bönnemark.

»Sie haben mein Leben zerstört«, knurrte Emma.

Gustav schüttelte den Kopf. »Dieser Trick, können Sie uns den nicht noch mal zeigen?«

»Vier Schüler«, sagte Herr Bönnemark und kniff die Lippen zu einem Strich zusammen. »Es ist verständlich, warum eure Schulkarriere schiefgegangen ist. Wenn man was lernen will, muss man an seinem Platz sein, wenn der Unterricht beginnt.«

»Allan schaut manchmal herein«, sagte ich. »Aber er scheißt auch auf Substantive.«

Herr Bönnemark hatte sich erhoben und die Kreide genommen. »Es gibt aber Wörter, die auch mit ›scheiß‹ anfangen, und die schreibt man klein. Das sind Adjektive, scheißhässlich, scheißfreundlich ...«

Da erschien Louise. Sie blieb in der Tür stehen und starrte in die Klasse, kam jedoch nicht herein. Sie stand einfach da. Dann gab sie Emma ein Zeichen herauszukommen, aber Emma blieb sitzen und fingerte an ihrem Handy herum. Schließlich hatte Louise es satt und verschwand.

»Könnt ihr einige Substantive und einige Adjektive in einem Satz nennen?«, fragte Herr Bönnemark.

Emma seufzte und fummelte an ihrem Handy.

»Ein großer Spiegel kommt die Straße entlang«, sagte ich.

Herr Bönnemark verzog den Mund. Mein Satz schien ihm nicht besonders zu gefallen. »Ein großer Spiegel kommt die Straße entlang«, wiederholte er. »Okay. Was ist das für ein Spiegel?«

Ich zuckte mit den Schultern. Vom anderen Ende des Korridors näherte sich Allan. Herr Bönnemark lauschte. Vermutlich hatte er noch nie gehört, wie es klang, wenn Allan sich näherte.

»Ein großer Spiegel kommt die Straße entlang«, sagte ich wieder.

Allan trat gegen die Nachbartür unserer Klasse. Es knallte wie ein Schuss. Herr Bönnemark hatte sich erhoben. Da kam Allan hereingestürzt.

»Ej, people, alles klar, alle Lampen brennen?«

Es war einer von Allans Lieblingssprüchen. Alles klar, alle Lampen brennen. Vielleicht war es gar nicht so verwunderlich, dass Allan solche Schnacks benutzte. Er war bei seiner Großmutter aufgewachsen. Sie war mit einem Seemann verheiratet gewesen, jetzt war sie uralt und hatte ein Gebiss, das sie im Mund herumdrehte, während sie in einer Schlange darauf wartete, an die Reihe zu kommen. Sie schien es zu tun, ohne es zu merken. Alle sahen sie an, aber sie wurde nie verlegen. Ihre Haut war wie Hefeteig, und an der Wange hatte sie ein Feuermal so groß wie eine Fünf-Kronen-Münze.

»Gehörst du in diese Klasse?«, fragte Herr Bönnemark.

»Keine Ahnung«, antwortete Allan und verschwand wieder. Dann ging er den Korridor entlang und trompetete dabei den Namen einer Fußballmannschaft, die er liebte, und hin und wieder trat er gegen eine Tür.

»Gehört er in diese Klasse?«, fragte Herr Bönnemark.

»Klar«, sagte Emma, »dies ist doch die Idiotenklasse.«

»Na, na«, sagte Herr Bönnemark.

»Es stimmt aber«, sagte Emma. »Fragen Sie uns was. Wir wissen nichts. Wir sind fast nie hier. Wir scheißen auf alles. Wir sind Idioten.«

»Was für eine schreckliche Selbsteinschätzung«, sagte Herr Bönnemark.

»Ein großer Spiegel kommt die Straße entlang«, sagte ich.

Herr Bönnemark setzte sich wieder. Weit entfernt hörte man Allan grölen, gleich darauf trat er gegen eine Tür, dass es krachte.

»Der Teufelskerl hat scheißstarke Beine«, sagte ich.

Herr Bönnemark nahm die Brille ab, legte sie zusammen und steckte sie ins Etui.

»Vielleicht sollten wir uns doch nicht mit den Wortklassen beschäftigen«, sagte er nach einer Weile.

»Genau«, sagte Emma, »wir schreiben ein Buch.«

Herr Bönnemark nickte.

»Können Sie nicht noch mal die Kreide hervorzaubern?«, bat Gustav.

Aber Herr Bönnemark antwortete nicht.

»Was machen wir jetzt?«, fragte Saida.

»Ich weiß es nicht«, sagte Herr Bönnemark. »Ich weiß nicht, was gut für euch ist.«

»Ich will ein Buch schreiben«, sagte Emma. »Ich hab schon angefangen. Möchten Sie es sehen?«

Herr Bönnemark nickte, und Emma wühlte eine Weile in ihrer Tasche. Sie holte einige lose Blätter hervor, stand auf und brachte sie Herrn Bönnemark, der sich seine Brille wieder aufsetzte.

»Lesen Sie es leise«, sagte Emma. »Sie dürfen es nicht laut vorlesen.«

Herr Bönnemark nickte. Gustav drehte sich um.

»Alle haben gehört, was ich geschrieben habe. Alle haben gehört, was Dragan geschrieben hat. Warum sollen wir nicht deine Geschichte hören?«

»Dann lesen Sie es eben, wenn's so wichtig ist. Aber ich werde nicht dabei sein.« Und sie verschwand zur Klassentür hinaus und war weg.

»Lesen Sie«, sagte Gustav.

Und Herr Bönnemark las:

Schwester Mabel

Schwester Mabel hatte den ganzen Tag zusammen mit Doktor Gorger operiert. Sie war vollkommen fertig. Als sie das Krankenhaus durch den Personaleingang verließ, stand Doktor Gorger dort und wartete auf sie.

»Ihre Arbeit heute hat mich sehr beeindruckt«, sagte er. »Der Patient hätte ohne Ihr geistesgegenwärtiges Eingreifen nicht überlebt. Darf ich Sie zu einem Drink einladen?«

»Ich weiß nicht«, antwortete Schwester Mabel. Ihr Herz klopfte heftig. »Ich habe zwölf Stunden ohne Pause gearbeitet, und zu Hause wartet mein kleiner Sohn auf mich.«

»Ich hab an einen Drink im ›Hell's Kitchen‹ gedacht«, sagte Doktor Gorger.

›Hell's Kitchen‹ war die beliebteste Bar in der Stadt. Dort saßen alle, die etwas vorstellten. Es war teuer und

*chic. Schwester Mabel hatte es sich nie leisten können,
dort hinzugehen.*

*»Nur auf einen Drink«, lockte Doktor Gorger. »Zum
Abschluss eines denkwürdigen Tages.«*

*»Okay«, sagte Schwester Mabel nach einem schnel-
len Blick auf ihre billige Armbanduhr. »Aber ich muss
vor neun zu Hause sein.«*

*»Selbstverständlich«, sagte Doktor Gorger und hielt
ihr die Tür zu seinem weißen BMW auf.*

*Schwester Mabel ließ sich in den ochsenblutroten
Sitz sinken. Doktor Gorger stieg ein und startete den
Motor. Sogar Schwester Mabel, die nicht genug Geld
hatte, um den Führerschein zu machen, konnte hören,
dass unter der Haube ein phantastischer Motor steckte.
Mit einem leisen Surren ging es hinaus auf die Auto-
bahn. Dort ließ Doktor Gorger alle anderen Autos hinter sich. Als Schwester Mabel einen Blick auf den Tacho
warf, zeigte er hundertachtzig an.*

*»Man merkt kaum, dass wir uns fortbewegen«, sagte
Schwester Mabel, die plötzlich merkte, wie müde sie
war.*

*Doktor Gorger ließ mit der einen Hand das Steuer
los und stellte Musik an. Es war eine phantastische
Musikanlage. Die Musik streichelte Schwester Mabels
Ohren. Dann legte Doktor Gorger einen Arm um ihre
Schultern, und Schwester Mabel fühlte sich ruhig und
geborgen.*

*»Ich habe noch nie mit einer so kompetenten Schwes-
ter zusammen operiert«, sagte Doktor Gorger und
beschleunigte die Geschwindigkeit. »Und in Zukunft
werde ich keine einzige Operation vornehmen, bei der*

Sie nicht zugegen sind und mir die Instrumente in der richtigen Reihenfolge vorlegen.«

»Ich bin kurz vorm Einschlafen«, sagte Schwester Mabel. »Entschuldigen Sie bitte.«

Und als sie aufwachte, weil das Auto anhielt, sah sie durch das Fenster, dass sie nicht vor der ›Hell's Kitchen‹ waren, sondern auf einem der Hügel am Stadtrand. Unter ihnen breitete sich das glitzernde Lichtermeer aus. Laternen und Lampen blinkten. Über ihnen wölbte sich der Nachthimmel, dunkel und mächtig, bestreut mit Millionen von weit entfernten Sternen. Doktor Gorger nahm Schwester Mabels Kinn zwischen Daumen und Zeigefinger und drückte seine weichen Lippen zart auf ihre.

»Ich dachte, wir können genauso gut zu mir nach Hause fahren«, sagte er, stieg aus, ging um das Auto herum und öffnete die Tür auf Mabels Seite. »Ich dachte, wir können den Drink genauso gut unter den Sternen trinken, nur du und ich.«

Und er streckte eine Hand nach ihr aus, und sie meinte, auf Wolken zu schweben, als er sie durch eine kleine Pforte eine lange Treppe hinauf, vorbei an einem Haus aus rotem Sandstein mit blau getönten Fensterscheiben, zu einem großen, schwach beleuchteten nierenförmigen Swimmingpool auf der Rückseite des Hauses führte.

»Nein«, sagte Schwester Mabel plötzlich, »das geht nicht. Zu Hause wartet mein kleiner Sohn, und der Babysitter muss gleich gehen.«

Da schloss Doktor Gorger sie in seine starken Arme. Er drückte sie an seine Brust und flüsterte:

»Geliebte Mabel. Ich bin verrückt nach dir und kann

nicht ohne dich leben. Hol deinen Sohn, und wohn zusammen mit ihm bei mir. Ich habe mein wildes Junggesellenleben satt und möchte zur Ruhe kommen. Wir holen deinen Sohn. Ich will ihm ein guter Vater sein. Sag, dass du es auch willst.«

Schwester Mabel war plötzlich verwirrt. Sie schaute auf die glitzernde Stadt hinunter und dachte aus einem unbegreiflichen Grund an die Patientin, ein kleines Mädchen, dem sie vor nur wenigen Stunden zusammen das Leben gerettet hatten. Sie schaute auf in die dunklen ruhigen Augen des Doktors.

»Ich weiß nicht«, sagte Schwester Mabel, »ich weiß nicht, ob ich mich traue.«

ENDE

»Was für ein Schwachsinn«, schnaubte Gustav. »Das hat sie in einer Illustrierten abgeschrieben. Das hört man doch. Meine Mutter liest dauernd so ein Zeug. So ein beschissener Schwachsinn. Meine Mutter hat hundert Bücher mit solchen Geschichten. Die handeln alle von einer Krankenschwester, die sich in einen Arzt verliebt, und dann verlässt er sie, wenn er bekommen hat, was er will.«

»Was will er denn?«, fragte Herr Bönnemark.

»Ihr ein Kind machen natürlich«, sagte Gustav. »Was denn sonst?«

»Ich finde die Geschichte ganz gut«, sagte Herr Bönnemark. »Davon träumen Mädchen doch!« Er wandte sich an Saida. »Was sagst du dazu, Saida?«

Sie schien die Frage nicht zu verstehen. »Was?«

»Frauen haben andere Träume als Männer, oder?«, sagte Herr Bönnemark.

»Vielleicht«, antwortete Saida. »Aber viele Männer wünschen sich auch Kinder und Familie.«

»Wünschst du dir Kinder und Familie?«, fragte Herr Bönnemark.

»Ja«, flüsterte Saida.

Gustav lachte. »So sind sie. Keine höheren Interessen. Nur Kinder und Familie. Das ist doch jämmerlich. Alle Mädchen sind so. Sie wollen ihr Leben lang in einer kleinen Welt leben und mit Puppen spielen und Sandkuchen backen. Lächerlich!«

»Was hast du denn für höhere Interessen?«, fragte Herr Bönnemark.

»Na, jedenfalls nicht die Familie«, schnaubte Gustav.

»Was dann?«

»Die Bürgerwehr zum Beispiel«, antwortete Gustav. Und dann beschrieb er eine Übung, die im Frühling stattgefunden hatte. Der Zug war eine ganze Nacht marschiert, in der Morgendämmerung mussten sie in ein Eisloch springen, ohne das Gepäck abzunehmen, und hinterher mussten sie ein Feuer machen, um ihre Kleidung zu trocknen.

»Das härtet ab«, sagte Gustav. »Man lernt, dass man mehr kann, als man glaubt. Man begreift, dass man in seiner Kindheit verweichlicht worden ist. Wenn man zum Beispiel auf seine Mutter hörte, könnte man sich nicht mal selber den Hintern ordentlich abwischen. Die Mütter sind schuld, dass Jungen ein Problem kriegen. Sie wollen sich behaupten, und dann geht's, wie es geht.«

»Und wie geht es?«, fragte Herr Bönnemark.

»Das weiß doch jeder«, sagte Gustav. »Es geht schlecht.«

Dann war die Stunde zu Ende, und ich ging in die Cafeteria, um nachzusehen, ob Kosken gekommen war. Ich hatte ihn gerade entdeckt, da sagte jemand: »Du, Henke!«

Es war Sten Bergman. Er hatte seine Hand auf meine Schulter gelegt. »Du, Henke«, wiederholte er. »Wir sollten miteinander sprechen.«

»Klar.«

Er schüttelte den Kopf und sah bekümmert aus, ungefähr wie ein Hund, der weiß, dass er alt ist und bald sterben muss. »Komm, dann haben wir es hinter uns.«

Er zeigte zu dem Teil des Gebäudes, wo Sekretariat und Lehrerzimmer untergebracht waren.

»Ich wollte mit Kosken sprechen«, sagte ich.

Kosken hörte seinen Namen und schaute von seinem Stück Kuchen auf.

»Mit ihm kannst du später reden«, sagte Bergman. »Komm jetzt.«

Ich zog Kosken eine Grimasse, zuckte mit den Schultern und folgte Bergman in seinen schweißriechenden verräucherten hoffnungslosen kleinen Verschlag.

21

Bergman ließ sich auf seinen Stuhl sinken und sah bekümmert aus. Er trug dasselbe Hemd, das er die ganze Woche angehabt hatte.

»Darf ich das Fenster öffnen?«, fragte ich.

Bergman sah noch bekümmerter drein. »Letzte Woche war jemand von der Hausverwaltung hier und hat es versucht. Es hieß, zum Öffnen braucht man ein Spezialwerkzeug. Das muss so sein, damit das Ventilatorensystem funktioniert. Tut mir leid, ich glaube, es geht nicht.«

Ich ließ mich auf dem Stuhl ihm gegenüber nieder. Er faltete die Hände überm Bauch.

»Was ist eigentlich mit dir los?«

»Mit mir?«

»Wem sonst?«

»Ich weiß es nicht.«

Bergman beugte sich über den Tisch. Sein Gesicht so aus der Nähe war unheimlich. Er hatte ein kugelrundes Gesicht, rund wie ein Volleyball. Der Kopf sah aus, als wäre er mit Luft gefüllt. Ich versuchte zurückzuweichen, aber das war unmöglich, die Stuhllehne berührte die Wand. Ich roch seinen Atem, als er den Mund öffnete.

»Selbstgebrannter«, sagte Bergman.

»Ja«, sagte ich.

»Selbstgebrannten verkaufen«, fuhr Bergman fort, »an Minderjährige.« Er lehnte sich zurück und zog an seinen Fingern, dass es knackte, musterte sie, als ob etwas mit ihnen nicht stimmte, und zog wieder an einem nach dem anderen. Dann verschränkte er die Hände im Nacken und lehnte sich zurück.

»Ich habe Nachforschungen angestellt«, sagte er mit geheimnisvoller Miene. »Bis zur Siebten scheinst du ein guter Schüler gewesen zu sein. Das ist keine ganz ungewöhnliche Schulkarriere. Wenn die Hormone anfangen zu spuken und für Aufruhr sorgen, fühlen sich viele ohnmächtig und suchen nach etwas, das ihr Gleichgewicht wiederherstellt, oder?« Er starrte mich an.

»Ich weiß nicht«, sagte ich.

»Aber in deinem Fall«, fuhr er fort, »scheint noch etwas hinzugekommen zu sein. Möchtest du es mir erzählen?«

»Keine Ahnung«, sagte ich.

Bergman seufzte tief und sah mich forschend an. »Was meinst du, wie ich mich fühle in meiner Rolle? Glaubst du, es macht mir Spaß?«

»Keine Ahnung«, sagte ich.

Er fuhr fort: »Vor ein paar Jahren gab es eine Kinoreklame, vielleicht erinnerst du dich daran. Da trat ein Blödmann im Anzug auf. Er sagte: ›Hallo, ich bin Schulleiter …‹ Das sollten wir sein, Schwedens Schulleiter. Manchmal wünscht man sich etwas mehr Unterstützung. Da sitzt man hier und redet mit irregeführten Jugendlichen, man versucht, auch noch das eine oder andere zu regeln. Aber dauernd platzen Leute herein, sie wollen einen als Kurator benutzen, man soll sich den Liebeskummer von Mädchen anhören, Jungen erzählen von brutalen Vätern, man muss Eltern empfangen, die verlangen, dass ihre Kinder bessere Lehrer bekommen, und man muss sich vor Journalisten und Politikern verantworten, die mit Vorliebe von der Krise in der Schule sprechen. Meinst du, das macht Spaß?«

Mir war der Faden in seinem Vortrag verloren gegangen, also beschränkte ich mich darauf, mit den Schultern zu zucken. »Nein.«

»Man möchte ja helfen, aber Betroffene, denen man helfen möchte, vermasseln alles. Man versucht, einen Ertrinkenden zu retten, der sich nicht davon abhalten lässt, ins tiefe Wasser zu gehen.«

Er biss sich auf die Lippe und verstummte. Dann zog er eine Schreibtischschublade auf und holte eine Schachtel mit Pastillen heraus. Er schüttelte sie, um sich davon zu überzeugen, dass sie nicht leer war, und reichte sie mir.

»Makes a man talk«, sagte er.

Aber ich wollte keine Pastille.

Er nahm selbst eine, lutschte und schmatzte. Der Geruch der Pastille mischte sich mit dem Gestank seines verschwitzten Hemdes.

»Was ist in der Siebten passiert?«

»Nichts Besonderes.«

Er legte die Schachtel zurück, kaute auf der Pastille und hielt sie eine Weile zwischen den Schneidezähnen, bevor er weiterkaute.

»Ich habe mit Frau Söderholm gesprochen.«

»Aha.«

»Erinnerst du dich an sie?«

»Ja.«

»Sie war deine Klassenlehrerin in der Siebten.«

»Ja.«

»Sie sagt, dass du ziemlich gut warst.«

Was sollte ich antworten? Ich zuckte mit den Schultern.

»Aber dann ist etwas passiert – im Frühling, ist es nicht so?«

»Vielleicht?«

»Ist es nicht so, dass deine Schwester ertrunken ist?«

»Ich will nicht …« Meine Stimme brach. Er holte die Pastillenschachtel hervor und bot sie mir wieder an.

»Makes a man talk …«

»… darüber reden«, sagte ich. »Ich will nicht darüber reden.« Ich räusperte mich.

Bergman legte die Schachtel zwischen uns auf den Tisch, schnipste mit dem Finger dagegen, so dass sie eine halbe Drehung machte. Er sog schmatzend an seiner Unterlippe. »Hat sie Anni geheißen?«

Ich antwortete nicht.

»Deine Schwester hieß Anni, nicht? Und als sie ertrunken war, passierte etwas mit dir und deinen Leistungen in der Schule, ist es nicht so?«

»Weiß ich nicht.«

»Nein, aber Frau Söderholm weiß es. Sie sagt, du hast dich verändert. In der Achten warst du wie ausgewechselt. Du konntest stundenlang dasitzen und vor dich hin starren, ohne einen Ton zu sagen. Du hast deine Hausaufgaben nicht gemacht, hast auf Fragen mit einem Schulterzucken geantwortet. Deine Schulkameraden haben einen Bogen um dich gemacht. Du hast dich in dir selbst verschlossen. War es nicht so?«

»Darüber will ich nicht reden«, sagte ich.

»Worüber?«, fragte Bergman.

»Worüber wir reden.«

Bergman nahm noch eine Pastille. Es schien die letzte zu sein. Er warf die Schachtel in den Papierkorb.

»Wollen wir lieber darüber reden, dass du mit deinem Freund selbst gebrannten Schnaps an eure Schulkameraden verkauft hast? Wollen wir lieber darüber reden, dass du mit einem Messer bewaffnet in die Schule kommst?«

»Weiß ich nicht«, sagte ich. »Sie sind der Schulleiter.«

»Erzähl mir von deiner Schwester«, sagte Bergman.

»Nein.«

»Vielleicht wäre es gut für dich, wenn du von ihr erzählen würdest. Was ist in jenem Frühling passiert?«

»Ich erzähle Ihnen nichts«, sagte ich.

»Kannst du in mir keinen Freund sehen?«

»Ich hab Ihnen erzählt, dass wir eine gute Schwedischlehrerin haben«, sagte ich. »Ich hab erzählt, dass wir ein Buch schreiben wollten. Was ist passiert?«

Bergman nickte. Zuerst schaute er zur Decke, dann sah er mich an. Er schwieg eine Weile, bevor er antwortete.

»Bist du der Meinung, dass ich dein Vertrauen missbraucht habe?«

»Ich erzähle Ihnen nichts.«

»Du musst doch begreifen, dass ich es nicht zulassen kann, dass Jugendliche an dieser Schule an einem Buch arbeiten, das *Schwedisch für Idioten* heißen soll. Das könnte zu einem gigantischen Ausmaß an Missverständnissen führen. Stell dir vor, was ein aggressiver Journalist daraus machen könnte. ›Die Schüler der Schule zu Idioten abgestempelt‹, würde es auf der ersten Seite heißen. So was kann man als Schulleiter nicht zulassen, das musst du doch verstehen.«

»Ich erzähle Ihnen nichts«, sagte ich. »Und ich will nicht, dass Sie über meine Schwester reden.«

»Ihr Tod scheint deine Leistungen in der Schule entschieden beeinflusst zu haben. Ist es nicht an der Zeit, ein wenig über sie zu sprechen?«

»Verdammter Idiot«, sagte ich, stand auf, ging zur Tür, öffnete sie und schlug sie mit einem Knall hinter mir zu.

Auf einem der gepolsterten Stühle draußen saß Allan. Er hatte eine braune Papiertüte in der Hand. Er öffnete sie, holte einen grünen Apfel heraus und hielt ihn mir hin. Ich nahm ihn entgegen, biss hinein und wollte gehen.

»Ich weiß etwas, was du gern wissen möchtest«, sagte Allan und holte einen weiteren Apfel aus der Tüte, biss hinein und kaute. Es war ein saftiger Apfel, an seinem Kinn lief Saft herunter. Er nahm den Apfel zwischen die Zähne und knüllte die Papiertüte zu einem Ball zusammen und ließ sie auf den Fußboden fallen.

»Glaub ich nicht«, sagte ich.

»Doch«, sagte Allan, »ich weiß was, was du gern wissen möchtest.«

»Was denn?«

Er biss vom Apfel ab. Seine Kiefer mahlten. Ich setzte mich ihm schräg gegenüber auf den anderen Stuhl.

»Was ist es?«

Er lachte. »Jetzt bist du neugierig, was?«

»Was ist es?«

Da öffnete Bergman seine Tür. »Wie gut, dass du

schon da bist, Allan. Können wir gleich anfangen? Ich hab's ein bisschen eilig.«

»Klar.« Allan stand auf. Als er auf Bergmans Tür zuging, versetzte er der Papiertüte einen Tritt, es war wie ein Pass. Die Tüte landete vor meinem Fuß.

»Heb das auf!«, befahl Bergman.

»Machen Sie's doch selber«, sagte ich und ging.

Aber obwohl Bergman die Tür schloss, hörte ich Allan grölen: »Das sollst du büßen, du, das sollst du büßen!«

Dann wurde es still.

22

Kosken war gegangen. Auf dem Tisch, an dem er gesessen hatte, als Bergman auftauchte, lagen ein paar Krümel grünes Marzipan – die Reste von seinem Stück Kuchen.

Dragan war auch nicht zu sehen. Ich ging zu meinem Fahrrad und fuhr los. Erst wollte ich nach Hause fahren, um die Angel für einen Abstecher an den Bergsee zu holen, aber als mir einfiel, dass Mama merken würde, dass ich schwänze, überlegte ich es mir anders.

Also fuhr ich zu Dragan, der seinem Vater und seinem Onkel auf dem Marktplatz half. Er wog gerade Zwiebeln ab, als er mich entdeckte.

Sein ordentlich gekämmter Kopf und sein weißes T-Shirt ragten über Strauchtomaten, Gurken, Eisbergsalat, Zucchini, blaulila Auberginen, spitzblättrige Artischocken, rote, gelbe und grüne Paprika, Mohrrüben,

Zwiebeln und Rote Bete hinweg. Ganz außen am Rand standen vier Holzkisten mit Preiselbeeren, glänzend wie roter Wolfsschrot.

»Hi, Chef!«, rief Dragan. »Möchtest du eine Banane, eine große, die du irgendwo reinstecken kannst?« Er lachte und riss eine riesige Banane von einer Staude ab und reichte sie mir. »Du weißt hoffentlich, wie man sie schält?« Er verzog das Gesicht zu einer anzüglichen Miene, und sein Onkel nickte mir zu.

»Hallo, Henke, schwänzt du?«

»Freistunde«, log ich.

»Ich geh eine Weile weg«, sagte Dragan und kam hinter dem Stand hervor. Er holte eine Schachtel Zigaretten heraus und bot mir eine an, aber ich wollte nicht.

»Was ist passiert?«, fragte er.

Ich erzählte von Gustav und Saida und den Blumen, während ich die Banane schälte. Dragan schüttelte den Kopf.

»Das kann ein böses Ende nehmen. In ihrer Familie ist es nicht üblich, dass die Mädchen einfach so mit Jungen gehen.«

»Sie wollen doch nur ins Krankenhaus. Das kann doch nicht so gefährlich sein.«

Dragan zuckte mit den Schultern und blies mir Rauch entgegen. »Vor einer Stunde war Allan hier. Er hat gesagt, er weiß was.«

»Weiß ich schon. Du hast ihm zwei Äpfel gegeben.«

Dragan lachte.

»Den einen hab ich gekriegt«, sagte ich. »Hat er dir erzählt, was er weiß?«

Dragan schüttelte den Kopf. »Er tat sehr geheimnisvoll, fand es wohl schön, dass ausnahmsweise er mal was weiß. Aber er wollte es mir nicht erzählen.«

Ich wollte die Bananenschale in eine leere Kiste werfen. Da entdeckte ich ihn, den Mann, den ich mit dem Hammer geschlagen hatte. Er ging an der anderen Marktplatzseite entlang und stieg in ein Auto mit einer kurzen Ladefläche. Hinter dem Steuer saß jemand. Das Auto fädelte sich in den Verkehr ein und verschwand.

»Was ist?«, fragte Dragan.

»Mir kam da drüben jemand bekannt vor.«

Er musterte mich. »Du siehst so komisch aus. Wer war das?«

»Niemand Besonderes.«

Da kam ein Mädchen auf uns zu. Es hatte lange schwarze Haare und dunkle Augen. Sie trat dicht an Dragan heran und umarmte ihn, und sie begannen, in ihrer eigenen Sprache zu reden. Dann nickte sie mir zu und ging über den Platz davon. Und alles an ihr schaukelte schlimmer als der Shark, wenn er von seiner eigenen Heckwelle emporgehoben wurde. Dragan sah ihr nach.

»Wer ist das?«

»Meine Cousine. Sie heiratet in einem Monat. Ist sie nicht hübsch?«

»Ja.«

»Aber du findest die, mit der du tanzt, am schönsten?«

»Nein.«

»Findest du sie nicht hübsch?«

»Vielleicht.«

Er lachte und schlug mir auf die Schulter, ganz locker, so als würde er mich für einen Idioten halten. »Hast du schon für die Tauffeier bezahlt?«, fragte er dann.

»Nein.«

»Gehst du nicht hin?«

»Kein Geld.«

»Ich kann dir was leihen.«

»Werd drüber nachdenken.«

»Alle gehen hin.«

»Sag mir eins.«

»Was?«

»Wenn du in einem Haus gewesen wärst …«

»Was für einem Haus?«

»Egal. Du warst in einem Haus und hörst, dass da noch jemand ist. Du schaust nach. Ein Kerl kommt mit einem Messer auf dich zu. Was würdest du tun?«

»Wegrennen.«

»Du kannst nicht.«

»Rennen kann man immer. Guck mal …« Er zeigte auf seine Füße. »Ich hab lange Beine. Sie sind die beste Verteidigung.«

»Du stehst gegen die Wand gedrängt …«

»Dann versuch ich zu reden. Ich hab ein großes Maul.«

»Er sieht gefährlich aus.«

»Ich hab keine Angst. Ich rede, dann laufe ich weg. Warum fragst du das?«

»Nur so.«

»Warum fragst du?«

»Würdest du immer weglaufen?«

Dragan dachte einen Augenblick nach, runzelte die

Stirn und nahm einen Zug von seiner Zigarette. »Wenn es nur um mich ginge, würde ich laufen. Es gibt keinen Grund, mit einem Messer in Berührung zu kommen. Aber wenn es um jemanden ginge, der mir wichtig ist – tja, dann wäre es was anderes.«

»Und wenn du jemand erschlagen hättest, der dich mit einem Messer bedroht hat? Wie würdest du dich dann fühlen?«

Er schüttelte den Kopf. »Was für Fragen. Worauf willst du hinaus?«

»Könntest du jemand erschlagen?«

Er sah auf seine Zigarette, trat sie mit der Schuhspitze aus und betrachtete mich. »Warum fragst du?«

»Ich möchte es nur wissen.«

Dragan schüttelte den Kopf. »Du solltest mit meinem Onkel reden. Der hat auf Menschen geschossen.«

Ich warf einen Blick zu den Strauchtomaten. Der Onkel sah freundlich aus.

»Warum hat er auf Menschen geschossen?«

»Frag ihn. Ich muss jetzt wieder arbeiten. Was machst du heute Abend?«

»Tanzen.«

Er lachte. »Und danach? Vögelst du sie?«

»Sie hat einen Freund.«

Er schlug mir auf die Schulter. »Du bist komisch, Henke, weißt du das? Niemand ist wie du.«

SCHWEDISCH FÜR IDIOTEN

Neuntes Kapitel

Als wir im Wald gewesen wan un mit einem Rehbock nach Hause kamen lief Anni in ihr Zimmer un wollte nich runterkommen un rief Mörder un sagte wir dürfen keine Tiere totmachen aber Harald hat sie auf den Schoß genommen un gesagt dass man im Sommer Mücken totschlägt un im Frühling Fliegen un wenn man den Waldweg entlanggeht tritt man auf Ameisen ohne dass man es will un zum Sattwerden braucht man Fische un Fleisch. Aber Anni hat gesagt man kann eine Mücke nich mit eim Reh vergleichen. Sie sagte Mücken sind bloß Mücken da sieht man keinen Unterschied aber die Rehe die die Tulpen abfressen erkennt man wieder un mit Rehen is es wie mit Katzen oder Hunden un würde Harald vielleicht eine Katze essen können? Harald sagte wenn er doll Hunger hat würde er wer weiß was essen un dann sagte er dass es Menschen gab die haben andere Menschen gegessen weil sie solchen Hunger hatten un davon könnte man ja halten was man will wenn man selber keinen Hunger hat aber man könnte nich sicher sein dass man es nich genauso machen würde wenn man mal richtig Hunger hätte.

Da fragte Anni ob ich das könnte sie aufessen un ich sagte auf die Frage wollte ich nich antworten. Da sagte Anni dass Harald als sie klein war gesagt hat er könnte sie auffressen un was das nun bedeuten sollte? Harald versuchte zu erklären dass man so was eben zu kleinen Kindern sagt un Anni sagte dass sie immer noch ein kleines Kind wa weil sie ja noch nich zur Schule ging un Harald schüttelte den Kopf un sagte dass es eben Sachen gibt die sagt man so aber man meint sie nich so sondern ganz was anderes.

23

Kosken war schon da, als ich nach Alhem kam. Er lehnte an einer der Kiefern, pulte an der Baumrinde und redete mit Evas Schwester. Sie stand vor ihm in ihrem dunkelblauen Rock und dem weißen T-Shirt, und in den Zöpfen hatte sie blaue Schleifen. Kosken streckte einen Arm am Stamm aus, als ob er nur mithilfe des einen Armes hinaufklettern wollte, und sagte etwas, worüber Evas Schwester lachen musste.

Dann kamen die anderen und Eva und Bosse, aber Elin war nicht zu sehen. Janne Molberg und sein Mädchen wurden mit dem Pick-up gebracht, der von einer Frau gefahren wurde, die vermutlich die Mutter der Nerzbrüder war.

Ich wartete draußen auf Elin. Als sie den dritten Song spielten, kam Eva heraus und fragte, ob ich mit ihr tanzen wollte, bis Elin kam. Aber ich wollte lieber warten, Elin würde sicher bald kommen.

Erst eine halbe Stunde später kam sie auf dem Fahrrad angerast. Sie war verschwitzt und warf das Rad gegen die Kiefer, unter der Kosken und Evas Schwester vor einer halben Stunde gestanden hatten.

»Das Moped macht Zicken. Gehen wir rein?«

Kaum hatten wir die Tür hinter uns geschlossen, fingen wir schon an zu tanzen. Wie verschwitzt sie war, merkte ich, als ich meine Hand an ihrem Arm entlanggleiten ließ. Sie fühlte sich irgendwie weicher an als an den Abenden zuvor. Ich legte die Arme um ihre Taille und spürte ihre Haut, denn sie trug ein T-Shirt, das über dem Bauchnabel endete. Dann ließ ich sie von mir wegkreiseln, unsere Hände waren so glitschig von Schweiß, dass ich sie nicht halten konnte.

Wir tanzten zwei Stunden ohne Pause, und obwohl alle Fenster offen standen, schien der Sauerstoff aufgebraucht zu sein, als wir fertig waren.

Alle versammelten sich um Eva und Bosse, und man konnte sehen, dass den meisten unter Tops und T-Shirts Schweiß am Rückgrat herunterlief.

»Tja«, sagte Bosse, »nun ist der Kursus also zu Ende.«

»Jetzt steht nur noch das Wetttanzen bevor«, ergänzte Eva.

»Die Regeln sind einfach«, sagte Bosse. »Um zehn versammeln sich die Teilnehmer auf dem Marktplatz. Es gibt drei Klassen, die Wettkampfklasse, Amateure und Jugendliche.«

»Die Jugendlichen tragen rote und blaue T-Shirts«, sagte Eva, »die Amateure gelbe und grüne, und in der Wettkampfklasse sind die Shirts hellblau und schwarz.«

»Nehmen wir zum Beispiel die Klasse der Jugendlichen«, sagte Bosse und hielt ein dunkelblaues und ein rotes T-Shirt hoch, »bei den Jugendlichen trägt der eine Partner ein rotes Shirt, der andere ein dunkelblaues. Auf dem Rücken jeden Paares steht dieselbe Nummer. Man tanzt zehn Kilometer. Auf den ersten neun Kilometern kommt es nur darauf an, den Stil durchzuhalten. Wer anfängt, zu gehen oder zu laufen, wird verwarnt, und ist man einmal verwarnt, fliegt man raus. Auch die zehn Paare, die zuletzt die Neun-Kilometer-Markierung erreichen, werden disqualifiziert.«

»Beim letzten Kilometer«, sagte Eva, »entscheidet eine Jury, die sich aus erfahrenen Wettkampftänzern zusammensetzt, welches Paar in der entsprechenden Klasse gewinnt.«

»Mehr ist das nicht. Jetzt kriegt ihr eure T-Shirts.«

Und dann verteilten die beiden die Shirts. Bei der Anmeldung hatte man seine Größe angeben müssen, ich bekam Größe XL und Elin S. Elins T-Shirt war rot, meins war blau.

»Man muss ja froh sein, dass es nicht rosa ist«, knurrte Elin.

»Was stört dich an rosa?«, fragte Kosken. »Ich kann sie in meinen Rucksack stecken, wenn ihr wollt.«

Elin verzog das Gesicht, ohne zu antworten. Wir gingen zur Tür, denn es war sehr heiß im Raum.

»Kommt ihr mit zum Fluss?«, fragte Kosken und legte Anna einen Arm um die Taille. Anna hatte die Schleifen aus den Zöpfen gelöst und brachte ihre Haare in Ordnung.

Ich sah Elin an.

»Klar«, sagte sie.

Und dann gingen wir zu unseren Fahrrädern.

»Wie heißt sie noch?«, flüsterte Elin und nickte in Richtung von Evas kleiner Schwester, die vor uns neben Kosken ging.

»Anna«, flüsterte ich zurück.

Elin hatte keinen Gepäckträger, und ich klemmte ihr T-Shirt zusammen mit meinem hinter mir fest, und dann fuhren wir los zum Fluss, Kosken und Anna voran. Auf den Straßen war fast kein Verkehr, und es war immer noch warm, obwohl es schon dunkel wurde.

Beim Wasserfall bogen wir in den Pfad ein und fuhren weiter an der Flussbiegung unterhalb des Wasserfalls entlang. Dort gab es eine ruhige Bucht, wo wir im Spätsommer immer badeten, wenn das Flusswasser richtig aufgewärmt war.

Kosken stellte sein Fahrrad auf dem Ständer ab, und Anna lehnte ihr Rad gegen einen Baum. Elin blieb stehen, die Hände auf den Fahrradlenker gestützt, und schaute auf den Fluss.

»Wir gewinnen!«, rief Kosken. Er hatte sich auf einen umgefallenen Kiefernstamm gesetzt und den Rucksack geöffnet und holte eine Viertelliterflasche mit Selbstgebranntem hervor. Es war seine übliche Flasche, das konnte man schon von Weitem sehen.

»Wolfstatze!«, rief er und reichte sie Anna, die zögerte. »Schmeckt echt geil«, beteuerte er. Anna probierte. Sie zog eine Grimasse und gab Kosken die Flasche zurück, der sie mir reichte. Ich nahm einen Schluck und reichte Elin die Flasche.

»Was ist das?«

»Preiselbeersaft mit Selbstgebranntem.«

»Kann man davon nicht blind werden?«

Kosken lachte. »Von Holzsprit wird man blind. Dies ist reiner Stoff.«

Aber Elin schüttelte den Kopf. Sie ging zu meinem Fahrrad, nahm die T-Shirts vom Gepäckträger und breitete das rote aus. Auf dem Rücken stand in großen Ziffern eine 88. Sie drehte das T-Shirt um. Auf der Vorderseite stand ein Firmenlogo in riesigen Buchstaben.

»Was ist das?«, fragte sie und hielt das T-Shirt hoch.

»Ei, ei, was ist denn das?«, sagte Kosken. »Es ist ein rotes T-Shirt, oder?«

»Nein«, sagte Elin, »das ist ein Werbecoup.«

»Was?«, sagte Kosken misstrauisch.

»Guckt mal!«, sagte Elin. »Guckt mal, hier!« Sie hielt das T-Shirt so, dass wir das Logo sehen konnten.

»Henke und ich sollen Werbeträger Nummer achtundachtzig werden«, sagte sie und warf mir das T-Shirt zu. »Wir bezahlen hundert Kronen pro Kopf, um für ein multinationales Unternehmen Werbeträger zu sein, das Schuhe und Sportklamotten herstellt.«

»Wovon redest du?«, fragte Kosken und wischte sich den Mund ab, bevor er die Flasche wieder an die Lippen setzte und einen tiefen Schluck nahm.

»Angeschmiert«, sagte Elin. »Wir sollen zehn Kilometer tanzen, Zeitungsjournalisten und das Lokalfernsehen werden kommen, wir werden fotografiert und gefilmt, und dieses Unternehmen kriegt einen Haufen Werbung, ohne dafür zu bezahlen. Die T-Shirts haben wir selber bezahlt. Wir tanzen Kilometer, und das Unternehmen bekommt seine Werbung gratis.«

»Spielt das eine Rolle?«, sagte Kosken. »Ich trag deren Schuhe. Guck mal! Es sind gute Schuhe.« Er zeigte mit der Flasche auf seine Sneaker.

»Diese Firma beschäftigt Leute auf den Philippinen«, sagte Elin. »Sie beschäftigen Leute in China und in Pakistan und zahlen ihnen einen Hungerlohn für die

Herstellung von ein paar Schuhen, die hier im Laden fast tausend Kronen kosten. Und wir sollen für die werben. Wir sollen zehn Kilometer tanzen und ihnen helfen, noch mehr Geld zu scheffeln. So haben sie sich das gedacht.«

»Ich kapier nicht, wovon du redest«, sagte Kosken und setzte die Flasche an die Lippen.

»Sie meint, dass wir ausgenutzt werden«, sagte Anna.

»Na und?«, sagte Kosken.

»Mir ist das nicht egal«, sagte Elin.

»Och«, sagte Kosken, »ich will gewinnen. Anna und ich sind die Besten, nicht?«

»Es ist kein angenehmes Gefühl, ausgenutzt zu werden«, sagte Anna.

Elin ging zu Kosken und streckte die Hand aus. Er sah ihr ins Gesicht und reichte ihr die Flasche. Sie setzte sie an den Mund, vorsichtig, als fürchtete sie, mehr als ungefähr sieben Tropfen zu schlucken.

»Wolfstatze«, sagte Kosken.

Elin nahm einen Schluck und zog eine Grimasse. Kosken lachte. »Wer hat Zigaretten?« Er sah Anna an. Sie zuckte mit den Schultern. Er schaute Elin an.

»Ich rauch nicht.«

Er sah mich an. Ich schüttelte den Kopf. Er seufzte und stand auf. »Wir gehen baden.«

»Ich kann dieses T-Shirt nicht tragen«, sagte Elin. Sie drehte sich zu mir. »Es geht nicht.«

»Ohne das T-Shirt kannst du nicht tanzen, das ist dir doch wohl klar«, sagte Kosken. »Wer geht mit baden?«

»Findest du, ich lass dich im Stich, wenn ich nicht mitmache?«

Ich wusste nicht, was ich antworten sollte, und nahm ihr die Flasche aus der Hand und trank einen Schluck.

»Jetzt baden wir!«, rief Kosken und begann, seine Schnürsenkel zu lösen.

»Wenn du nicht kannst, dann kannst du nicht«, sagte ich.

Sie griff wieder nach der Flasche, setzte sie an den Mund und nahm einen ordentlichen Schluck.

»Bei ihrer Vorstellung in der Schule hatten Eva und Bosse keine Werbung auf ihren T-Shirts. Aber die haben von Anfang an gewusst, dass sie uns reinlegen«, sagte sie.

»Wer will baden?«, fragte Kosken, der jetzt seine Hose auszog.

»Vielleicht findest du noch jemand anders, mit dem du tanzen kannst?«, sagte Elin.

»Wenn du nicht willst, lass ich es auch«, sagte ich.

Sie sprach lauter und sah einen nach dem anderen von uns an.

»In China haben sie Ghettos mit Stacheldraht drum herum. Die Leute, die dort drinnen wohnen, haben einige jämmerliche Quadratmeter, wo sie schlafen. Die meisten sind Mädchen in meinem Alter. Sie schuften zwölf oder vierzehn Stunden am Tag. Sie haben keine Rechte. Wenn sie sich beklagen, werden sie rausgeschmissen. Die Aufseher machen ihnen Kinder. Und die Schuhe, die sie herstellen, kosten ein Vermögen, wenn sie in unseren Geschäften landen. Ich kann nicht mit dem Namen dieser Ausbeuter über der Brust tanzen. Ich kann das einfach nicht. Man darf die doch nicht auch noch unterstützen.«

»Ich verstehe, dass du das T-Shirt nicht tragen kannst«, sagte ich, »wenn du so denkst.«

Sie sah mich an. »Wie denkst du denn?«

»Wer geht mit baden?«, fragte Kosken, der jetzt nackt war und zum Wasser ging. Anna folgte ihm. Er bückte sich und bespritzte sie. Sie zog ihren Rock aus.

»Du findest also nicht, dass ich dich im Stich lasse?«, fragte Elin.

»Wir haben ja trainiert. Das … na ja.«

»Du findest, dass ich dich im Stich lasse?«

»Du tust, was du tun musst.«

Sie biss sich auf die Lippe. »Vielleicht finden wir einen Ersatz für mich.«

»Forget it. Zehn Kilometer tanzen. Was soll das eigentlich? Wir haben sowieso keine Chance«, sagte ich und trank einen Schluck aus Koskens Flasche.

»Du bist also nicht sauer auf mich?« Sie nahm mir die Flasche aus der Hand und stand sehr nah bei mir, als sie daraus trank.

»Och«, sagte ich.

»Schmeckt ja ganz gut«, sagte sie, nachdem sie einen Schluck genommen hatte. »Wenn man sich dran gewöhnt hat.«

»Aber ich weiß, was wir machen«, sagte ich. »Wenn du willst.«

Sie reichte mir die Flasche. Wir standen jetzt so nah beieinander, dass wir uns fast näher waren als beim Tanzen. Sie sah mir ins Gesicht. Sie war ziemlich klein. Das fiel mehr auf, als wir so beieinander standen, und sie sprach mit zurückgelegtem Kopf.

»Was?«

»Andere T-Shirts.«

Sie lachte. »Na klar, andere T-Shirts. Du bist clever!«

»Hast du daran gezweifelt?«

»Keine Sekunde.« Hastig legte sie eine Hand auf meinen Unterarm, zog sie aber ebenso rasch zurück.

»Wir nehmen ein gewöhnliches T-Shirt und schreiben achtundachtzig drauf«, sagte ich. »Wenn wir zum Start kommen, sagen wir, dass wir gestern Abend im Fluss gebadet haben, und da haben wir unsere T-Shirts im Dunkeln verloren und uns neue gemacht.«

»Die machen uns keine Scherereien«, sagte Elin. »Die Startgebühr haben wir ja bezahlt.«

»Klar«, sagte ich. »Das kriegen wir hin.«

»Aber wir brauchen Farbe«, sagte Elin.

»Und einen breiten schwarzen Tuschpinsel«, sagte ich. »Das ist leicht.«

»Clever«, sagte Elin, »aber woher nehmen wir einen Tuschpinsel?«

»Kommt rein!«, rief Kosken. »Es ist ganz warm!«

Er schwamm mitten im Fluss. Anna war auch auf dem Weg ins Wasser, es reichte ihr bis zum Rand der Unterhose. Sie warf sich nach vorn und begann zu schwimmen.

Ich setzte mich auf den Kiefernstamm, auf dem vorher Kosken gesessen hatte. Es war jetzt so dunkel, dass man Kosken und Anna gerade noch sehen konnte.

Elin setzte sich neben mich.

»So eine gute Idee«, sagte sie. »Ich habe weiße T-Shirts.«

»Ich weiß nicht, ob ich eins habe«, sagte ich.

»Meine sind dir wahrscheinlich zu klein.«

»Das nehm ich an.«

Ich reichte ihr die Flasche, aber sie schüttelte den Kopf, und ich nahm einen Schluck. Draußen im Wasser plantschten Anna und Kosken.

»Kommt!«, rief Kosken. »Es ist piewarm.«

Elin lachte.

»Worüber lachst du?«

»Ach, nichts.«

»Wann erscheint die Zeitung?«

»Zum Tauffest.«

»Gehst du hin?«

Sie nickte. »Die nächste Nummer handelt nur vom Fest. Wir wollen sie ins Netz stellen. Wir filmen und bringen einen Ein-Minuten-Film im Real Player.«

»Ihr seid gut. Aber wie kriegt ihr das Geld rein?«

»Wir stellen erst einen Probefilm ins Netz, und dann sammeln wir das Geld ein, bevor wir den Rest bringen. Alle wollen sich doch selber sehen, da gibt jeder gern einen Zehner, das ist ja nicht viel.«

»Clever«, sagte ich.

»Guck mal.« Elin zeigte auf den Kiefernwald. Dahinter ging der Mond auf, groß und rot.

»Vollmond«, sagte sie. »Dann kommen die Werwölfe.«

»Klar«, sagte ich, »aber erst, wenn es richtig dunkel ist.«

»Wird man davon betrunken?« Sie zeigte auf die Flasche.

»Das hängt davon ab, wie viel man trinkt.«

»Trinkst du viel?«

»Nein«, log ich.

»Ich auch nicht.«

Ihr linkes Knie berührte meinen Oberschenkel.

»Ich mag den Mond«, sagte ich.

»Er ist kalt.«

»Frierst du?«

»Der Mond«, sagte sie, »der Mond ist kalt.«

»Schon, aber friert dich vielleicht?«

»Ein bisschen.«

»Wir haben zwei T-Shirts.«

Sie lachte.

»Du kannst sie unterziehen und dein eigenes T-Shirt darüber«, sagte ich. »Dann brauchst du dich nicht wie eine Werbesäule zu fühlen.«

»Gute Idee.« Sie stand auf und zog ihr T-Shirt über den Kopf. Darunter trug sie einen weißen BH, und man konnte sehen, dass ihre Brüste ziemlich klein waren. Dann zog sie das rote T-Shirt an. Als sie ihre Arme in das blaue steckte, fragte sie: »Willst du es nicht haben?«

»Nein.«

Sie zog das blaue über das rote und darüber ihr eigenes. Sie befühlte es mit Daumen und Zeigefinger.

»Ganz nass«, sagte sie. Dann setzte sie sich wieder neben mich auf den Kiefernstamm, so nah, dass ihr linker Oberschenkel mich berührte. Sie presste die Handflächen zusammen und steckte sie zwischen die Knie. Ich spürte die Wärme ihres Oberschenkels.

»Frierst du?«, fragte ich.

»Ein wenig.«

Da legte ich einen Arm um ihre Taille.

»Hübsch, der Mond«, sagte ich.

»Ja.« Sie räusperte sich. »Ich meine, ja …«

»Was?«

»Ich hab was im Hals.« Sie hustete.

»Einmal war ich mit Harald auf Hasenjagd. Es war im März, und wir hatten Vollmond. Der leuchtete auf dem verharschten Schnee, dass es fast taghell war.«

Sie nickte, ohne etwas zu sagen.

»Kommt ins Wasser!«, rief Kosken. »Es ist pie-warm.«

»Sie sind nicht mehr zu sehen«, sagte Elin. Und dann: »Warum gehst du in die Klasse?«

»Ich weiß es nicht. Ich hab mich um nichts anderes bemüht.«

»Warum nicht?«

»Schlechte Zensuren. Ich war fast nie in der Schule.«

»Kommt endlich rein!«, brüllte Kosken.

»Sie sind weit draußen«, sagte Elin, und ich zog sie näher an mich und streichelte ihren Rücken.

»Ist dir jetzt warm in den T-Shirts?«

»Bin ich betrunken?«, fragte sie.

Ich lachte. »Wohl kaum. Weißt du, womit wir die Zahlen schreiben können?«

»Womit?«

»Mit schwarzer Schuhcreme.«

»Ist das wirklich eine gute Idee?«, fragte sie.

»Ich weiß nicht. Was sollen wir sonst nehmen? Ich hab keine Farbe.«

»Ich auch nicht.«

»Kannst du sie sehen?« Ich hielt Ausschau nach Anna und Kosken.

»Emil ist ja so blöd«, sagte sie.

»Seid ihr zusammen?«

»Er ist so furchtbar eifersüchtig. Jetzt kann ich sie sehen. Sie ziehen sich an.«

»Kohle«, sagte ich.

»Was?«

»Grillkohle.«

Sie schlug mir auf den Oberschenkel. »Jaaa! Wir
haben gerade eine neue Tüte gekauft.«

»Wenn es nur nicht regnet«, sagte ich. »Dann zer-
fließt sie.«

»Weißt du, was er getan hat?«

»Wer?«

»Emil.«

»Nein.«

»Er hat meine Zündkerze rausgeschraubt, als ich
zum Tanzen fahren wollte. Ich hatte keine Zündkerze.«

Sie setzte die Flasche an den Mund und nahm einen
Schluck. »Alkohol ist nicht gut, wenn man friert«,
sagte sie. »Das ist ganz verkehrt. Die Blutgefäße ziehen
sich zusammen. Dann friert man noch mehr. Ganz
falsch.« Und sie nahm noch einen Schluck. »Langsam
schmeckt's mir.«

»Warum hat er die Zündkerze genommen?«

»Damit ich nicht zum Tanzen fahren kann. Er war
bei mir zu Hause. Ich hab gesagt, dass ich Schluss mit
ihm mache, wenn er sich weiter so bescheuert verhält.
Man kann nicht mit einem Jungen zusammen sein, der
einen so einengt. Er hätte sich nie an dem Boogie-Marathon beteiligt. Aber er ist stinksauer, weil ich es mit dir
machen will. Ich sage, das geht ihn nichts an, ich tanze,
mit wem ich will, da sagt er, dass ich sein Mädchen bin
und dass ich mit ihm tanzen muss. Aber er tanzt eben

nicht gern. Jedenfalls keinen Boogie. Er findet das so ätzend, dass er gar keine Worte dafür hat.«

»Warum hat er die Zündkerze genommen?«

»Wir waren bei mir zu Hause und haben uns angeschrien. Er ist total durchgedreht. Ich dachte schon, er würde mich schlagen. Ich hab ihn angeschrien, dass ich in einer halben Stunde mit dir tanzen werde. Er hat geschrien, dass ich das nicht tun werde. Ich hab zurückgeschrien, dass ich es tue. Er schrie, dass ich es nicht werde. Und plötzlich ist er einfach abgehauen. Als ich nach Alhem fahren wollte, ließ sich das Moped nicht starten. Die Zündkerze war weg. Ich musste mein Fahrrad rausholen, aber auf dem Vorderreifen war keine Luft. Das Ventil ist undicht. Ich muss wieder aufpumpen, bevor wir wegfahren.«

»Ihr seid also zusammen?«, sagte ich. »Emil und du?«

Sie drehte die Flasche in ihren Händen. »Ich werde langsam betrunken.« Dann nahm sie noch einen Schluck, und als sie mir die Flasche gab, kamen Kosken und Anna zurück.

»Warum geht ihr nicht ins Wasser?«, rief Kosken. »Es ist piewarm.« Und dann streckte er die Hand Elin hin, und sie gab ihm die Flasche.

»Hast du eine Haarbürste?«, fragte Anna und sah Elin an.

Die schüttelte den Kopf.

»Wir sind im Mondschein geschwommen«, sagte Anna, »mitten in den Mondstrahlen.«

»Henke kann gut unter Wasser schwimmen«, sagte Kosken. »Kannst du doch, Henke?«

»Ja«, sagte ich.

»Er kann fünfzig Meter unter Wasser schwimmen, ganz leicht. Kannst du doch?«

»Ja«, sagte ich.

»Er ist ein Ass«, sagte Kosken, »ein richtiges Ass unter Wasser.« Und dann nahm er einen großen Schluck aus der Flasche. »Dass aber auch niemand Zigaretten hat«, fuhr er fort. »Schade.«

»Schade«, sagte ich.

»Ich brauch eine Zigarette.« Er wandte sich an Anna. »Kommst du mit?«

»Okay.« Sie fuhr sich mit den Fingern durchs Haar. »Ich brauche einen Kamm. Hat jemand einen Kamm?«

»Kamm und Zigaretten kriegen wir an der Tankstelle«, sagte Kosken.

»Wir bleiben vielleicht noch ein bisschen«, sagte ich.

»Macht das«, sagte Kosken. »Du willst ihr wohl zeigen, wie gut du unter Wasser schwimmen kannst.«

»Ja«, sagte ich, »das werde ich ihr gleich zeigen.«

Kosken legte einen Arm um Annas Taille. »Die nehm ich mit!« Er hielt die Flasche hoch.

»Hat gut geschmeckt«, sagte ich.

»Wolfstatze«, sagte Kosken, während sie in der Dunkelheit zu ihren Fahrrädern gingen. »Selbst gepflückte Preiselbeeren, das ist das Geheimnis. Man pflückt sie, wenn sie überreif sind. Und dann darf man den Alkohol nicht in einem Plastikkanister verwahren. Das haut nicht hin. Man muss Glas benutzen.«

»Und das hast du getan?«, fragte Anna unsichtbar aus der Dunkelheit bei den Fahrrädern.

»Nee, wie denn«, sagte Kosken. »Wer besitzt heute

noch was anderes als Plastikkanister? Niemand. Aber so soll man es nicht machen. Man muss Glas nehmen, dann wird es am besten.«

Wir hörten Koskens Fahrrad quietschen und Anna lachen.

»Vielleicht sollten wir auch gehen?«, sagte ich. »Dir ist kalt.«

»Jetzt nicht mehr«, sagte Elin. »Ich hab ja drei T-Shirts übereinander an.«

»Bist du sicher, dass du nicht frierst?«

Da krachte es im Wald hinter uns, und Elin sprang mir vor Schreck fast auf den Schoß.

»Himmel!«, stöhnte sie. »Was war das?«

»Die Werwölfe«, sagte ich.

Aber diese Art Scherz kam im Augenblick offenbar nicht bei ihr an. Ihre Stimme klang ziemlich jämmerlich, als sie wieder fragte: »Was war das?«

»Irgendein Tier.«

»Hab ich einen Schreck gekriegt.«

»Es war nur ein Tier.«

»Findest du mich albern?«

»Nein.«

»Ich hab eine Wahnsinnsangst vor allem, was sich in der Dunkelheit versteckt.«

»Ich weiß«, sagte ich.

Sie sah mich an. Jetzt war es so dunkel, dass ich nur ihr Gesicht im Licht des Mondes sah. Es war ganz weiß.

»Woher weißt du das?«

»Du bist mir ja fast auf den Schoß gehüpft.«

Sie lachte. »Es ist wirklich albern, sich vor der Dunkelheit zu fürchten«, sagte sie. »So was sagt man Mädchen nach, wie ein Klischee. Man soll klein sein und vor allem Angst haben, und die Jungen sollen groß und stark sein und einen beschützen. Fürchtest du dich in der Dunkelheit?«

»Nein.«

»Hast du noch nie Angst gehabt?«

»Vielleicht als ich noch ganz klein war.«

»Wovor hast du Angst?«

»Dass ich aufwache und in ein Stück Kohle verwandelt bin.«

»Wie meinst du das?«

»Meine Mutter raucht jede Nacht eine Schachtel Zigaretten. Ihre Bettdecke ist voller Brandlöcher.«

»Das klingt ja lebensgefährlich. Habt ihr einen Rauchmelder?«

»Nein.«

»Wirklich lebensgefährlich«, sagte Elin. »Ich hab Angst vor Spinnen.«

»Viele Mädchen haben Angst vor Spinnen«, sagte ich.

Da musste ich an Anni denken. Sie hat Spinnen geliebt. Sie konnte lange vor einem Spinnennetz sitzen und die Spinne beobachten, weil sie sehen wollte, wie sie Beute machte. Sie sagte, der Unterschied zwischen einer Spinne und Harald bestehe darin, dass die Spinne nicht anders handeln könne. Sie konnte nur überleben, wenn sie Fliegen in ihrem Netz fing. Aber Harald schoss auf Rehe, weil es ihm Spaß machte.

»Vor was hast du noch Angst?«, fragte Elin.

»Ich weiß es nicht. Vielleicht vor Albträumen. Ich hasse Albträume.«

»Träumst du viel?«

»Manchmal.«

»Wovon träumst du?«

»Ich kann mich nie daran erinnern«, log ich. Von Anni wollte ich ihr nicht erzählen.

»Träumst du manchmal von deiner Schwester?«

»Nein«, log ich.

»Ich träume von meinem Bruder. Albträume.«

»Möchtest du mal sehen, wie weit ich unter Wasser schwimmen kann?«

»Ein andermal.«

»Ich schwimm wer weiß wie weit unter Wasser.«

»Ich weiß. Das hat Kosken ja schon erzählt.«

»Ich schwimme gern bei Mondschein«, sagte ich.

»Ich muss noch meinen Reifen aufpumpen.«

»Wollen wir los?«

»Es ist fast zu schade, hier ist es so schön«, sagte sie.

»Ich hab kein weißes T-Shirt.«

»Wir nehmen eins von meiner Mutter. Sie hat bestimmt eins, das dir passt.«

»Wird sie nicht sauer?«

»Ich erkläre ihr alles.«

»Sie kann mein blaues bekommen«, sagte ich.

Elin lachte. »Ich würde ihr verbieten, das zu tragen.«

»Bist du sicher, dass ihr Grillkohle habt?«

Sie erhob sich. »Jetzt kommen Mücken.«

Ich sah, wie sie nach einer Mücke auf ihrem Arm schlug.

»Vielleicht sollten wir jetzt fahren?«

»Wir fahren zu mir«, sagte Elin. »Dann bekommst du ein weißes T-Shirt, und wir malen die Ziffern.«

»Und außerdem kannst du deine Mutter fragen, ob sie damit einverstanden ist, wenn ich es kriege.«

»Sie ist auf einem Krebsfest in Linköping.«

24

Ich fuhr hinter ihr. Es war so dunkel, dass man den Weg kaum sehen konnte, und als wir die Landstraße erreichten, hielten wir an. Sie legte den Kopf in den Nacken und zeigte nach oben.

»Der Große Bär.«

»Hat der Reifen noch genügend Luft?«

»Ja.«

Wir standen eine Weile nebeneinander, und sie zeigte mir einen Satelliten, und ich zeigte ihr einen anderen, und dann sahen wir eine Sternschnuppe.

Es war fast kein Verkehr mehr, und wir fuhren nebeneinander. Sie fragte wieder nach meinen Träumen, und ich sagte, dass ich mich nie erinnern könne. Da fragte sie, was ich gern träumen würde, wenn ich am Tag träume, also einen Traum, in dem ich etwas passieren sah, und wenn ich dann zu mir käme, das Wirklichkeit sein würde, was ich geträumt habe.

Ich antwortete, ich wüsste es nicht.

SCHWEDISCH FÜR IDIOTEN

Zehntes Kapitel

Es wa ein ganz gewöhnlicher Apriltag un die Bachstelzen wan schon da aber die Lerchen noch nich un wir wan bei Großmutter bei der wohnten wir während Harald unser Dach neu mit Teerpappe und Pfannen deckte un unsere Küche sollte auch neu gestrichen wern. Das wollten Mama un ich machen un Anni wollte auch helfen un solange wir das machten wohnten wir in Großmutters Haus un das ging gut weil Großmutter bei ihrer Schwester in Göteborg wa. Sie wollte bis Walpurgis wegbleiben un Mama sollte einen Spiegel annehmen den Großmutter bestellt hatte weil ihr alter kaputtgegangen wa. Großmutter hatte einen mit Goldrahmen bestellt un als er das erste Mal geliefert wurde hat sie ihn selbst angenommen aber es wa der falsche. Bei der zweiten Lieferung wa Mama da un der der den Spiegel brachte trug Cowboystiefel un einen Gürtel mit einer Schnalle die wa so groß wie eine Radkappe un er hatte Koteletten un einen Schnurrbart mit runterhängenden Spitzen un er sah aus wie ein trauriger Basset.

Den Spiegel hatte er in Decken eingewickelt un mit Spanngurten auffer Ladefläche festgemacht un als er aussm Auto stieg kam Mama mit einem Wischlappen inner Hand auf die Treppe raus. Sie trug ein dünnes geblümtes Kleid un das wa wohl eigentlich ein Sommerkleid un das wa der letzte Tag an dem ich sie lachen gesehn hab. Sie lachte den mit den Koteletten un Stiefeln an denn er hatte was Witziges gesagt un als er den

222

Spiegel ablud hielt er ihn so dass Mama sich darin sehn konnte un Mama machte Faxen un tat so als würde sie sich schön machen. Sie rief mir zu ich soll nach Anni un ihrer Freundin am Bach gucken. Die beiden hatten mit dem Boot gespielt das Alexander un ich vor Ewigkeiten gebaut hatten un Mama hatte ihnen verboten damit zu spielen weil so viel Wasser im Bach un eine starke Strömung wa. Anni hatte behauptet sie kann Hundepaddeln aber das konnte sie ga nich. Dann ging Mama mit dem Spiegelmann rein un ich hörte sie lachen un durchs Fenster sah ich wie er ihr auffn Hintern klatschte. Da kam Kosken mit seim neuen Fahrrad auffn Hof un fuhr immer um mich rum. Er fuhr freihändig un das Rad wa rot un er fragte mich ob ich es mal ausprobiern wollte un ich probierte es un fuhr auffe Straße un in dem Augenblick hörte ich Karin bei der Betonröhre schrein un ich fuhr hin un sie schrie un zeigte zu der Betonröhre. Da wa was wie eine Schwelle aus brausendem Wasser un blitzte wie eine Axtschneide am Eingang der Röhre un ich warf das Rad hin un rief

Anni!

Anni!

Anni!

Un dann lief ich innen Graben runter aber das Wasser wa tief un inner Röhre wa Strömung un dann kam Mama über die Wiese un runter innen Graben un wir schrien beide un schrien un schrien un ihr Kleid schwamm um ihre Hüften. Sie hatte keine Unterhose an aber die hatte sie angehabt als sie vorm Spiegel auffm Hof stand das konnte man nämlich durch den dünnen Stoff sehn. Wir schrien un schrien un ich sah wie der

Spiegelmann mit seim Laster in einer Staubwolke in Richtung Landstraße verschwand un dann kam ein Mann auffem Moped. Der hatte ein Handy un dann kamen ein Hubschrauber un die Feuerwehr aber alles wa zu spät un Mama wa klatschnass bis unter die Brüste un als sie Anni rauskriegten wa sie grau un ihre Lippen wan blau un anner Stirn hatte sie einen Kratzer. Aber nich mal der wa rot.

Als wir bei Elin ankamen, war fast keine Luft mehr im Reifen, den ich für sie aufgepumpt hatte, und sie fragte, ob ich Tee haben wollte.

Während das Wasser kochte, suchte sie in der Kommode ihrer Mutter nach einem weißen T-Shirt, schließlich fand sie eins. Es war mir ein bisschen knapp. Wenn ich mich vorbeugte, bestand die Gefahr, dass es am Rücken riss. Elin holte Grillkohle aus dem Garten, breitete Zeitungen auf dem Garagenfußboden aus, und dann schrieb sie eine 88 auf ihr T-Shirt, reichte mir die Kohle, und ich schrieb eine 88 auf meins. Dann gingen wir in ihr Zimmer und setzten uns auf dem Fußboden gegenüber. Als sie mir Tee einschenkte, klingelte ihr Telefon.

»Ich weiß, wer das ist«, sagte sie und hob gar nicht erst ab. Nach einer Weile klingelte ihr Handy.

»Wo ist meine Zündkerze?«, fragte sie, ohne ihren Namen zu nennen. Der am anderen Ende schien nicht darauf zu antworten, denn sie wiederholte ihre Frage.

»Wo ist meine Zündkerze?« Und dann: »Du Idiot!« Dann redete er, und sie hörte kopfschüttelnd zu.

»Du Idiot!«, wiederholte sie und beendete das Gespräch. Als das Telefon wieder klingelte, zog sie den Stecker raus.

Ich bestrich meinen Zwieback mit Marmelade, die Streifen von Apfelsinenschale enthielt. »Was hat er damit gemacht?«

»In den Briefkasten geworfen«, antwortete sie. »Der verdammte Idiot hat die Zündkerze in unseren Briefkasten geworfen.«

Dann zog sie die drei T-Shirts aus und stattdessen ein Kapuzenshirt an und setzte die Kapuze auf.

»Ich hab mich verbrannt«, sagte sie, nachdem sie am Tee genippt hatte. Sie legte die Hände um die Teetasse, um sich zu wärmen. »Mich friert, wenn ich wütend bin«, sagte sie. »Ich zittere richtig. Fühl mal.«

Sie streckte eine Hand aus, und ich nahm sie. Sie war wirklich kalt.

»Verdammter Idiot! Weißt du, was er gesagt hat?«

»Nein.«

»Dass es mir noch leidtun wird.«

»Was?«

»Wahrscheinlich meint er, dass ich mit dir tanze. Was soll er sonst meinen? Er klaut meine Zündkerze, und ich soll irgendwas bereuen. So ein Idiot!«

»Ja«, sagte ich. »Idiot.«

Als sie die Teetasse absetzen wollte, war sie so erregt, dass sie sie auf den Tablettrand stellte. Die Tasse kippte um, und Tee floss auf den Fußboden. Sie holte einen Lappen und wischte den See auf. Dann setzte sie sich wieder.

»Glaubst du, sie legen uns rein?«

»Du meinst …«

»Die ihren Namen auf die T-Shirts gedruckt haben.«
Ich dachte eine Weile nach, ehe ich antwortete. »Nein.«

»Und warum glaubst du das nicht?«

»Ich bin es nicht gewohnt, an so was zu denken.«

»Du bist es nicht gewohnt zu denken, dass du reingelegt werden könntest?«

»Doch, schon, wenn es um anderes geht …«

»Um was zum Beispiel?«

»Wenn mir jemand einen Liter Selbstgebrannten verkauft, der gepanscht ist.«

»Und was machst du dann?«

»Kommt drauf an, wer es war.«

»Wie meinst du das?«

»Es ist sinnlos, jemanden anzugreifen, gegen den man nicht ankommt.«

Sie legte den Kopf schief. »Die Firma, die auf den T-Shirts wirbt, ist das größte Unternehmen der Welt. Die setzen Milliarden Dollar um. Könntest du dir vorstellen, die anzugreifen?«

»Was bringt das?«

»Möchtest du nicht, dass dir jemand hilft, wenn du in der schwächeren Position bist?«

»Klar.«

»Dann musst du also auch denen helfen, die jetzt schon die Schwächeren sind.«

»Nehm ich mal an.«

»Die Schuhe kosten tausend Kronen im Laden. Die Mädchen verdienen ein paar Kronen in der Stunde. Was meinst du, wie viele Schuhe sie in der Stunde herstellen müssen, um ihren Job zu behalten?«

»Keine Ahnung.«

»Ist dir das alles egal?«

»Wenn du's jetzt sagst.«

»Aber könntest du dir vorstellen, in diesem roten T-Shirt zu tanzen? Jetzt, wo du weißt, was dahintersteckt?«

»Ich weiß es nicht. Ich denk sonst nicht so.«

»Ich denke dauernd so.«

Dann hielt sie mir einen Vortrag über die fünfzig größten Unternehmen der Welt, dass die meisten mehr Geld in ihrem Etat haben als viele Länder in ihrem Staatsbudget, dass man multinationale Unternehmen nicht kontrollieren kann, aber dass man ihre Produkte boykottieren sollte.

Sie redete gerade davon, dass man ihre Waren nicht mehr kaufen sollte, als sie den Blick hob und nach Luft schnappte. Ich drehte den Kopf. Hinter mir stand Emil. Er war hereingekommen, ohne dass wir etwas gehört hatten.

»Ich muss mit dir reden.« Er sah Elin an.

Sie schüttelte den Kopf.

»Ich muss mit dir reden!«, wiederholte er.

»Nicht jetzt«, antwortete Elin.

»Ich muss.«

»Morgen.«

»Jetzt.«

Sie schüttelte den Kopf. »Jetzt nicht.«

»Entschuldige«, sagte er, und ich merkte, dass er weinte. »Entschuldige.«

»Morgen«, sagte Elin.

Er begann zu schreien. »Mach das nicht mit mir, Elin, mach das nicht!«

»Geh jetzt.«

»Ich muss mit dir reden, nur einen Augenblick …«

»Geh jetzt«, sagte sie.

Sie sah ihn an, und ich saß ihr gegenüber und konnte ihr Gesicht beobachten.

»Geh jetzt«, wiederholte sie.

Er war genauso leise gegangen, wie er gekommen war, denn ich hörte nicht, wie er sich entfernte, ich hörte nur, wie unten die Haustür zuschlug, und als sie zufiel, stand Elin auf und ging nach unten. Ich hörte, wie sie abschloss. Dann kam sie zurück.

»Wo sind wir stehengeblieben?«, fragte sie und setzte sich wieder.

»Beim Boykott der Waren.«

»Genau«, sagte sie, »die …«

Da klirrte es an der Fensterscheibe. Es war ein kleiner Stein. Dann ein Ruf von draußen: »Elin!«

»Er hat sie nicht mehr alle«, knurrte sie.

Da kam ein faustgroßer Stein angeflogen. Er schlug geradewegs durch die Scheibe und landete in Elins Bett. Sie sprang auf.

»Du Vollidiot!«, rief sie und ging zum Fenster. »Verdammter Vollidiot!«, brüllte sie.

»Du solltest nicht dort stehen«, sagte ich.

Sie stellte sich neben das Fenster und knipste die Schreibtischlampe aus.

»Pass auf, dass du nicht auf Glassplitter trittst«, sagte ich.

Sie spähte eine Weile hinaus in die Dunkelheit. Dann wurde ein Moped gestartet, es fuhr davon, und das Motorengeräusch erstarb. Elin ging in die Küche und kam mit Schaufel und Besen zurück. Sie fegte die Glassplitter zusammen, die auf dem Schreibtisch gelandet waren und die auf dem Boden. Dann holte sie den Lappen, mit dem sie den Tee aufgewischt hatte.

»Hast du den Film mit dem Kaninchen gesehen?«

»Welchen?«

»Die Frau, die ein Kaninchen kocht.«

Wir versuchten, uns zu erinnern, wie der Film hieß, aber keinem von uns beiden fiel der Titel ein.

»Stell dir vor, wenn er nun zurückkommt!«, sagte sie.

»Kommt deine Mutter heute Nacht nicht nach Hause?«

»Weißt du, wie weit es bis nach Linköping ist?«

»Ich kann noch eine Weile bleiben. Wenn du willst. Aber nach Hause muss ich. Meine Mutter macht sich sonst Sorgen.«

»Kannst du sie nicht anrufen?«

»Das Telefon ist kaputt.«

Sie ging zu ihrem Bett, hob den Stein hoch und wog ihn in der Hand. »Wenn ich den an die Stirn bekommen hätte …«

»Vielleicht sollte der eigentlich mich treffen«, sagte ich.

Sie setzte sich mit gekreuzten Beinen aufs Bett und sah aus wie ein besorgter Indianerhäuptling.

»Ugh«, sagte ich und hob meine Handfläche in Schulterhöhe. Sie schien mich nicht zu verstehen.

»Ugh«, wiederholte ich.

»Was, ugh?«

»Nichts.«

Sie wog den Stein in der Hand. »Wir sind seit der Achten zusammen.«

»Alles nimmt mal ein Ende«, sagte ich.

Sie runzelte die Stirn. »Wie meinst du das?«

»Nur dass alles früher oder später ein Ende nimmt.«

Sie seufzte. »Ich hab mal einen Indianer gesehen, bei meinem Vater in Chicago. Die Polizei nahm ihn auf der Straße fest. Es waren fünf Bullen nötig, um ihn auf den Asphalt zu zwingen und ihm Handschellen anzulegen. Mein Vater hat gesagt, es war ein Indianer.«

»Ich glaub, du hast einen Glassplitter am Fuß.«

»Wie kannst du das im Dunkeln sehen?«

»Ich glaub es«, sagte ich, »dass du Glas am Fuß hast.«

Sie rührte sich nicht. Ich rutschte auf dem Fußboden neben das Bett und streichelte ihre Fußsohle.

»Das kitzelt.«

»Ich weiß«, sagte ich.

»Ugh«, sagte sie.

Ich streichelte ihr Bein bis hinauf zur Wade. Sie saß ganz still, und ich schwieg. Nach einer Weile beugte sie sich vor und strich mir übers Haar.

Ich setzte mich neben sie auf das Bett. Sie streckte sich aus, und ich legte mich neben sie. Es war so dunkel, dass ich die Möbel im Zimmer nicht erkennen konnte, aber ihr Gesicht konnte ich sehen, denn wir waren uns sehr nah. Sie trug immer noch die Kapuze.

»Alzheimer«, sagte sie.

»Was?«

»Wenn einem der Filmtitel nicht einfällt. Glen Close war das, die das gemacht hat.«

»Die das Kaninchen kocht.«

230

»Ja.«

Ich legte meine Hand auf ihre linke Brust. Sie ließ es zu, und als ich ihre Brust streichelte, stöhnte sie, fast lautlos.

»Du wolltest mich interviewen.«

»Ach ja«, sagte sie. »Magst du Mädchen oder Jungen?«

»Im Bett sind Mädchen besser.«

»Warum?«

»Mädchen sind weicher.«

»Ist die Weichheit das Entscheidende?«

»Ja«, sagte ich, »die ist entscheidend.«

Ich steckte die Hand unter ihre Jacke und streichelte ihren Bauch. Sie stöhnte wieder.

»Hast du schon viele Mädchen gehabt?«

»Nein.«

»Warum nicht?«

»Hast du das nicht schon mal gefragt?«

»Bist du in der Schule schon mal scharf gewesen?«

»Ja.«

»Was machst du dann?«

»Geh zum Klo und wichse.«

Sie lachte. »Wann hast du es das letzte Mal gemacht?«

»Das ist schon lange her.«

»Wann war das?«

»Ich glaube, in der Siebten.«

Sie lachte. »Ich müsste das alles aufschreiben.«

»Warum?«

»Weil es ein richtig gutes Interview zu werden scheint.«

»Wirst du meinen Namen nennen?«

»Nein.«

»Warum nicht?«

»Möchtest du es denn?«

»Nein.«

Sie lachte wieder und legte eine Hand um meinen Nacken. »Ich mag Rücken.«

»Rücken?«

»Ja.«

»Hat Emil einen schönen Rücken?«

»Ja.«

»Seit wann seid ihr richtig zusammen?«

»Hier interviewe ich dich und nicht du mich.«

»Ich weiß.«

»Bist du noch unschuldig?«

»Ja«, antwortete ich.

»Wirklich?«

»Ja.«

»Warum?«

»Es hat sich so ergeben.«

Sie streichelte meinen Nacken. »Es muss doch viele Mädchen gegeben haben, mit denen du es hättest machen können.«

»Nein.«

»Warum nicht?«

»Ich weiß es nicht.«

»Und jetzt hoffst du, dass du es mit mir machen kannst?«

»Ja.«

»Das darfst du nicht.«

»Okay.«

232

»Ist das wirklich okay?«

»Klar.«

»Findest du es nicht gemein von mir?«

»Ich kann ja auf dem Klo wichsen.«

»Meinst du das im Ernst?«

»Nein.«

Ich steckte meine Hand in ihren Hosenbund und streichelte ihren Bauch über dem Höschen.

»Findest du, ich habe einen weichen Bauch?«

»Ja.«

»Ich kann meine Hose ausziehen.«

»Tu das.«

Sie schlängelte sich aus der Hose und warf sie auf den Fußboden. Ich legte meine Hand auf ihre Unterhose. Dann küsste ich sie.

»Was ist?«, fragte sie.

»Die Lippe. Sie ist wund.«

»Streichle mich«, bat sie.

Ich küsste sie wieder und streichelte sie über der Unterhose. Zwischen den Beinen war sie feucht.

»Wolltest du mich nicht interviewen?«

»Später.«

»Warum nicht jetzt?« Ich steckte meine Hand unter das Bündchen und streichelte in Richtung Schamhaare.

»Willst du nicht deine Hose ausziehen?«, schlug sie vor.

»Na klar.«

Ich zog Hose und Unterhose aus und streckte mich neben ihr auf dem Bett aus. Sie legte ihre Hand auf meinen Penis.

»Küss mich«, sagte sie.

Da hörte ich das Geräusch. Sie schien bemerkt zu haben, dass ich lauschte, und zog ihre Hand weg.

»Was ist das?«, fragte sie.

»Horch.«

»Ich hör nichts.«

»Hör doch.«

Wir lauschten beide. Ich hatte mich auf dem Ellenbogen aufgerichtet.

»Sirenen«, sagte sie.

»Es sind mehrere Wagen«, sagte ich. »Die Feuerwehr.«

Ich stand auf und zog meine Hose an.

»Was ist?«

»Ich muss nach Hause.«

»Weil …«

»Die Feuerwehr«, sagte ich und zog meine Schuhe an. Dann beugte ich mich übers Bett und küsste sie.

»Du musst hinter mir abschließen«, sagte ich.

25

Ich hab ziemlich lange Beine, deshalb bin ich schnell mit dem Fahrrad. Als ich vor unserem Haus ankam, sah ich, dass Mamas Zimmer hell war, und da fühlte ich mich besser. Ein Auto näherte sich mit großer Geschwindigkeit und gleich darauf ein Polizeiwagen. Ich folgte ihnen.

Es war die Schule, die brannte.

Die Sporthalle stand in Flammen. Sie schlugen

durchs Dach. Zum Gebäude A schienen sie nicht über-
gesprungen zu sein, dort war kein Feuer zu sehen. Im
Scheinwerferlicht standen ein paar Feuerwehrleute und
spritzten Wasser ins Lehrerzimmer. Bei der Sporthalle
standen zwei Feuerwehren, die eine mit Leiter, und
darauf stand ein Feuerwehrmann und spritzte Wasser
aufs Dach. Die Polizei hatte blau-weiße Plastikbänder
quer über den Schulhof gespannt, und eine Polizistin
mit Pferdeschwanz bat mich, nach Hause zu gehen.

»Was für ein Feuer«, hörte ich jemanden hinter mir
sagen. Es war Allan.

»Ja«, sagte ich. »Hast du gesehen, wie es angefangen
hat?«

»Ich bin grad vorbeigekommen. Manno! Wie das
gebrannt hat! Das Dach, du, das ganze Dach, wie ein
einziges riesiges Lagerfeuer!« Er lachte. »Riesige Flammen, direkt in den Himmel, riesige Flammen, du!
Manno. Was für ein Feuer! So was hab ich noch nie
gesehen!« Er schaute sich um. »Viele Leute da. Die
wollen alle sehen, wie die Schule brennt. Manno. Hast
du gesehen, der Schulrat.«

Allan war so erregt, dass er stotterte. Er zeigte auf den
Schulrat, der mit Sten Bergman aus einem Auto stieg
und auf die Polizistin mit dem Pferdeschwanz zuging.

»Jetzt brennt Ihre Scheißschule ab!«, johlte Allan.
»Haben Sie gehört? Die brennt ab, echt! Der ganze
verdammte Schulscheiß. Was machen Sie jetzt, wo Sie
keine Schule mehr haben? Was wollen Sie machen?«

Die Polizistin mit dem Pferdeschwanz betrachtete
Allan mit gerunzelter Stirn. Der Schulrat schüttelte den
Kopf, und Sten Bergman kam auf uns zu.

»Hallo, Jungs, habt ihr gesehen, wie das Feuer ausgebrochen ist?«

»Ein Megalagerfeuer«, sagte Allan. »Jetzt werden Sie arbeitslos, Herr Bergman! Jetzt brennt die Scheißschule ab.«

Eine weitere Feuerwehrsirene ertönte, und wir drehten die Köpfe, um zu sehen, wie sie auf den Schulhof fuhr.

Ein Feuerwehrmann kam auf die Polizistin zugelaufen. »Wir haben eine brennende Kerze und einen Benzinkanister in einem der Klassenzimmer gefunden. Sie müssen den Schulhof räumen.«

Allan lachte. »Der ganze Scheiß brennt ab. Jetzt werden Sie arbeitslos, Bergman.« Er war so überdreht, dass er nicht still stehen konnte und einen kleinen Tanz auf der Stelle vorführte. Er bewegte nur die Füße, der Oberkörper blieb starr.

Die Polizistin rannte zu ihrem Auto.

»Weißt du etwas von der Sache, Allan?«, fragte Sten Bergman.

»Ich sehe, dass es brennt«, antwortete Allan. »Die Schule wird abgefackelt! Sie werden arbeitslos, Herr Bergman.«

Die Polizistin hatte ein Megafon aus dem Kofferraum geholt. Sie richtete es auf uns.

»Verlassen Sie den Schulhof! Verlassen Sie den Schulhof! Keine Zuschauer auf dem Schulhof! Verlassen Sie den Schulhof!«

Sie kam auf uns zu, und Sten Bergman legte einen Arm um Allans Schulter. »Komm, Allan, wir gehen.«

»Verlassen Sie den Schulhof!«, rief mir die Polizistin

ins Ohr. Allan ging rückwärts vor mir her, und ich folgte ihm. Er schien sich nicht vom Anblick des Feuers trennen zu können, Bergman nahm seine Hand und zog ihn mit sich wie ein lieber Papa, der mit sanfter Gewalt versucht, seinen Fünfjährigen aus der Spielzeugabteilung des großen Kaufhauses zu ziehen. Plötzlich hob Sten Bergman eine Hand und zerstrubbelte Allans Haare.

»Alle Zuschauer verlassen den Schulhof!«, rief die Polizistin. Ein weiterer Polizist war dazugekommen. Er fuchtelte mit den Armen und zeigte auf die Straße.

»Manno!«, sagte Allan. »Manno, was für ein Feuer!«

Auf der Straße näherte sich noch ein Polizeiauto. Es stellte sich mit flackerndem Blaulicht quer. Zwei Polizisten stiegen aus. Der eine nahm ein Megafon heraus.

»Auf die andere Seite des Autos!«, rief er. »Alle Zuschauer auf die andere Seite des Autos!«

Wir zogen uns auf die andere Seite des Autos zurück, wo schon an die fünfzig Leute versammelt waren. Ein Auto der Lokalzeitung hielt mittendrin, ein Journalist begann, mit den Zuschauern zu sprechen, und ein Fotograf ließ ein Blitzlichtfeuerwerk los.

»Manno!«, brüllte Allan. »Es kommt in die Zeitung! Es kommt in die Zeitung!« Er packte meinen Arm. »Du, ich weiß was, was du gern wissen möchtest.«

»Ach?«

Er lachte. »Es ist lebensgefährlich, es nicht zu wissen.«

»Was denn?«

Er neigte seinen Kopf nah zu meinem und zischte

in mein Ohr: »Wer am Fahrrad von der Alten rumgemacht hat.«

»Wer?«

Er lachte und schüttelte den Kopf. »Das möchtest du
wohl gern wissen, was?«

»Ja.«

»Wie gern?«

»Sehr gern.«

»Wie gern?«

»Wer war es?«

»Was ist es dir wert?«

»Wie meinst du das?«

»Was bezahlst du, um es zu erfahren?«

Wir waren hinter der Menschenansammlung stehen
geblieben. Das Blaulicht des Polizeiautos zuckte über
seine Wangen und Stirn und spiegelte sich in seinen
Augen.

»Denk drüber nach«, sagte er. »Bestimmte Sachen
muss man wissen.« Dann ging er in die Dunkelheit der
Landstraße hinein, während er den Namen seiner Lieb-
lingsfußballmannschaft grölte.

Ich nahm mein Fahrrad und fuhr nach Hause. Mama
war angezogen.

»Aha«, sagte sie, »hast du es dir angeguckt?«

»Ja.«

»Im Radio haben sie gesagt, dass es in der Schule
brennt. Drei Feuerwehren sind dort.«

»Ich weiß.«

»Und morgen tanzt du?«

»Ja.«

»Um neun Uhr?«

»Ja.«

Sie setzte sich an den Küchentisch und nahm eine Zigarette aus dem Päckchen, zündete sie an und blies den Rauch zur Decke. Sie warf einen Blick auf die Wollmäuse vorm Herd und pustete eine Rauchwolke in Richtung der größten Maus.

»Es war nicht gerade gestern, dass der Fußboden mal ein bisschen Seifenwasser gekriegt hat.«

»Das stimmt«, sagte ich.

»Papa war hier und hat nach dir gefragt, als du beim Tanzen warst.«

Ich bekam einen trockenen Mund. »Nenn ihn nicht Papa.«

Sie sog den Rauch tief in die Lungen und blies mir eine Wolke entgegen. »Aber er ist doch dein Papa.«

»Nein.«

»Ist er wohl.«

»Nein.«

»Sollte ich etwa nicht wissen, wer dein Vater ist?«

»Wenn man Vater von jemandem ist, taucht man nicht erst nach sechzehn Jahren auf. Man versteckt sich nicht und hält sich nicht aus allem raus. Man lässt zu Geburtstagen und Weihnachten von sich hören. Man benimmt sich nicht wie ein Schwein. Wenn man Vater von jemandem ist, dann verhält man sich auch wie der Vater von jemandem.«

»Ich kann ja verstehen, dass du enttäuscht bist.«

»Tss.«

»Was?«

»Tss ... enttäuscht.«

»Wie meinst du das?«

»Der Kerl kann sich von mir aus aufhängen. Und weißt du, wie egal mir das ist? Scheißegal!«

»Aber nun ist er mal hier«, sagte Mama.

»Nein.«

»Er war zweimal hier und hat nach dir gefragt. Wahrscheinlich ist er in sich gegangen.«

»Pöh.« Ich ging zum Kühlschrank. Der war leer bis auf eine Packung Milch. Ich setzte sie an den Mund und trank sie aus.

»Das war die letzte Milch«, sagte Mama.

»Lass den Kerl nicht wieder herkommen.«

»Ich hab ihn nicht kommen lassen«, sagte Mama. »Er kommt von ganz allein.«

»Sag ihm, dass ich ihn nicht sehen will.«

»Hast du Hunger?«

»Ja.«

»Koch dir Spaghetti. Es ist auch noch eine Dose Bohnen da, falls du welche möchtest.«

»Ich nehm die Bohnen.« Bei uns hängt an der Wand ein Konservenöffner, total wertlos. Man braucht drei Minuten, bis man eine Dose geöffnet hat. Ich drehte und drehte, und schließlich kriegte ich den Deckel ab.

»Waren viele Leute da?«, fragte Mama.

»Es kamen dauernd Leute. Die Bullen haben den Schulhof abgesperrt. Der Schulrat ist auch gekommen. Er sah nicht gerade froh aus.«

»Die Sporthalle ist doch erst vor zwei Jahren eingeweiht worden, oder?«

»Ein Feuerwehrmann hat gesagt, dass sie Benzin in einem Klassenzimmer gefunden haben.«

»Als ich klein war, gab es in der Gegend einen Pyromanen. Er hat Larssons Garage angesteckt und eine Scheune. Sie haben ihn nie geschnappt. Vielleicht treibt der sich wieder rum?«

Ich hatte die Bohnen in einen Topf gekippt und auf eine Herdplatte gestellt.

»Wie heißt noch das Mädchen, mit dem du tanzt?«

»Elin.«

»Geht sie in deine Klasse?«

»Nein.«

»Welcher Zweig?«

»Naturwissenschaften.«

»Aha.« Mama blies Rauch zur Decke. »Dann ist sie also gut in der Schule?«

»Bestimmt.«

»Wie hast du sie kennengelernt?«

»Speise.«

»Wie bitte? Hat sie zwischen den Fleischklößchen gelegen?« Mama lachte. »Du bist nicht gerade mitteilsam.«

»Nein.«

»Warum erzählst du nie von dir?«

»Da gibt's nichts zu erzählen.«

»Klar gibt es was. Eine Mutter will doch wissen, wie es ihrem Sohn geht, das musst du verstehen. Jetzt, wo du eine Freundin hast.«

»Sie ist nicht meine Freundin.«

»Wirklich nicht?«

»Wir tanzen nur zusammen.«

»Aber es gibt doch einen Grund, wenn man zusammen tanzt.«

»Nein.«

»Ach?«

»Nein.«

»Dann ist es ein reiner Zufall, dass du mit ihr tanzt?«

»Hör auf, mich zu nerven.«

»Ich möchte doch nur wissen …«

»Hör auf, mich zu nerven … und sag diesem Mistkerl, der sich mein Vater nennt, dass ich ihn nicht sehen und nichts von ihm hören will. Und ich will nicht mit ihm reden und ihn nicht treffen, und es interessiert mich überhaupt nicht, wie er aussieht oder was er findet oder was er will oder was er glaubt oder hofft. Sag ihm, er soll zur Hölle fahren und dort schmoren, bis er Kohle ist, dann kann man ihn mit der Schaufel rausholen und auf den Müllhaufen schmeißen. Da gehört er hin.«

Mama schwieg eine Weile, und ich rührte im Topf. Als die Bohnen anfingen zu dampfen, kippte ich sie auf einen Teller. Dann setzte ich mich Mama gegenüber an den Tisch und begann zu essen.

»Natürlich bist du von ihm enttäuscht«, sagte sie, während ich den letzten Rest Soße mit einem Stück Brot aufnahm. »Aber warum bist du eigentlich so sauer? Er will dich doch nur treffen, das ist doch nicht gefährlich …«

Ich stand auf, und von der Treppe auf dem Weg in mein Zimmer rief ich gegen die Wand: »Hör auf mit dem Generve!«

Ich legte mich auf mein Bett und sah die Risse in der Farbe.

Da rief sie von unten: »Morgen ist Annis Geburtstag.«

SCHWEDISCH FÜR IDIOTEN

Elftes Kapitel

Es wa der erste Geburtstag seit sie gestorben wa un Mama wollte ans Grab aber sie konnte nich. Sie kam nich ausm Bett un Harald saß auffer Bettkante un redete un Großmutter stand daneben un Mama weinte. Der Herbst wa früh in dem Jahr un als wir morgens aufwachten wa Raureif un Großmutter sagte jetz sin die Vogelbeeren reif un man sollte Gelee machen. Harald sagte dass sie gut zu Reh schmecken un jetz sollten wir die Beeren pflücken wenn wir am Grab bei Anni gewesen sin. Wir warn alle bei Mama un sie hatte die Decke übern Kopf gezogen un gab keine Antwort als Großmutter sagte sie soll sich zusammenreißen un dass das Leben weitergehen muss un dass der Prediger sagt alles hat seine Zeit. Das Weinen hat seine Zeit un das Lächeln hat seine Zeit un das Klagen hat seine Zeit un das Tanzen hat seine Zeit. Alles is Eitelkeit un Generationen kommen un Generationen gehen un die Erde bleibt ewig un jetz muss du aufstehn denn es is eine Sünde sich zu Tode zu grämen. Aber Mama zog die Decke noch weiter übern Kopf un wollte nich hören was Großmutter vom Prediger sagte un Harald nickte un sagte dass der Prediger mehr Weisheit hat als alle Wissenschaft un Mama rührte sich nich un es wa der Geburtstag wo Anni gerade erst im April gestorben wa.

26

Es war ganz hell und schon ziemlich warm, als ich aufwachte. Ich war spät dran, und als ich aus der Dusche
kam, hatte Mama bereits den Frühstückstisch gedeckt.
Sie war im nächsten Laden gewesen und hatte Schin-
ken, Wurst, Weißbrot, Dickmilch, Käse, eine Dose Kaffee, Joghurt und Orangensaft gekauft. Sie trug ein Kleid
und hatte die Lippen geschminkt, und während ich mir
Butterbrote machte, fiel mir ein, was für ein Kleid es
war.

»Ich komm zugucken und feuere euch an«, sagte sie.
»Das braucht man doch, wenn man an einem Wettkampf teilnimmt, oder?«

»Wir haben die Nummer achtundachtzig.«

»Ich werde dich schon erkennen«, sagte Mama. Sie
lachte. »Da draußen sitzt Kosken.« Sie zeigte zum Fenster.

Ich stand auf und sah hinaus. Er lag auf dem Rücken
in der Hollywoodschaukel.

»Wie kriegt ihr was zu essen?«, fragte Mama dann.
»Ihr braucht doch Wasser und was zu essen. Zehn Kilometer tanzt man nicht in ein oder zwei Stunden. Das
könnte den ganzen Tag dauern.«

»Ich glaub, es gibt Getränke wie beim Vasalauf.«

Mama schüttelte den Kopf. »Flüssigkeit allein reicht
nicht weit. Ihr müsst auch etwas essen.« Sie nahm einen
Geldschein aus dem Schrank. Es war ein Hunderter.

»Wo hast du das Geld her?«, fragte ich und steckte
den Schein ein.

»Das rätst du nie.«

»Woher kommt das Geld?«

»Von Papa.«

Mir schnürte sich der Hals zu. »Er hat dir Geld gegeben?«

»Ja.«

»Warum?«

»Ich hab ihm unsere Lage geschildert. Dass ein Jugendlicher kostet. Er hat seine Brieftasche rausgeholt und mir zehn funkelnagelneue Hunderter auf den Tisch geblättert. Er saß da, wo du jetzt sitzt. Seine Brieftasche war dick. Er verdient wahrscheinlich gut als Elektriker. Er hat gesagt, ein anderes Mal krieg ich mehr. Er will es wiedergutmachen, hat er gesagt.«

»Wiedergutmachen?«

»Ja, das ist doch prima.«

»Tausend Kronen, ist das eine Wiedergutmachung? Nach sechzehn Jahren!«

»Besser als gar nichts.«

»Du hättest das Geld nicht annehmen dürfen.«

»Und wovon hätte ich was zum Frühstück kaufen sollen? Schmeckt es etwa nicht?«

»Doch, schon.« Dann aß ich, und als ich fertig war, wurde mir bewusst, was für einen Hunger ich gehabt hatte. Ich hatte nämlich fast alles aufgegessen und ausgetrunken.

Mama sah zufrieden aus. »Jetzt müsst ihr euch beeilen. Es ist zwanzig vor.«

Ich zog das T-Shirt an und ging raus zu Kosken, der mit geschlossenen Augen dalag und seine Lieblingsmusik hörte. Ich hob einen Kiefernzapfen auf und warf damit nach ihm. Er traf Kosken an der Stirn, und er zuckte zusammen, richtete sich auf und zog sich die Hörstöpsel aus den Ohren. Dann lachte er.

»Was hast du denn da an?«

»Ein T-Shirt ohne Werbung.«

Er bog sich vor Lachen. »Lass mal deinen Rücken sehen.«

Ich drehte mich um, und er jaulte auf.

»Hat sie sich das ausgedacht?«

»Ja. Die Nummer ist mit Grillkohle geschrieben.«

Er schüttelte den Kopf und lachte noch mehr. »Das ist ja bescheuert. Es sieht verrückt aus! Ist dir klar, was passiert, wenn du anfängst zu schwitzen? Die Farbe verläuft. Niemand kann deine Nummer erkennen. Ihre auch nicht. Ihr werdet disqualifiziert, ihr Idioten.«

»Und du hast einen Hunderter dafür bezahlt, dass du für ein internationales Unternehmen Werbung machst.«

Er zuckte mit den Schultern, stand auf und stieg auf sein Fahrrad. »Hast du die Schule gesehen?«

»Ich hab sie brennen sehen«, sagte ich. »Warum bist du nicht gekommen?«

Er lächelte so breit, dass seine Backenzähne zu sehen waren. »Ich hatte was anderes zu tun.« Er verdrehte genüsslich die Augen und fragte: »Schläfst du mit ihr?«

»Hör auf.«

»Sag schon.«

»Du, es fängt in einer Viertelstunde an.«

»Du solltest Anna sehen, du solltest sehen, wie sie nackt sitzend auf mir tanzt, das solltest du sehen, du würdest sterben, echt, du würdest sterben, dich würde der Schlag treffen.«

Und dann fuhren wir zum Marktplatz. Schon von Weitem hörte man die Musik. Der Platz war voller Leute, die verschiedenfarbige T-Shirts trugen. Aus einer Lautsprecheranlage dröhnte vierzig Jahre alte Musik. Es gab mehrere Eisstände, die normalerweise nicht da waren, und Dragans Vater verkaufte Obst, Limo und Wasser.

»Da ist Anna.« Kosken bog unter die Ulmen bei der Galerie ein. Anna trug einen weißen Rock und das rote T-Shirt mit der Nummer 75. Kosken war kaum vom Fahrrad gestiegen, da bekam er einen Kuss auf die Wange. Anna lächelte mich an, und ich fragte, ob sie Elin gesehen habe. Sie schüttelte den Kopf.

»Es sind so viele Leute«, sagte sie. »Aber nicht so viele wie im Frühling in Motala. Dort waren wirklich viele.«

»Es wird warm«, sagte Kosken und schloss sein Fahrrad ab.

Da entdeckte ich Elin. Sie hatte die Zündkerze offenbar wieder eingeschraubt und ihr Moped in Gang gekriegt und schlängelte sich zwischen den Leuten hindurch, die schon zu tanzen angefangen hatten, stellte ihr Moped hin und schloss es ab. Ihr Rock war kurz und kariert. Sie trug weiße Socken, die über den Knöcheln Wellen schlugen. Sie nickte mir zu, als würden wir uns kaum kennen, und schien mehr daran interessiert zu sein, sich mit Kosken und Anna zu unterhalten als mit mir.

»So einen Tag steht man nicht ohne Wasser durch«, sagte sie. »Habt ihr viel getrunken?«

Kosken sah aus, als verstehe er nicht, wovon sie

247

redete. Anna sagte, sie wolle sich eine Dose Cola kaufen und in die Tasche stecken.

»Das geht nicht beim Tanzen«, sagte Kosken und zeigte auf ihren Rock. »Die Dose schlägt dir gegen die Beine und scheuert dir die Haut auf.«

Anna biss sich auf die Unterlippe.

»Guckt mal, der Typ«, sagte Kosken.

Ein Stück entfernt stand der Typ, den wir beobachtet hatten, als er versuchte, Emma Falk am Strand zu bumsen.

»Hatte der nicht was mit deiner Mutter?«, fragte Kosken und lachte.

»Glaub ich nicht«, log ich.

»Möchte wissen, ob das seine Alte ist, mit der er tanzt«, sagte Kosken und zeigte auf eine Frau in Jeansrock. Sie hatte ihre langen roten Haare mit einer grünen Schleife zusammengebunden.

»Er tanzt in der Wettkampfklasse«, sagte Kosken.

»Wir müssen trinken«, sagte Elin, »sonst geht es nicht. Ich kauf was.«

Sie ging zu Dragans Vater, und ich folgte ihr mit dem Blick. Als sie die Hand mit dem Geldschein ausstreckte, kam von hinten ein großer Junge. Er packte sie am Oberarm.

Es war Emil.

Elin drehte sich um, und sie standen einander gegenüber. Jetzt sah man, wie klein sie war. Er schrie ihr etwas zu und zeigte auf mich. Ich ging zu ihnen, aber bevor ich sie erreichte, war er mit großen Schritten davongegangen. Dragans Vater reichte Elin eine Flasche Mineralwasser.

»Er ist total durchgeknallt«, stöhnte sie. »Ich hab
ihm gesagt, er soll dafür sorgen, dass jemand meine
Fensterscheibe repariert. Da hat er mich ganz wild angeguckt und geschrien, ich solle froh sein, dass nichts
Schlimmeres passiert ist.«

Die Musik verstummte, Elin schraubte die Flasche
auf und reichte sie mir. Ich nahm einen Schluck und gab
sie ihr zurück.

Auf der Ladefläche eines Lasters stand ein großer
Mann in weißen Jeans und dunkelblauem kurzärme-
ligem Hemd. Er sprach ins Mikrofon:

»Willkommen zum Boogie-Wettkampf. Wir freuen
uns, dass sich so viele angemeldet haben. Einige von
euch kenne ich aus Motala, wo wir, wie ihr wisst, jedes
Jahr im Mai einen Wettkampf durchführen. Wir hoffen,
dass wir mit dem Boogie-Marathon in unserer kleinen
Stadt einen Platz auf der Tanzkarte bekommen werden.
Nicht alle wissen es, aber es ist Tatsache, dass aus diesem
kleinen Ort mehr begabte Wettkampftänzer stammen
als aus irgendeinem anderen Landesteil Schwedens.«

Er legte eine Pause ein, und jemand hinter seinem
Rücken sagte etwas. Er lächelte und neigte sich zum
Mikrofon.

»Der kleine Daniel, fünf Jahre alt, hat seine Eltern
verloren. Er wartet hinter mir und wird nur nach
Beschreibung zurückgegeben.«

Er machte wieder eine Pause und sprach mit der
Person, die hinter ihm stand.

»Und jetzt zum Tanz. Gleich beginnt die erste
Etappe. Sie führt drei Kilometer lang durch die Stadt.
Nach der ersten Runde ist eine halbe Stunde Pause hier

auf dem Marktplatz, zu dem man nach jeder Etappe zurückkehrt. Man hat dann die Möglichkeit, Wasser und Kaffee zu trinken, unter den Ulmen gibt es Toiletten. Nach der zweiten Runde ist wieder eine halbe Stunde Pause. Als Zwischenmahlzeit empfehlen wir Bananen. An alle Teilnehmer des Wettkampfes werden sie gratis verteilt. Sie wurden von hiesigen Geschäftsleuten gespendet.«

Die Leute applaudierten. Elin sah wütend aus und warf mir einen Blick zu. Kosken klopfte ihr auf den Po. Sie drehte sich hastig um.

»Du isst bestimmt keine Banane …« Kosken lachte.

»He, was machst du da?«

Koskens Gesicht verfinsterte sich. »Wieso?«

»Grapsch mich nicht an.«

Kosken spuckte vor seine Füße auf die Erde. »Bist du verrückt?«

»Grapsch mich nicht an!«, brüllte Elin.

Kosken sah sie verständnislos an. »Ich wollte doch nur wissen, ob du Bananen isst. Aber das willst du wohl nicht. Am Ende wirst du noch eine Werbesäule für Bananenanpflanzer.«

Elin schüttelte den Kopf. »Man soll sich nicht verkaufen«, knurrte sie. »Schon gar nicht für eine Banane.«

»Hab ich's mir doch gedacht.« Kosken lachte wieder. »Aber wenn sie den Preis erhöhen, dann verkaufst du dich wahrscheinlich doch.«

»Kümmre dich lieber um deinen eigenen Dreck«, fauchte Elin.

Der Mann mit dem Mikrofon sprach inzwischen von der letzten Runde. »Sie beträgt nur einen Kilometer, dann ist es Nachmittag, und die zehn Paare, die als Letzte die Neun-Kilometer-Markierung erreichen, werden disqualifiziert. Unter den Übrigen wählt die Jury« – hinter ihm traten zwei Frauen und ein Mann hervor – »in jeder Klasse ein Siegerpaar aus. Es scheint ein warmer Tag zu werden, und sicher wird es ein schöner Tag für uns alle, die wir gern Boogie tanzen. Viel Glück!«

Er bekam kräftigen Applaus, und die Musik setzte ein. Der Mann auf dem Lastwagen beugte sich ganz nah zum Mikrofon, und die Musik wurde leiser.

»Was ist als erster Song besser geeignet als Bill Haley mit *Rock Around The Clock*!«

Dann wurde die Musik wieder lauter, und die Leute neben uns fingen an zu tanzen. Elin lachte, ich ergriff ihre rechte Hand, und wir tanzten aufeinander zu, und ich musste auch lachen. Die Menschenmenge auf dem Platz hatte bereits begonnen, sich auf die Storgatan zu zu bewegen.

»Krass!«, heulte Kosken.

Aus den Augenwinkeln sah ich Emil. Er war so groß, dass er die Zuschauer bei der Fontäne um einen Kopf überragte.

Am Zugang zur Storgatan entstand Gedränge, aber dann verteilten sich die Paare, besonders die an der Spitze. Sie tanzten und wirbelten die Straße entlang, Zuschauer applaudierten und winkten Verwandten, Freunden und Bekannten zu. Sten Bergman stand allein vorm Schaufenster des Spielwarenladens. Er sah nicht froh aus. Vielleicht dachte er an seine vom Feuer beschädigte Schule. Er trug ein ordentlich gebügeltes Hemd, und hinter ihm im Schaufenster stand ein riesiger Dalmatiner aus Stoff.

Kosken und Anna tanzten eine Weile neben uns, aber dann zogen sie davon. Anna schien zu wissen, wie man sich verhalten musste, um voranzukommen. Damit hatten wir die meisten Schwierigkeiten. Wir tanzten auf der Stelle, während die Teilnehmer, die auch in Motala getanzt hatten, sich schnell an die Spitze vorarbeiteten.

»Wir müssen vorankommen!«, rief Elin und schaute zu zwei zwölfjährigen Mädchen, die knicksend an uns vorbeiwirbelten. Ihre Füße schienen sich so leicht zu bewegen, dass ich mich bei ihrem Anblick halb lahm, blind und zahnlos fühlte.

»Wir dürfen uns nicht auf derselben Stelle drehen!«, rief Elin. »Wir müssen vorwärts.«

Sie zerrte an mir, um mich auf der Storgatan voranzutreiben, und wir gerieten aus dem Takt, denn tanzen ist schwer, wenn man gleichzeitig den Takt bestimmen will und unterschiedliche Vorstellungen hat, wie man vorwärts kommt.

Hinter uns holte der Typ rasch auf. Er hatte einen guten Stil und sehr lange Beine. Die Frau mit der Schleife um die rote Haarmähne lachte und sah aus, als wäre sie noch nie in ihrem Leben so froh gewesen.

Aber Elin war bedrückt. »Wir müssen vorwärts!«

Als wir den Stadtpark erreichten, waren wir fast die Letzten. Hinter uns waren nur noch ein paar Ältere. Auf den Schotterwegen des Parks gerieten wir in eine richtige Staubwolke. Der Staub, der von den Füßen der vor uns Tanzenden aufgewirbelt wurde, hüllte uns ein, und Elin leckte sich über die Lippen, und ich bekam einen trockenen Mund.

Aber die Lautsprecher im Park waren gut, und es war leichter, auf dem Schotter als auf Asphalt zu tanzen, ganz zu schweigen vom Kopfsteinpflaster des Marktplatzes. Wir tanzten gut, bis mir ein Steinchen in den Schuh geriet.

»Ich hab was im Schuh!«

»Ich auch«, antwortete sie.

Solange sie nicht stehen bleiben wollte, schien es mir unmöglich, ihr vorzuschlagen, dass wir abbrechen sollten, obwohl wir andere auf dem Rasen sitzen sahen, die ihre Schuhe aufschnürten, um Steinchen auszuschütten.

Am Ende des Parks kamen wir an einer Bank vorbei. Dort ließ Elin meine Hand los, setzte sich, und ich sank neben ihr nieder. Hastig kippten wir Schotter und Sand aus unseren Schuhen, schnürten sie wieder zu und tanzten weiter. Wir waren fast die Letzten, als wir die Mellangatan hinauftanzten.

»Wir müssen eine Technik finden!«, rief Elin.

Aber als wir schließlich den Bahnhof erreichten, hatten wir unsere Technik immer noch nicht gefunden. Wir waren immer noch fast die Letzten, und als wir zum Marktplatz zurückkehrten, waren nur noch zwölf Paare hinter uns.

»Guck mal, da.« Elin zeigte auf ein rotes Plastikband, das man quer über den Platz gespannt hatte. »Was soll das denn?«

In dem Augenblick kam ein kleiner Mann mit grauem Bart und Brille heran und tippte mir mit seinem Kugelschreiber auf den Rücken. Er trug ein weißes T-Shirt. Darauf stand in dunkelblauen Buchstaben KONTROLLE.

»Wo sind eure T-Shirts mit den Startnummern?«

»Wir haben gestern Abend gebadet«, erklärte Elin.

»Nach dem Kurs in Alhem«, fügte ich hinzu.

»Und da haben wir die T-Shirts am Fluss verloren«, log Elin.

»Deswegen haben wir uns diese gemacht. Unsere Startnummer ist achtundachtzig.«

»Wie heißt ihr?« Der Kontrolleur zog ein Bündel zusammengeheftete Blätter aus der Gesäßtasche.

»Elin und Henke«, sagte ich. »Paar Nummer achtundachtzig. Wir haben uns bei Eva und Bosse in Alhem angemeldet.«

Der Mann fuhr mit dem Kugelschreiber an der linken Spalte auf den Papieren entlang. Dann verharrte der Kugelschreiber.

»Elin und Henke. Habt ihr schon mal getanzt?«

»Nein«, antwortete Elin.

Er nickte, fast fünfzehn Sekunden lang. Dann sah er Elin an. »In der nächsten Runde achten wir auf den Stil. Denkt dran, dass ihr ununterbrochen tanzen müsst. Ihr dürft nicht gehen und *absolut* nicht laufen.« Er betonte »absolut« so, als kämen wir aus einem anderen Land und müssten erst noch lernen, den Namen von Schwedens Luxuswodka »Absolut« auszusprechen.

Dann ging er, und Elin und ich kauften bei Dragans Vater eine Flasche Wasser.

»Du hast doch schon eine gekauft«, sagte ich, als Elin mir ihre Flasche reichte.

254

»Ich weiß. Ich hab sie auf die Erde gestellt und bin draufgetreten.«

In dem Augenblick kam Mama. Sie trug das Kleid, das sie seit Annis Tod nicht mehr angezogen hatte. Ihre Haare waren frisch gewaschen und die Lippen geschminkt. Dadurch wirkte ihr Mund sehr groß.

»Hallo, Henke«, sagte sie und sah richtig froh aus. »Ich hab euch auf dem Marktplatz tanzen sehen. Das hat sehr hübsch ausgesehen. Ihr gewinnt bestimmt.« Dann wandte sie sich lächelnd an Elin. »Und du bist auch sehr hübsch.«

»Danke«, sagte Elin.

»Ja, ich will euch nicht stören«, sagte Mama.

»Ich heiße Elin«, sagte Elin.

»Und ich bin Henkes Mutter«, sagte Mama. »Viel Glück.«

Dann verschwand sie im Gewimmel.

Kosken und Anna kamen heran, und Kosken klopfte mir auf den Rücken. »Noch nicht disqualifiziert?«

Elin schaute ihn beleidigt an. »Warum sollten wir disqualifiziert werden?«

»Ihr rennt. Damit kommt ihr nicht durch. In der zweiten Runde fangen sie an, Leute zu disqualifizieren. Passt bloß auf. Man kann sehen, dass ihr rennt.«

Anna hatte eine Dose Cola und reichte sie Kosken, der sie leerte, zusammenpresste und in Richtung eines Papierkorbs pfefferte, der schon von Flaschen, Dosen und Bananenschalen überquoll.

»Wir sind unter den Ersten«, sagte Kosken zufrieden. »Wir kämpfen auf der anderen Seite der Etappe. Mit der Elite. Tschüs, ihr Loser!«

255

Sie entfernten sich und krochen unter der Absperrung hindurch. Ein Kontrolleur sprach mit ihnen, und Kosken zeigte auf etwas und sagte etwas. Dann stellten sie sich an die Spitze.

»Janne Molberg gehört zu den Ersten«, sagte Elin.

»Und die Zwölfjährigen«, sagte ich und zeigte auf die Mädchen, die Eis leckten und lachten und einander den Rücken kratzten.

»Jetzt müssen wir uns anstrengen«, sagte Elin. »Komm, wir stellen uns an die Spitze auf unserer Seite der Absperrung.«

Wir suchten uns die günstigste Position. Als die Pause vorbei war, setzte die Musik wieder ein, und Kosken, die Zwölfjährigen, der Typ, Janne Molberg und viele andere Leute tanzten die Storgatan entlang. Elin hielt mir mit fragender Miene die Wasserflasche hin, aber ich schüttelte den Kopf, und sie trank den Rest aus.

»Ist es nicht windig geworden?«, fragte sie, als sie die Flasche abstellte.

Das Plastikband wurde durchgeschnitten, und wir gehörten zu den Ersten, die im zweiten Pulk starteten, und als wir die Storgatan erreichten, war nur noch ein halbes Dutzend Paare vor uns. Vor dem Spielzeugladen, vor dem vorhin Sten Bergman gestanden hatte, stand jetzt meine Mutter und winkte. Elin und ich winkten zurück.

Diesmal ging es besser, und keiner von uns beiden bekam im Stadtpark Steinchen in die Schuhe, und als wir zum zweiten Mal zum Marktplatz zurückkehrten, lagen wir ziemlich weit vorn, aber nicht weit genug, um auf der richtigen Seite der Absperrung zu landen.

Sie verteilten Bananen. Ich aß drei und Elin eine, und dann kauften wir noch eine Flasche Wasser.

»Ich muss mal«, sagte Elin.

»Ich auch.«

Da kam der bärtige Kontrolleur auf uns zu.

»Nummer achtundachtzig! Ihr lauft zu viel. Beim nächsten Mal kriegt ihr eine Verwarnung. Wenn ihr so weitermacht, werdet ihr disqualifiziert.«

»Wir laufen nicht mehr als andere«, sagte Elin.

Der Kontrolleur sah uns über seine runden Brillengläser an. »Du glaubst doch wohl nicht, dass ihr die Einzigen seid, die verwarnt werden?« Dann ging er weiter.

Vor der Toilette war eine Schlange, und Elin kam erst zurück, als der Tanz wieder angefangen hatte. Wir waren fast die Letzten, als wir zum dritten Mal in die Storgatan tanzten.

»Dahinten steht er!«, zischte Elin. »Achte auf den Stil!«

Wo erst Sten Bergman und dann Mama gestanden hatten, stand jetzt der Kontrolleur mit einem Blatt Papier und einem Kugelschreiber. Er begegnete meinem Blick und schüttelte vorsichtig den Kopf. Der Stoffdalmatiner im Schaufenster hinter ihm sah gelangweilt aus.

»Siehst du noch mehr Kontrolleure?«, fragte Elin, als wir in den Stadtpark hineintanzten.

Aber wir sahen keine mehr, bis eine Frau in einem sehr kurzen plissierten Rock und blauen Strähnen im Haar uns in den Weg trat. KONTROLLE stand auf ihrem weißen T-Shirt. Sie hatte gigantische gelbbraune

Zähne und einen breiten Mund und hielt die gleiche Art Blätter in der Hand wie der mit dem Bart. Sie zeigte mit dem Kugelschreiber auf uns.

»Paar Nummer achtundachtzig, dies ist eine formelle Verwarnung. Ihr lauft zu viel und tanzt zu wenig. Man wird euch im Auge behalten. Nächstes Mal werdet ihr disqualifiziert.«

»Aber …«, sagte Elin.

»Kein Aber!«, schnauzte die Dame erstaunlich barsch. »Kein Aber! Übrigens, wir kennen uns doch?« Sie zeigte mit dem Stift auf mein linkes Auge.

»Klar«, sagte ich, »sind Sie nicht Frau Quist?«

»Genau«, sagte Frau Quist. »Nicht laufen, Henke, sonst fliegt ihr raus.« Dann trat sie zurück, und wir tanzten weiter.

»Woher kennst du die?«, fragte Elin, sobald wir uns ein Stück entfernt hatten.

»Ich hatte sie in der Ersten«, antwortete ich. »Sie hat Veilchenpastillen gelutscht.«

»Hab ich gemerkt«, jaulte Elin. »Sie lutscht immer noch Veilchenpastillen. Ich hab's gemerkt.«

»Das kann nicht wahr sein«, sagte ich, »zehn Jahre die gleichen Pastillen. Ist es nicht verboten, so lange an einer Gewohnheit festzuhalten?«

Elin schaute zurück über ihre Schulter. »Jetzt sind wir weit abgeschlagen«, stöhnte sie. »Hinter uns sind nur noch zwei Paare.«

Sie hatte recht. Das eine Paar waren offenbar Rentner. Der Mann trug ein Hörgerät und die Frau eine Brille mit eckigen Gläsern. Das andere Paar waren zwei Kinder aus der Unterstufe.

»Wir sind die Schlechtesten«, sagte ich. »Wenn man von den Rentnern und den Kindern absieht.«

»Tragisch«, seufzte Elin.

»Wenn sie richtig gemein sein wollte, hätte die Quist uns disqualifizieren können«, sagte ich.

»Sie hat dich wiedererkannt«, sagte Elin. »Wir durften weitermachen, weil sie Gnade vor Recht ergehen ließ.«

»Ich verzeih ihr die verdammten Pastillen«, sagte ich, und dann erreichten wir die Mellangatan.

Dort standen Anna und Kosken. Er sah aus, als wäre ihm der Himmel auf den Kopf gefallen, und der Himmel musste bleischwer gewesen sein.

»Wir sind disqualifiziert!«, heulte er. »Der Scheißkerl hat uns disqualifiziert! Man sollte ihm ein Messer reinrammen!«

Kosken zeigte auf einen rundlichen kahlköpfigen Mann, auf dessen weißem T-Shirt KONTROLLE stand.

»Man sollte dem Kerl ein Messer in den Rücken rammen!« Kosken schlug mit der Handfläche gegen ein Schaufenster.

»Weiter!«, rief Elin.

»Viel Glück!« Anna winkte uns nach, während Kosken wie ein Verrückter gegen die Schaufensterscheibe hämmerte.

Die Rentner hatten uns eingeholt und nickten uns im Vorbeitanzen zu.

»Ist es das erste Mal?«, rief die Frau mit der Brille.

»Ja«, antwortete Elin, »aber für Sie wohl nicht?«

Sie lachten beide. »1953 haben wir den dritten Preis beim Jitterboogie-Wettkampf in Stockholm gewonnen.«

»Das merkt man«, rief Elin. »Sie haben Stil.«
Und das hatten sie.

»Wenn wir doch auch so tanzen könnten wie die!«,
sagte Elin. Wir versuchten, die Alten nachzuahmen, aber
es gelang uns nicht. Sie schienen sich überhaupt nicht
anstrengen zu müssen und schwitzten nicht einmal.

»Der Wind nimmt zu!« Elin blinzelte.

Sand und Staub vom Stadtpark wehten uns durch
die enge Mellangatan, die Leute am Straßenrand hielten sich die Hände vors Gesicht, und es knatterte, als
der Wind an den Markisen über der Konditorei ›Zur
schwarzen Katze‹ zerrte.

27

Der letzte Kilometer wurde in drei Runden um den
Marktplatz mit einem kleinen Abstecher in die Mellangatan getanzt. Die Jury stand auf der Ladefläche des
Lasters mitten auf dem Platz, und zwei von ihnen hatten ein Fernglas. Der letzte Song war natürlich einer
von Elvis. Da fingen die meisten Zuschauer auch an zu
tanzen, und dann war das Ganze vorbei.

»Mensch!«, stöhnte Elin. »Wir haben es geschafft.«

Sie umarmte mich, und der Wind riss an allen Röcken
und Haaren, und ich hörte ein älteres Paar, das ein Enkel-
kind im Kinderwagen schob, von Unwetter sprechen.

Da kam eine Frau auf uns zu. Sie sah aus, als wäre sie
in unserem Alter, aber als sie näher kam, sah man feine
Fältchen um ihre Augen.

»Hallo«, sagte sie, »ich heiße Karin Hansson und bin Journalistin bei der Lokalzeitung. Könnte ich mich ein bisschen mit euch unterhalten?«

»Klar«, sagte Elin.

»Vielleicht können wir auch ein paar Aufnahmen machen«, schlug Karin Hansson vor, »obwohl Lasse schon einen ganzen Film verknipst hat, als ihr getanzt habt.«

»Warum?«, fragte ich.

»Weil ihr so hübsch seid und weil ihr keine Werbung auf euren T-Shirts habt.« Karin Hansson lächelte. Sie verstummte, als der Mann, der die Einführungsrede gehalten hatte, zum Mikrofon ging und hineinblies.

»Das Urteil der Jury steht fest. Die Sieger in der Klasse der Jugendlichen sind ... Elsa Widmark und Janne Molberg.«

Die Leute applaudierten, und Janne und seine eingebildete Freundin kletterten auf die Ladefläche des Lasters. Sie bekamen ihre Preise und verbeugten sich, dann wurden die Preise in den anderen beiden Klassen verteilt.

»Na ja«, sagte Karin Hansson, »gewonnen habt ihr nicht. Aber ihr habt Spaß beim Tanzen gehabt, oder?«

»Ja«, sagte Elin.

»Wieso habt ihr euch angemeldet?«

»Es war eine Art Zufall«, antwortete ich. »Es ist beim Essen passiert.«

»Er hat mich einfach gefragt«, sagte Elin, »ob ich zehn Kilometer mit ihm tanzen will. Ich hab gedacht, der ist gut, denkt nicht lange nach, sondern fragt einfach.

Ich wünschte, ich schaffte das auch öfter, einfach auszusprechen, was ich sagen möchte.«

»Ihr kanntet euch vorher also nicht?«

»Nee«, sagte ich, »kein bisschen.«

Karin Hansson fuhr fort, Fragen zu stellen, und
notierte unsere Antworten in enormer Geschwindigkeit auf einem ziemlich kleinen Block. Der Fotograf
kam und machte ein paar Bilder, und dann war es vorbei.
Aber vorher wurde noch ausgelost, wer den Preis von
fünftausend Kronen gewinnen sollte. Und wer gewann
wohl – der Typ und seine Tussi mit den roten Haaren.

Mama tauchte hinter Elin auf. Sie winkte mir zu.

»Ich muss mal eben mit meiner Mutter sprechen«,
sagte ich zu Elin, als Karin Hansson und der Fotograf
gegangen waren.

Mama sah mir mit einer Art Erwartung entgegen,
die ich schon lange nicht mehr in ihren Augen gesehen
hatte.

»Kommt ihr in die Zeitung?«

»Vielleicht.«

»Ich finde es falsch, dass ihr nicht gewonnen habt.
Ihr wart die Besten.«

»Ach, hör auf.«

»Noch was …«

»Was?«

»Ich werde zum Grab gehen.«

»Jetzt?«

»Es ist Annis Geburtstag.«

»Ich weiß.«

»Ich möchte, dass du mitkommst.«

»Gern. Sofort?«

»Wenn es geht?«

»Ich sag nur eben Elin Bescheid.«

Ich ging zu Elin zurück, zu der sich Kosken und Anna gesellt hatten. Kosken war immer noch stinksauer, weil sie disqualifiziert worden waren, aber Anna sagte, sie hätten selbst Schuld, da sie gelaufen waren. Kosken hatte unbedingt gewinnen wollen.

»Ich muss mit meiner Mutter zum Friedhof«, sagte ich zu Elin, die gerade von einer überreifen Banane abbiss. Die Schale war voller brauner Flecken.

»Soll ich dich heute Abend vielleicht anrufen?«, fragte ich.

»Von welchem Telefon?«

»Ich kann ja zur Tankstelle fahren.«

»Heute Abend muss ich an der Zeitung arbeiten. Die soll zum Tauffest erscheinen, und wir sind noch nicht fertig. Es kann die ganze Nacht dauern.«

»Ist Emil auch Mitglied der Redaktion?«

Sie kriegte wieder diese Falte über der Nasenwurzel.

»Es ist noch so viel Arbeit. Die Zeitung muss ja auch noch gedruckt werden.«

»Dann also morgen?«

Sie zuckte mit den Schultern. »Vielleicht.«

»Lasst es langsam angehen!«, rief Kosken und legte einen Arm um Annas Schultern.

Ich kehrte zu Mama zurück.

»Willst du Blumen kaufen?«

Sie schüttelte den Kopf. »Ich möchte nur ans Grab.«

Dann drehte sie sich um und warf einen Blick auf Elin.

»Da hast du wirklich ein hübsches Mädchen bekommen.«

Ich antwortete nicht, holte mein Fahrrad und schob es neben ihr her, während wir durch den Stadtpark zum neuen Friedhof gingen. Er liegt auf einem Hügel, und von dort hat man Aussicht über den Fluss. Ich war einige Male mit Harald an Annis Grab gewesen und wusste also, wo es lag.

Der Friedhof sah einsam und verlassen aus, so wie menschenleere Friedhöfe eben aussehen. Es war jetzt stürmisch, der Wind kam vom Fluss und fuhr raschelnd durch die Birken.

Mama schien sich nicht zu erinnern, wo Annis Grab war, und schaute sich suchend um. Seit Großmutters Beerdigung war sie nicht mehr auf dem Friedhof gewesen, und da hatte sie nicht zu Annis Grab gehen wollen.

»Es ist da hinten in der Ecke«, sagte ich.

Mama seufzte, nahm mich am Arm und legte ihre Hand auf meine, dann gingen wir über den Schotter zu der niedrigen Steinmauer. Dort standen wir eine Weile, sie hielt mich am Arm, und wir schauten über den Fluss.

»Hier möchte ich eines Tages auch liegen«, sagte sie. »Neben Anni.«

Ich antwortete nicht.

»Es ist wirklich sehr schön hier«, sagte sie.

Dann gingen wir zu der Ecke und blieben vor dem Grab mit dem kleinen weißen Stein stehen, auf dem die Jahreszahlen und nur der Vorname standen. Ich befürchtete, Mama würde anfangen zu weinen, aber das tat sie nicht. Sie kniete sich neben den Stein und strich mit dem Finger darüber, als wäre der Stein Annis Wange.

Dann entfernte sie einige Grashalme aus dem Schotter, der das Grab bedeckte.

»Kannst du bitte eine Harke holen?«

»Klar.« Ich ging zu dem Schuppen, in dem es Gießkannen, einige Hacken und Harken gab, und nahm eine Harke mit kurzem Stiel. Mama kniete immer noch am Grab, als ich zurückkam, und zupfte Unkraut und schien nicht einmal zu merken, dass ich wieder da war.

»Ich geh zur Pforte«, sagte ich und lehnte die Harke gegen einen Birkenstamm, der so dick war wie Mama und ich zusammen.

»Mach das«, antwortete Mama, ohne den Kopf zu heben, und ich ging zur Pforte und setzte mich auf die Bank im Schatten einer der großen Birken. Die Friedhofsmauer bot mir etwas Windschatten, aber nicht viel, denn es war jetzt sehr stürmisch. Bisher hatte ich das gar nicht bemerkt, aber mein T-Shirt war vollkommen durchgeschwitzt, und mich fröstelte.

Nach einer Weile spähte ich über die Mauer, aber Mama kniete immer noch am Grab und zupfte Unkraut. Ich zog das T-Shirt aus und setzte mich in die Sonne am Parkplatz. Dann kam ich auf die Idee, mein T-Shirt an einen Kiefernast zu hängen, und ich schaffte es, dass es hängen blieb, indem ich es mit einem Stein so groß wie ein Handball in der Astgabel festklemmte.

Jetzt stürmte es richtig, und über den Asphalt des Parkplatzes wirbelte Abfall; mein T-Shirt flatterte wie eine Art Flagge, die zu Annis Geburtstag gehisst war.

SCHWEDISCH FÜR IDIOTEN

Zwölftes Kapitel

Mit Anni wa das so dass sie nie ins Bett gehen wollte. Sie wurde immer nur munterer un munterer je später es wa un Mama wurde sauer aber Anni kümmerte sich ga nich darum un sagte sie geht gleich ins Bett. Aber das tat sie nie erst wenn Mama mindestens zwei Stunden mit ihr geschimpft hatte un deswegen hatte sie hellblaue Ringe unter den Augen un inner Kita sagten sie dass sie übermüdet is.

Jetz schläft sie un hat keine einzige Chance zu sagen dass sie nur noch ein Glas Wasser will denn wenn man tot un begraben is wie Anni kriechen Würmer in einem rum un man sagt weder Mu noch Mä wie Harald gesagt hätte. Man sagt weder Mu noch Mä un liegt da un soll ein Teil von allem werden wie die Birke oder Erde oder Wasser im Fluss. Wahrscheinlich spült der Frühlingsregen Anni innen Fluss un sie wird zu einer Art Geschmack den man schmecken kann wenn man sie auffer Zunge liegen lässt nachdem man mit gewölbten Händen Wasser aussem Fluss geschöpft un es kniend getrunken hat. Un wenn man sich wieder aufrichtet wird man sagen dass es frisch geschmeckt hat.

Als Mama durch die Friedhofspforte kam, war es so stürmisch geworden, dass ihr die Haare ins Gesicht geweht wurden, so dass man ihren Mund nicht sehen konnte. Ich nahm das T-Shirt vom Kiefernast und zog es an. Es war trocken.

»Morgen öffne ich den Kiosk«, sagte sie und strich sich die Haare aus dem Gesicht. »Heute Abend bestelle ich die Zeitungen.«

»Super.«

Auf dem Rückweg schwiegen wir, und zu Hause ging ich als Erstes unter die Dusche. Danach legte ich mich aufs Bett und schrieb in dem Buch. Ich war bis zum zwölften Kapitel gekommen, ohne dass ich irgendwas erzählt hatte, das mir wirklich wichtig erschien.

Da hörte ich die Stimme eines Mannes aus der Küche, ein Mann lachte, und ich hörte auch Mamas Stimme, aber ich konnte nicht verstehen, wovon sie redeten, weil der Fernseher lief.

Nach einer Weile kam Mama die Treppe herauf. Ich erkannte ihre Schritte, sie war allein. Im Erdgeschoss zappte jemand zwischen den Fernsehkanälen hin und her und blieb bei einem Tennisspiel hängen.

»Papa ist gekommen«, sagte Mama in der Tür-öffnung. Ich sah, dass sie ihre Hände nach dem Fried-hofsbesuch nicht gewaschen hatte, denn ihre Finger waren immer noch schwarz vom Unkrautzupfen auf dem Grab.

28

Ich drehte mich zur Wand um. »Schick den Kerl weg.«

»Henke …«

»Sag ihm, er soll gehen.«

»Henke …« Sie setzte sich auf meine Bettkante.

»Sag ihm, er soll gehen.«

»Henke.«

»Nerv mich nicht. Ich will den Mistkerl nicht sehen.«

»Aber er ist doch deinetwegen gekommen.«

»Glaub ich nicht.«

»Er sagt …«

»Er ist seinetwegen gekommen.«

»Du kannst ihm wenigstens Guten Tag sagen.«

»Guten Tag?«

»Ja … Guten Tag …«

»Verdammter Idiot.«

»Ich?«

»Schick ihn weg.«

»Er ist deinetwegen gekommen. Er will dich sehen.«

»Er ist nur seinetwegen gekommen …«

»… und deinetwegen.«

»Ich will den Scheißkerl nicht sehen. Schick ihn weg.«

Mama schwieg eine Weile. Sie legte ihre Hand auf meine Schultern. »Was schreibst du da?« Sie nahm den Block, ich drehte mich um, entriss ihn ihr und feuerte ihn unters Bett.

»Schick ihn weg.«

Mama seufzte. »Kannst du nicht einfach runterkommen und mit ihm sprechen?«

»Klar.« Ich richtete mich auf. »Ich kann runterkommen und ihm sagen, dass er zur Hölle fahren soll, und wenn er es nicht freiwillig tut, werd ich ihm verdammt noch mal auf die Sprünge helfen.«

»Bitte …«

Ich stand auf und stürmte die Treppe hinunter. In dem Moment, als ich in den Vorraum kam, stellte er den Ton lauter, das Publikum applaudierte. Ich ging in die Küche. Er saß am Küchentisch, die Fernbedienung in der Hand, und den Fernseher hatte er so gedreht, dass er ihn vom Tisch aus sehen konnte.

»Verschwinde!«, hörte ich mich brüllen.

»Henke?«, fragte er, bevor er überhaupt den Kopf gedreht hatte. Und in dem Moment, als er sich umdrehte, erkannte ich ihn. Es war der Kerl, den ich mit dem Hammer geschlagen hatte. Als er die Hand mit der Fernbedienung auf den Tisch legte, sah ich auch die Tätowierung.

Er erhob sich. Jetzt schien er mich auch erkannt zu haben, denn er runzelte die Stirn und setzte sich wieder.

»Aha, du bist das.«

Ich zeigte zur Tür und brüllte: »Ich weiß, was für einer du bist! Verschwinde! Sonst ruf ich die Polizei!«

»Das ist ja wohl ein bisschen übertrieben.«

»Verschwinde!«

»Willst du dich nicht setzen, Henke? Oder traust du dich nur, mit Leuten zu reden, wenn ein Hammer in Reichweite ist?«

»Ich kann mich nicht erinnern, dass wir miteinander geredet hätten.«

»Genau, das kannst du nicht. Erst zuschlagen und dann fragen, ist das deine Methode?«

Ich hatte Mama die Treppe herunterkommen hören und spürte, dass sie hinter mir stand. Sie atmete durch die Nase, als ob sie sehr weit und sehr schnell gelaufen wäre.

»Also, das ist er. Unser Sohn!« Sie versuchte, ihre Stimme klingen zu lassen, als stelle sie gerade den Weihnachtsbraten auf den Tisch, und alle sollten sich die Lippen lecken.

»Hau ab, du blöde Sau!«

Ich hob einen der Küchenstühle und wollte damit nach ihm werfen, aber Mama packte den Stuhl, als ich ihn überm Kopf hatte, und fast wäre ich umgefallen.

Der Kerl, der sich mein Vater nannte, hatte sich erhoben.

»Das ist vielleicht ein Empfang!«, fauchte er. »Da kommt man zu Besuch und denkt, man macht jemandem eine Freude, und dann begegnet man einem Rowdy, der einen erschlagen will …«

»Jetzt verschwindest du!« Ich versuchte, Mama den Stuhl zu entwinden, aber sie klammerte sich am Stuhlbein fest. »Lass los!«, heulte ich.

Aber sie hielt fest.

Ich ließ den Stuhl los und wandte mich zu Mama um. Sie atmete keuchend durch den offenen Mund und stand etwas gebückt da, die eine Hand an einem Stuhlbein, die andere an der Lehne.

»Sag ihm, er soll gehen.«

»Henke!«

»Sag ihm, er soll gehen!«

Der, der angeblich mein Vater war, setzte sich wieder. Aus dem Fernseher ertönte ein langer Applaus, und jemand sagte auf Englisch, dass es ein wirklich spannendes Match sei.

»Könnt ihr nicht versuchen, jetzt Freunde zu sein?«, bat Mama. »Schließlich trefft ihr euch nicht alle Tage.«

»Und das ist ein verdammtes Glück!«, schrie ich.
Dann drehte ich mich zu Mama um. »Weißt du, was
das für einer ist? Einer, der mit dem Messer auf Leute
losgeht. So einer ist das!«

Mama hielt den Stuhl immer noch am Bein und der
Lehne fest.

»Stell den Stuhl ab«, sagte ich.

Mama gehorchte, dann ließ sie sich auf den Stuhl sinken und stützte die Ellenbogen auf den Tisch. Sie sah
mich an. »Wovon redest du eigentlich?«

»Frag ihn doch«, sagte ich. »Frag ihn! Frag ihn, wo
sein Fahrtenmesser ist, mit dem er Leute bedroht. Frag
ihn, in welche Häuser er eingebrochen ist, frag ihn das.«

Mama sah erst mich an, dann den Mistkerl und dann
wieder mich. »Ich versteh überhaupt nichts.« Sie beugte
sich über den Tisch. »Was meint er damit?«

Der Mistkerl seufzte und holte eine Schachtel Zigaretten aus der Hemdtasche. Er trug ein rot kariertes
Flanellhemd mit aufgerollten Ärmeln. Aus der Hosen-
tasche nahm er ein blaues Feuerzeug und zündete sich
eine Zigarette an. Dann bot er Mama eine an, die sich
eine nahm, und er gab ihr Feuer. Er hielt mir die Schachtel hin.

»Raucht doch, raucht euch zu Tode, alle beide! Das
wäre mir nur recht!« Ich wollte gehen, aber der Scheißer rief: »Du, Junge, das Messer!«

Ich drehte mich mitten im Schritt um. »Was?«

»Gib mir das Messer zurück!«

»Das kannst du vergessen«, sagte ich.

»Ich hab es schon als kleiner Junge gehabt. Es ist eine
Erinnerung.«

»Das kannst du vergessen«, wiederholte ich.

»Wovon redet ihr?«, fragte Mama.

»Der Junge hat mein Messer«, sagte der Kerl. »Er hat mich fast umgebracht, und dann hat er mir das Messer weggenommen.«

Ich war stehen geblieben. Das war ja eine seltsame Art zu beschreiben, was in Großmutters Haus passiert war.

»Sag jetzt, warum du in dem Haus warst!«, sagte ich.

»Wovon redet ihr?«, wiederholte Mama und sah zwischen uns hin und her.

Der Kerl blies Rauch in Richtung Fenster. »Ich bin an dem Haus vorbeigekommen, in dem du früher gewohnt hast.«

»An dem Haus meiner Mutter? Du warst im Haus meiner Mutter?«

Er nickte. »Auf der Rückseite war ein Fenster eingeschlagen, und die Tür zur Straße stand halb offen. Ich ging rein und ins Obergeschoss. Da hab ich wohl eine Weile gestanden und geguckt. Da stand ja immer noch dein altes Bett, und über dem Bett hing der Wandbehang mit den Elchen drauf. Ich weiß nicht, ich hab wahrscheinlich eine Schublade aufgezogen, wie man das so macht, wenn man in ein Zimmer kommt, in dem einem etwas Wichtiges passiert ist.«

»Dir ist da was Wichtiges passiert?«, fragte ich.

Er blies mir Rauch ins Gesicht. »Ja, und dir ist auch was Wichtiges in diesem Mädchenzimmer passiert. In dem Zimmer bist du nämlich vor fast siebzehn Jahren entstanden.«

Er starrte mich an, als würde er glauben, er könnte

mir damit imponieren, dass er vor siebzehn Jahren ein Mädchen gebumst hatte und ich das Resultat davon war.

Er stand auf und ging zur Spüle, holte eine Untertasse, kehrte zu seinem Platz zurück und schnippte die Asche ab.

»Tja, ich stand da oben und dachte dies und das, was man so denkt, wenn man sich an vergangene Jahre erinnert, Gesichter, die verschwunden sind, Orte, die man fast vergessen hat. Ich sah die feuchten Flecken an der Decke und dachte, dass diese Bude stark renovierungsbedürftig ist. Die steht nicht mehr lange, wenn nicht bald jemand das Dach deckt. Ich stand also da und dachte nach, als ich ein Geräusch im Erdgeschoss hörte. Es hätte ja sein können, dass der Dieb zurückkehrt. Vielleicht waren es auch mehrere. Rumtreiber gibt es genug, und heutzutage weiß man nie, was einem alles passieren kann. Ich hab einen Kumpel, der ist von vier Jugendlichen angegriffen worden, weil er zu ihnen gesagt hat, sie sollen sein Auto in Ruhe lassen. Sie lümmelten an seinem Wagen, und einer hatte sich auf die Kühlerhaube gesetzt. Er hat sich das verbeten, und da haben sie sich auf ihn gestürzt, alle vier. Sie haben ihn krankenhausreif geschlagen. Erst nach einer Woche konnte er wieder nach Hause. Nur weil er ein paar Jugendlichen gesagt hat, sie sollen nicht auf der Kühlerhaube von seinem Auto sitzen. Deshalb hab ich mein Messer genommen und bin die Treppe runtergegangen. Seit ich erwachsen bin, hab ich es immer in der Gesäßtasche. Es ist ein gutes Messer. Mein Vater hat es mir geschenkt. Mit fünfzehn hab ich ein P in die Scheide reingeritzt. Ich hielt es in der Hand, als ich in die Küche kam, und dort stand ein Junge und …« Er zeigte auf mich. »Du hättest mich umbringen können. Du hättest deinen eigenen Vater umbringen können!« Zwischen Zeige- und Mittelfinger, mit denen er auf mich zeigte, klemmte die Zigarette. Er seufzte und sah Mama an. »Wir sind uns also schon mal begegnet, auch wenn es eine kurze Begegnung war.«

Mama sah mich an. »Stimmt das?«

»Weiß ich nicht.«

»Das solltest du aber wissen«, fauchte der Alte.

»Nein«, sagte ich. »Woher sollte ich wissen, warum du in dem Haus warst. Woher sollte ich wissen, dass nicht du die Scheibe eingeschlagen hast und eingestiegen bist. Du könntest ja im ersten Stock gewesen sein, um irgendwas zu klauen …«

»Hör mal, Junge«, sagte der Alte und zog seine Brieftasche aus der Gesäßtasche. »Guck mal, hier.« Er öffnete sie und reihte Tausender auf, zwölf Scheine. »Glaubst du, man bricht in ein verschimmeltes Haus ein, das aussieht wie ein Rattennest, glaubst du, man bricht in so eine Bude ein, wenn man einen gut bezahlten Job und eine dicke Brieftasche hat? Glaubst du das?«

Ich zuckte mit den Schultern. Er sammelte die Scheine wieder ein und steckte sie zurück in die Gesäßtasche.

»Es gibt ja Leute, die haben noch komischere Sachen gemacht.«

»Da könntest du recht haben«, sagte er. »Und ich versteh ja, dass du Schiss hattest, als wir uns Auge in

Auge gegenüberstanden, und ich hatte das Messer. Das versteht man ja. Ich sah vermutlich gefährlich aus. Aber erst zuschlagen und dann erst fragen, das ist noch nie mein Ding gewesen. Deins?«

»Weiß ich nicht«, sagte ich. »Aber soviel ich weiß, hätte ich erstochen in Großmutters Haus liegen können ...«

»Das ist ja unglaublich«, sagte Mama. »Vollkommen unglaublich. Erst trefft ihr euch sechzehn Jahre lang nicht, und dann erschlagt ihr euch fast, sobald ihr euch trefft.«

»Ist schon komisch«, sagte der Alte. »Aber man hat schon von komischeren Sachen gehört.« Er zeigte auf den Stuhl, der vor mir am Tisch stand. »Willst du dich nicht endlich setzen, Henke? Dann unterhalten wir uns mal ein bisschen.«

Ich blieb stehen.

»Nun setz dich doch«, sagte Mama. »So was passiert schließlich nicht alle Tage. Erzähl Papa mal von dem Boogie-Marathon.«

»Ach, bist du dabei gewesen?« Der Alte sah mich interessiert an.

»Ich setz Kaffee auf«, sagte Mama.

»Ich hab Hunger«, sagte ich.

»Dann mach ich uns was zu essen«, sagte Mama. »Ich hab schon Hackfleisch aus dem Tiefkühlfach genommen. Es gibt Spaghetti mit Hackfleischsoße.«

»Hört sich gut an«, sagte der Alte. »Ich hab Bier im Auto. Soll ich es holen?«

»Mach das«, sagte Mama. »Henke kann den Tisch decken, wir essen erst, und danach trinken wir Kaffee.«

Der Alte stand auf, und als er hinter mir vorbeiging, nahm ich den Geruch nach Tabakrauch und Schweiß aus seiner Kleidung wahr. Er schloss die Tür, und ich hörte ihn auf dem Hof pfeifen.

»Früher hat er auch immer gepfiffen«, sagte Mama und begann mit den Essenvorbereitungen. »Würdest du bitte den Tisch decken?«

»Warum musst du den zum Essen einladen?«, fragte ich, sobald der Kerl die Tür hinter sich geschlossen hatte.

»Mensch, Henke, es ist dein Vater!«

»Kommt her und macht sich breit«, sagte ich. »Schmeißt die Brieftasche auf den Tisch. Guckt mal, wie reich ich bin!«

»Er wollte wahrscheinlich zeigen, dass er keinen Grund hat, in ein Haus einzubrechen, weder in Großmutters noch in irgendein anderes. Er wollte zeigen, dass er ein anständiger Kerl ist.«

»Kann er das nicht jemand anders zeigen?«

»Erzähl vom Tanz«, bat Mama. »Erzähl von Elin.«

»Das geht den doch nichts an.«

»Nimm das gute Geschirr.«

Das gute Geschirr hatten wir von Großmutter geerbt. Es war weiß mit blauen Möwen drauf, und es gab drei unterschiedlich große flache Teller, eine Bratenplatte, eine Suppenterrine, Kaffeetassen, ein Sahnekännchen und kleine Porzellanhunde, auf denen man das Buttermesser ablegen sollte. Ich fragte, ob ich die Hunde auch vornehmen sollte, aber das war nicht nötig.

Der Alte kam mit einer Tasche voller Bierflaschen zurück. Fünf stellte er in den Kühlschrank, die sechste öffnete er und schenkte ein Glas voll. Er setzte sich wieder auf den Stuhl, auf dem er vorher gesessen hatte, nahm einen Schluck Bier und bekam Schaum auf die Oberlippe.

»So, so«, sagte er, »du tanzt also.«

»Und zwar gut«, sagte Mama, »sehr gut. Er hat eine Freundin. Elin.«

»Sie ist nicht meine Freundin«, sagte ich.

»Das ist sie wohl«, behauptete Mama. Sie schälte Zwiebeln und wischte sich dauernd mit dem Kleiderärmel über die Augen. »Sie ist wohl deine Freundin, und sie ist hübsch.«

»So, so«, wiederholte der Alte und zündete sich eine neue Zigarette an. »Was wolltest du mit dem Hammer?«

»Ja, was hattest du eigentlich vor?«, fragte Mama und wischte sich wieder übers Gesicht.

»Ich hab das Schild aufgestellt.«

Der Alte nickte. »Das hab ich gesehen. ›Zu verkaufen‹. Die Telefonnummer war nicht vollständig und unleserlich, man muss anhalten und aussteigen.«

»Ist doch egal, ob man die Nummer lesen kann. Das Telefon ist sowieso abgestellt«, sagte Mama.

Der Alte nahm wieder seine Brieftasche vor und legte einen Tausender auf den Tisch.

»Der reicht wohl, um die Leitung freizuschalten. Wenn man eine Freundin hat, braucht man doch ein Telefon, oder? Mädchen ertragen es nicht, wenn sie nicht telefonieren können. So sind sie. So war deine Mama damals auch.«

Er zwinkerte mir mit einem Auge zu.

»Aber du sollst doch nicht …«, sagte Mama.

»Doch, vielleicht will ich ja auch mal anrufen, man weiß ja nie.« Er grinste Mama an, leerte das Bierglas und wischte sich den Mund ab.

»Nein, das kann ich nicht annehmen«, protestierte Mama. Es klang nicht sehr überzeugend.

»Warum nicht?«, fragte ich. »Hast du mich nicht fast siebzehn Jahre lang allein versorgt? Und was hat er bezahlt? Dieser Vorschuss, den du gekriegt hast, wie weit hat der gereicht? Nicht mal bis ins nächste Schuhgeschäft.«

»Wir haben nicht gerade fett gelebt«, sagte Mama und wischte sich wieder über die Augen. »Das ist ja furchtbar, wie meine Augen tränen.«

»Ich kann die Zwiebeln schälen.« Der Alte stand auf. »Ein ordentlicher Kerl weint nicht beim Zwiebelschälen. Ein ordentlicher Kerl weint nur, wenn sein Hund stirbt.«

»Hast du einen Hund?«, fragte Mama.

»Hab gehabt. Zwei Dackel und einen Spitz.«

»Dackel treiben doch Rehe?«, fragte Mama. Sie hatte gehört, wie Harald sagte, man müsste einen Dackel haben, der leise treiben kann und dem man beibringen würde, im Dunkeln zu treiben.

»Früher hab ich dies und das gejagt«, sagte der Alte. »Aber jetzt, tja …«

Mama lachte. »Du redest, als wärst du alt.«

»Alt, ich weiß nicht. Man hat nicht mehr solche Lust, im Wald rumzustreifen, das wird es sein.«

»Henke jagt auch«, sagte Mama.

Der Alte übernahm Schneidebrett und Zwiebelmesser, und Mama wusch sich die Hände unterm Wasserhahn in der Spüle.

»Ach«, sagte der Alte, »du jagst?«

Ich gab keine Antwort.

»Du jagst und tanzt, bist ein richtiger Kerl«, sagte er und versuchte, freundlich auszusehen.

»Hör auf«, sagte ich.

»Henke!« Mama seufzte. »Kannst du nicht ein bisschen nett sein?«

»Das Messer, weißt du, das hab ich beim Jagen und Angeln benutzt …«

»… seit du zwölf bist«, ergänzte ich.

»Ja, wo ist eigentlich das Fahrtenmesser?«, fragte Mama. »Hol es endlich, damit die Sache aus der Welt ist.«

»Zuerst muss er erklären, was er in Großmutters Haus gemacht hat«, sagte ich.

Der Alte drückte seine Zigarette auf der Untertasse aus und schwieg. Er gähnte, ohne sich die Hand vor den Mund zu halten, und sah erst mich und dann Mama an. Draußen strich Wind durch die Bäume, das Geräusch drang in die Küche, und ein Zweig schlug gegen die Scheibe.

»Du hast versprochen, ihn abzuschneiden«, sagte Mama und schaute zum Fenster.

»Jetzt gibt es ein Unwetter«, sagte der Alte, stand auf, ging zum Kühlschrank und holte sich noch ein Bier. »So, so«, sagte er nach einer Weile und gähnte wieder, »du hast versprochen, den Ast abzuschneiden?« Er spähte zum Fenster, gegen das wieder der Zweig schlug. »Dazu kannst du ja das Messer benutzen, das du dir geliehen hast. Was quietscht da so?«

Wir waren still und lauschten. Zuerst kam niemand dahinter, was es war. Ich stand auf und ging zum Fenster.

»Es ist die Hollywoodschaukel.«

»Was für ein Sturm«, sagte Mama und holte eine Dose Champignons hervor, die sie mithilfe unseres hoffnungslosen Dosenöffners öffnete.

Ich blieb am Fenster stehen. »Warum bist du gekommen?«

Der Alte starrte mich an.

»Hast du Hühnerscheiße im Mund oder nur Mundgeruch?«, fragte ich.

Er hob das Bierglas und tat so, als proste er mir zu.

»Also?«

»Man wird ja wohl das Recht haben, seinen Sohn zu treffen?«

Ich konnte nicht anders, über so viel Blödheit musste ich lachen. »Seinen Sohn treffen! Dafür hast du sechzehn Jahre Zeit gehabt. Und dann kommst du jetzt. Was denkst du dir eigentlich dabei?«

»Hab's mir wohl anders überlegt«, murrte er und zupfte mit zwei Fingern an einer verwelkten Geranie, die Mama auf den Küchentisch gestellt hatte, um sie wegzuwerfen oder zu pflegen oder was man nun mit verwelkten Geranien macht.

»Anders überlegt«, höhnte ich. »Erst sieht man keine Spur von dir, und dann tauchst du auf, haust dich hin, öffnest ein Bier und benimmst dich, als wärst du hier zu Hause. Mir tut's verdammt leid, dass ich nicht härter zugeschlagen habe, als ich die Chance hatte. Dann hättest du es dir anders überlegt.«

»Es ist noch nicht zu spät.« Er sah aus, als erwarte er, dass ich noch einmal zuschlage.

»Jetzt beruhigt euch mal«, bat Mama uns mit der geöffneten Champignondose in der Hand. »So könnt ihr doch nicht den ganzen Abend weitermachen. Das ist ja nicht auszuhalten.«

»Für mich ist es kein Problem«, sagte ich. »Ich schweige gern. Du wolltest doch, dass ich runterkomme und mit ihm rede.«

»Ich kann ja gehen, wenn ich dem Herrn gar nicht in den Kram passe«, knurrte der Alte und machte Anstalten aufzustehen.

»Tu das«, sagte ich. »Und mach die Tür hinter dir zu, damit wir lüften können, ohne dass es zieht.«

Aber er schien gar nicht die Absicht gehabt zu haben, wirklich zu gehen. Er starrte Mama an. Sie legte ihm eine Hand auf die Schulter, und er setzte sich wieder.

»Hier geht niemand, bevor wir nicht gegessen haben«, sagte sie und versuchte auszusehen, als würde sie es wirklich so meinen.

»Warum kommst du jetzt?«, fragte ich.

Der Alte zog eine Grimasse. »Warum kommssu jätz?«, ahmte er mich nach. »Warum jätz?«

»Ja«, sagte ich. »Warum?«

»Erzähl, wie's beim Tanzen war«, sagte Mama.

»Tanzkavalier«, schnaubte Papa. »Ich wusste gar nicht, dass so was noch hergestellt wird.«

»Er hat einen Kurs besucht«, erklärte Mama. »Die ganze Woche, jeden Abend. Und er hat eine Freundin, die geht auf den naturwissenschaftlichen Zweig.«

»Mama …«

Sie sah mich mit einem Blick an, der bat, sie weiterreden zu lassen. Aber wenn ich sie noch eine Weile reden ließ, würde sie mich vermutlich mit Elin verheiraten und anfangen, von Enkeln zu träumen.

»Geht es gut in der Schule?«, fragte der Scheißtyp.

»Beschissen«, antwortete ich.

Er lachte. »Der Apfel fällt nicht weit vom Birnbaum. Ich war auch eine Niete.«

»Davon bin ich überzeugt«, sagte ich. »Schade, dass es so geblieben ist.«

Er wandte sich an Mama. »Er ist ziemlich schlecht erzogen.«

»Nein, nein«, sagte Mama, »eigentlich ist er schüchtern.«

Er goss sich mehr Bier ein.

»Kannst du einem nichts anbieten?«, fragte ich.

Er goss mir auch etwas ein, aber ich ließ es unberührt stehen.

»Ich finde, diesen Augenblick sollten wir nicht kaputtmachen«, sagte Mama, »und morgen öffne ich den Kiosk.«

»Bist du Kleinunternehmerin?«, fragte der Stinkstiefel.

Mama lachte. »So kann man es auch nennen. Eine der kleinsten.«

»Ich wollte auch eine eigene Firma starten«, behauptete er.

»Warum hast du es nicht getan?«, fragte Mama.

Der Idiot seufzte. »Es ist was dazwischengekommen.«

»Ich weiß«, sagte ich, »du musstest in eine alte Bruchbude einbrechen.«

Mama schüttelte den Kopf. »Sei nicht kindisch, Henke. Erzähl lieber von deiner Freundin.« Sie wandte sich an das Arschgesicht. »Man erfährt nie was. Henke kann Geheimnisse gut für sich behalten.«

»Ich will wissen, warum du hergekommen bist«, sagte ich. »Warum kommst du ausgerechnet jetzt?«

»Ist das so komisch?«

»Nein«, sagte ich, »das ist alles andere als komisch. Warum hast du dich sechzehn Jahre zurückgehalten und dann plötzlich ...«

»Man möchte schließlich wissen, wie der eigene Sohn aussieht«, rief er mir zu. Jetzt war er wütend, das merkte man, die Spucke spritzte nur so durch die Gegend.

»Warum wolltest du das nicht letztes Jahr wissen?«, fragte ich. »Oder das Jahr davor? Warum wolltest du nicht wissen, wie ich aussah, als ich in die Dritte ging? Oder in die Erste? Warum hast du die ganze Zeit so getan, als würde es mich gar nicht geben? Warum konntest du dich nicht wie dein Vater verhalten?« Ich hatte keine Lust mehr weiterzureden.

»Was?«, fragte er.

»Ach, nichts.«

»Könnte mal jemand eine Mohrrübe schneiden«, sagte Mama und hielt zwei Mohrrüben hoch, an denen noch das Grün hing.

»Was?«, fragte er wieder. »Wieso mein Vater?«

»Du hättest mir zum Beispiel etwas zum zwölften Geburtstag schenken können.«

Da schwieg der Schweinehund.

Mama starrte ihn an, als wäre ihr in diesem Augenblick etwas eingefallen. Und so war es auch.

»Du hast natürlich noch mehr Kinder«, sagte sie. Das klang, als würde Wind durch hohes Gras fahren.

Der Alte schüttelte den Kopf, stand auf und ging zum Kühlschrank, um ein weiteres Bier herauszunehmen.

»Nicht soviel ich weiß«, brummte er.

»Aber von mir weißt du«, sagte ich. »Von mir hast du sechzehn Jahre lang gewusst, und du hast nie, niemals von dir hören lassen. Ich hätte dich wirklich erschlagen sollen, als ich die Chance hatte.«

Und nachdem ich das gesagt hatte, wurde ich so entsetzlich traurig, dass ich nicht bleiben konnte. Ich stürmte aus dem Haus, an der Hollywoodschaukel vorbei, sprang auf mein Fahrrad und strampelte zur Landstraße. Ich hörte Mama nach mir rufen, konnte aber nicht verstehen, was.

29

Kosken war mit Anna in seinem Zimmer. Sie stand hinter ihm und war rot, als er die Tür öffnete. Sein kleiner Bruder stand grinsend im Vorraum und formte mit Daumen und Zeigefinger einen Kreis, in den er mit dem anderen Zeigefinger vor- und zurückstieß. Er ist elf Jahre alt und überfällt im Supermarkt die Süßigkeitenregale, sobald sich ihm eine Gelegenheit bietet. Er und seine Freunde räumen dermaßen ab, dass kein einziger Himbeergeleebonbon und keine Tafel Schokolade übrig bleiben. Nein, nach ihrem Raubzug gibt es nicht mal mehr eine einzige Lakritzschnecke.

Nada, wie Dragan sagte. Er war in Spanien gewesen und konnte einige spanische Ausdrücke. »Hure«, »Fotze« und »nada«. Was Hure und Fotze auf Spanisch heißt, hab ich vergessen, aber an »nada« erinnere ich mich.

Nada.

So fühlte es sich an. Nada.

Der kleine Süßigkeitendieb grinste und machte einen Ring mit Daumen und Zeigefinger. Kosken bemerkte, was er tat, und schlug mit offener Hand nach ihm, aber der Junge duckte sich weg und verschwand in der Küche.

»Komm rein.« Kosken trat einen Schritt beiseite.

»Bist du allein?«

»Mein kleiner Bruder.« Er zeigte zu der Tür, durch die der kleine Bandit verschwunden war. Dann gingen wir in Koskens Zimmer. »Und Anna«, sagte er, »Anna ist auch hier.«

Auf dem Fußboden lag eine Matratze, die Wände waren mit Plakaten bedeckt, in einer Ecke stand sein Luftgewehr, und auf der Innenseite der Tür hingen eine Zielscheibe und dahinter ein Bild von einer Tussi mit nackten Brüsten. Das hing schon da, seit Kosken in die Siebte ging, und langsam zerbröselte es. Er hatte so eine Lampe, die etwas enthält, das wie ein roter schwimmender Ölklumpen aussieht, und außerdem hatte er eine Musikanlage. Neben der Matratze stand ein Aschenbecher, der war so groß wie ein halbierter Fußball, er war voller Kippen, und seit Kosken auf die Mittelstufe gegangen war, schien niemand mehr das Fenster geöffnet zu haben.

»Wie ist die Lage?« Kosken warf sich auf die Matratze.

»Äh«, sagte ich.

»Wo ist Elin?«

»Arbeitet an der Schülerzeitung.«

Kosken lachte lauthals. »Glaubst du daran?«

»Was meinst du?«

»Still«, sagte Anna. Sie kniete sich neben ihn und legte ihm eine Hand über die Lippen.

Er schob ihre Hand weg. »Glaubst du daran? An einem Samstagabend? Arbeitet an einer Schülerzeitung?«

Er lachte. Anna sah bekümmert aus.

»Ja«, antwortete ich.

»Idiot«, sagte Kosken. »Möchtest du was trinken?« Er zeigte auf eine Viertelliterflasche, die neben der Matratze auf einem Tablett stand zusammen mit einem Krug Preiselbeersaft und vier Gläsern. An einem Glas waren Spuren von Annas Lippenstift.

Ich nickte, und er goss etwa drei Fingerbreit Saft in ein Glas, und dann reichte er mir die Flasche. »Es gibt auch Eis, wenn du möchtest.«

»Nicht nötig.« Ich füllte das Glas mit dem Selbstgebrannten von Koskens Vater.

»Ich kann welches holen.«

»Nicht nötig.«

Er bot mir eine Zigarette an, aber ich wollte keine.

»Du rauchst zu viel«, sagte Anna zu Kosken. »Das ist nicht gut.«

Kosken zeigte auf mich. »Du solltest mal seine Alte sehen. Die qualmt zwei Schachteln am Tag, so ist es doch?«

»Ja«, sagte ich und probierte die Wolfstatze.

»Klarer Fall von Krebs«, sagte Kosken. »Wie lange raucht sie schon?«

»Seit Anni gestorben ist.«

Kosken zündete seine Zigarette an und blies Rauch zur Decke. »Von Chips kriegt man auch Krebs.«

»Und vom Bumsen«, sagte ich.

Kosken lachte. »Deswegen brauchst du dir wenigstens keine Sorgen zu machen. Wahrscheinlich bumst jemand anders dein Mädchen.«

»Unterleibskrebs«, sagte ich und sah Anna an.

»Du gönnst einem auch nicht die kleinste Freude«, sagte Kosken. »Möchtest du Eis?«

»Schmeckt vielleicht doch ganz gut«, sagte ich.

»Seine Alte ist total verschleimt«, sagte er, als er aufstand. »Die kann keine zwei Schritte gehen, ohne nach Luft zu schnappen. Sie ist total grau.« Er verschwand in den Vorraum. »Hau ab, sonst schneid ich dir den Pimmel ab!«, schrie er seinem kleinen Bruder zu.

»Brustkrebs«, sagte ich. »Kommt auch häufig vor.«

»Können wir nicht von was anderem reden?«, schlug Anna vor.

»Heute ist der Geburtstag meiner Schwester.«

»Die gestorben ist?«

Ich nickte.

»Ich schneid dir deinen verdammten Pimmel ab!«, brüllte Kosken in der Küche, und sein kleiner Bruder lachte. Dann kam Kosken mit einem tiefen Teller voller Eisstückchen zurück. Er stellte ihn auf den Fußboden, nahm ein Stück Eis, steckte es sich in den Mund und lutschte darauf.

»Was machst du jetzt?«, fragte er mit dem Eisstück im Mund. Er war kaum zu verstehen.

»Wie meinst du das?« Ich ließ ein Stück Eis in mein Glas fallen. Das war jetzt so voll, dass es fast überlief. Ich hob es an und nahm einen Schluck, ohne etwas zu vergießen.

»Gut, nicht?«, nuschelte Kosken. Er begann, auf seinem Eis zu kauen.

»Du sollst kein Eis kauen«, sagte Anna. »Das macht die Zähne kaputt.«

Kosken spuckte das Eis in ein Glas. Er sah begeistert aus und konnte sich kaum halten vor Lachen. »Die Bullen haben Allan festgenommen.«

»Woher weißt du das?«, fragte Anna.

»Wegen des Feuers?«, fragte ich.

»Ja.«

»Wissen sie, dass er es war?«, fragte Anna.

»Er hat gesagt, dass er die Schule abfackeln will. Das hat er ungefähr fünfzig Leuten erzählt. Er hat es dem Direktor erzählt und einem anderen Lehrer. Er hat gesagt, er will sie abfackeln, bevor das Laub gelb wird.«

»Ich glaub nicht, dass er es war«, sagte Anna. »Er redet nur Scheiß.«

»Wer redet keinen Scheiß?«, sagte Kosken. »Aber das eine oder andere führt man trotzdem aus, oder, Henke?«

»Deine Wolfstatze schmeckt klasse«, sagte ich.

»Mein Alter hat gemerkt, dass ich ihm was klaue.«

»Ist er sauer?«

»Er hat gedroht, mich zu erschlagen.«

»Na, der hat Stil.«

288

Kosken goss etwas Preiselbeersaft in ein Glas, gab ein Stück Eis dazu und reichte Anna das Glas.

»Aha, Krebs vom Bumsen.« Er lachte. »Das Leben ist verdammt gefährlich. Eines schönen Tages stirbt man.«

»Kondome sind gut dagegen«, sagte Anna.

Kosken sah sie ungläubig an. »Gegen Krebs?«

»Kondome helfen gegen alles«, sagte ich.

»Wogegen?«, fragte Kosken.

»Chlamydien«, sagte Anna.

»Grippe«, sagte ich.

»Wieso Grippe?«, fragte Kosken.

»In Ansteckungszeiten zieht man sich das Kondom über den Kopf und bleibt gesund.«

»Verdammter Spinner!«, keuchte Kosken. »Verdammter Spinner!«

»Soll auch gegen Schuppen helfen«, sagte ich.

Kosken grölte vor Lachen. »Du bist total durchgeknallt, weißt du das?«

»Heute ist mein Vater gekommen«, sagte ich.

»Na prima«, sagte Kosken.

»Den Kerl hab ich nicht gesehen, seit ich geboren wurde.«

Anna nahm ein Stück Eis und ließ es in den Saftkrug fallen. Dann sah sie mich an. »Was wollte er?«

»Mich kennenlernen.«

»So ein Idiot!«, heulte Kosken. »Wer will dich schon kennenlernen? Wer kann so bekloppt sein?«

»Habt ihr euch noch nie gesehen?«, fragte Anna. »Dein Vater und du?«

Ich schüttelte den Kopf. »Noch nie.«

»Hast du 'n Schwein«, heulte Kosken.

Anna schlug ihm auf den Arm. »Nur weil dein Vater bekloppt ist, brauchen es nicht alle anderen auch zu sein.«

Kosken schüttelte den Kopf. »Glaubst du wirklich, sie arbeitet an der Schülerzeitung? An einem Samstag?«

»Warum nicht?«

»Ja, warum nicht?«, sagte Anna.

Kosken sah erst mich, dann Anna an, schüttelte wieder den Kopf und setzte sich im Schneidersitz mit dem Rücken zur Wand.

»Wenn mein Vater sich nur eine einzige Woche nicht zeigen würde, ich würde glauben, ich bin im Paradies gelandet, und würde nachgucken, wo die Kokosnüsse wachsen.«

»Was für eine Zeitung macht sie?«, fragte Anna.

»Eine Schülerzeitung«, antwortete ich. »Die wollen sie zum Tauffest verkaufen.«

»Wisst ihr, was sie im letzten Jahr gemacht haben?«, fragte Kosken. »Auf dem Tauffest?«

»Sie haben die Neuen gezwungen, Bier zu trinken, in das sie reingepinkelt haben«, sagte Anna.

Kosken schüttelte den Kopf. »Die hatten einen Schäferhund, der hat ein Mädchen vom sozialen Zweig gebumst.«

Anna wurde rot. »Das ist nicht wahr.«

»Es ist wahr«, sagte Kosken. »Danach ist sie abgegangen, sie wurde Lassie genannt, und das hat sie nicht ausgehalten. Sie hatten das übrigens aus einem Schulbuch.«

»Ist das wahr?«

»Echt wahr«, sagte Kosken. »Geht ihr hin?«

»Man muss wohl«, sagte Anna.

»Nehm ich an«, sagte ich.

»Es findet im alten Vergnügungspark statt, nicht in der Schule, weil sonst Lehrer dabei sein müssten. Und jetzt, wo die Sporthalle abgebrannt ist, würde das ja sowieso nicht gehen. Wovon handelt sie?«

»Wer?«

»Die Schülerzeitung.«

»Keine Ahnung. Von Sex.«

Kosken grölte vor Lachen. »Alle denken nur an die Fotze.«

»Ich nicht«, sagte Anna.

»Doch, doch, alle außer Henke. Er lässt sein Mädchen von jemand anders bumsen.«

»Gib mir eine Zigarette«, sagte ich.

»Jetzt will der Idiot das Rauchen anfangen wie seine Alte«, sagte Kosken. »Will sich glatt totrauchen.«

Er hatte die Flasche aufgeschraubt, goss einige Zentimeter in mein Glas und ließ ein Stück Eis hineinfallen. Dann reichte er mir den Krug, und erst dann gab er mir eine Zigarette.

»Die letzte«, sagte er und guckte, als hätte ich einem Säugling die Brustwarze entrissen.

»Warum heißt es Wolfstatze?«, fragte Anna.

»Damit man es von Fuchspisse unterscheiden kann«, sagte Kosken. »Glaubst du wirklich, sie arbeitet an einem Samstagabend an der Zeitung?«

»Hör jetzt auf«, sagte Anna, »du bist gemein.«

Kosken lachte und warf mit einem abgebrannten Streichholz nach mir. »Wirklich?«

Ich antwortete nicht.

»Bin ich gemein?«, fragte er.

»Klar bist du das«, sagte Anna. »Warum müssen alle dauernd gemein sein? Warum ist niemand nett?«

Ich stand auf und leerte mein Glas. »Danke, ich geh jetzt.«

»Willst du kein Feuer haben?«

Kosken riss ein Streichholz an. Da er halb lag, musste ich mich bücken, damit er mir Feuer geben konnte. Ich blies ihm Rauch ins Gesicht.

»Vergiss es nicht«, sagte er.

»Was?«

»Vom Bumsen kriegt man Krebs.«

»Nur wenn der Junge sich nicht ordentlich wäscht«, sagte Anna.

»Genau«, sagte ich, »wie Kosken. Seine Hygiene ist ein Entwicklungsland. Er ist ein einziges Entwicklungsland.«

»Ich scheiß auf dich!«, rief Kosken.

»Krebs«, sagte ich, »in der Gebärmutter.«

Dann ging ich, und der Himbeergeleebonbon-Bandit formte Daumen und Zeigefinger zu einem Ring und stieß mit dem anderen Zeigefinger hinein und hinaus. Dabei sah er aus, als hätte er etwas entdeckt, woran vor ihm noch kein Mensch gedacht hatte.

30

Draußen war es dunkel. Ich nahm mein Fahrrad und fuhr zum Fluss hinunter. Ich hatte Wind von hinten und brauchte nicht zu treten. Als ich auf den Pfad einbog, fuhr ich gegen eine kleine Tanne und flog über den Lenker in den Wald.

Zuerst konnte ich mein Fahrrad im Dunkeln nicht wiederfinden, aber nach einer Weile stolperte ich darüber. Ich schob es zu der Stelle, wo ich am Abend zuvor mit Elin gesessen hatte, und setzte mich genau dorthin. Um mich herum dröhnte der Wind in den Bäumen, so dass niemand hören konnte, wenn man mit sich selber redete.

Die Wolken jagten über den Himmel, hin und wieder kam der Mond hervor, und seine Strahlen fielen auf das Flusswasser, das für einen Moment aufblitzte, bevor es wieder schwarz wurde.

In einem Augenblick, als der Mond hervorkam, entdeckte ich das Boot. Es lag ein Stück entfernt im Fluss und war in einer Art Stauwasser gefangen. Es drehte sich langsam auf der Stelle. Ich stand auf und sagte mir, dass es vermutlich leer war. Dann machte ich mich auf den Weg zum Ufer hinunter, unterwegs fiel ich hin, rutschte auf dem Rücken den Abhang hinunter und blieb zwischen den Steinen liegen.

Es waren etwa zehn Meter bis zum Boot. Ich rief, weil ich dachte, dass vielleicht doch jemand drin war. Aber ich bekam keine Antwort.

Wenn das Boot vom Wasserfall gekommen war,

müsste es beschädigt worden sein. Wenn es von der anderen Seite gekommen war, hätte es einen Außenbordmotor gebraucht, denn man fährt nicht gern ohne Außenbordmotor flussaufwärts.

Aber es hatte keinen Motor. Ich rief wieder. Es war so windig, dass ich vermutlich gar nicht zu hören war, sollte doch jemand im Boot sein. Dabei war es nicht mehr als zehn, zwölf Meter vom Land entfernt.

Es lag dort im Stauwasser und drehte sich langsam. Als der Mond wieder verschwand, zog ich mich aus und watete ins Wasser hinaus. Es wurde sofort tief, nach sechs Schwimmzügen konnte ich meine Hand auf den Dollbord legen und mich hinaufziehen.

Wie ich vermutet hatte, war niemand im Boot. Unter der einen Sitzbank stand eine Büchse mit Erde, das war alles.

»Der dämliche Angler ist ertrunken!«, rief ich zum Ufer, als ob dort jemand wäre, der wissen wollte, was ich im Boot gefunden hatte.

Als ich mich hineinzog, hatte das Boot sich in der Strömung bewegt, es hörte auf, sich zu drehen, und legte sich jetzt mit der einen Längsseite gegen die Strömung und begann, flussabwärts zu treiben.

Ich setzte mich achtern hin. Dort hing ein Stück Kette, das durch ein Loch gezogen war, so groß, dass man eine Pflaume hätte hindurchstecken können. »Jemand hat den Motor geklaut!«, rief ich zum Ufer. »Jemand hat den Motor geklaut!«

Ich krümmte mich zusammen, es war immer noch windig, und mir war kalt. Es gab keine Ruder, also nahm ich ein Brett von den Sitzbänken und paddelte damit, erst auf der einen Seite, dann auf der anderen, und so bugsierte ich das Boot an Land. Ich zog es ein Stück ans Ufer hinauf, ging zu meinen Kleidern, zog mich an und kehrte wieder zum Boot zurück.

»Vollkommen sinnlos«, sagte ich in die Dunkelheit hinein, denn der Mond war wieder verschwunden. »Vollkommen sinnlos. Warum soll ich diesen Sarg retten? Warum bin ich überhaupt hier?«

Natürlich bekam ich keine Antwort.

Ich vertäute das Boot an einer Birke und ging zu meinem Fahrrad, das ich bis zur Landstraße schob. Dann fuhr ich nach Hause. Das Auto von diesem Schweinehund parkte immer noch vor der Pforte. Also fuhr ich weiter zu Elin.

Alle Fenster waren erleuchtet. Ich ließ das Fahrrad ein Stück vom Haus entfernt im Graben liegen und näherte mich von der Rückseite. Es war immer noch so windig, dass Tannennadeln und Zweige aus den Bäumen gewirbelt wurden. Ich kletterte auf den Felsen hinterm Haus und setzte mich mit dem Rücken gegen eine Kiefer.

Zuerst konnte ich dort drinnen niemanden sehen, aber plötzlich erhob sich jemand vom Fußboden. Es war Emil. Er ging zu dem Tisch am Fenster und machte etwas am Computer. Nach einer Weile stellte sich Elin neben ihn. Ich nehme an, sie prüften etwas im Computer, dann setzten sie sich wieder auf den Fußboden. Wahrscheinlich saßen sie sich gegenüber, so wie Elin und ich gesessen hatten, und zwischen sich hatten sie ein Tablett mit henkellosen Tassen, die japanisch waren, wie Elin gesagt hatte, und aßen Zwieback mit Marmelade, und Emil streckte eine Hand aus und streichelte Elin über die Wange.

Mir war kalt geworden, und meine Zähne fingen an zu klappern. Ich biss sie so fest zusammen, dass ich einen Krampf im Kiefer kriegte. Dann stand ich auf und ging zum Haus hinunter. Die Garagentür stand offen, die Garage selber war leer.

Ich schlüpfte hinein und weiter durch die Tür in die Diele. Von dort konnte ich sie oben reden hören. Aber es war nicht Elins Stimme. Es war ein anderes Mädchen.

»Man hat niemals zehn Hengste auf einer Weide zusammen. Die Stute ist diejenige, die bestimmt. Der Hengst kann sie nur decken und auf Bedrohung von draußen achten. Es ist also total falsch, wenn jemand, der nicht das Geringste von Pferden versteht, behauptet, er lässt zehn Hengste zusammen auf der Weide. Das macht man einfach nicht.«

Jemand widersprach, aber ich verstand es nicht, denn es war nicht so eine schrille Mädchenstimme wie vorher, und dann hörte ich Elin sagen: »Wollen wir nicht endlich weitermachen?« Es wurde still, und ich fragte mich, was sie eigentlich machten.

Auf Zehenspitzen näherte ich mich der Treppe und hörte jemanden etwas über Adverbien sagen. Das klang nach Elin. Sie redete lange über Adverbien, aber ich hatte vergessen, was das war, also kapierte ich null. Dann hörte ich wieder ihre Stimme. »Lüstern glotzen.« Sie wiederholte es mehrmals, »lüstern glotzen«. Die anderen fielen sich aufgeregt gegenseitig ins Wort, und nach einer Weile begriff ich, dass sie über etwas redeten, was in der Schule passiert – dass Jungen den Mädchen nachgucken –, und sie diskutierten darüber, wie man ausdrücken sollte, was die Jungen machten.

Ich konnte nicht verstehen, dass sie an einem Samstagabend da oben saßen, wahrscheinlich vier Leute, und über »lüstern glotzen« diskutierten.

Ich lehnte mich gegen das Treppengeländer, und als jemand oben aus dem Zimmer kam, zog ich mich rasch zur Garagentür zurück. Ich hatte sie angelehnt und konnte hinausschlüpfen, sobald ich Schritte auf der Treppe hörte. Aber es kam niemand. Stattdessen hörte ich nach einer Weile die Toilettenspülung, und dann sagte jemand »schmachtend stieren«.

Und die Mädchenstimme, die von der Hengsthaltung geredet hatte, sagte »Geilstarre«. Sie wiederholte es mehrmals. »Die haben die Geilstarre. Das ist schlimmer, als wenn sie einen antatschen.«

Dann stellte jemand die Musik an, und ich konnte nichts mehr verstehen. Ich würde auch nicht mehr hören, wenn jemand dort oben das Zimmer verließ, und um nicht überrascht zu werden, ging ich zurück auf den Felsen hinterm Haus.

Aber von dort oben konnte ich nichts sehen. Das Einzige, was ich hörte, war der Wind, der in den Bäumen wühlte. Nach einer Weile war mir so kalt, dass ich nach Hause fahren musste.

Der Alte war weg. Mama lag im Bett und sah sich ein Programm übers Kochen an.

»Ist er lange geblieben?«

Sie stellte den Ton leiser und sah mich an. »Was hast du an der Stirn?«

Ich strich mir über die Stirn und merkte, dass ich

mich verletzt haben musste, als ich gegen die Tanne gefahren und über den Lenker geflogen war. Ich ging ins
Bad und sah, dass es ziemlich schlimm war. Eine Wunde
überm rechten Auge, Blut war mir über die Wange gelaufen, und der schwarze seltsame Blick, der mir nicht
gefiel, war mein eigener.

»Was ist passiert?«, rief Mama aus ihrem Zimmer.

»Nichts, bin bloß mit dem Fahrrad gestürzt, auf dem
Weg zu Elin.«

Plötzlich stand sie hinter mir. »Hast du was getrunken?«

»Ist er lange geblieben?«

»Er ist vor einer halben Stunde gegangen. Aber er
kommt wieder.«

»Warum?«

»Er will sein Messer wiederhaben. Er sagt, dass es
ihm sehr viel wert ist, das Einzige, was ihm von seinem
Vater geblieben ist. Ich hoffe, du weißt, wo es ist.«

Der Wind nahm so zu, dass die Fensterscheiben beb-
ten und die Tür vibrierte.

»Wir müssen die Tür irgendwie abdichten«, sagte
ich, »sonst klappert sie die ganze Nacht.«

»Da reicht bestimmt ein Stück Zeitungspapier«,
meinte Mama. »Ich hab übrigens die Zeitungen bestellt.
Dreißig Exemplare. Morgen früh mach ich auf.«

»Ich kann dich Montag nach der Schule ablösen.«

»Wir schaffen das schon. Er hat zweitausend Kronen
hiergelassen.«

»Der Alte?«

Mama seufzte. »Red nicht so, Henke. Was ist da passiert?« Sie zeigte auf meine Stirn.

Bevor ich in mein Zimmer ging, holte ich eine Zeitung, riss ein Stück davon ab und stopfte es zwischen Türrahmen und Tür, knallte die Tür einmal heftig zu, und danach vibrierte sie nicht mehr im Wind. Aber das Quietschen der Hollywoodschaukel war noch zu hören, und eine Weile dachte ich, ich sollte rausgehen und sie festbinden, damit sie nicht mehr quietschte, aber dann ließ ich es doch.

SCHWEDISCH FÜR IDIOTEN

Dreizehntes Kapitel

Als ich in Koskens Zimmer kam lag sie auffem Bauch auffer Matratze un wa nackt un ihr Haar hing zwischen den Schulterblättern. Es wa rot un es wa eine Schleife drin un ich sagte ihr dass es gut wa dass sie es rot gefärbt hatte. Dann kam Kosken mit ner Kaffeedose rein. Er drehte sie aufn Kopf un da waren Erde un Regenwürmer drin. Er sagte Anna hat sich nach mir gesehnt un dass sie sich meinetwegen das Haar gefärbt hat. Da drehte sie sich um un nahm die Perücke ab un da sah ich dass es Anni wa. Der ganze Fußboden wa voller Regenwürmer un die Fenster standen offen un schlugen im Wind un der blies un blies un mir wa so kalt dass ich zitterte un Anni umamte mich un flüsterte mir was ins Ohr. Aber ich konnte es nich verstehn weil Kosken mit seim kleinen Bruder in der Tür stand un beide hatten Daumen un Zeigefinger zusammengebogen un stießen mit eim Zeigefinger durch das Loch vor un

zurück, ganz schnell, un Kosken lachte un rief du Blödmann hast du etwa geglaubt das is jemand anders als
deine Schwester?

31

Als ich Sonntagmorgen aufwachte, klatschte Regen gegen die Fensterscheiben, und es stürmte immer noch.
Ich drehte mich auf die andere Seite und schlief weiter.
Als ich wieder wach wurde, regnete es immer noch heftig, und es war fast noch stürmischer als am Tag zuvor.

Das Treppengehen fiel mir schwer, weil meine Waden
so steif waren. Als ich nach unten kam, war Mama
nicht zu Hause. Der Kühlschrank war ungewöhnlich
voll. Ich machte mir Frühstück und nahm eine Tasse
warmen Kakao und vier Butterbrote mit in mein Zimmer. Dann suchte ich nach dem Buch, das Harald aus
der Bibliothek geliehen hatte, als ich zwölf war. Von der
Bibliothek waren Mahnungen gekommen, das Buch
zurückzugeben, aber ich hatte es damals nicht gefunden.

Jetzt fand ich es in einer Schublade zwischen einem
Packen *Donald Duck* und einem Spielzeugrevolver, auf
dessen Kolben ein Pferdekopf war. Als ich den Revol-
ver in die Hand nahm, erinnerte ich mich, was das Mädchen über Hengste gesagt hatte, und dann das mit den
Adverbien. Mir fiel ums Verrecken nicht ein, was ein
Adverb ist.

Ich zog mir eine Wolljacke über, legte mich mit der

Spielzeugpistole und dem Buch ins Bett, kroch unter die Decke und begann zu lesen. Nach einer Weile gefiel es mir richtig gut, irgendwo anders zu sein, nicht im Bett, sondern auf dem Meer.

Und die ganze Zeit peitschte der Regen gegen die Fensterscheibe. Ich schlief wieder ein, und als ich aufwachte, regnete es immer noch. Ich hörte Mama unten in der Küche. Als der Duft nach gebratenem Speck zu mir aufstieg, ging ich zu ihr hinunter. Das Haar hing ihr in nassen Zotteln ins Gesicht, und auf dem Fußboden neben ihr lagen ihre Stiefel. Sobald sie mich bemerkte, nahm sie die Zeitung vom Küchentisch und reichte sie mir.

»Guck mal, wer auf der ersten Seite ist!«

Elin und ich, fast über die halbe Seite, und dazu ein langer Artikel über den Tanz und ein Interview mit Elin und mir. Die Reporterin schrieb, dass wir »hübsch und verliebt« ausgesehen hätten. Darüber das große Bild von uns und eine riesige Schlagzeile:

NEUE LIEBE IM ZEICHEN DES TANZES

»Ist doch toll«, sagte Mama und wendete den Speck in der Pfanne. »Das ist doch echt toll.«

»Reicht es auch für mich?«, fragte ich.

»Na klar«, sagte Mama. »Ich hab fast alle Zeitungen verkauft und ein paar Zigaretten. Montag bestelle ich Illustrierte.«

»Super«, sagte ich.

»Möchtest du ein beidseitig gebratenes Spiegelei?«, fragte Mama und schlug ein Ei am Pfannenrand auf.

»Gern, aber ohne braune Kante«, sagte ich.

»Das Ganze kriegst du auf einer Scheibe Weißbrot«, sagte sie, »dazu Kaffee.«

»Klasse, das ist genau das, was ich brauche.«

Wir aßen, und Mama erzählte, wer bei ihr was gekauft hatte, wer einen Regenmantel angehabt hatte und wer wie eine ertränkte Katze ausgesehen hatte. Als sie »ertränkte Katze« sagte, erstarrten ihre Lippen, und sie bekam Tränen in die Augen. Sie tastete nach den Zigaretten, zündete sich eine an und blies den Rauch zur Decke.

Ich ging in mein Zimmer und kroch wieder ins Bett. Das war nicht die Art Tag, den man gern draußen verbringt, ich las mehr als die Hälfte des Buches und schlief früh ein.

Trotzdem verschlief ich am Montagmorgen. Es regnete zwar immer noch, aber es hatte nachgelassen. Ich zog meinen Regenmantel an und fuhr los. Bei der Tankstelle hatten sie eine Fahrbahn abgesperrt, weil die Straße am Bach abgesackt war, der ein Stück nördlich von der Tankstelle in den Fluss mündet. Vor der Absperrung stand ein Polizeiauto, und die Polizistin mit dem Pferdeschwanz regelte den Verkehr.

Als ich auf den Schulhof einbog, traf ich Frau Persson. Ihr linker Arm war bandagiert, mit dem rechten drückte sie sich einige Bücher gegen die Brust.

»Hallo, wie geht's?«, rief ich und drehte eine Runde auf dem Fahrrad um sie herum, ehe ich anhielt.

Sie lächelte und versuchte, den verletzten Arm zu berühren. »Nur noch etwas Kummer mit den Pfoten, aber es wird schon heilen.«

Sie hatte ein Pflaster auf der Stirn, und ich zeigte auf meine Wunde.

»Dasselbe«, sagte ich.

»Das Leben ist gefährlich«, sagte sie und ging rasch auf die Tür von Gebäude A zu.

Ich stellte das Fahrrad ab und ging zu Bergman. Er hatte Besuch, und ich musste eine Weile warten.

Der Besuch war ein kleines, griesgrämiges Mädchen in Jeans. Sie trug eine Brille, und als sie aus Bergmans Zimmer kam, war sie ganz rot im Gesicht und schien sich anzustrengen, so zu tun, als sähe sie mich nicht. Ich stand auf und ging hinein.

Bergman trug ein grünes Hemd mit schrägen bogenförmigen Brusttaschen, wie man sie auf Hemden hat, die wie Cowboyhemden aussehen sollen. Darauf waren vernickelte Blechknöpfe, und es roch nach Rasierwasser und nach etwas anderem, das ich zunächst nicht erkannte.

»Aha, mit dir geht's aufwärts«, sagte er und nahm einen Stift von der Schreibunterlage. Mit dem Stift zeigte er auf den Besucherstuhl. »Ich hab dich tanzen sehen«, fuhr er fort und ließ den Stift zwischen den Fingern kreiseln. »Es sah aus, als hättest du nie etwas anderes gemacht. Und dann seid ihr auch noch in die Zeitung gekommen, Elin und du. Schön, dass du so ein gutes Mädchen gefunden hast.«

»Ist sie gut?«

Er sah mich fragend an, ehe er antwortete. »Sie ist Redakteurin bei der Schülerzeitung, ist mit Topzeugnissen an die Schule gekommen und eine unserer besten Schülerinnen. Ja, Elin ist ein gutes Mädchen.«

»Und ich?«

Er klopfte sich mit dem Stift gegen einen Schneidezahn. »Du kannst noch das eine oder andere von deiner Freundin lernen.«

»Bestimmt«, sagte ich. »Ich möchte gern das Messer wiederhaben.«

Er sah aus, als hätte ich ihm gesagt, dass sein Hosenschlitz offen ist und man sehen kann, dass er Urinflecken auf der Unterhose hat. »Ach ja«, brummte er, »das Fahrtenmesser.«

»Ich bringe es auch sofort nach Hause. Versprochen.«

Er legte den Kopf schräg. »Das ist gar nicht so einfach.«

»Warum nicht?«

»Das Messer ist bei der Polizei.«

»Ach?«

»Das hängt mit dem Feuer zusammen.« Bergman seufzte. »Der Pyromane hat einen Benzinkanister, eine brennende Kerze und zerknülltes Zeitungspapier unter meinen Schreibtisch platziert. Er hat den Inhalt meiner Schubladen ausgekippt und Kronenmünzen genommen, die ich für den Kaffeeautomaten brauche. Das Messer hat er auch mitgenommen. Ich hab der Polizei erzählt, dass das Geld weg ist. Es waren zwanzig Münzen, da ich gerade bei der Tankstelle einen Schein gewechselt hatte. Zwanzig Kronen und ein Fahrtenmesser, hab ich der Polizei gesagt. Alles hat der Pyromane mitgehen lassen.«

Er sog an einem Zahn und schaute aus dem Fenster.

»Und jetzt hat die Polizei das Messer?«

Er nickte. »Die Polizei hat einen Verdächtigen. Neben seinem Bett fanden sie bei einer Hausdurchsuchung zwanzig Münzen in einem Wasserglas. Das Fahrtenmesser, das ich als deins identifiziert habe, war auch bei ihm, außerdem hatte er ein Paket Kerzen.«

»Allan?«, fragte ich.

»Irgendwann kriegst du dein Messer wieder«, sagte Bergman. »Es ist Beweismaterial, nehme ich an.«

»Ich will es aber jetzt zurückhaben.«

Bergman zeigte die Andeutung eines Lächelns.

»Du bist ja wohl zu alt für Borkenschiffchen, so eilig kann es also kaum sein. Und wenn du unbedingt schnitzen willst, kannst du dir sicher ein Messer leihen.«

»Das Messer ist mir sehr wichtig«, sagte ich.

Bergman seufzte wieder. »So vieles im Leben ist wichtig, nicht wahr, Henke? Aber wenn du noch ein paar Tage warten musst, bis du dein Messer wiederkriegst, das macht doch auch nichts, oder?«

»Ich will mein Messer haben.«

»Wie gefällt dir mein Hemd?«, fragte er. »Ich hab es bei einer Lotterie gewonnen. Von den Pfadfindern. Das sitzt, als wäre es für mich genäht worden. Ist es nicht originell?«

»Wer hat das Messer?«

Er schüttelte den Kopf. »Ich weiß es nicht. Hier war so ein kleiner Mann, vielleicht hieß er Larsson.«

Ich stand auf. Da sah ich, woher der seltsame Geruch kam. Die ganze Wand hinter mir war frisch gestrichen. Man konnte sehen, was die weiße Farbe überdecken sollte. Wahrscheinlich hatte man sie erst einmal gestrichen, deswegen konnte man noch lesen, was darunterstand:

BRENNEN SOLLST DU PIMMELAFFE

»Sei nett zu Elin«, sagte er, als ich die Hand auf die Türklinke legte.

»Witziges Hemd«, sagte ich und schloss die Tür hinter mir.

Ich ging zu unserem Klassenzimmer. Alle waren da, außer Allan. Frau Persson stand an der Tafel und wollte gerade etwas anschreiben.

Alle starrten mich an.

Ich merkte, warum – sie wollten sehen, wie ich auf Saida und Gustav reagierte. Er hatte seinen Tisch neben Saidas geschoben, und sie hatte das Kopftuch abgenommen und ihre schwarzen dicken Haare zu einem Knoten im Nacken zusammengebunden. Als sie mich anlächelte, sah ich zum ersten Mal, wie hübsch sie war.

»Hallo, Henke«, sagte Frau Persson. »Sagt ihr mir bitte, woran ihr denkt, wenn ihr das hier lest.«

Während ich ihr auf dem Weg zu meinem Platz den Rücken zukehrte, schrieb sie etwas an die Tafel:

BILDE DIR NICHT EIN, DU BIST ETWAS

»Was soll das?«, fragte Emma und runzelte misstrauisch die Stirn.

»Ja, was soll das?«, fragte Louise und suchte Augenkontakt zu Emma.

»Was fällt euch dazu ein?«, fragte Frau Persson.

»Natürlich Idioten«, sagte Emma.

»Welche Idioten?«

»Eben die Leute, die sich einbilden, was zu sein«, antwortete Emma.

Frau Persson nickte. »Und was fällt euch anderen dazu ein?«

Kosken zeigte auf mich. »Ich denk dabei an dich.«

»An mich?«, sagte ich.

»Ja, du bildest dir ein, was zu sein.«

»Wie meinst du das?«

»Ich mein das so.« Kosken setzte sich aufrecht hin. »Wenn ein Junge von den Naturwissenschaften ein Mädchen vom Sozialen wahnsinnig sexy findet, dann kann er was mit ihr haben, er kann sie bumsen. Aber wenn ein Junge aus dieser Idiotenklasse was mit einem Mädchen von den Naturwissenschaften hat – das geht einfach nicht. Das ist so falsch, das schreit zum Himmel. So meine ich das. Du bildest dir ein, du bist was. Du denkst, Regeln, die für andere gelten, gelten nicht für dich.«

»Genau«, sagte Louise. »So bist du. Wir sind dir nicht gut genug. Du musst mit einem Mädchen zusammen sein, das besser ist wie wir.«

»›Als wir‹«, flüsterte Frau Persson, aber niemand beachtete sie.

»Das kapier ich nicht«, sagte ich.

»Genau«, sagte Kosken, »so einer bist du, einer, der nicht kapiert. Du bildest dir ein, du bist was. Aber eigentlich bist du ein Loser, genau wie alle anderen in dieser Klasse. Deswegen fällst du mir ein, wenn ich das lese.« Er zeigte zur Tafel.

»Und ihr anderen?«, fragte Frau Persson. »Woran denkt ihr?«

»Alle können alles, wenn sie nur wollen«, sagte Gustav. »Alle können alles, wenn bloß nicht ihre Mütter hinter ihnen stehen und sagen würden, dass sie sich erkälten könnten, wenn sie die Mütze nicht aufsetzen. Wenn einem bloß so eine Mutter erspart bleibt, die sagt, dass man klein und schwach ist, dann kann man durchs Feuer gehen.«

Dragan lachte.

Gustav starrte ihn an. »Worüber lachst du?«

»Natürlich über dich, über wen denn sonst?«

Gustav wurde rot. »Du bildest dir ein, du bist was.«

»Ja«, sagte Dragan. »Ich bin ich. Das reicht.«

»Tss«, machte Louise, »tss.«

»Ich hasse alle aufgeblasenen Typen«, sagte Emma. »Die hasse ich. Und ich hasse die, die sich für was Besseres halten, nur weil sie in der Zeitung waren und weil sie mit einem Mädchen zusammen sind, das auf Natur geht.«

Frau Persson sah von einem zum anderen. »Möchte noch jemand etwas dazu sagen?«

Alle schwiegen.

Da nahm sie einige Blätter vom Katheder und verteilte sie. Auf dem Blatt stand:

Du sollst dir nicht einbilden, dass du etwas bist.

Du sollst dir nicht einbilden, dass du genauso gut bist wie wir.

Du sollst dir nicht einbilden, dass du klüger bist als wir.

Du sollst dir nicht einbilden, dass du besser bist als wir.

Du sollst dir nicht einbilden, dass du mehr weißt als wir.

Du sollst dir nicht einbilden, dass du mehr bist als wir.

Du sollst dir nicht einbilden, dass du zu etwas taugst.

Du sollst nicht über uns lachen.

Du sollst dir nicht einbilden, dass sich jemand etwas aus dir macht.

Du sollst dir nicht einbilden, dass du uns etwas beibringen kannst.

(Der Text ist Aksel Sandemoses »En flykting korsar sitt spår« entnommen.)

»Möchtest du das mal laut vorlesen, Emma?«, bat Frau Persson.

»Möchte ich nicht«, sagte Emma mit Nachdruck. »Möchte ich absolut nicht.«

»Ich weiß, wo du die Geschichte geklaut hast, die du geschrieben hast«, sagte Dragan. »Die steht in der Illustrierten von meiner Schwester. Aber da ist sie länger. Du hast sie gekürzt.«

Emma wurde rot. »Was geht dich das an? Ich kann ja wohl schreiben, was ich will?«

Dragan zuckte mit den Schultern und lächelte fast freundlich. »Schwester Mabel«, sagte er und legte den Kopf schief. »Warum Mabel? In der Illustrierten von meiner Schwester heißt sie Schwester Susan.«

Emma starrte ihn wütend an. Sie war geladen, schluckte aber runter, was sie sagen wollte.

»Ich kann es lesen«, sagte Gustav. Und er las, und während er las, berührte seine Schulter Saidas Schulter. Er las mit lauter Stimme und stotterte nur ganz selten.

»Genau«, sagte Emma, als er beim letzten Satz ankam, und sah Frau Persson an. »Sie sollen sich nicht einbilden, dass Sie uns was beibringen können. Was ist das hier? Was ist das für ein Scheiß? Warum müssen wir uns damit beschäftigen? Wollten wir nicht ein Buch schreiben?«

»Ja, was ist es wohl?«, sagte Frau Persson.

»Dann sagen Sie es uns doch«, verlangte Emma. »Sie sind doch die Lehrerin. Warum sollen wir das Zeug lesen? Und schreiben wir nun ein Buch oder nicht?«

»Schaut mal auf das Blatt«, sagte Frau Persson. »Wie ist der Text geschrieben?«

»Wie die Gesetze«, sagte Gustav.

»Genau«, sagte Frau Persson. »Und welche Gesetze sind in zehn Botschaften aufgeteilt?«

Emma zuckte mit den Schultern.

»Wann ist Schluss?«, fragte Louise.

»Die Zehn Gebote«, sagte Kosken.

»Wann ist Schluss?«, wiederholte Louise, aber Frau Persson schien es nicht gehört zu haben.

»Gottes Gebote«, sagte Kosken. »In der Unterstufe haben wir einen Film gesehen. Du sollst nicht den Esel deines Nächsten bumsen.« Er lachte und warf sich über den Tisch.

»Wann ist Schluss?«, fragte Louise wieder.

»Aber dies sind doch nicht Gottes Gebote«, sagte Frau Persson.

»Das sind die Gebote von jemand anders«, sagte Gustav.

»Echt gute Gebote«, sagte Emma. »Ich hasse eingebildete Typen, die denken, sie sind was.« Sie fing Frau Perssons Blick ein. »Sie sollen sich nicht einbilden, dass Sie klüger sind wie wir. Nur weil Sie Lehrerin sind. Es ist überhaupt nicht sicher, dass Sie klüger sind wie wir.«

»›Als wir‹«, korrigierte Frau Persson.

»Pöh«, sagte Emma.

»Jetzt hören wir auf!«, rief Louise. »Ich geh weg, wenn Sie nicht antworten. Sie sind die Lehrerin, Sie müssen antworten.«

Aber Frau Persson antwortete nicht. Louise stand auf und ging mit hochrotem Gesicht zur Tür, öffnete sie und knallte sie hinter sich zu.

»Was meint ihr, wie das ist, in einer Gesellschaft zu leben, wo man sich an diese Gesetze hält?«, fragte Frau Persson.

»Verdammt gut«, antwortete Emma. »Niemand macht sich wichtig.«

»Und was sagst du, Saida?« Frau Persson drehte sich so um, dass sie Saidas Gesicht sehen konnte. »Du bist hübsch ohne Kopftuch«, sagte sie.

Saida neigte den Nacken, antwortete jedoch nicht, und da legte Gustav seine Hand auf ihren Arm.

»Es wäre entsetzlich«, sagte Dragan. »Man kann nicht in einer Gesellschaft leben, in der einem gesagt wird, dass man wertlos ist.«

»Aber du bist doch wertlos!«, heulte Emma. »Das ist doch die Wahrheit über dich und uns alle in dieser Klasse. Wir sind wertlos!«

311

»Nein«, sagte Dragan, »ich nicht.« Er zog einen Kamm hervor und fuhr sich damit einige Male durchs Haar, bevor er ihn wieder wegsteckte.

»Du glaubst, du bist etwas«, sagte Frau Persson.

Dragan nickte.

Dann begann Frau Persson, von einem dänischen Schriftsteller zu sprechen, der eigentlich Norweger war und manchmal in Schweden wohnte. Deswegen war er ein echter Skandinavier. Sie erzählte, dass er zur See gefahren war und immer behauptet hatte, er habe einen Menschen umgebracht. Man überprüfte, ob er wirklich jemanden umgebracht hatte, und fand heraus, dass er es sich nur einbildete.

Der Mensch, der diese Gebote aufgeschrieben hat, hat versucht, die Stimmung in einer Gesellschaft einzufangen, in der man keine andere Form des Miteinander gefunden hat als – Unterdrückung.

Dragan drehte sich zu Emma um. »Jetzt hör gut zu«, sagte er. »Das ist für dich. Du hast Unterdrückung doch gern.«

Frau Persson erzählte weiter von diesem Autor, und als sie endete, stellte ich eine Frage. Ich war selbst ganz überrascht, denn sonst stelle ich keine Fragen.

»Wenn man eine Geschichte schreiben will«, sagte ich, »wenn man etwas erzählen will, wie macht man das?«

»Was möchtest du erzählen?« Frau Persson kam näher. Ich fühlte, dass ich rot wurde.

»Wenn jemand findet, er ist ein Dreck, aber in Wirklichkeit ist er das gar nicht«, sagte ich.

Frau Persson nickte. »Wo soll man der Person, von der du erzählen willst, das erste Mal begegnen?«

»An einem Badestrand«, sagte ich. »Dort ist jemand mit seinen Freunden. Sie sagen, er ist ein Dreck.«

»Gut«, sagte Frau Persson, »dann haben wir ein Problem. Jemand weiß, dass er kein Dreck ist, aber alle anderen sind der Meinung, er sei ein Dreck.«

»Ein Loser«, sagte Dragan und holte wieder den Kamm vor. »Er ist ein typischer Loser. Wie Henke.«

»Wir haben also ein Problem«, sagte Frau Persson. »Was wünscht sich die Hauptperson, was will sie, aber es ist wahrscheinlich ein Er?«

»Ein Mädchen«, sagte Kosken, »er wünscht sich ein Mädchen.«

»So ein echt leckeres Luder«, sagte Dragan.

»Er möchte sich wertvoll fühlen«, sagte ich. »Er will fühlen, dass er zu was taugt. Das ist sein Wunsch.«

»Gut«, sagte Frau Persson. »Wir haben ein Problem und einen Wunsch. Jetzt brauchen wir einen Gegner.«

»Davon gibt's massenhaft«, sagte ich.

»Ich will dieses Buch schreiben, das *Schwedisch für Idioten* heißen soll«, sagte Emma.

»Ich hab's schon geschrieben«, sagte ich.

»Na klar«, schnaubte Dragan.

»Er ist zehn Kilometer getanzt«, warf Kosken ein. »Er redet nicht nur Scheiß. Er hat es getan.«

»Leck mich am Arsch«, fauchte Emma.

»Gern«, sagte Kosken. »Was krieg ich für meine Bemühungen?«

Frau Persson sah mich an. »Hast du etwas geschrieben?«

Ich nickte.

»Er redet nicht nur Scheiß«, wiederholte Kosken. »Er ist zehn Kilometer getanzt.«

»Und er ist in der Zeitung«, sagte Emma. »Warum bin ich nicht in der Zeitung?«

»Du kommst schon noch in die Zeitung«, sagte Dragan.

Emma sah verzweifelt aus. »Wirklich?«

»Du kommst in die Zeitung, wenn du Fünflinge kriegst. Auf die erste Seite.«

Emma wurde rot. »Denkst du, das ist das Einzige, wozu ich gut bin? Ein paar Gören rauspressen. Das glaubst du von mir.«

Dragan nickte. »Du bist der typische Fall für Stütze.«

»Wer unterdrückt jetzt wen?«, fragte Frau Persson.

Dragan holte seinen Kamm hervor, und Frau Persson sammelte die Blätter ein.

»Jetzt wollen wir schreiben«, sagte sie, konnte den Satz aber nicht beenden, da wurde sie von Emma unterbrochen.

»Ein Buch, nicht?«

Frau Persson schüttelte den Kopf. »Ihr sollt versuchen, euch an die zehn Gebote zu erinnern, die ihr gerade gehört habt, und dann sollt ihr etwas schreiben, das damit anfängt, dass jemand zum Beispiel sagt: ›Du sollst dir nicht einbilden, dass sich jemand etwas aus dir macht.‹«

»Warum?«, fragte Emma.

»Weil ihr schreiben lernen sollt«, behauptete Frau Persson.

Dragan wandte sich an Emma. »Du sollst dir nicht einbilden, dass sich jemand etwas aus dir macht.«

Emma runzelte die Augenbrauen.

»Kein gutes Gefühl, oder?«, sagte Dragan. »Ein Scheißgefühl, oder?«

Emma schüttelte den Kopf.

»Solchen Mist will ich nicht schreiben. Ich will über jemanden schreiben, der glücklich ist. Das da« – sie zeigte auf Frau Perssons Blätter – »handelt von Leuten, die unglücklich sind. Ich will über jemanden schreiben, der eine geile Wohnung hat und mit einem geilen Mann zusammenlebt.«

»Ich weiß«, sagte Dragan, »einem Arzt, der einen BMW fährt.«

»Ein Arzt, der einen BMW fährt, kann auch Blödsinn reden«, sagte Frau Persson. »Er kann auch gemein sein.«

»Nein«, sagte Emma, »wenn er Arzt ist, ist er nett.«

»Meine Fresse, bist du blöd«, brummte Kosken. »Also wirklich.«

Da stand Emma auf, ging zur Tür und ließ sie mit einem Knall, der die Wände zum Einstürzen hätte bringen können, hinter sich zufallen.

Dann war die Stunde zu Ende.

32

Es gab Fisch, und ich stand in der Schlange und redete mit Kosken. Auf dem Weg zu einem Tisch entdeckte ich Elin ganz hinten am Fenster. Sie war allein.

»Ich geh zu …« Ohne den Satz zu beenden, ging ich

zu ihr. Auf dem Teller vor ihr lagen einige Mohrrüben
und ein Apfel. Ich setzte mich ihr gegenüber. Sie knabberte an einer Mohrrübe und sah aus dem Fenster. Es
war so eine Art Fenster, das vom Fußboden fast bis
zur Decke reicht. An den Scheiben floss Wasser herunter, und sie knabberte lustlos an einer gelbroten Rübe
herum.

»Wie geht's?«, fragte ich.

Sie legte den Kopf schief, ohne zu antworten.

»Mit der Schülerzeitung«, fuhr ich fort. »Seid ihr
fertig?«

Sie schüttelte den Kopf.

»Hast du die Zeitung gesehen?«

Sie nickte wie im Zeitlupentempo und nagte an der
Mohrrübe, als ob sie giftig sein könnte und es darauf
ankäme, sie sehr vorsichtig zu probieren, um nicht auf
der Stelle tot umzufallen.

»Schmeckt es?«, fragte ich.

Sie zeigte ihre Zähne und biss in die Mohrrübe.

»Wir sind nicht verliebt, oder?«, fragte sie und zeigte
mit der Mohrrübe auf mich.

»Nein.«

Sie nickte. In ihrem Mundwinkel war ein Stückchen
Mohrrübe. »Ist das sicher?«

»Klar.«

»Es ist nicht gut, dass es in der Zeitung steht«, sagte
sie dann, legte die Mohrrübe weg und nahm den Apfel.
Sie rieb ihn an ihrem Pullover und biss hinein, an ihrem
Kinn rann Apfelsaft herunter.

»Was meinst du?«

Sie hatte den Mund voll Apfel. »Vielleicht glaubst

du, es ist etwas. Weil es in der Zeitung gestanden hat,
dass wir verliebt sind. Aber die schreiben so viel Scheiß
in Zeitungen. Wo käme man hin, wenn man alles glauben würde, was da steht.«

»Genau«, sagte ich. »Viel Scheiß in den Zeitungen.
Wo käme man hin, wenn man den ganzen Scheiß glauben würde.«

»Wir sind nicht verliebt, oder?«, sagte sie, den Mund
voll Apfel.

»Nein«, sagte ich, »warum sollten wir verliebt sein?«

Sie biss wieder vom Apfel ab und zuckte mit den
Schultern.

Ich räusperte mich. Mir schien etwas in den Hals
geraten zu sein. Ich räusperte mich noch einmal.

»Wann ist die Schülerzeitung fertig?«

Sie zuckte wieder mit den Schultern und sah aus dem
Fenster.

»Ist es, weil …«, sagte ich.

»Weil … was?«, fragte sie.

»Nichts«, sagte ich. Dann stand ich auf und ging zur
Tür.

33

Als ich nach Hause kam, nieselte es nur noch, und bei
der Hollywoodschaukel war eine tiefe Pfütze so groß
wie unser Wohnzimmer.

In dem Augenblick, als ich auf unseren Hof einbog,
hielt ein dunkelblauer Volvo auf der Straße.

»Henke!«, rief ein Mann, und ich drehte mich um. »Kann ich mal mit dir reden?«

Ich stieg vom Fahrrad. Der Mann lenkte den Volvo an den Straßenrand und stieg aus. Er war klein und dünn und trug eine braune Lederjacke, Jeans und abgenutzte Boots, er selber sah auch ziemlich abgenutzt aus. Seine Haare waren von der Art, die einen an Kommodenschubladen voller alter Kinderzeichnungen aus der Unterstufe, braun gesprenkelte Plastikkämme, die keine Zinken mehr haben, leere Streichholzschachteln und Schnupftabakdosen ohne Schnupftabak erinnerten.

»Larsson«, sagte er, als er mich erreicht hatte. »Ich bin Polizist. Wollen wir uns ins Auto setzen, oder möchtest du hineingehen?«

»Wir können reingehen.«

Ich ging ihm voran. Mama hatte abgewaschen und den Tisch abgewischt, es roch nach grüner Seife, so hatte es schon seit Ewigkeiten nicht mehr bei uns gerochen.

Larsson schlenkerte sich vor der Tür seine nassen Boots von den Füßen, und ich stieg aus meinen Sneakers. Ich sank am Tisch nieder, und Larsson zog einen Stuhl hervor und setzte sich mir gegenüber. Aus seiner Innentasche nahm er das Fahrtenmesser. Er reichte es mir, ich schaute es an und legte es zwischen uns auf die Wachstuchdecke.

»Erkennst du das?«

»Ja.«

»Gehört es dir?«

»Ich habe es von meinem Vater.«

»Und du bist sicher, dass es dir gehört?«

»Ich habe es bekommen, als ich zwölf wurde. Ich habe es …«

»… vier Jahre lang besessen.«

»Ja.«

Er tippte gegen das Messer und ließ es kreiseln, so dass der Schaft auf mich zeigte. Dann nickte er zur Tür.

»Ist das dein Fahrrad, auf dem du gekommen bist?«

»Ja.«

»Hast du es schon lange?«

»Seit dem Sommer.«

»Deine Klassenlehrerin hat genauso eins.«

»Das ist inzwischen wahrscheinlich Schrott.«

»Kann man wohl sagen.«

Er ließ das Messer wieder kreiseln, diesmal zeigte der Schaft auf ihn.

»Haben Sie Allan festgenommen?«, fragte ich.

Aber er antwortete nicht, ließ nur das Messer noch einmal kreiseln, dann lehnte er sich zurück, holte eine Schnupftabakdose hervor und legte sich einen Priem ein. Er klopfte mit der Dose auf den Tisch, dann steckte er sie zurück in die Tasche.

»Du hast doch bestimmt eine Freundin.«

»Nein.«

»Nein?«

»Nein.«

»Aber ich hab so was gehört. Und gelesen. Ihr seid in der Zeitung abgebildet.«

»Wir haben nur getanzt.«

»Sie ist also nicht deine Freundin?«

»Wir haben nur getanzt.«

Er musterte mich eine Weile. Seine Oberlippe war gewölbt. Seitdem er den Priem genommen hatte, sah er anders aus. Jetzt wirkte er gefährlich.

»Ich hab gehört, du bist mit einem Mädchen zusammen, das Elin heißt.«

»Wir sind nicht zusammen.«

»Es gibt also niemanden, der eifersüchtig auf dich sein könnte, weil du mit Elin zusammen bist?«

»Nein.«

»Kennst du Emil?«

»Nein.«

»Du kennst Emil nicht?«

»Nein.«

»Sind nicht Emil und Elin zusammen?«

»Keine Ahnung.«

Larsson seufzte. »Könntest du nicht etwas mitteilsamer sein?«

»Was möchten Sie wissen?«

Er beugte sich über den Tisch, fingerte am Messer und ließ es wieder kreiseln. Sein Gesicht war meinem jetzt nah, da ich mit aufgestützten Ellenbogen dasaß.

»Weißt du, was ich gehört habe?«

Ich schüttelte den Kopf.

»Ich hab gehört, dass du neuerdings mit einem Mädchen zusammen bist, das Elin heißt. Ihr seid zusammen zum Tanzkurs gegangen und habt getanzt. Daran ist nichts Besonderes. Es ist nur so, dass Elin einen Freund hat, Emil. Er betrachtet Elin als sein Mädchen. Es quält ihn, dass du mit seinem Mädchen tanzen gehst, also beschließt er, dem Tanzen ein Ende zu bereiten. Deshalb geht er an einem Nachmittag, als der Schulhof leer ist, zu den Fahrradständern und manipuliert die Bremsen an einem Fahrrad, das er für deins hält. Es war nur nicht dein Fahrrad, das er manipuliert hat. Es war das Fahrrad eurer Klassenlehrerin. Was meinst du, wie klingt das?«

»Phantasievoll.«

»Ich hab einen Zeugen.«

»Aha. Und was hat das mit mir zu tun?«

»Warum bist du so unfreundlich?«, fragte Larsson.

»Ich bin nicht unfreundlich. Ich hör mir bloß Ihre …«

»Meine was …?«

»Geschichten an.«

Larsson beugte sich noch weiter über den Tisch, und ich roch den Priem, als er den Mund öffnete; sein Gesicht war meinem ganz nah.

»Man könnte sich ja vorstellen, dass dieser Emil sich noch mehr einfallen lassen wird, oder? Etwas, das nicht eine ganz unschuldige Lehrerin trifft, sondern dich. Meinst du nicht?«

»Keine Ahnung. Ich kenne Emil nicht.«

»Wir können ihm nachweisen, dass er das Fahrrad eurer Lehrerin manipuliert hat. Er hat sich nämlich verletzt, als er die Bowdenzüge losgeschraubt hat. Am Bowdenzug ist ein Blutfleck. Und ein Blutfleck reicht; mit einer DNA-Probe können wir feststellen, ob er sich am Fahrrad zu schaffen gemacht hat oder nicht. Für einen DNA-Test braucht man allerdings drei Wochen, und in drei Wochen kann viel passieren. Da könnte auch dir manches passieren.«

»Nein.«

Larsson lehnte sich zurück. »Glaubst du nicht?«

»Nein.«

»Warum nicht?«

»Ich glaub nicht, dass Emil so ist.«

»Wie, so?«

»Einer, der weitermacht. Wenn es schiefgegangen ist. Ich glaube nicht, dass er weitermacht.«

»Vorhin hast du gesagt, du kennst Emil nicht.«

»Ja.«

»Und jetzt weißt du plötzlich, was für ein Junge er ist und wie er reagiert, wenn ihm etwas misslingt.«

»Ich glaube … das eben.«

»Und was glaubt Elin?«

»Wie meinen Sie das?«

»Glaubst du, er könnte etwas gegen Elin unternehmen?«

»Warum sollte er das?«

»Vielleicht fühlt er sich gekränkt.«

»Das glaub ich nicht. Elin und ich sind nicht zusammen. Sie geht auf Natur, ich geh in die Abfallklasse. Verstehen Sie nicht, dass es einfach unmöglich ist? Kein Mädchen vom naturwissenschaftlichen Zweig ist mit jemanden aus der Müllklasse zusammen.«

Er nickte und sah mich fragend an. »Meinst du?«

»Ja, das meine ich.«

Er zeigte auf das Messer. »Du nimmst das doch wohl nicht wieder mit in die Schule.«

»Nein.«

»Und du trägst keine Waffen?«

»Nein.«

»Gut.« Er stand auf. »Vielen Dank für das Gespräch.«

»Keine Ursache.« Ich stand ebenfalls auf.

»Hast du dich verletzt?« Larsson zeigte auf die Wunde an meiner Stirn.

»Bin vom Fahrrad gefallen.«

Er hob die Augenbrauen, als würde er mir nicht glauben, sagte jedoch nichts.

»Hat Allan die Sporthalle angesteckt?«, fragte ich.

Larsson zog sich die Boots an und ging, ohne zu antworten, auf den Hof. Er versuchte, einen Bogen um die Wasserpfütze zu machen, um keine nassen Füße zu bekommen, was ihm aber nicht ganz gelang. Ich sah, dass er eine Weile im Auto sitzen blieb, ehe er losfuhr. Vielleicht notierte er etwas oder was Polizisten so tun, wenn sie mit jemandem gesprochen und interessante Sachen erfahren haben.

Ich ging in mein Zimmer, warf mich auf mein Bett und las weiter in dem Buch über Kapitän Nemo. Nach einer Weile schlief ich ein. Als ich aufwachte, goss es. Ich holte Stiefel und Regenmantel und zog Wollsocken an, ehe ich in die Stiefel stieg, denn es war eine feuchte Kälte, und dann ging ich zum Kiosk und löste Mama ab.

34

Dienstag brachte Frau Persson neue Blätter mit, die sie verteilte. Sie bat mich vorzulesen.

»Putzfrau, Botschafter, Würstchenverkäuferin, Arzt, Jurist, Tellerwäscher.«

»Was sind das?«, fragte Frau Persson, als ich fertig war.

»Scheißarzt, Scheißputzfrau, Scheißbotschafter«, sagte Gustav. »Das sind Substantive.«

Frau Persson wirkte amüsiert. »Stimmt. Sonst nichts?«

»Berufe«, sagte Dragan.

»Das stimmt. Aber was für Berufe?«

»Normale Berufe«, sagte Emma.

»Na ja«, sagte Frau Persson. »Sind das wirklich normale Berufe?«

»In dieser Stadt gibt es keinen Botschafter«, sagte Dragan.

»Was ist ein Jurist?«, fragte Kosken.

»Rechtsanwälte oder Richter, Blödmann!«, fauchte Emma.

»Warum wirst du so böse?«, sagte Frau Persson.

»Ich halte solche Fragen nicht aus«, sagte Emma. »Man kann doch nicht in eine Klasse gehen, wo Leute so was Blödes fragen, was selbst kleine Kinder wissen.«

»Kann man nicht nach allem fragen?«

Emma schüttelte den Kopf. »Nicht so was, was anderen peinlich ist.«

Dragan holte den Kamm hervor. »Es ist dir peinlich, weil Kosken fragt, was ein Jurist ist?«

»Sie wird daran erinnert«, sagte Gustav, »sie wird daran erinnert, dass sie in die Abfallklasse geht, in der niemand etwas kann. Das ist ihr peinlich.«

Da stand Emma auf, schnappte ihr Handy und stürmte zur Tür hinaus.

»Willst du nicht auch gehen?«, fragte Dragan Louise.

»Ich hab ja wohl noch einen eigenen Willen«, fauchte Louise.

Dragan zuckte mit den Schultern.

»Was ist das für eine Liste?« Frau Persson wedelte mit dem Blatt, das sie in der Hand hielt.

»Das ist keine Liste«, sagte Kosken. »Das ist ein Haufen Berufe.«

»Es ist eine Mischung von Berufen, die man haben möchte und die man nicht haben möchte«, sagte Dragan.

»Genau«, sagte Frau Persson. »Es ist Teil einer soziologischen Untersuchung.«

»Soziologische Untersuchung?«, sagte Louise. »Was ist das?«

Frau Persson erklärte, was eine soziologische Untersuchung ist, und dann erzählte sie, dass man dreitausend Schweden zwischen sechzehn und vierundsiebzig Jahren gefragt hatte, welche Berufe einen hohen Status haben. An die erste Stelle kam der Botschafter, an die zweite der Arzt und an die dritte der Jurist. Die Putzfrau kam auf Platz neunundachtzig, auf Platz neunundneunzig die Würstchenverkäuferin und auf Platz hundert der Tellerwäscher.

»Warum müssen wir uns damit beschäftigen?«, fragte Louise. »Wenn man nun mal eine Mutter hat, die putzen geht. Das ist nicht angenehm.«

»Oder einen Vater, der Botschafter ist«, sagte Kosken. »Ist doch geil.«

»Es geht um mich«, sagte ich.

Gustav strich über Saidas Haar. »Um dich? Du bist doch kein Botschafter.«

»Gestern hab ich drei Stunden im Kiosk gestanden. Wir wollen demnächst auch Bratwurst und Hamburger verkaufen. Dann lande ich auf Platz neunundneunzig.«

Kosken hatte sich aufrecht hingesetzt und zeigte auf die Wunde an meiner Stirn. Unter seinem Zeigefingernagel war ein Trauerrand so groß wie ein Kartoffelacker.

»Jetzt kapierst du vielleicht, dass es mit Elin und dir nie gutgeht. Die wird Ärztin oder Juristin. Zwischen euch liegt eine ganze Welt.«

»Wenn ihr eine Kette startet«, sagte Louise, »so wie McDonald's, dann wirst du Direktor, Henke. Dann kannst du mit Elin zusammen sein.«

»Wir sind nicht zusammen«, sagte ich. »Wir haben nur getanzt.«

Alle guckten mich an. Gustav strich Saida über die Haare, und sie sagte: »Das ist ähnlich wie bei mir. Sie sagen, ich kann nicht mit einem schwedischen Jungen zusammen sein, und jetzt habe ich Gustav.«

»Genau«, sagte Gustav. »Gib nicht auf. Wenn du Elin liebst, darfst du nicht aufgeben.«

»Ich liebe sie nicht«, log ich.

»Du kannst nicht mit Saida zusammen sein«, sagte Kosken zu Gustav.

»Wer sollte mich daran hindern?«

Kosken schüttelte den Kopf.

»Liebe im Krankenhaus«, sagte Louise. »Ihr habt euch doch verliebt, als ihr die Blumen ins Krankenhaus gebracht habt?«

»Was ist das bloß für eine Idiotenklasse!«, rief

Kosken. »Erst haben wir einen, der bildet sich ein, er könnte ein Mädchen von der Natur haben, dann haben wir einen anderen, der bildet sich ein, er könnte mit einer von den Schwarzköpfen zusammen sein, die ein Kopftuch trägt.«

»Ich hab es abgelegt«, flüsterte Saida.

»Aber sobald du das Schulgebäude verlässt, nimmst du es wieder!«, grölte Kosken. »Ihr drei seid total bekloppt! Kapiert ihr nicht, dass es nicht geht?«

»Die Liebe überwindet alles«, sagte Louise. Sie sah aus, als hätte ihr jemand ein Stück Marzipantorte angeboten – und sie hatte die rote Blume in der Mitte erwischt und außerdem ein größeres Stück als die anderen. »Ihr habt euch doch im Krankenhaus verliebt?«

»Das ist ja das reinste Irrenhaus!«, brüllte Kosken. »Es wird mit einer Katastrophe enden!«

»Ich denke, ihr solltet etwas schreiben«, sagte Frau Persson.

»Eine Todesanzeige!«, sagte Kosken. »Die werden wir schreiben müssen.«

Saida sah mich an. »Du musst für deine Liebe einstehen«, flüsterte sie.

Ich begegnete ihrem Blick. Es war das erste Mal, dass wir uns ansahen.

»Genau!«, sagte Gustav. »Benimm dich wie ein Mann. Steh gerade für das, was du willst.«

»Ich liebe sie nicht«, log ich.

»Klar liebst du sie«, sagte Kosken. »Du bist blöd genug, dich in eine zu verlieben, die du nie kriegen kannst. Du bist der größte Idiot der Schule. Weißt du das, der scheißverdammte größte Idiot der Schule.«

»Ich liebe sie nicht«, sagte ich, »wir haben nur getanzt.«

»Das glaub ich nicht«, sagte Louise. »Es steht ja sogar in der Zeitung, dass ihr verliebt seid.«

»Ihr könntet eine Erzählung schreiben«, mischte sich Frau Persson ein, »von jemandem, der sich hoffnungslos verliebt hat. Eine Lehrerin zum Beispiel, die sich in einen Putzmann verliebt.«

»Nein«, sagte Louise. »Das geht nicht. Der Mann muss der Lehrer sein.«

»Wisst ihr, was ein Klischee ist?«, fragte Frau Persson.

»Meinen Sie, das interessiert mich?«, zischte Louise, die es genauso wenig wie Emma leiden konnte, wenn man dahinterkam, dass sie etwas nicht wusste.

Frau Persson sah uns andere an.

»Weiß jemand von euch, was ein Klischee ist?«

Niemand wusste es, und nach einer Weile hatte sie es erklärt. Ich begann, eine Geschichte zu schreiben, in der sich eine Botschafterin in einen Bratwurstverkäufer verliebt. Er wird Hunken genannt und hat vorstehende Zähne, aber sie findet seine Augen schön. Sie verliebt sich in ihn, als sie an einem Abend, an dem es so gießt, dass die halbe Straße abgesperrt ist und das Wasser alles wegzuspülen droht, mit ihrem Mercedes an seiner Würstchenbude hält.

35

Abends, als ich im Bett lag und in dem Buch über Kapitän Nemo las, schlug die Haustür, und ich hörte Mama sagen: »Ach, du bist das?«

Was er antwortete, konnte ich nicht verstehen, denn Mama stellte den Fernseher lauter, aber ich wusste, dass es Papa war. Nach einer Weile kam sie in mein Zimmer. Sie trug einen hellblauen Morgenmantel und Großmutters alte Pantoffeln. Ich war gerade vom Kiosk nach Hause gekommen, es hatte den ganzen Abend gegossen, und ich fror wie ein Dackel im Tiefschnee.

»Papa ist da«, sagte Mama.

»Um was geht es?«, fragte ich, ohne sie anzusehen.

»Er möchte sein Messer wiederhaben.«

»Nein.«

»Hast du es nicht?«

»Nein.«

Mama setzte sich auf die Bettkante. »Willst du nicht runterkommen und mit ihm reden?«

»Ich lese.«

»Das kannst du später auch noch.«

»Nein.«

Mama seufzte. »Er möchte das Messer haben.«

»Ich hab's nicht.«

»Weißt du nicht, wo es ist?«

»Ich hab's verloren.«

Mama seufzte wieder, dann streichelte sie meinen Fuß, als wäre er eine grau gestreifte Katze, die gleich anfangen sollte zu schnurren.

»Ist es gut?«

»Ja.«

»Ist es aus der Bibliothek?«

»Ja.«

Sie beugte sich vor, um den Titel zu lesen. »Hast du es, seit Harald es ausgeliehen hat?«

»Geh jetzt.«

»Sei nicht so unfreundlich, Henke. Er möchte nur sein Messer haben. Es ist das Einzige, was er jemals von seinem Vater bekommen hat. Da ist es doch verständlich, dass er es wiederhaben möchte.«

»Geh jetzt.«

Sie stand auf und ging hinunter. Nach einer Weile schlug die Haustür zu. Es regnete so heftig, dass ich nicht hören konnte, wie er mit seinem Auto wegfuhr, obwohl er es vermutlich direkt vor der Pforte geparkt hatte.

Ich ging zu meinem Schrank, in dem ich auf einem Bord einen Haufen alte Kleider verwahrte. Zwei Wollpullover, aus denen ich herausgewachsen war, hatte ich über das Messer gedeckt. Ich nahm es hervor und fuhr an der Klinge entlang. Sie war wirklich scharf, man sah, dass sie viele Male geschliffen worden war, denn nah am Schaft war das Blatt dick, der Rest war bis auf fast fünf Millimeter abgeschliffen. Ich steckte es zurück in die Scheide und versteckte es zwischen den Pullovern.

Es war lange her, seit ich ein scharfes Messer besessen hatte, und es konnte an einem der nächsten Tage gut sein, eins zu haben.

Am nächsten Tag stand eine große Überschrift auf der
ersten Seite der Lokalzeitung:

MYSTERIÖSER TODESFALL DURCH
ERTRINKEN

Ich weiß nicht, warum ich sofort Herzklopfen bekam, aber das kam vielleicht daher, dass mich die Überschrift daran erinnerte, was am Tag nach Annis Tod auf
der ersten Seite gestanden hatte. Da war der Todesfall
nicht als »mysteriös« bezeichnet worden, sondern als
»tragisch«.

Also setzte ich mich mit einer Tasse Kakao an den
Küchentisch, draußen goss es, und Mama war nicht zu
Hause – sie war wahrscheinlich im Kiosk. Ich trank den
Kakao und aß fast ein halbes Paket Knäckebrot auf,
und dabei las ich den Artikel über Ulrik Molin.

Ulrik Molin war neunundfünfzig Jahre alt, als er
zum Fluss ging, um sich flussaufwärts zu den Wasser-
fällen zu begeben, wo er angeln wollte. Sobald er den
Bootssteg betrat, sah er, dass man ihm seinen Außenbordmotor gestohlen hatte, einen fast neuen Vierzylin-
der. Ulrik Molin hat sich trotzdem auf den Weg gemacht.
Er war den Kilometer gegen die Strömung gerudert, hat
die Wasserfälle erreicht und angefangen zu angeln. Dort
hat er wahrscheinlich einen Herzinfarkt bekommen.
Ulrik Molin war Raucher und übergewichtig und hatte
Herzprobleme. Er war ins Wasser gefallen, war ein Stück
abgetrieben worden, und dann war sein Körper unter
einigen Stämmen hängen geblieben, die verkeilt am
Grund mitten im Fluss lagen. Die Polizei war sicher,

dass es sich so zugetragen hatte. Trotzdem war der Fall ziemlich unbegreiflich, da man Ulrik Molins Boot ein Stück entfernt flussabwärts an einer Birke vertäut gefunden hatte. Die Polizei bittet die Bevölkerung um Informationen, die zur Aufklärung dieses mysteriösen Todesfalls beitragen könnten.

Wenn Ulrik Molin überlebt hätte, wäre er am dritten September sechzig geworden. In jungen Jahren war er ein vielversprechender Bandyspieler gewesen. Eine ältere Schwester und zwei Geschwisterkinder trauerten um ihn. Die Kinder waren schon seit langem weggezogen.

Ich dachte an Mama und was sie wohl fühlen würde, wenn sie die Überschrift las. Sie würde genauso wie ich reagieren. Sie würde sich an die großen schwarzen Überschriften nach Annis Tod erinnern. Ich machte mir noch ein Butterbrot und nahm das letzte Stück Käse. Dabei fiel mir ein, dass Mama die Zeitung auf den Tisch gelegt hatte, damit ich sie sah, und das bedeutete wohl, dass sie jedenfalls nicht in Tränen ausgebrochen war.

Dann zog ich meinen Regenmantel an und fuhr los.

Die Stelle bei der Tankstelle, wo die Straße weggespült worden war, war für Autos gesperrt. Nur Fahrräder und Mopeds durften passieren. Motorräder und Autos mussten umkehren und einen Umweg machen. Die Absperrung wurde von der Polizistin mit dem Pferdeschwanz bewacht, und als ich sie einen Laster stoppen sah, durchzuckte mich der Gedanke, dass ich zu ihr gehen und ihr erzählen sollte, dass ich es gewesen war, der Ulriks Boot an Land gezogen hatte, dass ich es an der Birke vertäut hatte und dass der Fall nicht die Spur mysteriös war.

Aber dann dachte ich wieder an Mama und dass es vermutlich neue Überschriften geben würde:

SCHÜLER LÖST DAS RÄTSEL DES
MYSTERIÖSEN TODESFALLES

Und diese Überschrift wollte ich Mama ersparen, schon deswegen, weil sie den ganzen Tag im Kiosk stand und Zeitungen verkaufte. Die Überschrift auf der ersten Seite würde ihr ja nicht entgehen.

Als ich die Schule erreichte, begegnete ich Gustavs großem Bruder und seinen Kumpels mit den Schweineäuglein. Sie schienen auf mich gewartet zu haben.

»Hi, Scheißer, jetzt ist bald das Tauffest, und du bist der Einzige, der noch nicht bezahlt hat.«

Sie drängten mich gegen eine Spindreihe, und einer steckte seine Hand in eine meiner Taschen.

»Wenn du meinen Schwanz anfassen willst, gibt es eine nettere Möglichkeit«, sagte ich zu dem Schweineäugigen, der in meiner Tasche herumtastete.

Er wurde rot und zog seine Hand hastig zurück. Sein Kumpel versetzte mir einen Schlag ins Zwerchfell.

»Hundert«, sagte Gustavs Bruder und schnipste mit den Fingern.

Ich gab ihm fünf Scheine. Er steckte sie in die Tasche, und einer seiner schweineäugigen Kumpel hakte meinen Namen auf einer Liste ab.

»Du bringst wahrscheinlich deine Tanzpartnerin mit?«, fragte Gustavs Bruder. Er guckte seine Kumpels mit dieser Art Blick an, wie vielleicht Bauernknechte gucken, wenn sie vor dem Stall sitzen und darüber reden, wie man Hühner bumst. Falls es überhaupt noch Bauernknechte gibt. Die sind vielleicht schon vor langer Zeit ausgestorben.

»Nein«, sagte ich. »Ich tanz lieber mit dir, den ganzen Abend.«

»Tss«, machte Gustavs Bruder. »Blöder Schnack.«

»Wir haben eine Überraschung für dich«, sagte einer seiner Kumpel. »Du magst doch Überraschungen?«

»Überrasch mich ordentlich«, sagte ich. »Zeig mir, dass du auch noch an was anderem interessiert bist als an Damenunterwäsche mit Pinkelflecken.«

»Großmaul«, sagte Gustavs Bruder und wandte sich ab, als ob er gehen wollte. Als er sich umdrehte, stieß er mir den Ellenbogen in den Magen. Er traf mich direkt unter den Rippen. Mir blieb die Luft weg, und ich krümmte mich. Er packte mich an den Haaren und schüttelte meinen Kopf, während ich vornübergeneigt nach Luft schnappte.

»Wir werden dich überraschen, da kannst du sicher sein. Wenn überhaupt jemand, dann kriegst du etwas für dein Geld.«

Dann verschwanden sie. Und während sie sich zwischen den Spinden entfernte, grölte die ganze Clique:

I don't know but I've been told,
the streets of heaven are lined with gold ...

Und dann hörte ich Gustavs Bruder lachen, Gott weiß, worüber.

Ich stand noch zwischen den Spinden, da tauchte Kosken auf. »Hast du Anna gesehen?«, fragte er.

»Nein.«

Er musterte mich. »Was ist los mit dir? Geht's dir nicht gut?«

»Was gibt es heute zu essen?«

»Suppe. Hast du sie nicht gesehen … Guck mal …«

In einiger Entfernung näherten sich Elin und Emil mit raschen Schritten. Elin redete und wedelte mit einem Blatt Papier, und Emil hörte zu. Er schüttelte den Kopf und schien zu sagen, dass er eigentlich nicht …

»Pech«, sagte Kosken. »Sie hat Schluss mit dir gemacht.«

»Nein«, sagte ich.

»Doch«, sagte Kosken.

»Nein«, sagte ich. »Sie hat nicht Schluss mit mir gemacht, weil wir nie zusammen waren.«

Da lachte er mit weit offenem Mund, so dass man ihm fast bis in den Magen gucken konnte, und wenn man sich vorgebeugt und mit einer Taschenlampe hineingeleuchtet hätte, hätte man sehen können, was er zum Frühstück gegessen hatte.

»Ihr wart nicht zusammen? Ich hab euch Abend für Abend zusammen tanzen sehen, und du hast ausgesehen, als wüsstest du nicht, ob du mehr verliebt oder eher geil bist oder beides. Sag nicht, du warst nicht mit ihr zusammen, sag das nicht.«

»Wir waren nicht zusammen«, sagte ich. Dann ging ich zum Klo und schloss mich ein.

Er gab nicht auf. »Ihr wart zusammen. Das sah man euch doch von Weitem an. Und jetzt hat sie Schluss mit dir gemacht! Warum? Weil du ein Dreck bist, Henke, ein einziger verdammter Dreck!« Er trat gegen die Klotür. »Spül dich runter, solange du noch eine Chance hast.« Dann ging er.

Ich blieb eine Weile auf dem Klodeckel sitzen und überlegte, ob ich wieder nach Hause fahren sollte. Ich fühlte mich nicht in Form. Aber dann ging ich doch raus, und wer stand vor mir im Flur? Kein anderer als Sten Bergman in seinem Cowboyhemd. Ich erkannte es und auch den Rest seiner Erscheinung. Aber irgendwas stimmte nicht.

»Hallo, Herr Bergman«, sagte ich. »In der letzten Zeit einen Kannibalen gegessen?«

Er schüttelte den Kopf. Weit entfernt, vom anderen Ende der Spindhalle, ertönte: *I don't know but I've been told, the streets of heaven are lined with gold …* Jetzt hatten sie vermutlich einem anderen Loser hundert Kronen abgeknöpft.

»Was gibt es zu essen?«

»Suppe«, sagte Bergman, und ich sah, was ihn so verändert hatte.

»Sie haben sich die Haare schneiden lassen! Steht Ihnen gut!«

Er strich sich über den Kopf. »Ich hab gehört, dass du dein Messer zurückbekommen hast.«

»Ja«, sagte ich. »Man braucht eben manchmal ein Messer. Aber ehrlich, eine super Frisur.«

Er sah aus, als hätte er sich die Haare eigenhändig abgeschnitten – mit der elektrischen Küchenmaschine.

»Bring es nur nicht wieder mit in die Schule.« Er versuchte auszusehen, als redete er über etwas Wichtiges und Ernstes.

»Die Borkenschiffchen«, sagte ich, »verstehen Sie, für die braucht man doch ein Messer.«

Da kam Allan heran. Hinter ihm ging ein stämmiger Junge, kaum älter als ich.

»Haben sie den Brandstifter freigelassen?«, sagte ich.

»Ich weiß nichts«, sagte Sten Bergman und versuchte, ahnungslos auszusehen.

»Aber da kommt er ja. Ist Ihnen klar, was für eine Verantwortung Sie haben? Kennen Sie das Risiko? Er könnte das Ganze noch mal anzünden. Hier gibt es neunhundert Schüler. Wir könnten alle verbrennen.«

»Er ist nicht allein.« Sten Bergman nickte zu dem großen Mann hinüber, der Allan auf den Fersen folgte.

»Ein Aufpasser«, sagte ich. »Hat er einen Aufpasser gekriegt? Schlafen die auch im selben Bett?«

Bergman seufzte. »Es ist nicht leicht, jung zu sein.«

»Kümmern Sie sich um Ihre eigenen Angelegenheiten«, sagte ich und folgte Allan und seinem Aufpasser.

»Du!«, rief Bergman mir nach. »Nicht vergessen, was ich gesagt habe, keine Waffen in der Schule.«

Aber ich antwortete nicht.

Zwischen den Spinden rief jemand.

»Du, Nutte, komm mal her!«

Ich warf einen Blick über die Schulter, um zu sehen, wer gemeint war. Es war ein Mädchen, das genauso einen dünnen Hals wie Anni hatte. Ihre spitzen Ellenbogen ragten aus einem allzu großen T-Shirt. Sie war klein, und als sie an mir vorbeistürmte, begegnete ich kurz ihrem flackernden, ängstlichen Blick.

»Nutte! Komm her!«, ertönte es wieder. Und dann grölendes Gelächter, genauso hart und hohl wie Allans ständige Tritte gegen die Türen.

»Nutte! Komm her. Aber halt's Maul. Hast du gehört! Komm her und halt's Maul!«

36

Samstagmorgen wurde ich von Mama geweckt. Sie stand in Regenjacke und Stiefeln neben meinem Bett, und die Haare hingen ihr in nassen Strähnen ins Gesicht.

»Der Bach tritt über die Ufer. Es läuft Wasser in den Keller.«

»Hier?«

»Bei Großmutter.«

»Wie spät ist es?«

»Auf dem Marktplatz verteilen sie Plastiksäcke für die Leute, die am Fluss wohnen. Aber wir brauchen auch welche. Ich hab gefragt, ob jemand mit einem Traktor kommen kann, der einen Wall an der Bachbiegung aufwirft. Der Mann hat gelacht und gesagt, dass der ganze Schulhof vom Bach überschwemmt wird. Die Feuerwehr pumpt den Keller des Gemeindehauses aus. Wir müssen einen Wall bauen, sonst ist Großmutters Keller noch vor heute Abend voller Wasser, und dann ist das Haus völlig wertlos.«

Sie ging in die Küche, und ich zog mich an, ziemlich schlaftrunken, denn ich war spät nach Hause gekommen. Wir hatten den ganzen Abend bei Kosken gesessen, nur er, Dragan und ich. Mir brummte der Schädel, und mir war schlecht.

Nachdem ich ein Butterbrot gegessen und einen Kakao getrunken hatte, fuhren wir los. Mama hatte ihr altes Fahrrad hervorgeholt. Es war Ewigkeiten her, seit ich sie darauf hatte fahren sehen. Auf dem Gepäckträger war ein Karton mit großen schwarzen Plastiksäcken festgeklemmt.

Es regnete ununterbrochen, und noch ehe wir Großmutters Haus erreicht hatten, war ich von den Stiefelschäften bis zur Taille durchnässt.

Der Hof stand unter Wasser, der Bach war über die Ufer getreten, und an der Biegung hundert Meter oberhalb von Großmutters Haus hatte sich ein neuer Bach gebildet. Das Wasser floss über den Hof und in den Graben auf der anderen Straßenseite. Dort war das Wasser metertief, braun und schlammig strömte es stärker dahin, als ich es je im Frühling hatte strömen sehen, wenn nach der Schnee- und Eisschmelze viel Wasser durch den Bach floss.

»Wir schippen oben an der Biegung einen Wall«, sagte Mama und nahm den Karton mit den Plastiksäcken unter den Arm. Ich holte Spaten. Und die ganze Zeit regnete es. Auch an der Bachbiegung war die Strömung stärker, als sie jemals im Frühling gewesen war.

»Das schaffen wir nicht zu zweit«, sagte ich.

Mama presste die Zähne zusammen, und ihre Lippen wurden schmal und farblos.

»Das Haus ist das Einzige, was mir von ihr geblieben ist. Ich kann nicht zulassen, dass es zerstört wird.«

Sie ging zu der Wiese hinter uns und begann, Grasnarben abzustechen. Ich stellte mich neben sie, und dann gruben wir gemeinsam, wir standen bis zu den Knöcheln im Wasser. Nachdem wir sechs Säcke bis zur Hälfte gefüllt hatten, trugen wir sie zur Biegung.

Das Wasser schoss dahin, hier und da bildeten sich kleine Wirbel, und es regnete unablässig.

»Sechs halb gefüllte Säcke reichen nicht«, sagte ich, »die werden weggespült. Wir brauchen mehr, wir müssen einen richtigen Damm bauen.«

Also legten wir unsere sechs halb vollen Säcke auf einen Haufen zwischen zwei Tannen und kehrten zur Wiese zurück. Und erst gegen Mittag hatten wir genügend halb gefüllte Säcke beisammen, so dass wir mit dem Dammbau beginnen konnten.

Während wir bauten, hörte es auf zu regnen, und als wir fertig waren, hatten wir einen Teil des Wassers gestaut, das von der Bachbiegung über unseren Hof laufen wollte. Weiter unten hatte der Bach höhere Ufer, und das Wasser reichte genau bis zum Uferrand und strömte jetzt nicht mehr über den Hof.

Mama sah richtig wild aus. Ihre Wangen glühten, und ihre Augen waren schwarz. Ich musste lachen, als sie sich mit der Hand über die Stirn fuhr und einen dunklen Strich Lehm am Haaransatz hinterließ.

»Lach du nur«, sagte sie verbiestert. »Du solltest dich mal selber sehen, wie du aussiehst. Jetzt schauen wir nach dem Haus.«

Auf dem Kellerfußboden stand Wasser, und gemeinsam schöpften wir es mit Eimern aus. Dann wischten wir den Boden auf. Wir hatten ein altes Laken zerrissen,

340

das einen weinroten Plüschsessel bedeckte, den Großmutter ausrangiert hatte, als ich noch in die Unterstufe ging. Ich sah eine Maus im Wasser schwimmen und wollte sie mit dem Eimer erschlagen, aber dann musste ich an Anni denken. Es war, als wäre sie dort bei uns im Keller, und ich ließ die Maus die Treppe hinauf entwischen.

Als der Fußboden fast trocken war, sah Mama sich um und zeigte auf einen Riss im Putz in der Wand zum Fluss hin, wo das Wasser langsam, ganz langsam durchsickerte.

»Wir gucken morgen noch mal nach«, sagte sie. »Jetzt sind wir zu schwach.«

Und das stimmte. Mein Magen knurrte, und ich war erschöpft. Als wir auf die Landstraße kamen, sahen wir ein hellblaues Loch in der Wolkendecke. Es war schon so groß, dass man es mit der Hand abdecken konnte, wenn man sie gegen den Himmel hielt.

»Hast du aufgehört zu rauchen?«, fragte ich unterwegs.

»Ja«, sagte sie. »Ich hab aufgehört, und ich will auch nicht wieder anfangen.«

Zu Hause öffnete sie zwei Dosen Bohnen, kochte Kartoffeln und briet Speck, und dann aßen wir schweigend. Hinterher tranken wir Kaffee, und Mama schielte zum Aschenbecher.

»Jetzt muss ich mich zusammenreißen«, sagte sie.

Ich beugte mich vor und legte eine Hand auf ihre. Da schluchzte sie auf, nur ganz kurz, und ich dachte, jetzt kommt es, jetzt kann sie nicht mehr dagegenhalten, jetzt wird alles wie früher, sie weint nur noch und weint, und dann legt sie sich ins Bett und raucht sich weiter zu Tode.

Aber so weit kam es nicht. Sie wischte sich über die Wange und stand auf. Ich duschte, und als ich aus dem Bad kam, stand ein Soldat der Heilsarmee in der Küche. Auf der Straße wartete ein Laster, und ich begriff, dass er wegen der Kleidersammlung kam. Er hatte graue zurückgekämmte Haare, war groß und schlank, und Mama fragte ihn, ob er Kaffee haben wollte. Seine schwarzen Schuhe wirkten nass, und die Uniformmütze hielt er mit beiden Händen am Schirm vor dem Hosenschlitz fest.

Ich ging in mein Zimmer, zog mich an und fuhr zu Kosken. Als ich das Fahrrad an der Pforte abstellte, war der Himmel blau und es war ganz windstill.

Koskens kleiner Bruder öffnete mir die Tür. Der Junge hatte ein blaues Auge und seine linke Wange war geschwollen.

»Dein Bruder ist brutal«, sagte ich.

Der Kleine antwortete nicht, zuckte nur mit den Schultern und verschwand in der Küche.

»Hi!«, rief Kosken vom Klo.

»Musstest du deinen kleinen Bruder dermaßen vermöbeln?«, rief ich zurück.

»Das war ich nicht«, antwortete Kosken. »Das war Vater.«

Ich ging in sein Zimmer. Er hatte nach gestern Abend nicht aufgeräumt, der Aschenbecher quoll über von Kippen. Ich öffnete das Fenster und setzte mich auf die Matratze. Neben dem Bett lag ein Häufchen Comichefte. Ich blätterte in einem, das noch neu wirkte. Es handelte von einem Mann, der durch Wände gehen konnte.

Kosken stand in der Tür.

»*Der Röntgenmann*«, sagte er. »Stell dir vor, man könnte in andere hineinsehen.«

»Wen möchtest du sehen?«

Kosken lachte. »Ich kann dir eine Liste von den zehn Mädchen machen, die ich als Erstes sehen möchte.«

»Ist das wahr?«

»Und ob. Ich könnte die Liste auch verlängern, wenn du willst.«

Dann ging er in die Küche, und ich hörte ihn Eis auf einen Teller kippen. Mit einem Krug Wolfstatze voller Eisstückchen kam er zurück.

»Ich hab einen Staudamm gebaut«, sagte ich, »mit meiner Mutter. Gegen das Wasser.«

»Bei dem Wetter?«

Er setzte sich neben mich auf die Matratze, goss ein Glas Wolfstatze ein und reichte es mir. Es sah aus wie der schwarze Johannisbeersaft, den Großmutter früher gekocht hatte.

»Wo ist Anna?«, fragte ich.

»Hab Schluss gemacht mit der Kuh.«

»Hast du?«

Er nickte.

»Also hat nicht sie dir den Laufpass gegeben?«

»Sie war jedenfalls nicht mein Typ.«

»Wer ist denn dein Typ?«

Er grinste. »Die, die sich ausziehen, wenn man sie dazu auffordert.«

»Verstehe.«

343

Er mischte immer eine sehr schwache Wolfstatze, so dass man kaum merkte, wenn man betrunken wurde. Erst wenn man aufstand, hatte man ein Gefühl, als kriegte man einen Besenstiel in die Kniekehle. Man wollte sich gleich wieder setzen. Aber bis dahin war es noch weit.

»Du suchst dir also ein neues Baby?«

»Was hältst du von Louise?«, fragte er und tastete nach der Zigarettenschachtel.

»Die zieht sich bestimmt aus. Du brauchst sie nicht mal darum zu bitten.«

Kosken nickte.

»Aber ich würde sie nie bitten, sich auszuziehen«, sagte ich. »Eher würde ich sie bitten, sich anzuziehen. Ordentlich und viele Schichten. Sie sieht zu scheußlich aus.«

»Louise ist in Ordnung«, sagte Kosken. »Weißt du, dass wir in der Sechsten zusammen waren?«

»Aber seitdem bist du klüger geworden?«

Er sah ernst aus, als ob ich ihm gesagt hätte, er habe schöne Augenwimpern oder ein gepflegtes Äußeres.

»Findest du?«

»Nein, das war eine Frage.«

»Ich mag Louise. Sie hat gute … du weißt …« Er verdrehte die Augen und zündete sich eine Zigarette an. »Heute Abend nehm ich einen Kanister mit«, fuhr er fort. »Auf dem Fest kann man Geschäfte machen. Die Leute haben Durst. Kommt Elin auch?«

»Immer dies Gerede von Elin. Wir sind nicht zusammen.«

»Klar seid ihr zusammen. Du bist in sie verliebt. Dann seid ihr zusammen.«

»Wir sind nicht zusammen. Glaubst du, es wird schlimm?«

»Mehr als schlimm. Die wollen den Rekord vom letzten Jahr brechen. Da haben alle aus den Ersten gekotzt. Alle!«

»Scheiße. Ich hasse es, wenn mich Leute ankotzen.«

»Meinst du, ich mag das? Glaubst du das? Ich will nüchtern bleiben, ich verkaufe meinen Kanister, und dann geh ich nach Hause, bevor Blut fließt. Du weißt, dass sie es auf dich abgesehen haben?«

»Wirklich?«

»Das weißt du doch. Einige wollen sie überraschen. Du bist einer von ihnen.«

»Wer sind die anderen?«

»Rate mal.«

»Vielleicht Allan?«

Kosken lachte. »Sie wollen Allan volllaufen lassen und ihm eine Flasche Spiritus und eine Schachtel Streichhölzer geben, dann schicken sie ihn zur Schule, damit er erledigt, was er angefangen, aber nicht zu Ende gebracht hat.«

»Wer sind die anderen, die überrascht werden sollen?«

»Ich weiß nur noch jemanden.«

»Wen?«

»Elin.«

»Warum?«

»Sie ist die Chefin dieser Zeitungsgruppe. Die laufen

rum und stellen peinliche Fragen. Weißt du, dass es heißt, sie ist die Intelligenteste in der Schule?«

»Woher weißt du das?«

»Sie versucht, eine Klasse zu überspringen, und es sieht aus, als würde sie es schaffen. Wahnsinnig ungerecht. Nur weil sie reden kann. Alle hassen sie.«

»Ich nicht.«

»Sie ist so verdammt eingebildet, merkst du das nicht?«

»Nein.«

Kosken lachte. »Die Liebe macht blind. Ist dir noch nicht aufgegangen, was für eine eingebildete Fotze das ist? Viele möchten sie auf den Rücken legen. Hast du nicht gesehen, wie sie mit ihrem Block rumläuft und die Leute fragt, ob sie sie interviewen darf?«

»Nein.«

»Heute Abend wird sie umgelegt, darauf kannst du Gift nehmen. Morgen ist sie nicht mehr so verdammt affig.«

Er war rot im Gesicht.

»Von wem redest du?«, fragte ich.

»Hast du mir nicht zugehört? Natürlich von Elin.«

»Also nicht von Anna? Ist es nicht so, dass du auf Anna sauer bist, dass sie mit dir Schluss gemacht hat?«

Er lehnte sich gegen die Wand und blies mir Rauch entgegen. Zwei Fingerspitzen an seiner Rechten waren ganz gelb. Er rauchte auf die gleiche Art wie Mama, so als wollte er die Zigarette am liebsten verschlingen, um sich sofort eine neue anzünden zu können.

Er boxte mich gegen die Schulter. »Wenn ich du

wäre, Alter, würde ich mir überlegen, ob ich nicht zu
Hause bleibe.«

»Warum?«

»Die haben was mit dir vor.«

»Wer?«

»Gustavs Bruder. Er und seine Freunde. Du glaubst
doch nicht, dass sie vergessen haben, was beim Essen
passiert ist. Dass du mit einer Mohrrübe nach ihnen geworfen hast.«

»Ich hab mit nichts geworfen.«

»Vielleicht warst du es nicht, aber das spielt keine
Rolle. Alle sind der Meinung, du hast mit Essen nach
Gustavs Bruder geschmissen. Wenn ich du wäre, würde
ich nicht hingehen. Ist dir klar, wie die sind, er und seine
Kumpel, sobald sie ein bisschen geladen haben?«

»Warum wollen sie was mit Elin machen?«

»Scheiß auf sie, denk lieber an dich.«

»Aber warum wollen sie Elin was Gemeines antun?
Ich kapier das nicht.«

»Kapierst du nicht? Mädchen, die sich so aufspielen,
müssen eins auf die Schnauze kriegen. Die begreift
nichts anderes als Klartext. Und den soll sie kriegen.
Morgen ist sie nicht mehr so verdammt eingebildet.
Sie wird ein liebes Mädchen.«

»Mensch, was meinst du?«

»Das, was ich sage. Die kriegt ihre Lektion. Danach
hat sie keine Lust mehr, sich aufzuspielen.«

»Ich geh auf jeden Fall hin.«

»Du wirst die Hölle erleben.«

»Ach was.«

»Ich leih dir mein Messer.« Er stand auf, ging zum

Schrank und wühlte eine Weile darin herum. Dann riss er die Tür auf und schrie: »Alex, komm mal her!«

Aber Alex kam nicht, und Kosken ging in die Küche und ich hörte Alex vorbeilaufen und die Haustür zuschlagen.

Kosken kehrte zurück. »Ich schlag das Miststück tot. Der klaut alles. Sie haben vom Supermarkt angerufen, da hat er sieben Tüten Himbeergelee im Hemd mitgehen lassen.« Er sank auf die Matratze. »Du solltest ein Messer haben«, sagte er dann. »Die haben Gemeines mit dir vor.«

»Ich hab selbst eins zu Hause. Das hol ich auf dem Weg dorthin ab.«

»Gut. Dann kannst du dich verteidigen, wenn sie mit dir über die Mohrrüben reden wollen.«

»Klar«, sagte ich. »Klar kann ich mich verteidigen.«

Kosken stand auf, schloss das Fenster und ging zur Stereoanlage. Nach einer Weile hatte er sich für eine Musik entschieden, und als sie loslegte, war es, als würde die Luft im Zimmer durch die Tapeten gepresst. Er hatte eine gute Anlage.

»Du hast also einen Damm mit deiner Alten gebaut«, rief er. »Wozu soll der gut sein?«

»Das Haus meiner Großmutter«, rief ich zurück. »Es soll ja nicht an Wert verlieren.«

Kosken schüttelte den Kopf und leerte sein Glas. »Glaubt ihr wirklich, dass jemand die Bruchbude kaufen will? Glaubt ihr das?«

Da wurde die Tür aufgerissen. In der Türöffnung stand Koskens Vater. Er trug einen Overall und war bis

348

zu den Handgelenken schwarz von Öl. Er warf mir
einen raschen Blick zu, dann fixierte er Kosken.

»Mach sofort den verdammten Krach aus!«

Kosken schaltete ab.

»Wo ist Alex?«, brüllte der Alte, und Kosken sah
ängstlich aus, als er antwortete. »Er ist rausgegangen.«

Der Alte starrte uns an. »Trinkt ihr?«

»Wolfstatze.«

Der Alte wurde rot. »Hab ich dir nicht gesagt …«

Kosken zeigte auf mich. »Er ist von Henke. Wir
gehen zum Schultanz.«

»Was für 'n Schultanz?«

»Im alten Vergnügungspark. Da findet ein Willkom-
mensfest für uns Neue statt. Das ist Tradition.«

Der Alte glotzte uns abwechselnd an. Dann schloss
er wortlos die Tür. Der Geruch nach Motoröl blieb im
Zimmer hängen wie eine Art Radioaktivität. Man ahnte
förmlich, dass man jeden Moment anfangen könnte zu
kotzen, die Haare zu verlieren und von einer tödlichen
Blutkrankheit befallen zu werden.

»Es ist also aus mit Anna?«, fragte ich, um das
Schweigen zu brechen. Aber Kosken antwortete nicht.

»Wie geht es deiner Mutter?«, fragte ich nach einer
Weile.

»Wie immer.«

»Geht es ihr besser?«

»Weiß der Teufel.«

Dann schwiegen wir. Es war, als hätte jemand die
Tür geöffnet und einen Eimer voller Kreuzotterweib-
chen auf den Fußboden gekippt. Nach dem Besuch
des Alten war es unbehaglich geworden. Kosken wollte

349

auch keine Musik mehr einschalten. Der Alte würde ja wieder reingestürzt kommen und brüllen. Durch die Wand hörten wir den Fernseher. Es war ein Sportprogramm. Fußball.

Also saßen wir da, tranken, rauchten, und ich las weiter im *Röntgenmann*, und nach einer Weile schaltete Kosken die Musik wieder ein, aber leise.

»Was ist mit Alex?«, fragte ich.

Koskens Gesicht verfinsterte sich. »Mensch, bist du neugierig. Ich frag dich doch auch nicht, wie es deiner Mutter geht, oder? Und ich frag dich doch auch nicht alle naselang, wie es dir geht.«

»Nein«, sagte ich, »ich frag nicht mehr. Ich wollte nur eins wissen.«

»Was?« Kosken sah wütend aus.

»Warum ist es immer so dreckig in deinem Zimmer?«

Er lachte und schüttelte den Kopf. »Hast du das noch nicht kapiert? Das muss so sein, damit du dich hier zu Hause fühlst.«

Wir tranken noch eine Wolfstatze und versuchten zu erraten, was für Überraschungen sich die Dritten für uns ausgedacht hatten. Dann tranken wir den Rest aus und machten uns auf den Weg.

Wir fuhren bei mir zu Hause vorbei. Ich ging hinein und öffnete meine Schranktür. Zuerst dachte ich, ich hätte mich getäuscht, oder ich würde langsam betrunken, denn der Haufen alte Kleider lag nicht mehr da. Ich durchsuchte alle anderen Borde, aber es gab keine alten Kleider mehr. Und das Messer war auch weg.

Ich ging nach unten und auf den Hof. Kosken drehte

seine Kreise auf der Landstraße, freihändig, es war nur eine Frage der Zeit, wann er umfallen würde.

»Ich muss mit meiner Mutter reden«, sagte ich und fuhr los zum Kiosk. Mama sprach gerade mit einem Kunden, der eine Lederweste und Boots trug und einen Bierbauch hatte. Er hing vor der Luke, als wäre unser Kiosk der letzte Halt in seinem Leben, und Mama zeigte ihm, wie das Dach umgebaut werden sollte, wenn wir erst mal Würstchen und Hamburger verkauften.

Ich wollte nicht stören, also wartete ich, bis er in seinen fünfzehn Jahre alten Mercedes stieg, der gefleckt war wie ein Panther, drei große Zusatzscheinwerfer an der Stoßstange und eine Musikanlage mit Basslautsprechern hatte, die einem den Schädel sprengen könnten. Dann fuhr er los und hinterließ zwei schwarze Abriebspuren auf dem Asphalt, und danach war es ganz still.

Vor der Kioskluke hing eine Duftwolke aus Öl, Schnupftabak und ungewaschenen Strümpfen.

»Was hast du mit meinen alten Klamotten gemacht?«, fragte ich.

Mama beugte sich lächelnd aus der Luke. »Du bist doch dem von der Heilsarmee begegnet?«

»Klar.«

»Der hat sie gekriegt.«

»Meine Sachen?«

Sie wurde ernst. »Ich hab ihm Annis Kleider gegeben, zwei Beutel voll. Es war an der Zeit, vorher hab ich es nicht über mich gebracht.«

»Aber meine? Warum hast du meine weggegeben?«

Sie blinzelte mich an, als hätte sie Rauch in den

Augen. »Was ist mit dir los? Es waren Sachen, die du seit Jahren nicht mehr getragen hast. Dann ist es doch wohl besser, dass frierende Kinder sie bekommen.«

»Ich frier doch auch.«

Mama schnaubte. »Hast du wieder was getrunken?«

»Hat er die Pullover mitgenommen?«

Mama wurde langsam sauer. »Wie oft muss ich dir das noch sagen? Ich hab ihm Annis Kleider gegeben. Ich habe jeden einzelnen Rock, jedes Kleid, jeden Pullover, jede Hose rausgeholt. Alles. Ich hab alles rausgerissen und auf den Boden geworfen und acht Beutel vollgestopft. Nach so vielen Jahren. Endlich hab ich es getan. Und dann kommst du und redest Mist ...«

»Ich meine nicht ...«

»Du erscheinst hier betrunken und faselst was von deinen alten Pullovern ...«

»Aber hat nicht etwas dazwischengelegen?«

»Dass du dich nicht schämst!«

»Irgendwas?«

»Was hätte es denn sein sollen?«

»Weiß ich nicht.«

Mama beugte sich noch weiter vor zu mir, und ich zog den Kopf zurück. Aber es war zu spät.

»Du stinkst nach Alkohol, weißt du das? Du solltest nach Hause gehen und deinen Rausch ausschlafen.«

»Wir gehen zum alten Vergnügungspark.«

»Dann trink jetzt aber nichts mehr«, sagte Mama.

Ich hatte genug von ihrem Gemecker, drehte das Fahrrad um, und fast wäre Kosken in mich hineingefahren, der immer engere Kreise zu drehen versuchte. Dann fuhren wir los. Kosken versuchte die ganze Zeit, sich an meiner Schulter festzuhalten, um sich von mir ziehen zu lassen, und ich ließ ihn machen, weil ich merkte, dass er deprimiert war wegen seines Vaters und wegen Alex, und es tat mir leid, dass ich ihn nach seiner Mutter gefragt hatte.

37

Der alte Vergnügungspark war im selben Jahr geschlossen worden, als ich eingeschult wurde. Eigentlich hatte man die Gebäude abreißen und das Gelände als Zeltplatz nutzen wollen, aber daraus war nie etwas geworden. Alle Gebäude standen noch da, und das Haupthaus wurde manchmal für eine Hochzeit gemietet oder der ganze Park von Jugendlichen, die sich durch ein subventioniertes Fest etwas dazuverdienen wollten.

Das Hauptgebäude war ein gelb gestrichenes langes ebenerdiges Holzhaus. Es lag am Weg, und an der Schmalseite gab es ein Drehtor mit Zählwerk und eine größere Pforte, die sich öffnen ließ, wenn jemand mit dem Auto hineinwollte. Hinter dem Gebäude lag die alte Tanzfläche. Es war ein achteckiger Bau mit Dach und Wänden, und drinnen zog sich eine fast einen halben Meter hohe Galerie um den Tanzboden, von wo aus man den Tanzenden zuschauen konnte. Es gab eine Bühne, und Mama behauptete, dass sie zur Musik von allen möglichen Bands, die da oben gestanden hatten, getanzt hatte, und vielleicht stimmte das, was weiß ich. Der ganze Park war von einem zwei Meter

hohen Zaun eingeschlossen, der mit Stacheldraht be-
krönt war.

Aber jetzt hatte dort schon seit langem kein Tanz-
fest mehr stattgefunden, deswegen war es ein etwas
merkwürdiges Gefühl, als wir uns den Fahrradständern
näherten. Der ganze Park war von farbigen Lampen
beleuchtet, und hinter allen Fenstern des Hauptgebäu-
des schien Licht zu brennen. Aus der Lautsprecheranlage ertönte Musik, und vor dem Eingang drängten
sich schon ziemlich viele Leute.

Wir stellten unsere Fahrräder ab. In dem Augenblick
hielt ein blauer Škoda hinter uns.

»Hi, ihr Wichser!«, grölte Allan durch das herunter-
gedrehte Fenster.

»Hast du Bergmans Auto geklaut?«, fragte ich, als
ich ihn hinterm Steuer erkannte.

»Arschficker!«, schrie Allan.

»Weiß Bergman, dass du ihn hast?«, rief Kosken.

Allan antwortete nicht, legte einen Gang ein und
schoss über den Schotter davon.

»Dieser Vollidiot hat Bergmans Auto geklaut«, sagte
Kosken. »Das hätte ich ihm nicht zugetraut.«

»Vielleicht hat er es geliehen«, sagte ich. »Vielleicht
sind sie befreundet.«

Kosken schüttelte den Kopf. »Er hat keinen Führerschein. Er ist noch nicht mal siebzehn, glaub ich.«

»Vielleicht sind sie befreundet«, wiederholte ich.
»Man kann doch auch mit einem befreundet sein, der
keinen Führerschein hat. Ich meine, wenn man richtig
eng befreundet ist.«

»Ach, so meinst du das«, sagte Kosken. Er sah nach-

354

denklich aus und sog an seiner Unterlippe. Hinterm Kiefernwald ging ein blasser Mond auf.

Es dämmerte schon, war aber noch nicht richtig dunkel. Einige Mädchen vom sozialen Zweig standen bei der Pforte herum, als wir uns näherten. Sie machten sich schön, schminkten sich, trugen kurze Röcke und rochen gut. Kosken schien eine von ihnen zu kennen.

»Willst du auch feiern, Fippi?«

Das Mädchen, das Fippi genannt wurde, zuckte mit den Schultern und warf mir einen raschen Blick zu. Sie hatte einen kleinen Mund, schmale, ungeschminkte Lippen und Augen, die sich schnell von mir zu etwas hinter mir bewegten.

Es war Allan, der zurückkehrte. Er hing auf der Hupe und raste mit durchgedrücktem Gaspedal vorbei.

»Du, Fippi«, sagte Kosken und zeigte auf die Rücklichter des schnell verschwindenden Škoda, »falls Allan dich zu einer Tour einlädt – fahr nicht mit ihm.«

»Tss«, machte Fippi. »Wieso sollte ich?«

»Weiß ich nicht. Heute Abend wirst du besoffen gemacht.«

»Glaub ich kaum«, schnaubte Fippi, und in dem Augenblick kamen jenseits der Sperre drei groß gewachsene, breitschultrige Figuren heran. Sie trugen Frauenkleider, die ihnen bis zu den Knien reichten, und vor den Gesichtern hatten sie Donald-Duck-Masken.

»Den Kleinsten kenn ich«, sagte Kosken. »Das ist Anders Marklunds Bruder.« Anders Marklund war der Star der Bandymannschaft, und vor langer Zeit ist er Koskens Idol gewesen. Hinter uns hatte sich eine beträchtliche Schlange gebildet.

»Hi, ihr Idioten!«, rief der, der vielleicht Anders Marklunds Bruder war. »Wollt ihr mitfeiern?«

»Ja«, piepsten Fippis Freundinnen. »Macht auf!«

»Jetzt öffnen wir«, sagte die größte Donald-Duck-Figur.

»Jeder muss von der Partydroge trinken«, sagte der, der vielleicht Anders Marklunds Bruder war.

»Sonst kommt man nicht rein«, sagte der dritte Donald Duck.

»Heute Abend sorgt Donald Duck für Ordnung«, informierte uns der größte Donald Duck.

»Wer nicht säuft, fliegt«, sagte der, der vielleicht Anders Marklunds Bruder war.

»Genau«, echoten die anderen beiden. »Der fliegt. Und das ist kein Spaß, von Donald Ducks rausgeworfen zu werden.«

Alle drei lachten hinter ihren Masken. Es klang hohl hinter dem Plastik.

»Hier«, sagte der eine und nahm einen Plastikbecher von einem Tisch hinter sich. Es war so eine Art Becher, wie es sie auf Toiletten gibt, wo sie in weißen Spendern stecken. Er reichte ihn Fippi durch das Pfortengitter. Ein anderer Donald Duck zündete eine Taschenlampe mit kräftigem Strahl an und leuchtete Fippi ins Gesicht.

»Trink das aus«, sagte der Duck. »Dann darfst du rein.«

»Was ist das?« Fippi betrachtete den kleinen Plastikbecher. Ihr ging wahrscheinlich durch den Kopf, was sie vom letzten Jahr gehört hatte, dass sie nämlich Bier ausgegeben hatten, in das sie vorher gepinkelt haben sollen.

»Astrein rein«, beteuerte der kleinste Duck. »Hoch

356

die Tasse, du hast fünf Sekunden Zeit, danach wirst du nicht mehr reingelassen.«

Fippi zögerte und sah ihre Freundinnen an. Die verdrehten die Augen. Hinter uns kam Allan mit einer Geschwindigkeit angerast, die nahe daran war, die Schallmauer zu durchbrechen. Fippi legte den Kopf zurück, kippte die Flüssigkeit in sich hinein und ließ den Plastikbecher auf den Schotter fallen, während ein Beben durch ihren Körper zu gehen schien.

»Mann, schmeckt das scheußlich!«, stöhnte sie. Einer der Ducks bewegte das Drehkreuz, und Fippi ging hindurch, während jede ihrer Freundinnen ihren Becher bekam.

»Hier wollen noch viele rein!«, rief einer der Ducks.

»Beeilt euch, wer zögert, bleibt draußen!«, riefen die anderen. Kosken nahm seinen Becher, leerte ihn und quetschte sich durch das Drehkreuz.

Ich bekam meinen Becher und trank das Zeug. Es war ein Gefühl, als schlucke man etwas Brennendes. Meine Augen füllten sich mit Tränen, und ich kam durch die Pforte, ohne zu merken, wie.

»Boah, was für ein Gesöff!«, stöhnte Kosken. »Guck mal!« Er zeigte auf Fippi, die, von ihren Freundinnen gehalten, vornübergebeugt dastand.

»Nun mal weiter!«, heulten die Ducks hinter uns. »Geht weiter zur Tanzfläche, beeilt euch, da wollen noch mehr Leute rein. Blockiert nicht den Eingang.«

Kosken sprang hoch und versetzte einem der roten Lämpchen, die in einer Reihe hingen, einen Faustschlag. Das Glas zersplitterte, und wahrscheinlich fielen die dünnen Glassplitter in Koskens Haare.

»Wow!«, heulte er. »Eine Superparty!«

Er sprang noch einmal und zerschlug ein gelbes Lämpchen. Wir gingen den Schotterweg entlang zum Eingang der Tanzfläche. Die Musik hatte gerade angefangen, es gab ein Stroboskop mit Farbfiltern, die dafür sorgten, dass man durchs Fenster farbige Blitze flackern sah.

Als wir den Eingang erreichten, standen auf der anderen Seite der Tür fünf Donald Ducks, auch sie in langen Kleidern. Neben ihnen lagen einige Zeitungsbündel.

Einer der Ducks war sehr groß, und ich glaube, das war Gustavs großer Bruder. Neben der Treppe zum Eingang war eine Wasserpfütze, so groß wie der Atlantik.

»Nimm eine Zeitung«, forderte uns einer der Ducks auf.

Ich gehorchte und bückte mich nach einer. Als ich mich wieder aufrichtete, stand ein Duck mit einem weiteren Plastikbecher vor mir. Er hielt mir den Becher unter die Nase.

»Du darfst in der VIP-Klasse reisen«, sagte er und reichte mir den Becher, und der, der vermutlich Gustavs großer Bruder war, lachte hinter seiner Maske. Der Becher war fast voll. Er schien die gleiche Flüssigkeit zu enthalten wie der am Drehkreuz.

»Austrinken!«, befahl einer der Ducks hinter mir.

»Austrinken!«, drohte ein anderer. »Sonst fliegst du raus.«

Ich legte den Kopf zurück, kippte den Becherinhalt in meinen Mund und versuchte, ihn einen Augenblick im Mund zu behalten, um ihn aus den Mundwinkeln wieder herauslaufen zu lassen. Aber der, der wahrscheinlich Gustavs Bruder war, versetzte mir einen Schlag ins Zwerchfelll, und ich spuckte die Hälfte der Flüssigkeit aus, die Kosken traf, die andere Hälfte schluckte ich hinunter.

»Idiot!«, grölte ein Duck und schlug mir auf den Rücken. »Hast du gesehen, dass deine Freundin in der Zeitung abgebildet ist?«

Er hielt mir ein aufgeschlagenes Exemplar der Schülerzeitung hin. Über zwei Seiten lief die Überschrift:

AN WEN DENKST DU, WENN DU AUF
DEM SCHULKLO WICHST?
Sex und Zusammenleben am Västergårds

Unter der Überschrift war ein Bild von der Redaktion, das Elin mir in ihrem Computer gezeigt hatte. Aber das Bild war verändert. Drei der abgebildeten Personen waren schwarze Konturen. Nur Elin war deutlich zu erkennen. Sie war ganz nackt und lächelte in die Kamera.

»So ein Leckerbissen«, sagte Kosken über meine Schulter. »Aber warum ist sie als Einzige nackt?«

»Jetzt gehen die Idioten rein«, sagte einer der Ducks, und in dem Augenblick erreichten Fippi und ihre Freundinnen den Eingang.

»Die Mädchen dürfen wählen«, hörte ich einen Duck sagen. »Entweder zieht man seinen Rock aus, oder man nimmt noch einen Schluck. Ihr habt die freie Wahl.«

»Wo soll ich mit dem Rock hin?«, fragte Fippi. Sie hatte schon angefangen, den Reißverschluss zu öffnen.

»Gib ihn an der Garderobe ab«, rief Gustavs großer

Bruder. »Strippen oder saufen. Du kannst wählen. Bald fängt der Tanz an! Beeilt euch!«

Kosken stieß mich vor sich her, während ich zu lesen versuchte, was unter dem Foto mit Elin und den drei schwarzen Konturen stand, aber die Beleuchtung war so schlecht, dass ich es nicht entziffern konnte.

»Ist sie hier?«, fragte Kosken.

»Wer?«

»Elin.«

»Glaub ich nicht.«

Kosken schlug mir auf den Rücken. »Nackt in der Schülerzeitung. Das ideale Mädchen für Henke. Die beiden größten Idioten der Schule, das Traumpaar der Schule.«

»Falls du sie entdeckst, sag mir Bescheid«, bat ich ihn.

Kosken lachte. »Du, wenn ich sie entdecke, wenn ich sie sehe …« Und dann machte er diese Geste, die sein verrückter kleiner Bruder immer zu machen pflegte – den Finger vor und zurück durch einen Ring aus Daumen und Zeigefinger. »Kapierst du?«, grölte er. »Heute Abend darf jeder mal ran. Du bist mit der Fotze Nummer eins der Schule zusammen.«

Wieder schlug er mir auf den Rücken, und von der anderen Seite legte jemand seine Hand auf meine Schulter. Es war Fippi. Es war ein Gefühl, als würde ich von einer Siebenjährigen berührt. Ihre Hand war so klein und der Griff so schlaff, dass es zum Weinen war.

»Hast du Feuer?« Sie nahm die Hand nicht weg, sie ließ sie liegen, als wäre ich die Wand, gegen die sie sich für den Rest des Abends zu lehnen gedachte.

360

»Kosken, gib dem Mädchen Feuer«, sagte ich und stieß ihm den Ellenbogen in die Seite, weil er nicht reagierte. Er stand da, das Gesicht nah an Emmas Gesicht, und sie riefen sich gegenseitig etwas gegen die Wangen, Augen und Lippen.

Jemand drehte die Musik lauter. Es war schwer, sich verständlich zu machen. Jemand dimmte das Licht herunter. Ich konnte gerade noch Fippis Gesicht erkennen.

»Kosken!«

Aber er reagierte nicht. Er hatte beide Arme um Emmas Hals gelegt. Hinter ihnen sah ich Dragans Gesicht.

»Hast du Feuer?«, wiederholte Fippi, und dabei bekam ich Spucke ins Gesicht.

»Was hast du mit deinem Rock gemacht?«, fragte ich.

Sie guckte auf ihren nackten Bauch und den weißen Tanga.

»Hast du kein Feuer?«, rief sie, als sie den Blick wieder hob. Ich zeigte auf Kosken.

»Der hat.«

»Was?«

»Er hat Feuer.«

»Waaas?«

Jemand hatte die Musik noch lauter gestellt.

»Feuer!«, brüllte ich.

Dragan hatte sich zu mir durchgedrängelt. Er beugte sich zu meinem Ohr und sagte etwas, was ich aber nicht verstand. Hinter ihm tauchte ein Junge auf. Er trug so einen Hut, wie ihn Hexen in amerikanischen Filmen tragen. Er war hoch, spitz und schwarz. Er lachte und öffnete den Mund und zeigte auf seine Zunge.

»Willste 'n Trip?«, rief er. »Trip?«

Fippi pikste mir einen Finger in die Seite. »Feuer.«

Dragan reichte mir eine Dose Bier, aber ich wollte keins. Er beugte sich wieder zu meinem Ohr.

»Du musst Elin sagen, dass sie nach Hause gehen soll!«, schrie er.

»Wo ist sie?«

Er zeigte in Richtung Tanzfläche. Der Raum füllte sich rasch. Einige halb nackte Mädchen tanzten miteinander. Der mit dem Hexenhut tanzte zwischen sie, und ein Mädchen fiel vor ihm auf die Knie, öffnete den Mund, und er legte ihr etwas auf die Zunge.

»Bring Elin nach Hause!«, rief Dragan.

Fippi hatte eine Zigarette in der Hand und zeigte mit dem Zeigefinger der anderen Hand darauf.

»Frag Kosken!«, rief ich. Aber als ich den Kopf drehte, war er nicht mehr dort, wo er vor einer Weile gestanden hatte. Ich begann, mich zur Tanzfläche durchzudrängen. Von dort strömten mir ständig Leute entgegen, und ich wurde mal in die eine Richtung, mal in die andere geschubst.

Jemand packte mich am Arm, jemand packte den anderen. Jetzt war ich eingerahmt von zwei Ducks in Frauenkleidern. Die Ducks waren groß und hatten mich fest im Griff. Ich versuchte, mich loszureißen, aber ohne Erfolg. Sie zogen mich zu der Tür neben der Garderobe, öffneten sie und stießen mich in einen Raum, in dem ein halbes Dutzend Ducks in Frauenkleidern auf zwei Tischen saß. Alle sechs baumelten mit den Beinen. Alle sechs trugen die gleichen Masken. Einer von ihnen richtete den Strahl einer Taschenlampe auf mein Gesicht. Ansonsten war es dunkel im Raum.

»Ist das nicht unser Gemüseschmeißer?«, fragte der größte der Ducks.

»Der Gemüseschmeißer, genau!«, echote ein anderer.

»Was ist dein Lieblingsgemüse?«, fragte der Größte von ihnen, der vermutlich Gustavs großer Bruder war. Sein Kleid war braungelb und mit roten Rosen bedruckt. Es endete über den Knien und war überm Brustkorb gerissen. Vermutlich war es das Kleid seiner Mutter. Er musste eine riesige Mutter haben.

Einer der Ducks neben mir rammte seine Faust in meine Seite. »Antworte, wenn Ältere mit dir reden! Was ist dein Lieblingsgemüse?«

»Antworte endlich, du Arschkeks«, zischte der, der hinter mir stand und meinen rechten Arm mit beiden Händen umklammert hielt.

»Ach, du weißt es nicht?«, sagte Gustavs großer Bruder. »Dann wollen wir dir mal helfen. Wir werden dir was über Gemüse beibringen. Wir bringen dir was über Gurken bei.« Er hatte eine in Plastik eingeschweißte Gurke vom Supermarkt in der Hand und beleuchtete sie mit der Taschenlampe.

»Gurke«, sagte Gustavs großer Bruder. »Weißt du, wozu man die benutzen kann, wenn man Gemüse liebt?«

»Er liebt Gemüse«, ertönte es von einem der anderen, die auf den Tischen saßen. »Er liebt Gemüse. Der ist so einer. Gemüseliebhaber.«

»Weißt du, was man mit einer Gurke machen kann? Wenn man Gurken liebt?«

»Der Junge hat eine gemeine Phantasie«, sagte einer der Ducks, der mit den Beinen baumelte. Er trug große Turnschuhe von der Firma, für die Elin keine Werbung hatte machen wollen.

»Wir werden dir diese Gurke in den Arsch stecken«, sagte der, der vermutlich Gustavs großer Bruder war. »Wir werden dich mit Gemüse ficken, und du wirst verdammt froh sein, dass wir keine Steckrübe nehmen.«

»Er ist schon ganz scharf auf die Gurke!«, sagte ein anderer. »Scharf wie Nachbars Lumpi.«

»Aber Mohrrüben hat er am liebsten«, sagte Gustavs großer Bruder. »Oder? Am liebsten schmeißt er mit Mohrrüben um sich.«

»Das Schwein liebt Mohrrüben«, murmelten die, die mit ihren Beinen und den überdimensionalen Schuhen baumelten, und einer zupfte an seinem Kleidersaum wie ein Mädchen, das fürchtet, zu viel Bein zu zeigen.

»Vielleicht möchtest du jetzt nach Hause gehen?«, fragte Gustavs großer Bruder.

»Das will er!«, riefen die anderen. »Das will er.«

»Du darfst nach Hause gehen«, sagte Gustavs großer Bruder. »Du darfst nach Hause, ohne von Herrn Gurke gefickt zu werden. Aber nur unter einer Bedingung.«

»Er will nach Hause«, ertönte es hinter den Donald-Duck-Masken. »Er hat solche Sehnsucht nach zu Hause, dass er sich gleich in die Hosen macht.«

Gustavs großer Bruder kam auf mich zu. Er war wirklich groß und breitschultrig. Die beiden Ducks, die mich festhielten, packten noch fester zu.

»Möchtest du nach Hause, du Miststück?«

Bevor ich antworten konnte, schlug er mir mit der Gurke auf den Kopf. Mir wurde schwarz vor Augen. Der, der die Taschenlampe hatte, kam näher und leuchtete mich aus einem halben Meter Abstand an. Gustavs Bruder hielt mir die Gurkenreste vor die Augen.

»Keine Sorge, du kannst einen ordentlichen Arschfick kriegen. Wir haben eine ganze Kiste voller Gurken, falls du also nicht nach Hause gehen willst?«

»Willst du nach Hause?«, fragte einer der Ducks.

»Ja«, hörte ich mich antworten. »Ich will nach Hause.«

Gustavs großer Bruder klopfte mir auf die Wange. »Du darfst nach Hause gehen. Der Gemüsefick bleibt dir erspart, aber nur unter einer Bedingung.«

»Welcher?«, riefen die Ducks und baumelten mit den Beinen. »Zu welcher Bedingung?«

Gustavs großer Bruder nahm die Schülerzeitung von einem Stapel, der auf dem Tisch lag. Er schlug sie auf und hielt sie mir hin. Mit einem großen Finger zeigte er auf das Bild von Elin.

»Sie«, sagte Gustavs großer Bruder. »Wir wollen sehen, wie du sie bumst. Auf der Bühne. Spätestens in einer halben Stunde. Dann darfst du nach Hause gehen.«

»Das mach ich nicht«, hörte ich mich sagen.

»Wie du willst«, antwortete Gustavs großer Bruder. »Aber dann musst du dies und das über das Liebesleben der Gurken lernen.« Er beugte sich vor, packte mein Ohr und zischte: »Du kennst doch Allan, oder? Ihr seid doch Klassenkameraden? Wenn du Elin nicht auf der Bühne bumst, dann macht Allan es. Du hast eine halbe

365

Stunde Zeit, dich zu entscheiden. Und wenn du denkst, du kannst abhauen, dann irrst du dich. Wir behalten dich im Auge; wenn du dich dem Ausgang näherst, prügeln wir dich so gründlich durch, dass du drei Monate lang verpflastert rumlaufen musst.«

Dann tätschelte er mir noch einmal die Wange, und die beiden Ducks, die mich festhielten, zogen mich aus dem Raum und schubsten mich zwischen die anderen, die sich vor der Tür drängten. Ich landete in Annas Armen.

»Hallo, Anna.«

Ich legte eine Hand um ihre Taille und spürte ihre nackte Haut. Den Rock oder die Hose, egal, was sie angehabt hatte, als sie kam, hatte sie abgegeben.

»Magst du keinen Branntwein?«, rief ich.

Sie schüttelte den Kopf.

Von hinten griff eine kleine weiche Hand nach meinem Arm. »Hast du Feuer?« Es war Fippi.

»Wo ist Elin?«, rief ich Anna zu.

Sie zuckte mit den Schultern.

»Hast du Feuer?«, rief Fippi wieder. Sie fuchtelte mir mit der Zigarette vor den Augen herum.

»Ich hab sie vor einer Weile gesehen«, rief Anna. »Bei der Garderobe.«

Wir wurden von drei Jungen getrennt, die den Namen einer Fußballmannschaft grölten. Einer von ihnen roch nach Erbrochenem. Die anderen beiden schleppten ihn zwischen sich. Er wirkte fast bewusstlos.

»Du!« Fippi hängte sich an meinen Arm. »Feuer!«

Ich griff nach dem Jungen, der gerade vorbeigeschleift wurde. Er reagierte, als wollte ich ihn verprü-

366

geln, machte einen Schritt rückwärts und hob beide
Arme.

»Feuer!«, rief ich.

Er starrte mich an, zuckte mit den Schultern und torkelte weiter zur Tanzfläche.

Mir war schlecht. Das kam wahrscheinlich von dem
Geruch nach Erbrochenem, der mir in der Nase hängen
geblieben war. Ich drängte mich zum Ausgang durch.
Bei der Garderobe verstellte mir ein Duck den Weg.

»Wohin willst du?«

Noch ein Duck tauchte hinter dem ersten auf. Der
zweite Duck hielt einen Baseballschläger in der Hand.

Mir stand die Kotze bis zum Hals, und ich versuchte,
mich an den Ducks vorbeizudrängen, aber beide packten mich, und ich kotzte auf den einen.

»Du Sau!«, brüllte er und schlug mir mit dem schmalen Ende des Baseballschlägers gegen den Oberarm.
Aus meinem Arm verschwand jedes Gefühl, und ich fiel
gegen den Garderobentresen. Einige Mädchen, die sich
gerade die Röcke auszogen, sprangen zur Seite, und ich
spuckte auf eine Jeans, die ein rothaariges Mädchen mit
wilden Locken auf den Tresen gelegt hatte. Auf der
einen Gesäßtasche der Jeans war eine hellblaue Schleife,
und meine Kotze traf genau die Schleife.

»Du Kotzbrocken!«, heulte das Mädchen in den rosa
Unterhöschen auf und sprang rückwärts. »Ekel!«

Die beiden Ducks hatten sich zwischen der Tür und
mir aufgebaut, und ich ließ mich vom Gewoge mit zur
Tanzfläche tragen. Im Oberarm hatte ich immer noch
kein Gefühl, und es war, als würde es nie zurückkehren.
Ich wurde zu der Tür geschubst, hinter der Gustavs gro

ßer Bruder und seine Kumpel mir die Gurkenbehandlung angedroht hatten. Die Tür wurde aufgerissen, und ich landete dahinter. Sieben Ducks quollen heraus. Sie waren auf dem Weg zur Tanzfläche und schienen mich nicht zu bemerken.

Die Musik verstummte. Jemand prüfte das Mikrofon. Plötzlich stand ich neben einem kleinen fetten Duck. Er trug ein hellblaues Kleid mit gelben Pünktchen. Das Kleid war ihm entschieden zu klein. Es spannte über den Hüften, hatte kurze Ärmel, und aus den Ärmeln guckten Hemdärmel mit Manschetten, die ich erkannte.

Vernickelte Metallknöpfe.

Das Cowboyhemd.

Ich packte den Duck und zog ihn mit zur Garderobe.

»Hi, Bergman«, zischte ich ihm ins Ohr. »Sind Sie reingelassen worden?«

»Das bin ich nicht«, tönte es gurgelnd wie von einem Ertrinkenden aus der Donald-Duck-Maske.

»Klar sind Sie Bergman. Erzählen Sie, wie Sie an die Duck-Maske und das Kleid gekommen sind. Oder soll ich den Duck mit dem Baseballschläger rufen?«

»Gekauft«, gurgelte Bergman hinter der Maske. »An der Pforte. Für tausend Kronen.«

»Verstehe«, sagte ich. »Aber warum möchten Sie so gern dabei sein, dass Sie einen Tausender für ein gebrauchtes Kleid und eine alberne Maske hinblättern?«

Da begann der auf der Bühne, am Mikrofon zu sprechen. Es war leicht, Gustavs großen Bruder zu erkennen.

»Jetzt ist es Zeit für den ersten Strip. Zweiundzwanzig Mädchen haben sich entschieden, lieber zu strippen, als zu trinken, und das dürfen sie gern. Jetzt kommt die Erste. Applaus!«

Und das Pack im Tanzsaal begann zu grölen. Ich beugte mich zu Bergman vor. »Kommen Sie!«

Dann zog ich ihn mit in den Raum, wo mir die Gurkenmassage angedroht worden war. Ich stieß Bergman hinein und riss ihm die Entenmaske herunter. Dort drinnen war es vollkommen dunkel, ich tastete nach dem Schalter und knipste das Licht an.

Bergman sah ziemlich verstört aus. Seine Augen rollten herum wie bei einem Hasen, kurz bevor der Stöberhund nach seinen Haxen schnappt.

»Ich verstehe«, sagte ich. »Und ich sag nichts dazu, aber ich möchte Ihr Kleid und Ihre Maske haben.«

»Das geht nicht«, schnaufte Bergman.

»Das geht sehr wohl.«

Bergman schüttelte den Kopf. »Nein.«

Ich warf die Entenmaske auf den Tisch, packte Bergman an beiden Ohren und schüttelte seinen ungewöhnlich runden Kopf.

»Allan ist bei Ihnen gewesen, nicht? Er hat Ihnen die Autoschlüssel geklaut, und Sie haben ihn nicht angezeigt. Weil Sie ihn ausnutzen. Ich scheiß drauf, was Sie mit ihm machen und was er mit Ihnen macht, aber eins müssen Sie wissen: Wenn ich nicht Ihr Kleid kriege, erfährt die ganze Stadt, dass Sie etwas miteinander haben und dass Allan versucht hat, die Schule anzustecken, weil Sie ihn bis in alle Ewigkeit gedemütigt haben. Kapieren Sie, Bergman, kapieren Sie, was ich sage?«

»Ja«, schluchzte Bergman.

»Geben Sie mir das Kleid.«

Er schniefte wie ein kleines Kind und zog das Kleid über den Kopf. Ich zeigte auf den Tisch.

»Verstecken Sie sich. In einer Stunde sind alle so besoffen, dass keiner merkt, wenn Sie verschwinden.«

Dann drehte ich die einzige Glühlampe, die es im Raum gab, aus ihrer Fassung. Mein rechter Arm war immer noch gefühllos, also musste ich mit der linken Hand schrauben. Die Lampe reichte ich Bergman, aber sie war noch heiß. Er ließ sie fallen, und sie zersprang auf dem Fußboden.

»Jetzt ist es dunkel«, sagte ich, als ob der Idiot es nicht bemerkt hätte. »Niemand wird Sie finden, wenn Sie sich unter dem Tisch verstecken. Lassen Sie sich eine Stunde nicht blicken, danach können Sie da drinnen nackt tanzen, und niemand wird sich drum kümmern.«

Er schluchzte, ich zog das Kleid an, setzte mir die Entenmaske auf und ging hinaus.

Die Tanzfläche war brechend voll. Sogar die Ducks, die die Tür bewachen sollten, starrten auf die Bühne, wo sich an die zwanzig Mädchen bewegten. Alle in T-Shirts oder Blusen und in Unterhosen. Eine nach der anderen trat an den Bühnenrand, zog T-Shirt oder Top aus, ließ es über dem Kopf wirbeln und zog dann die Unterhose aus.

Das Gebrüll war ohrenbetäubend. Seltsamerweise riefen die Leute die Namen ihrer Fußballidole. Rasch bildeten sich zwei Mannschaften, sie brüllten und versuchten, einander mit Schlachtrufen zu übertönen, während die Mädchen da vorn strippten. Ich stand neben dem Duck, der mich mit dem Baseballschläger geschlagen hatte, und nahm ihm den Schläger aus der Hand.

»Darf ich den mal leihen?«

Er ließ ihn los, als wäre er froh, nicht mehr darauf aufpassen zu müssen, schob die Maske hoch und beugte sich vor. Ich roch den Schnaps in seinem Atem.

»Verdammt heiß unter der Maske«, stöhnte er. »Findest du nicht auch?«

»Ja.«

Er zeigte auf die Bühne. »Das ist nicht in Ordnung«, sagte er. »Guck mal, das da ist meine Schwester. Scheiße. Wie ist sie reingekommen? Sie geht erst in die Neunte.«

Es war wirklich heiß unter der Maske. Der Schweiß rann mir in die Augen, und ich hatte ziemlich schlechte Sicht durch die kleinen Löcher.

Ich suchte nach Elin.

38

Der Haufen vor der Bühne johlte, es war heiß wie an einem Hochsommertag, Jungen und Mädchen hatten sich Pullover und Blusen vom Leib gerissen und schwenkten sie überm Kopf. Auf der Bühne trat eine nach der anderen vor und zog sich nackt aus. Einige Jungen versuchten, die Bühne zu entern, um all die Leckereien zu befingern, aber dann waren die Ducks da und stießen sie zurück oder schlugen nach ihnen.

Es war schwer, im Gedränge voranzukommen, und

ich sah nicht viel durch die zu kleinen Augenlöcher. Eine Weile stand ich hinter Louise. Sie wusste nicht, dass ich unter dem Kleid und hinter der Maske steckte, und sie rieb ihren Hintern an meinem Unterleib, während sie den Namen einer Fußballmannschaft johlte.

Ich wurde von einem Haufen Jungen zurückgedrängt, die zusammenhielten und versuchten, einen ihrer Kumpel über die Köpfe des Publikums nach vorn zu heben. Von der Bühne warf sich plötzlich ein Mädchen nackt geradewegs ins Publikum. Mehr als zwanzig Jungenhände griffen nach ihrem Körper, und sie verschwand.

Ich wurde beiseitegedrängt und sah in das Gesicht eines Mädchens, das nicht sehr groß war. Ich starrte sie an, weil ich im Dunkel und Lichtgeflimmer glaubte, es sei Elin. Erst glaubte ich, ihr laufe der Schweiß in Strömen übers Gesicht, aber dann sah ich, dass sie weinte. Sie schien von Panik ergriffen, schüttelte unablässig mit dem Kopf und schlug wild mit den Fäusten um sich, aber niemand schien sich um sie zu kümmern. Ich legte einen Arm um ihre Schultern und zog sie zur Wand. Sie trug nur ein kurzes T-Shirt, das unter den Brüsten endete. Jemand hatte ihr die Unterhose heruntergerissen. Sie schrie unaufhörlich, aber ihre Schreie wirkten tonlos, da sie in der Musik zum Striptease und im Gebrüll des Publikums ertranken.

Sie drückte den Rücken gegen die Wand und weinte, dass es sie schüttelte. Ich ließ sie dort stehen und bewegte mich zur Seite. Da entdeckte ich sie, das heißt, da stolperte ich über sie.

Elin lag halb am Boden gegen die Wand gelehnt. Im

Gegensatz zu den meisten Mädchen hatte sie ihren Rock noch an. Ich beugte mich zu ihr herunter und wurde in dem Moment gestoßen, so dass ich über sie fiel und den Gestank wahrnahm. Sie hatte sich über ihr T-Shirt, auf dem in glitzernden Buchstaben GIRL POWER stand, erbrochen. Mich konnte sie nicht erkennen, als ich mich mit der Maske über sie beugte.

»Elin, ich bin's, Henke.«

»Emil«, antwortete sie, »warum hast du das getan?«

»Ich bin Henke«, rief ich hinter der Maske.

»Du bist ein Schwein, Emil.«

»Wir müssen hier weg.«

»Du Schwein.«

Sie machte eine Kopfbewegung zur Seite, und ich dachte, sie würde sich wieder übergeben, aber aus ihrem Mundwinkel kam nur ein Rinnsal.

Ich versuchte, sie auf die Beine zu stellen, aber kaum hatte ich sie unter den Armen gepackt und angehoben, glitt sie, sobald ich sie losließ, langsam wieder an der Wand entlang herunter.

Aus dem Publikum stieg Gebrüll auf, und ich drehte den Kopf. Die beiden letzten Mädchen auf der Bühne machten sich bereit, um an den Bühnenrand zu laufen und sich in die Arme des Publikums zu werfen.

Das Gebrüll nahm zu.

»Elin, wir müssen hier raus!«

Ich hob sie wieder hoch und ließ sie diesmal nicht los; einen Arm um ihre Taille geschlungen, schleifte und zog ich sie durch das Gedränge zum Ausgang.

Das Gebrüll des Publikums wurde unheimlich. Ich begriff, dass es jetzt so aufgeheizt war, dass es jemanden

in Stücke reißen könnte. Es begann, im Takt zu klat-
schen und zu brüllen.

NOCH MAL … NOCH MAL … NOCH MAL!

Das Gebrüll steigerte sich zu einem Crescendo. Als
eins der Mädchen gerade gesprungen war, erreichte ich
mit Elin den Korridorteil, der zum Ausgang führte.
Dort standen an die zehn Ducks, einer von ihnen hielt
mich an der Schulter fest und fragte, wer ich sei. Ich antwortete, ich sei Felix, und ging weiter, ohne mich um-
zudrehen.

Als ich auf die Treppe kam, spürte ich sofort den
Regen auf dem Kopf der Entenmaske. Der Regen trommelte, tripp-dripp-tripp-dripp …

»Emil«, stöhnte Elin, »bring mich nach Hause.«

Ich hatte sie auf die Treppe bugsiert, und das Gebrüll
aus dem Saal klang schon etwas gedämpft, als mich
jemand an der Schulter packte.

»Was für ein verdammter Felix?«

Ich ließ Elin los, sie fiel vor meine Füße, und ich
drehte mich um.

»Felix«, sagte ich, »Felix vom Scheißhaufen.«

Und dann versetzte ich ihm einen Schlag mit dem
Baseballschläger übers Knie. Das Bein gab unter ihm
nach, und er fiel in die Pfütze neben der Treppe.

Es war Gustavs Bruder. Er versuchte, sich aufzurichten, aber immer wieder gaben die Beine unter ihm nach.

»Bleib stehen, du Sau!«, brüllte er mir nach. Einige
Sekunden überlegte ich, hob den Baseballschläger und
wollte noch einmal zuschlagen, ließ es aber, als er die
Entenmaske abnahm und ich sein Gesicht sah in dem
bisschen Licht, das durch die Tür fiel.

Ich hob Elin hoch und schleppte sie zur Pforte.

Hinter uns im Saal sprang vermutlich das zweite Mädchen ins Publikum, das Gebrüll klang höllisch, obwohl wir schon ein gutes Stück entfernt waren.

»Bleib stehen, du Scheißhaufen!«, brüllte Gustavs Bruder uns nach, aber seine Rufe wurden vom Gejohle ertränkt.

»Ach, Emil«, lallte Elin, »ich wusste, dass du mich retten würdest.«

Als wir uns der Pforte näherten, fürchtete ich, dort könnte vielleicht jemand Wache stehen, aber es war niemand da. Elin riss sich hastig und unerwartet los und machte ein paar Schritte rückwärts, ehe sie mit einem Platsch in eine riesige Wasserpfütze fiel, in der sich die roten, gelben und grünen Lampen auf der vom Nieselregen aufgerauten Wasseroberfläche spiegelten. Ich wollte zu ihr, bekam jedoch einen Schlag in den Nacken und fiel neben ihr ins Wasser. Es war ein Monster in Frauenkleidung ohne Entenmaske. Ich konnte das Gesicht nicht sehen, aber es musste Gustavs großer Bruder gewesen sein. Ich stand auf, und als er auf mich zukam, trat ich ihm gegen das Knie, gegen das ich vorher geschlagen hatte. Er heulte auf und fiel ins Wasser.

»Elin«, rief ich. »Wo bist du?«

»Emil«, antwortete sie aus der Dunkelheit. »Ich ertrinke.«

»Komm endlich her. Beeil dich.«

Ich machte ein paar Schritte in die Richtung, aus der ihre Stimme gekommen war. Mein Herz schlug mir bis zum Hals.

»Ich ertrinke!«, rief sie, und ich hörte, wie sie wieder ins Wasser fiel.

Jetzt war mein Herz noch höher gerutscht, und ich hatte das Gefühl, es würde mir in die Hand fallen, wenn ich einmal kräftig ausatmete.

»Emil«, rief sie. »Warum hast du das getan, du Ekel, komm her, ich will dich ankotzen!«

Ich stolperte wieder über sie. Das war mir an diesem Abend wohl vorbestimmt: Überall stolperte ich über Elin.

Sie kam auf die Beine und ich stützte sie auf dem Weg zum Ausgang. Gustavs Bruder saß genau unter einer gelben Lampe, die an ihrem Draht im Wind schaukelte, im Wasser. Als ich an ihm vorbeiging, versetzte ich der Lampe einen Schlag, so dass Glassplitter in seine Haare rieselten.

»Emil, wie soll ich nur nach Hause kommen? Ich kann nicht laufen«, stöhnte Elin und klammerte sich an mir fest.

»Das schaffen wir schon«, sagte ich.

Und so war es. Denn ich hatte es kaum ausgesprochen, und wir hatten gerade die Pforte hinter uns, da kam Sten Bergman den Weg entlanggeschossen.

»Bergman!«, brüllte Gustavs Bruder. »Hilf mir! Ich hab mir das Bein gebrochen!«

Aber Sten Bergman lief zu seinem Škoda, der unter der einzigen hellen Laterne auf dem Platz geparkt war. Ich wartete neben der Tür an der Fahrerseite, bis er den Schlüssel in der Hand hatte.

»Hallo, Bergman, jetzt müssen Sie uns nach Hause fahren.«

Er glotzte erst mich und dann Elin an und dann wieder mich. An seinem Hemdkragen war Blut. Das war ganz bestimmt Blut. Ich sah, dass er auch unter der Nase Blut hatte.

»Jetzt fahren Sie uns nach Hause, Bergman«, sagte ich. »Fahren Sie uns nach Hause, dann ersparen Sie sich noch mehr Nasenbluten.«

Bergman zögerte, und Elin kotzte auf den Kühler des Škoda.

»Das Mädchen ist krank«, sagte ich. »Sie ist die beste Schülerin der Schule, daran erinnern Sie sich doch? Sie war eine von denen, die sich fürs Trinken entschieden hat statt fürs Strippen. War das gut oder schlecht, Bergman, Sie wissen doch so viel. War es gut oder schlecht?«

Er wischte sich mit dem Handrücken unter der Nase entlang, dann öffnete er die Tür und ließ uns einsteigen.

Das Auto war so neu, dass der Rücksitz noch mit Plastik bedeckt war. Und das war ein Glück, denn als das Auto sich in Bewegung setzte, fing Elin wieder an zu spucken.

»Was für Pastillen lutschen Sie, Bergman?«, fragte ich nach einer Weile, aber er antwortete nicht. Er ließ Elin vor ihrem Haus aussteigen, und ich führte sie bis zur Haustür. Ihre Mutter öffnete, und ich ging zum Auto zurück, ohne ein Wort weder zu Elin noch zu ihrer Mutter gesagt zu haben.

»Sie wissen sicher, wo ich wohne?«, fragte ich, als ich mich wieder neben ihn gesetzt hatte.

Bergman antwortete nicht, er saß da, die Hände auf dem Lenkrad, während die Scheibenwischer über die

Scheibe fuhren. Der Geruch nach Elins Erbrochenem erfüllte das Auto.

»Sie hat nur aufs Plastik gekotzt. Sie brauchen sich keine Sorgen zu machen.« Ich drehte die Fensterscheibe herunter. Es regnete herein, und ich wurde nass. Aber das war mir egal, wenn nur der Geruch verschwand.

»Was ist mit Ihnen los? Wissen Sie nicht, wo ich wohne?«, fragte ich.

Seine Stimme klang, als hätte er das Maul voller benutzter Windeln. »Ich glaube, ich schaff es nicht.«

»Was?«

Er schwieg eine Weile, ehe er antwortete. »Fahren.«

»Sind Sie betrunken?«

»Nein.«

»Wissen Sie nicht, wo ich wohne? Trasvägen kurz vor der Tankstelle.«

Aber er rührte sich nicht, und das Auto stand still.

»Was ist mit Ihnen los?«

Er wandte mir das Gesicht zu. Es war so voller Sorgen, dass es schwer war, seinen Blick zu ertragen. Er sah aus wie ein trauriger kleiner Junge – und dabei war er bestimmt schon über fünfzig. Dann bemerkte ich etwas, was mir noch nie aufgefallen war – er sah aus wie Allan. Er hatte den gleichen gehetzten Blick.

Ich wusste nicht, was ich tun sollte, also saß ich einfach neben ihm und schaute auf die Scheibenwischer. Im Licht der Laternen fiel Regen.

»Sie hat jedenfalls nur aufs Plastik gekotzt«, versuchte ich, ihn zu trösten.

»Ich weiß nicht, ob ich mit all dem fertigwerde«, murmelte Bergman nach einer Weile.

»Fahren Sie mich nach Hause«, sagte ich.

Er nickte, und dann fuhr er mich nach Hause. Als ich aussteigen wollte, begann er zu weinen.

»Was ist los, Herr Bergman?«

»Ich bin so … entsetzlich einsam«, schluchzte er.

»Ich weiß«, sagte ich. »Schalten Sie das Radio ein.«

Er stellte das Radio an. Der Sender spielte gerade Musik, die in Sten Bergmans Jugend populär gewesen war. Wir saßen nebeneinander und hörten zu. Die Scheinwerfer hatte er ausgeschaltet. Die Scheibenwischer glitten hin und her über die Windschutzscheibe.

»Ich weiß«, sagte ich nach einer Weile, nachdem wir mehrere Songs angehört hatten, ohne einen Ton zu sagen. »Ich weiß, wie das ist, wenn man sich einsam fühlt. Es ist ein beschissenes Gefühl.«

»Weihnachten ist es am schlimmsten«, schniefte er.

Ich verstand, dass es ihm verdammt schlechtgehen musste. Wir hatten erst August und es graulte ihm schon vorm Alleinsein an Weihnachten.

»Ich verstehe«, sagte ich.

Da wandte er sich mir zu. Tränen liefen ihm übers Gesicht. »Darf ich deine Hand nehmen?«

»Klar«, sagte ich und streckte ihm eine Hand hin. Sten Bergman nahm sie und hielt sie fest. Er hatte eine warme Hand und einen trockenen festen Händedruck.

»Danke«, sagte er. »Danke.«

»Keine Ursache«, sagte ich, öffnete die Autotür und stieg aus. Dann stand ich auf der Straße, sah die Rücklichter des Škoda verschwinden und betrat den Hof.

Als ich an der Hollywoodschaukel vorbeiging, hörte ich eine Stimme: »Du, Henke!«

Mehrere Personen erhoben sich und kamen auf mich zu, und ich kriegte wahnsinnige Angst, ehe es schwarz um mich wurde.

39

Ich wurde kurz wach, als sie mich wieder zusammennähten, dann schlief ich wieder ein. Mama kam mich besuchen und brachte mir eine Schachtel Pralinen. Am dritten Tag durfte ich nach Hause. Mama hatte ein Taxi bestellt, weil ich mich nicht hastig bewegen und mich überhaupt möglichst ruhig verhalten sollte.

»Wie geht's mit dem Rauchen?«, fragte ich.

Mama war blass. »Hast du gesehen, wer es war?«

»Es war dunkel. Wie geht es mit dem Rauchen?«

»Du hättest da draußen sterben können. Wenn ich nicht aufgewacht wäre, hättest du sterben können.«

»Ich weiß«, sagte ich.

»Weißt du nicht, wer es war?«

»Keine Ahnung. Hast du ganz aufgehört?«

»Nicht eine einzige.«

»Du rauchst nicht mehr?«

»Nein.«

»Bestimmt?«

»Damit ist es jetzt vorbei.«

Der Taxifahrer stieg aus und öffnete uns die Tür. Mama versuchte, mich am Arm zu halten, als wir aufs Haus zugingen, aber ich wollte es allein schaffen.

»Große Leistung«, sagte ich, »so einfach mit dem Rauchen aufzuhören.«

Aber die Treppe in den ersten Stock kam ich doch nicht alleine hoch. Ich blieb auf halber Höhe sitzen, ohne mich zu rühren, und Mama sagte, ich sei ganz grau im Gesicht.

SCHWEDISCH FÜR IDIOTEN

Vierzehntes Kapitel

Die Mädchen wan hinter Großmutters Haus un Mama mit dem Typ inner Küche un sie rief durchs Fenster ich soll auf sie aufpassen aber ich hatte was anderes zu tun un rief zurück das soll sie man selber tun. Aber sie öffnete die Tür un schrie jetz wolln sie den Spiegel aufhängen un ich soll auf die Mädchen aufpassen dass sie nich das Boot nehmen wo so viel Wasser un Strömung im Bach wa un keine von denen kann schwimmen. Also ging ich hinters Haus un da wan sie in Gummistiefeln beim Boot un wollten es rausziehn un ich ruf ihnen zu sie solln das lassen aber sie antworten sie wolln nur zur andern Seite paddeln. Das wan nicht mehr als fünf Meter un ich ruf sie solln das lassen un Anni ruft sie wolln nur auf die andere Seite un ich sag noch mal sie solln verdammt noch mal mein Boot in Ruhe lassen un Anni ruft dass sie trotzdem rüberpaddeln un ich ruf ihr zu dass sie es tun soll.

Dann paddelt doch los un ertrinkt wenn ihr das wollt ihr Scheißgörn dann is man euch endlich los!

40

Ich blieb acht Tage zu Hause. Manchmal las ich das Buch über Kapitän Nemo, nur um was zu tun zu haben. Ich las es mehrere Male, und manchmal schrieb ich in dem Block, aber nie etwas Wichtiges. Während ich dalag und mich ausruhte, dachte ich sehr viel darüber nach, was mir wichtig war, und jeden Abend, wenn Mama nach Hause kam, lag ich auf ihrem Bett und sah in die Glotze.

»Früher hast du immer hier gelegen«, sagte ich, und sie fragte, ob ich Tee haben wollte. Wir hatten angefangen, Tee zu trinken, seit ich gesagt hatte, dass ich Tee mochte und gern Zwieback mit Marmelade dazu aß.

Dann saßen wir mit unseren Teetassen am Küchentisch, und Mama trommelte mit den Fingern auf das Wachstuch und holte sich schließlich ein Kaugummi.

»Ist es schwer? Mit dem Rauchen?«

»Ja«, sagte sie, »es ist schwer.«

Am Abend, bevor ich wieder in die Schule musste, fuhr ich mit meinem Fahrrad zu Elin. Kosken hatte es mir nach Hause gebracht und Luft aufgepumpt, weil ein paar Idioten die Ventile rausgedreht hatten.

Zunächst dachte ich, es sei niemand zu Hause, denn das Haus sah wie ausgestorben aus, aber ich klingelte trotzdem und wollte gerade wieder gehen, als ich drinnen Schritte hörte, und dann öffnete Elins Mutter. Sie öffnete die Tür nur halb und sah mich mit bekümmerter Miene und gerunzelter Stirn an.

»Elin ist nicht zu Hause?«, fragte ich, als wüsste ich die Antwort schon.

»Nein.«

»Klar«, sagte ich, »ich dachte nur … Wann kommt sie wieder?«

Elins Mutter sah aus, als überlege sie, wie viel sie sagen wollte. »Elin wohnt nicht mehr hier.«

Ich räusperte mich. »Das wusste ich nicht.«

Elins Mutter betrachtete mich forschend. »Möchtest du reinkommen?«

»Danke, gern.«

Sie öffnete die Tür, trat zur Seite und ließ mich herein. Elins Mutter ging mir voran die Treppe zur Küche hinauf, und ich folgte ihr. Mir den Rücken zugekehrt, stand sie am Herd und hantierte mit Töpfen. In der Küche duftete es nach etwas, und nach einer Weile war ich ziemlich sicher, dass sie Hering gebraten hatte, bevor ich kam.

»Elin hat gesagt, dass du gern Tee und Zwieback magst.« Sie drehte sich um und schaute mich an.

»Ja, ich meine, ja, das mag ich gern.«

Sie sah sehr ernst aus, und ich bereute, dass ich mit hineingegangen war. Sie zeigte auf einen der Stühle am Küchentisch. »Setz dich.«

Ich ließ mich auf einen Stuhl sinken.

»Magst du Lapsang?«

»Gern.«

Sie ließ Wasser in einen Topf laufen und stellte ihn auf den Herd. Dann setzte sie sich mir gegenüber.

»Du bist Henke, nicht?«

»Genau.«

Sie nahm die Brille ab und putzte sie mit dem Pulloverärmel, dann setzte sie sie wieder auf.

»Es war nett von dir, dass du dich auf diesem entsetzlichen Fest um Elin gekümmert hast.«

»Das war doch selbstverständlich.«

»Du bist misshandelt worden?«

»War nicht so schlimm.«

»In der Zeitung stand, du bist ins Krankenhaus gekommen, das stimmt doch?«

»Ja.«

»Aber trotzdem war es nicht so schlimm?«

»Nein.«

Sie nahm sich wieder die Brille ab und putzte sie noch einmal mit dem Pulloverärmel. Dann setzte sie sie wieder auf und beugte sich über den Tisch.

»Was sind das eigentlich für Jugendliche?«

Ich verstand ihre Frage nicht. »Wie meinen Sie das?«

»So, wie ich es sage – was sind das für Jugendliche?«

»Ich versteh Sie nicht.«

Sie schüttelte den Kopf, langsam und vorsichtig, als fürchtete sie, er könnte abfallen. »Elin hat von diesem furchtbaren Fest erzählt. Wie könnt ihr einander so etwas antun? Das ist unbegreiflich. Findest du nicht auch?«

»Ein bisschen.«

Sie lehnte sich zurück. Ihr blieb der Mund offen stehen, er blieb wirklich offen.

»Ein bisschen, findest du? Man hat Elin gezwungen, Branntwein in sich hineinzukippen, sie war einer Alkoholvergiftung erschreckend nahe. Sie hat ihn getrunken,

weil sie sonst gezwungen worden wäre, den Rock auszuziehen.«

Sie holte Atem, ehe sie fortfuhr. Es klang wie ein
Gähnen. »Seid ihr Menschen? Oder seid ihr Tiere?«

»Ich weiß nicht«, sagte ich und überlegte, wie ich
möglichst schnell von hier wegkommen könnte.

Sie stand auf und verließ die Küche, und ich dachte,
ich könnte abhauen, aber sie war schnell zurück. In der
Hand hielt sie ein braunes Kuvert, das sie mir reichte.
Darauf stand ein H. Sonst nichts.

»Elin hat mich gebeten, es dir zu geben, wenn du
kommst, um nach ihr zu fragen.«

Sie setzte sich wieder. Ich steckte den Brief in die
Gesäßtasche, ohne ihn zu öffnen.

»Und Emil«, fuhr sie fort, »weißt du, dass die Polizei
ihn festgenommen hat?«

»Das wusste ich nicht.«

»Er soll die Bremsen am Fahrrad seiner Lehrerin gelöst haben. Es ist das reinste Glück, dass sie überlebt
hat.«

»Es war meine Lehrerin«, sagte ich.

»Wie?«

Ich räusperte mich. »Es war meine Lehrerin. Ihre
Fahrradbremsen hat Emil ...«

Sie sah mich verständnislos an. »Warum sollte er das
deiner Lehrerin antun?«

»Das weiß ich nicht.«

Sie stand auf und ging zum Kühlschrank, nahm But-
ter und Marmelade heraus, holte Zwieback hervor und
stellte zwei Tassen auf den Tisch. Dann goss sie heißes
Wasser in die Teekanne.

»Ich versteh euch nicht«, sagte sie, während sie mir eine Tasse Tee servierte. »Ist er zu schwach?«

»Er ist gut so.« Ich wollte nicht meckern, dass der Tee kein bisschen braun war. Er sah aus wie Wasser. Sie merkte es nach einer Weile und bekam eine Falte zwischen den Augenbrauen. Für einen Moment sah sie genauso aus wie Elin.

»Hab ich keinen Tee in die Kanne getan? Himmel, ich hab den Tee vergessen. Na, so was.«

Dann holte sie eine Teedose, goss das Wasser aus meiner Tasse zurück in die Kanne, gab Tee hinzu und rührte mit einem Löffel um. Sie rührte heftig, und der Löffel schlug gegen den Kannenrand.

»Wo wohnt Elin jetzt?«, fragte ich.

Elins Mutter legte den Deckel auf die Kanne. »Sie ist bei meiner Schwester in Stockholm und fährt nächste Woche zu ihrem Vater. In Zukunft wird sie bei ihm wohnen.«

»In Chicago?«

Sie setzte sich mir gegenüber hin und schob mir den Teller mit dem Zwieback mit einer ruckartigen Bewegung zu, als ob sie ihn mir am liebsten ins Gesicht werfen würde.

»Elin hat gesagt, du magst gern Zwieback.«

Ich nahm einen, bestrich ihn mit Marmelade und biss ein Stück ab, doch der Zwieback zerbrach, und eine Hälfte fiel aufs Tischtuch. Ich wurde rot. Sie schien sich nicht darum zu kümmern, starrte mich nur an. Die Brillengläser ließen ihre Augen etwas vergrößert wirken.

»Ich kann einfach nicht begreifen, dass man auf

einem Schulfest seine Kameraden vergewaltigt. Wie kann so etwas passieren?«

»Ich wusste nicht, dass jemand vergewaltigt worden ist.«

»Es hat in der Zeitung gestanden, am selben Tag, als von deiner Misshandlung berichtet wurde. Und dass ein Schulleiter festgenommen wurde.«

Mein Mund wurde trocken. »Bergman?«

»So hieß er, glaub ich. Er war jedenfalls Schulleiter.«

Und ohne es zurückhalten zu können, begann ich zu weinen. Ich wusste eigentlich nicht, warum, die Tränen kamen einfach. Am liebsten wäre ich weggelaufen, aber dafür hatte ich keine Kraft.

»Es war Elins Schulkameradin aus der Zeitungsgruppe«, sagte sie. Sie schien nicht einmal zu bemerken, dass ich weinte.

»Was?«

»Die vergewaltigt wurde. Und das, während offenbar Hunderte Jugendliche daneben tanzten. Wie kann so etwas passieren? Kannst du mir das erklären? Seid ihr Tiere?«

Ich versuchte, Zwieback und Marmelade vom Tischtuch zu kratzen, bekam aber nur klebrige Finger. Elins Mutter sah mich an. »Lass es liegen.«

Ich tat, wie mir geheißen.

»Seid ihr Tiere?«, wiederholte sie und beugte sich zu mir vor. »Seid ihr das?«

»Nein.«

»Was seid ihr dann?«

»Ich weiß nicht«, sagte ich. »Ich weiß es wirklich

nicht. Dann kommt Elin also eine Weile nicht mehr nach Hause?«

Ich dachte, sie würde nicht antworten, denn sie starrte mich so lange an, dass mir ganz komisch wurde.

»Elin kommt nie mehr zurück. Ich werde auch nicht bleiben. Ich will nicht in einem Ort wohnen, in dem alle meine Tochter nackt in der Schülerzeitung gesehen haben. Die Leute würden hinter meinem Rücken grinsen. Ich werde das Haus verkaufen. Am ersten Oktober ziehe ich weg.«

»Schade«, sagte ich.

Sie lachte kurz auf, abgehackt, ein hartes, freudloses kleines Lachen, das klang wie ein Außenbordmotor, der nicht starten will, wenn man an der Schnur reißt.

»Schade?«

»Ich meine, es ist schade, dass Elin nicht …«

»… damit sie auch noch vergewaltigt wird?« Sie starrte mich an, als ob ich es gewesen wäre, der Elin betrunken gemacht hatte. »Dieser Junge …« Sie beendete den Satz nicht.

Ich pustete über den Tee, nahm einen Schluck und verbrannte mir den Mund. Ich wischte mir mit der rechten Hand über die Wangen, und die Tränen tropften in den Tee, als ich wieder zu trinken versuchte.

»Tiere«, sagte sie.

Ich antwortete nicht. Was hätte ich auch sagen sollen? Sie schob den Teller mit dem Zwieback näher zu mir heran.

»Nimm noch einen, du magst doch so gern Zwieback.« Sie wollte noch etwas sagen, wurde jedoch vom Telefonklingeln daran gehindert, und stand auf. Sie ging zur Spüle, wo das Telefon stand, hob ab und sagte, sie wolle an ein anderes Telefon gehen, legte den Hörer auf die Spüle und nickte mir zu.

»Nimm noch einen Zwieback.« Dann verließ sie die Küche und ging durchs Wohnzimmer in einen anderen Raum und schloss die Tür hinter sich.

Ich hatte längst genug, stand rasch auf, nahm die Treppe zur Haustür hinunter in vier Schritten, und dann war ich draußen, stieg auf mein Fahrrad und fuhr los.

Hinter der ersten Kurve hielt ich an und zog Elins Brief aus der Tasche. Ich riss ihn mit dem Zeigefinger auf.

Henke!

Danke, dass du mich nach Hause gebracht hast! Ich mag dich, aber ich war nie in dich verliebt, und hoffe, dass du nicht glaubst, zwischen uns wäre was gewesen! Hoffentlich hab ich dir nicht derartige Signale gegeben!
Ich fahre jetzt zu meinem Vater.
Nochmals – danke, dass du mich nach Hause gebracht hast!
Pass auf dich auf!

Elin

Ich zerriss den Brief und warf die Fetzen in den Graben. Aber als ich fast zu Hause war, überlegte ich es mir anders und fuhr zurück. Ich fand alle vier Teile, die ich zu Hause mit Tesa zusammenklebte.

Später am Abend, als ich in Mamas Bett lag und Fernsehen guckte, kam sie vom Kiosk heim.

»Papa ist da gewesen und hat eine Zeitung gekauft«, sagte sie.

Ich antwortete nicht.

»Morgen fährt er ab. Nach Malmö. Sie sind fertig in Dalhem. Er lässt dich grüßen.«

Ich stellte den Fernseher lauter. Da lief eine Quizsendung. Jemand fragte, wie Napoleon mit Nachnamen hieß.

»Er hat gesagt, wenn du das Messer wiederfindest, sollst du es ihm schicken. Er hat mir die Adresse gegeben.«

Ich stellte den Ton noch etwas lauter. »Bonaparte!«, jubelte der Moderator. »Großartig!«

41

In der ersten Stunde hatten wir Englisch, und Frau Persson stand an der Tafel, als ich in die Klasse kam. Alle waren da, sogar Allan. Er saß am Fenster, und sein Muskelpaket von Bewacher saß schräg hinter ihm und las einen Comic. Zuerst begriff ich nicht, wonach es roch, dann ging mir auf, dass es das Muskelpaket war.

Liniment.

Gustav und Saida saßen einander fast auf dem Schoß, und Saidas lange, glänzende Haare hingen über ihren Rücken. Gustav hob eine Hand und begrüßte mich.

»Hallo, Kumpel! Gut, dass du's meinem Bruder gegeben hast. Er humpelt immer noch.« Und dann lachte er.

»Genau«, ergänzte Allan. »Hallo, Kumpel! Gib's

ihnen.« Er erhob sich und führte eine kleine Tanz-
nummer auf, und der Muskelberg seufzte, legte den
Kopf schief und senkte für eine Weile das Comic-Heft.

Ich setzte mich. Kaum saß ich, da stand Frau Persson
mit ein paar Blättern in der Hand vor mir.

»Schön, dass du wieder da bist, Henke. Vielleicht
möchtest du die Blätter verteilen?«

Ich stand auf, nahm die Blätter, und jeder kriegte eins
und ich setzte mich wieder.

»Lest bitte den Text«, sagte Frau Persson.

Our deepest fear is not that we are inadequate
Our deepest fear is that we are powerful beyond
  measure.
It is our light, not our darkness, that frightens us.
We ask ourselves, who am I to be brilliant, gorgeous,
talented and fabulous?
Actually, who are you not to be? You are a child
  of God.
Your playing small doesn't serve the world.
There is nothing enlightened about shrinking
so that other people will not feel insecure around you.
We were born to make manifest the glory of God
  that is within us. It is not just in some of us; it is in
  everyone.
And as we let our own light shine,
we unconsciously give people permission to do the same.
As we are liberated from our own fear,
our presence automatically liberates others.

(Der Text wurde dem Internet entnommen. Er wird Nelson Mandela zugeschrieben. Es ist jedoch nicht sicher, ob das stimmt.)

»Ist das schwer!«, stöhnte Emma. »Wie anstrengend!«

»Wir übersetzen es zusammen«, sagte Frau Persson.

»Scheiße, ist das schwer!«, keuchte Louise.

»Unsere größte Angst …«, sagte Gustav. »Unsere größte Angst …«

»Richtig.« Frau Persson nickte. »Was ist unsere größte Angst?«

»Mir doch scheißegal!«, jaulte Emma. Sie stand auf und wollte gehen, aber Frau Persson stellte sich ihr in den Weg. Sie blieben voreinander stehen. Emma war einen Kopf größer als Frau Persson.

»Bleib«, bat Frau Persson. »Bitte, Emma, bleib ausnahmsweise da.«

Emma ging um sie herum. »Ich halt das nicht aus!«, brüllte Emma und war schon an der Tür.

»… ist nicht«, sagte Gustav, »unsere größte Angst ist nicht …«

»Gut«, sagte Frau Persson. »Gut.«

Da drehte Emma sich zu Gustav um. »Was?«, fragte sie. »Was ist unsere größte Angst?«

»Ich weiß es nicht«, antwortete Gustav.

»Unsere größte Angst«, sagte Frau Persson, und sie sagte es zu Emma, sie sagte es geradewegs in Emmas Augen, Lippen, Wangen, Ohren und Haare. »Unsere größte Angst ist es, nicht gut genug zu sein. Unsere größte Angst …«

»Was?«, heulte Emma. »Was ist unsere größte Angst?«

»Setz dich wieder hin, dann sprechen wir darüber«, schlug Frau Persson vor.

Und glaubt es oder nicht, Emma Falk, die, solange

ich mich erinnern kann, fünfmal am Tag schreiend aus der Klasse gelaufen war, setzte sich wieder hin.

Sie setzte sich wieder hin.

»Wisst ihr, wie viele Jahre Nelson Mandela im Gefängnis verbracht hat?«, fragte Frau Persson.

»Was hat das denn mit dem hier zu tun?«, brüllte Louise, die es beunruhigte, dass Emma nicht wie üblich schreiend und grölend in den Korridor stürmte, sobald sie auf eine Schwierigkeit stieß. »Was hat das mit dem hier zu tun?«

»Halt die Klappe, und lass sie reden«, zischte Emma.

Und Louise schwieg und biss sich auf die Unterlippe.

»Unsere größte Angst«, sagte Emma, »was ist unsere größte Angst?«

42

Einige Tage später hatten wir in der letzten Stunde Schwedisch. Ich dachte, dass ich mit Frau Persson über meine angefangene Geschichte sprechen sollte. Deshalb wollte ich warten, bis alle gegangen waren, damit ich ungestört mit ihr reden konnte. Aber Saida und Gustav blieben sitzen, dicht nebeneinander, und Gustav küsste Saida auf den Hals. Die beiden schienen nicht hinausgehen zu wollen. Saida lachte. Die ganze Zeit sagte sie: »Das kitzelt, lass das, es kitzelt.«

Dann lachte sie. Sie hatte ein schönes Lachen.

Frau Persson steckte mit ihrer gesunden Hand die Bücher in ihre Tasche. Ich ging auf sie zu. Gustav und

Saida schienen ganz und gar voneinander in Anspruch genommen zu sein und kriegten nichts mit.

Als ich vor ihr stand, wollte Frau Persson gerade den Kalender in die Tasche stecken, dabei fiel ihr eine Karte aus der Hand. Ich bückte mich und hob sie auf. Die Karte war so groß wie eine halbe Kinoeintrittskarte. Sie war aus grauer Pappe, und mit schwarzem Kugelschreiber stand darauf geschrieben:

Wer wirklich sieht, sieht nur, was ihm fehlt.

Ich reichte ihr die Karte. »Ist das aus der Bibel?«

Sie sah erstaunt aus. »Wieso glaubst du das?«

»Großmutter hat auch immer was aufgeschrieben. Bibelworte. Man fand sie überall. Manchmal steckte sie sie zwischen die Geranien oder befestigte sie mit Stecknadeln an den Blüten.«

Frau Persson kniff fast blinzelnd die Augen zusammen. »Nein, das ist etwas anderes. Wolltest du mich etwas fragen?«

»Ja. Ich schreibe.«

»Aha.«

Und ich flüsterte, obwohl das gar nicht nötig war, Saida lachte laut und schlug nach Gustav, der lachend zurückwich.

»Ich hab angefangen, eine Geschichte zu schreiben, und da möchte ich etwas wissen.«

»Was möchtest du wissen?«

»Was muss man tun, damit es spannend wird?«, fragte ich.

Frau Persson legte den Kopf schräg und fingerte an

der Karte herum. »Man muss den Leser neugierig machen.«

»Wie macht man das?«

»Der Leser muss sich fragen: ›Wie wird es weitergehen?‹«

»Wie wird es weitergehen?«

»Ja.« Sie steckte die Karte in den Kalender und nahm die Tasche vom Katheder. »Entschuldige, aber ich habe es eilig.«

»Klar«, sagte ich, »aber wann soll er sich das fragen?«

Sie drehte sich in der Türöffnung um. »Sobald wie möglich, sobald man angefangen hat zu erzählen.«

Dann verschwand sie, und ich hörte ihre Schritte im Korridor. Saida stand auf, ging zum Fenster und schaute hinaus.

»Die Sonne scheint«, sagte sie. Dann legte sie eine Hand vor den Mund und schluchzte auf.

»Was ist?«, fragte Gustav.

Sie schluchzte noch einmal auf, machte ein paar Schritte auf ihn zu und fiel ihm in die Arme. Sie begann zu weinen.

»Was ist?«, fragte Gustav. Dann ließ er sie los und ging selbst zum Fenster. Saida wühlte in ihrer Tasche.

»Was ist?« Gustav drehte sich zu Saida um, die ein weißes Kopftuch hervorgeholt hatte. »Warum legst du das wieder um?«

»Meine Brüder«, sagte Saida. »Unter dem Baum.«

Gustav schaute noch einmal hinaus. Saida schluchzte. Ich ging auch zum Fenster. Unter der Kastanie auf der anderen Seite des Schulhofes standen drei Männer. Alle drei trugen Jeans und Hemden. Einer von ihnen war sehr groß.

»Scheiße«, sagte Gustav. »Was machen die hier?«

»Ich kann nicht nach Hause«, schluchzte Saida.

»Was machen die hier?«, wiederholte Gustav. »Ich hol meinen Bruder.« Er wollte zur Tür, aber Saida versuchte, ihn am Arm festzuhalten.

»Lass es, bitte, mach nichts!«

»Ich hol meinen Bruder«, sagte Gustav und riss sich los. Dann verschwand er im Korridor, und man hörte, dass er rannte. Saida hatte ihr Kopftuch wieder umgelegt und sah genauso aus wie zu Anfang, als sie in die Klasse kam. Sie ließ sich auf ihren Platz sinken und begrub das Gesicht in den Händen.

Und dann sagte sie es – als ob sie meine Unterhaltung mit Frau Persson gehört hätte. Aber sie sagte es nicht deswegen. Sie sagte es, weil sie wirklich traurig war und große Angst hatte.

»Was wird jetzt?«, flüsterte sie. »Wie soll das enden?«

NAGEL & KIMCHE

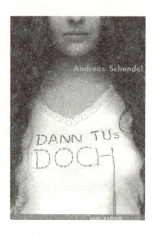

Andreas Schendel
Dann tu's doch
Ab 13 Jahren. 144 Seiten, gebunden
ISBN 978-3-312-00969-5

Zoltán ist vierzehn und lebt in einer Blocksiedlung bei Budapest. Seine Freunde und er halten zusammen, so schnell jagt ihnen keiner Angst ein. Als aber Gerüchte kursieren über einen unheimlichen Typen, der nachts herumschleicht und es auf die Mädchen abgesehen hat, wird auch den Jungs aus den Blocks etwas mulmig. Als sich Zoltán kurz darauf in die schöne Aranka verliebt, will er sie beschützen und wacht nachts stundenlang vor ihrem Haus – mit ungeahnten Folgen.

Mats Wahl
Kill
Ein Fall für Kommissar Fors

ISBN 3-423-**62277**-6

So verzwickt war die Lage für Kommissar Fors noch nie: An einer Schule fallen Schüsse – aus seiner eigenen Dienstwaffe. Konkrete Hinweise auf die Täter, Fingerabdrücke oder Patronenhülsen, gibt es nicht, die jungen Zeugen stehen unter Schock. Die Ermittlungen verlaufen mühsam, bis klar ist, wer die Waffe gestohlen hat. Aber hat die Polizei damit auch den Amokschützen aus der Schule?